RECALÉ

W0329172

DES MÊMES AUTEURS

SECRETS, Éditions du Rocher, 2012.

CELUI QUI N'ÉTAIT PAS UN MEURTRIER, sous le titre *DARK SECRETS* Éditions Prisma, 2013 ; Babel noir n° 267.

LE DISCIPLE, Éditions Prisma, 2014 ; Babel noir n° 270.

LE TOMBEAU, Éditions Prisma, 2014 ; Babel noir n° 273.

LA FILLE MUETTE, Actes Sud, 2018 ; Babel noir n° 243.

RECALÉ, Actes Sud, 2019 ; Babel noir n° 281.

JUSTICE DIVINE, Actes Sud, 2021.

Titre original :
De underkända
Éditeur original :
Norstedts, Stockholm
© Michael Hjorth & Hans Rosenfeldt, 2015

© ACTES SUD, 2019
pour la traduction française
ISBN 978-2-330-17100-1

HJORTH & ROSENFELDT

RECALÉ

roman traduit du suédois
par Rémi Cassaigne

BABEL NOIR

À l'attention du rédacteur en chef Källman

Cher Monsieur,

Pendant des années, j'ai lu votre publication. D'abord sous sa forme papier, mais depuis quelques années sur Internet. Je n'adhère pas toujours à vos opinions et j'ai de temps à autre remis en question le choix du sujet et l'angle d'attaque de certains de vos reportages, mais j'ai cependant le plus souvent trouvé une certaine satisfaction dans vos productions.

Je me sens pourtant aujourd'hui obligé de vous poser cette question, en tant que responsable éditorial :

Pourquoi la pure idiotie se voit-elle encensée dans votre journal ?

Quand a-t-il été décidé que la bêtise sans fard devait être mise en avant et présentée non seulement comme une norme, mais en outre comme quelque chose de désirable et d'enviable ?

Pourquoi donner tant d'espace à des personnes qui ne savent même pas en quelle année a éclaté la Seconde Guerre mondiale, qui n'ont pas les plus élémentaires connaissances en mathématiques et qui ne parviennent qu'exceptionnellement dans leurs paroles à produire une phrase complète ? Des personnes dont le seul talent est de se présenter la bouche en cul-de-poule sur leurs fameux "selfies" et dont le seul mérite est de s'être ridiculisées publiquement en ayant des rapports sexuels dans l'une de ces émissions de téléréalité qui submergent soir après soir nos chaînes de télévision ?

Dans l'exercice de mon métier, je rencontre beaucoup de jeunes. Soigneux, intelligents, engagés et ambitieux. Des jeunes gens qui suivent le débat public, acquièrent des connaissances, pensent de façon critique et se forment pour un jour avoir un métier intéressant et exigeant et ainsi contribuer à la société. Des jeunes qui veulent quelque chose. Qui savent quelque chose.

C'est à eux que vous devriez donner de l'espace. Ce sont eux dont vous devriez essayer de faire des exemples. Et non ces êtres sans empathie, égoïstes, obnubilés par leur image et qui, avec de la ferraille sur la langue et le corps couvert de tatouages vulgaires, se vantent de leur faible QI et de leur culture générale inexistante.

Je répète donc ma question, en espérant qu'elle recevra une réponse dans votre journal :

Quand a-t-il été décidé que la bêtise sans fard devait être mise en avant et présentée non seulement comme une norme, mais comme quelque chose de désirable et d'enviable ?

Bien cordialement
Caton l'Ancien

"Trente secondes à partir de maintenant."

Mirre n'entendait plus le petit clic métallique du chronomètre. Combien de temps cela allait-il durer ? Qu'est-ce que l'homme avait dit ?

Il allait poser soixante questions.

À combien en était-on ? Mirre n'en avait aucune idée. Il avait l'impression que ça durait depuis une éternité. Il essayait encore de saisir ce qui lui était arrivé.

"Veux-tu réentendre la question ?"

L'homme était assis tout près.

De l'autre côté de la table.

Sa voix calme et grave.

La première fois que Mirre l'avait entendue, c'était tout juste deux semaines plus tôt, au téléphone. L'homme l'avait appelé en se présentant comme Sven Caton, journaliste free-lance. Voulait faire une interview. Ou plutôt un portrait. Certes, Mirre n'avait pas gagné, mais il était un des participants qui avait le plus retenu l'attention de la presse et des réseaux sociaux. Les gens s'étaient fait une idée de lui d'après ce qu'ils avaient vu. Sven voulait approfondir un peu cette image. Montrer d'autres facettes, la personne qu'il y avait derrière. Pouvaient-ils se rencontrer ?

Ce qu'ils avaient fait. À l'Hôtel des Bains. Sven l'avait invité à déjeuner. Ils avaient décidé de prendre chacun une bière, même s'il était à peine plus de onze heures et demie et qu'on était un mardi. Mais c'était l'été. Les vacances. Sven avait posé un petit enregistreur entre eux sur la table, et commencé à poser des questions. Mirre avait répondu.

L'homme interprétait visiblement à présent son silence comme un oui.

"À quelle classe grammaticale appartiennent les mots qui décrivent des relations entre des personnes, des choses et des lieux, comme par exemple *sur*, *vers*, *devant* et *dans* ?

— Je ne sais pas, dit Mirre en entendant lui-même la lassitude de sa voix.

— Il te reste dix secondes pour réfléchir.

— Je ne sais pas ! Je ne sais pas répondre à tes putains de questions !"

Quelques secondes de silence, puis le clic du chronomètre qu'on arrêtait et un autre quand on le remettait à zéro.

"Question suivante : Comment s'appelait le vaisseau amiral de Christophe Colomb lors de sa découverte de l'Amérique en 1492 ? Trente secondes à partir de maintenant."

Clic.

Le chronomètre se remit à tourner.

L'interview s'était bien passée. Bien sûr, Sven était aussi vieux que le père de Mirre, voire plus, et n'était pas vraiment dans le coup, mais il avait l'air vraiment intéressé. Sympa de bavarder avec lui. Quand Mirre était revenu des toilettes, Sven avait commandé deux autres bières.

Ça devait être ça. La deuxième bière. Il devait y avoir mis quelque chose car, assez vite, Mirre avait commencé à être mal. À perdre sa concentration. À se sentir faible.

Sven avait proposé de le ramener chez lui.

Ils avaient quitté le restaurant. S'étaient dirigés vers le parking.

Et il s'était réveillé ici.

La tête contre la surface dure de la table.

Il s'était redressé en position assise, et il lui avait fallu quelques secondes pour comprendre qu'il ne voyait rien. Quand il avait essayé d'ôter ce qu'il avait sur les yeux, il avait découvert qu'il ne pouvait bouger les mains que de quelques centimètres. Un tintement métallique chaque fois qu'il essayait.

Des chaînes. Des menottes.

Il s'était mis à crier et à tirer sur ses liens, mais s'était tu en reconnaissant la voix.

"Personne ne peut t'entendre, et tu ne peux pas te détacher."

Nouveaux cris. Putain, qu'est-ce qui se passait ? Bordel, qu'est-ce qu'il fabriquait ? Menaces et suppliques, alternativement. Surtout des menaces.

"Calme-toi. Tu peux être sorti d'ici dans une demiheure. Pourvu que tu sois reçu, bien sûr.

— Quoi, reçu ? avait demandé Mirre. Reçu à quoi ?"

Soixante questions.

Trente secondes de réflexion pour chacune.

Un tiers de réponses correctes.

"Et sinon ?

— On commence, avait alors dit l'homme qui probablement ne s'appelait pas Sven Caton. Première question :

Que signifie l'abréviation Otan ? Trente secondes à partir de maintenant."

Clic d'enclenchement du chronomètre suivi du tic-tac plus faible mais plus rapide des secondes qui s'écoulaient.

Mirre n'avait pas fait attention aux dix, vingt premières questions. Il avait continué à tirer sur ses menottes, à demander ce que ce type fabriquait, bordel, ce qu'il voulait, promis de l'envoyer en taule pour ça, putain, ou de lui donner tout ce qu'il voudrait pourvu qu'il le relâche.

Menaces et suppliques.

L'homme était resté impassible. De la même voix calme, il posait ses questions, démarrait son chronomètre, demandait s'il devait répéter la question et attendait la réponse. Au bout d'un moment, d'une voix posée, il lui avait fait remarquer que ses chances d'être reçu étaient en train de diminuer fortement, et que Mirre ferait mieux de se concentrer un peu plus et de le menacer un peu moins.

Alors Mirre avait commencé à écouter.

Qu'est-ce qu'un nombre premier ?

De quels animaux le groupe des Big Five est-il constitué ?

Durant quelle décennie l'île de Surtsey s'est-elle formée au large de l'Islande ?

Comment s'appelle l'unité qui mesure l'intensité lumineuse ?

À mi-chemin, Mirre s'était aperçu du froissement quand il bougeait. Il était assis sur du plastique. Un coussin mou couvert de plastique. Dans le monde de Mirre, il ne pouvait y avoir que deux raisons à cela.

Que le coussin était neuf.

Ou qu'on voulait le protéger.

De taches. Éclaboussures. Sang.

Avec une forte décharge d'adrénaline, il décida alors de réussir. De montrer à ce salaud. Il tenta d'écouter, tenta de penser. Putain, il fallait qu'il soit reçu.

Dans quel État américain la ville de Chicago est-elle située ?

Quel est le symbole chimique du phosphore ?

Qui a été roi de Suède après Oscar Ier ?

Question après question, toujours la même voix calme, grave. Bordel, Mirre n'avait pas une seule réponse…

“Dernière question : À quelle famille d'animaux appartient le glouton ?”

Clic.

Quelle famille ? Quoi, quelle famille ? Mirre savait comment glouton se disait en anglais. *Wolverine.* Il avait vu tous les films de Marvel. Mais la famille ?

“Veux-tu que je répète la question ?

— Non.”

Silence. Le faible et rapide tic-tac. Clic.

“Là, le temps est écoulé. Voyons voir…”

Mirre soupira, le front appuyé contre la table. Bordel, jamais il n'aurait vingt bonnes réponses. Il n'avait même pas répondu à autant de questions.

Il entendit l'homme se lever de l'autre côté de la table. Mirre souleva lentement la tête, le suivant à l'oreille. Il avait l'air de s'approcher. Soudain, Mirre sentit quelque chose de froid et de métallique contre son front.

“Tu es recalé”, dit l'homme qui en effet ne s'appelait pas Sven Caton. Mirre n'eut même pas le temps de reculer la tête avant que le pistolet d'abattage ne projette sa petite cheville, lui perforant aussitôt l'os du front et le cerveau.

Toute sa vie, les mensonges l'avaient environnée. Invisibles. Pendant plus de trente ans, les ombres étaient là, sans qu'elle les remarque. Mais plus maintenant. Maintenant, elle les voyait partout. Où qu'elle se tourne, elle tombait dessus.

Les mensonges et les trahisons.

Personne n'avait dit la vérité.

Personne.

Ni Anna, ni Valdemar, ni Sebastian.

Maman, papa et papa.

Sauf que désormais, elle se refusait à penser à aucun d'eux comme à un membre de sa famille. C'était trop d'amour. Elle n'avait pas l'intention de leur en donner. Maintenant, ce n'était plus que des personnes avec des noms, rien d'autre.

Anna. Valdemar. Sebastian.

Peu à peu, toute sa vie s'était craquelée. Une enquête sur des malversations financières avait conduit à l'incarcération de Valdemar. Dès le début, elle l'avait supposé innocent, victime de circonstances malheureuses. Il s'agissait malgré tout de son père. Mais il avait avoué. Son monde avait vacillé.

Elle ne savait pas alors qu'elle n'avait aperçu que le sommet de l'iceberg.

Le véritable gouffre s'était ouvert quand elle avait appris que Valdemar n'était pas son père biologique. Cette révélation l'avait presque mise KO. Fébrilement, elle avait tenté de naviguer à vue dans sa nouvelle existence et de chercher la vérité. Elle avait mis Anna au pied du mur, mais n'aurait jamais imaginé sa capacité à dissimuler.

Anna lui avait inventé un père.

Mort.

Un nouveau mensonge.

Vanja pouvait comprendre pourquoi elle ne lui avait pas dit la vérité au sujet de Valdemar. Comprendre et peut-être même apprécier. Pour tout ce qui comptait, il avait été son père, toute sa vie. Le meilleur papa qu'elle puisse imaginer. Pourquoi le lui retirer ? Pourquoi détruire inutilement leur relation ?

Mais maintenant ? Maintenant qu'elle savait qui il était, ou plutôt qui il n'était pas. Pourquoi continuer à mentir ? Pourquoi lui refuser la vérité, maintenant ? Impossible à expliquer, défendre ou comprendre. Résultat : un froid glacial entre eux. Un permafrost émotionnel que Vanja n'éprouvait pas le besoin de tenter de dégeler.

Ce n'était pas elle qui avait menti.

Elle était innocente.

Mais ensuite, alors que toute son existence s'était mise à tanguer, Sebastian Bergman était soudain sorti de l'ombre.

Lui, son père.

C'était pour ça qu'il avait demandé à réintégrer la Criminelle.

Sa motivation était claire comme de l'eau de roche. Tous ses actes avaient un seul et unique but : l'approcher, devenir son ami.

La nuit après le mariage de Billy, il l'avait réveillée. Elle dormait encore à moitié quand il lui avait dit qu'il était forcé de lui avouer quelque chose et que non, ça ne pouvait pas attendre. Elle ne savait pas trop à quoi elle s'attendait en s'asseyant à côté de lui au bord du lit défait, mais pas à ce qu'elle avait entendu, la chose était sûre.

"Je suis ton père, Vanja", lui avait-il dit en lui prenant les mains.

Il s'était au moins efforcé à le lui révéler avec une certaine délicatesse. Il avait essayé d'être le plus doux possible. Lui avait expliqué comment il l'avait appris et comment, ensuite, il n'avait pas voulu détruire la relation qu'elle avait construite avec Valdemar, comment Anna le lui avait interdit, et qu'il avait malgré tout toujours à l'esprit ce qui était le mieux pour elle.

Il semblait sincère.

Elle l'appréciait. Mais ça ne changeait rien, au fond. Une trahison restait une trahison.

Ils avaient joué avec sa vie.

Comme dans ce film avec Jim Carrey, *The Truman Show*.

Tout avait été du théâtre, tous avaient été des acteurs, sauf elle. Et elle qui avait toujours mis un point d'honneur à être rationnelle et logique, elle avait perdu pied. C'était comme se trouver dans une maison dont chaque porte débouchait sur un nouveau cul-de-sac. Elle avait beau chercher, elle ne trouvait pas la sortie.

Elle s'était mise deux semaines en congé maladie. Était restée chez elle à essayer de reprendre le contrôle de ses émotions. Ça ne l'avait pas beaucoup aidée, la conduisant juste à prendre conscience de sa solitude.

Sa vie adulte durant, elle avait consacré toute son énergie à deux choses : son travail et sa famille.

Être une bonne policière.

Être une bonne fille.

À présent, sans famille, il ne lui restait que son travail.

Mais là, elle retrouvait l'homme qui s'était soudain avéré être son père. Ses deux mondes entraient en collision. Nulle part, elle ne pouvait échapper aux pensées qui l'assaillaient. Mais c'était ce dont elle avait besoin : se créer une vie hors des ombres.

Une vie qui lui soit propre. Sa vie.

Seulement elle ne savait pas du tout comment.

D'habitude, le niveau sonore était tout autre, quand près de deux cents élèves s'attroupaient devant les casiers, le long des murs. Mais les vacances d'été avaient commencé jeudi dernier, et Lise-Lotte González était seule dans l'école silencieuse. Les dernières semaines avant la fin de l'année, elle avait laissé traîner une partie du travail administratif, et elle avait décidé de donner un coup de collier pour rattraper le retard et partir en congé avec la conscience tranquille. Hier, elle avait passé quelques heures à son bureau, avant que le beau temps ne l'attire dehors, mais aujourd'hui, elle avait décidé de rester au moins jusqu'à 4 heures.

Au fond, ça ne lui faisait rien de repousser ses congés d'une semaine ou deux. C'était agréable de pouvoir se concentrer sur son travail, sans le téléphone qui sonne, les collègues qui passent et sa boîte mail qui déborde.

Vers 2 heures, elle avait décidé de s'accorder une pause bien méritée. Elle gagna la salle des professeurs déserte, brancha la bouilloire et se prépara une tasse de nescafé. Elle fouilla dans les tiroirs sous le plan de travail et trouva une boîte de vieilles biscottes aux amandes. Ça ferait l'affaire.

Après cette courte pause-café, elle alla faire un tour. Elle aimait se promener dans les locaux fraîchement rénovés de son école.

C'était ainsi qu'elle y pensait :

"Mon école."

Ce qui n'était bien sûr pas le cas. L'école privée Hilding était le dernier établissement ouvert par le groupe Donner pour les classes de la sixième à la troisième.

Ça s'était bien passé.

Bon afflux d'élèves, bonne réputation, tous les professeurs étaient qualifiés et les résultats aux examens nationaux largement au-dessus de la moyenne. Aussi Lise-Lotte ne pensait-elle pas que la direction du groupe ait une seconde regretté de lui avoir confié ce poste de proviseur.

Elle tourna dans le couloir où l'on enseignait principalement les sciences. Lise-Lotte s'arrêta. Une des portes blanches qui avaient toutes miraculeusement traversé le trimestre sans graffitis était entrouverte. Elles devaient être fermées, car les salles contenaient des produits chimiques, des acides, des bonbonnes de gaz et autres choses coûteuses et dangereuses.

Elle allait la refermer à clé quand elle glissa un œil à l'intérieur.

Qu'est-ce que c'était que ça ?

Elle ouvrit la porte en grand. Oui, elle avait bien vu. À gauche du tableau, une silhouette torse nu était assise, dos tourné à la salle.

"Hé ho !"

Pas de réaction. Lise-Lotte avança d'un pas.

"Hé ho, ça va ?"

Toujours pas de réponse. Rien n'indiquait que la personne l'avait seulement entendue. Était-elle droguée ? À en juger par sa posture sur la chaise, elle semblait inconsciente, ou du moins plongée dans un profond sommeil.

Lise-Lotte s'avança entre les paillasses, où les chaises étaient bien rangées, pieds en l'air, en attendant le début du trimestre d'automne, dans huit semaines.

"Ça va ? Vous m'entendez ?"

C'était un jeune homme, elle le voyait à présent. Athlétique. Tatoué. Mais qu'avait-il sur la tête ? Un chapeau pointu, ou quoi ? Et qu'avait-il collé sur le dos ? S'il était drogué ou inconscient, Lise-Lotte espérait que ce n'était pas à cause d'un produit qu'il aurait pris dans la salle de chimie. Ça ne ferait pas bon effet qu'un jeune du coin se soit introduit par effraction et se soit shooté ou empoisonné dans son école.

Lise-Lotte s'arrêta, une ride d'étonnement au front. Elle voyait à présent ce qui était collé au dos du jeune homme.

Deux feuilles de papier.

Format A4.

Avec quelque chose écrit dessus. Des taches de sang là où les grosses agrafes étaient plantées dans la peau nue. Craignant le pire, Lise-Lotte fit un dernier pas et se pencha pour voir son visage.

Si ses yeux fixes ne lui avaient pas indiqué que le jeune homme était mort, le petit trou rond au milieu de son front ne laissait aucune place au doute.

Vanja attendait sur le canapé, dans le bureau de Torkel.

Elle était en avance, ou lui en retard.

Probablement la première hypothèse. Torkel était connu pour sa ponctualité.

Elle se surprit à être nerveuse, sans comprendre pourquoi.

Torkel était déjà au courant, au sujet de Sebastian. Elle le lui avait annoncé quand il avait appelé pour savoir comment elle allait. Il ne savait pas pourquoi elle s'était mise en congé maladie. Il pensait sans doute qu'elle avait la grippe, ou autre chose qui allait passer. Étonné, mais en même temps compréhensif, il lui avait dit qu'elle pouvait prendre le temps qu'il lui fallait, et qu'elle savait où le trouver si elle avait besoin de parler.

Et là, elle en avait besoin.

Elle n'avait personne d'autre, et avait compris qu'elle n'arriverait à rien toute seule.

Par la porte vitrée, elle vit Torkel arriver. Elle se leva pour se donner une contenance. Se maudissant aussitôt pour ce réflexe. C'était Torkel avec qui elle allait parler. Son ami et mentor, les événements de ces derniers temps n'y avaient rien changé.

Ça allait bien se passer.

Il était de son côté.

Alors pourquoi se comportait-elle comme une élève de première année convoquée chez le proviseur ?

Arrivé à quelques mètres de son bureau, il l'aperçut, lui fit un sourire amical et la salua de la main, mais Vanja pensa déceler une certaine inquiétude dans ses yeux. Elle se dit alors qu'il avait peut-être autant le trac qu'elle en venant à ce rendez-vous.

Il ne savait pas ce qu'elle faisait là.

Pensait-il être sur le point de la perdre ?

Était-il sur le point de la perdre ? Pourquoi était-elle là, en fait ?

Elle ne le savait pas elle-même. Elle avait perdu le contrôle. Ça ne lui ressemblait pas. Voilà pourquoi elle avait le trac.

"Salut Vanja. Ça fait plaisir de te revoir, dit-il en venant l'embrasser. Comment ça va ?

— Pas terrible." Vanja sentit soudain le bien que faisait cette question posée par quelqu'un qui se souciait de la réponse. Qui se souciait d'elle. "Ça me reste en travers de la gorge.

— Je comprends, dit calmement Torkel en lui tenant les épaules à bout de bras. Ça fait un peu beaucoup à avaler pour toi.

— Ça, on peut le dire…"

Torkel lui sourit faiblement, lui pressa un peu plus fort les épaules, puis alla s'asseoir dans un des fauteuils. Il indiqua de la tête à Vanja celui d'en face.

"J'ai croisé Sebastian, hier, dit-il quand elle se fut installée. Il n'a pas été beaucoup là non plus, continua-t-il.

— Tu lui as dit que tu savais ?"

Torkel secoua la tête. Pour qui le prenait-elle ? Elle lui avait demandé de garder ça pour lui. Elle savait pourtant bien qu'il n'aurait jamais trahi ainsi sa confiance.

"Et maintenant, comment fait-on ? reprit-il en joignant le bout des doigts, penché en avant, coudes appuyés sur les genoux. Comment tu vois les choses ? C'est toi qui décides."

Elle croisa son regard ouvert, amical, et regretta de ne pas avoir de meilleure réponse :

"Je ne sais pas.

— Il n'est même pas employé, il a un contrat de consultant. Je peux le déchirer dès aujourd'hui si tu veux."

Vanja était prise au dépourvu. Elle ne savait pas trop quoi dire. Elle n'avait même pas imaginé ce scénario. Sebastian faisait partie de l'équipe, comme elle, c'était l'impression qu'elle avait. Et voilà qu'on lui donnait soudain la possibilité de changer ça. De le mettre à la porte.

C'était si simple.

Une partie d'elle aurait voulu ne plus jamais le revoir. Une autre était plus hésitante. Confuse.

"Je ne sais pas", finit-elle par lâcher. Cette non-réponse dont elle se servait de plus en plus souvent. Qui laissait la décision aux autres.

"Je peux le virer sur-le-champ. À toi de voir", répéta Torkel. Elle hocha la tête avec reconnaissance, mais son hésitation était égale à sa gratitude. Sinon plus grande.

Elle ne haïssait pas Sebastian Bergman. Elle n'était pas autant en colère contre lui que contre Anna et Valdemar. De loin. Au fond, elle ne lui voulait aucun mal. Ils s'étaient rapprochés l'un de l'autre, elle ne pouvait pas le nier. Et même, une partie d'elle l'aimait bien.

"Il faut que je réfléchisse. D'une certaine façon, ça semble trop simple, dit-elle.

— Parfois, la solution la plus simple est la meilleure", répondit Torkel.

Vrai, mais ce serait comme tenter de fuir les difficultés. Cacher la poussière sous le tapis. Ça ne lui ressemblait pas. Elle ne voulait pas éviter les problèmes. Elle voulait les résoudre. Directement. Au moins essayer avant d'y renoncer.

Elle secoua lentement la tête.

"Garde-le. Je te dirai si je change d'avis."

Torkel hocha la tête. Impossible de lire sur son visage ce qu'il pensait de sa décision. Il allait ajouter quelque chose quand une sonnerie téléphonique l'interrompit et, cette fois, l'expression de son visage était sans équivoque. Irritation. Il se leva et fit le tour du bureau tout en décrochant le téléphone fixe.

"Je ne voulais pas être dérangé", lâcha-t-il. Puis il écouta, prit un bloc et un stylo.

"D'où elle appelait, tu dis ?"

Torkel se mit à noter. Vanja se leva à son tour. Elle ne savait pas qui appelait, ni d'où, mais comprit qu'ils venaient de recevoir une nouvelle mission.

Sebastian ne comprenait pas vraiment comment il avait échoué à Adelsö. Ou plutôt, il se maudissait de s'être *laissé* échouer à Adelsö. Certes, il jouait toujours à l'extérieur, mais avait toujours la sagesse de veiller à pouvoir s'en aller assez facilement quand il le voulait. Le plus souvent avant que la femme avec qui il avait couché ne se réveille. Il attribuait cette fois son manque de prévoyance à l'escalade de son addiction ces derniers temps. Le besoin de conquête avait peu ou prou envahi toute son existence.

Depuis le Värmland.

Depuis Maria et sa fille Nicole.

La fillette avait vu ses cousins, sa tante et son oncle se faire assassiner, et s'était refusée à parler quand la police l'avait retrouvée. Sebastian avait entrepris de l'aider à faire face à son traumatisme. Ce faisant, il s'était attaché à la fillette et à sa mère. Trop attaché. Elles s'étaient installées chez lui. Ils avaient formé une petite famille. Nicole comblait chez lui le vide laissé par sa fille morte.

Ce n'était pas sain.

Ça ne pouvait pas durer.

Et ça n'avait d'ailleurs pas duré.

À la fin, Maria lui avait clairement signifié qu'elle ne voulait plus le voir.

Mais il voulait les revoir.

Alors il avait passé un peu de temps à essayer de les retrouver. Ça n'avait pas été si difficile. Elles avaient quitté leur appartement d'Enskede pour un petit pavillon à Åkersberga. Sebastian s'y était rendu mais, une fois sur place, il avait hésité.

Qu'allait-il faire ?

Que pouvait-il faire ?

Il aurait voulu expliquer. Combien elles avaient compté pour lui. Combien il aurait aimé les avoir à nouveau près de lui. Combien elles l'avaient fait se sentir plus entier que jamais depuis Noël 2004.

Mais il leur avait menti. Il s'était menti. Ou comme Vanja l'avait dit : il avait profité d'elles au moment où elles étaient le plus vulnérables. Maria le savait elle aussi, alors qu'espérait-il pouvoir changer en faisant à nouveau irruption dans leurs vies ? Rien. Alors il avait abandonné. Quitté la zone pavillonnaire.

Quitté Maria et Nicole.

Retrouvé les relations sexuelles absurdes et sans lendemain.

Comme celle-ci, à Adelsö.

Le rêve l'avait réveillé peu avant 6 heures. Comme d'habitude, sa main droite était fermée. Tout en dépliant ses doigts, il avait vite réalisé qu'il était vain de se lever pour filer. Même s'il avait su le chemin, ce qui n'était pas le cas, il n'avait aucune envie de marcher sept kilomètres jusqu'à un ferry, puis de passer une éternité en bus pour regagner Stockholm. Il était donc resté couché, les yeux au plafond, jusqu'à entendre la femme à côté de lui, Kristina... quelque chose, qui se réveillait. À la seconde même où elle ouvrit les yeux, il lui sourit et lui caressa rapidement la joue.

"Bonjour."

Elle s'étira et s'apprêtait à glisser une main sous sa couette quand il l'écarta pour se lever.

"Je prends une douche. Je peux t'emprunter une serviette ?"

Kristina paraissait un peu déçue de sa sortie précipitée, lui sembla-t-il. Mais il ne se voyait vraiment pas remettre le couvert. C'était la tension, le défi d'être maître des apparences dans la séduction, de jouer le jeu, qui, un court moment, lui faisait oublier la douleur et la culpabilité qui lentement l'empoisonnaient. C'était ce dont il avait besoin. Sans tout cela, un supplément de sexe ne serait qu'une torture.

Quand il sortit de la douche, Kristina lui avait préparé le petit-déjeuner. Il n'avait pas faim. D'habitude, il essayait à tout prix d'éviter ce genre de situation. Cette fausse sensation d'intimité, l'illusion qu'ils avaient quelque chose en commun – alors que, s'il ne tenait qu'à lui, ils ne se reverraient jamais –, le mit hors de lui.

"Ça te dirait une promenade, après le petit-déjeuner ? proposa Kristina tout en beurrant un bagel maison qu'elle avait fait chauffer au micro-ondes.

— Non, je voudrais que tu me conduises jusqu'au ferry, dit avec sincérité Sebastian. Ou encore mieux, jusqu'à Stockholm."

Kristina reposa le couteau à beurre en lui adressant un sourire un peu étonné, comme si ce qu'elle venait d'entendre ne collait pas du tout avec ses projets pour la journée.

"Cette nuit, tu n'as pas dit que tu étais si pressé de t'en aller aujourd'hui.

— Cette nuit, j'ai dit n'importe quoi pour pouvoir tirer mon coup."

C'était également vrai, mais le dire dans ces circonstances eut deux conséquences.

La positive : ce petit-déjeuner non souhaité cessa immédiatement.

La négative : Kristina n'avait pas l'intention de le conduire, pas même un mètre.

Sebastian marchait donc le long de ce qui s'appelait Tour d'Adelsö, en espérant que cela finirait par le conduire au ferry.

Son téléphone sonna.

Il se surprit à espérer que ce soit Vanja.

Voilà quelques mois, la nuit du mariage de Billy, il avait été obligé de lui dire ce qu'il savait depuis un moment.

Qu'il était son père.

Vanja avait été choquée, bien sûr. N'avait d'abord pas voulu le croire puis, une fois convaincue malgré tout qu'il disait la vérité, elle l'avait mis à la porte. Pas sur le mode "je ne veux plus jamais te revoir", plus par besoin d'être seule.

Elle avait besoin de temps pour digérer la chose.

Elle le rappellerait.

Ce qu'elle n'avait pas fait.

Sebastian la connaissait assez bien pour savoir que, pour que leur relation déjà parfois fragile ait une chance de survie, il devait désormais lui laisser l'initiative. À elle de décider du timing. La moindre ébauche de passage en force de sa part, et elle se détournerait de lui pour de bon.

Il était donc seul.

Il n'était pas doué pour la solitude.

Voilà pourquoi il se retrouvait à marcher sur cette route d'Adelsö.

Et ce n'était pas non plus Vanja qui l'appelait. C'était Torkel.

C'était le moment de se remettre au boulot.

Ursula fut surprise de voir sa jeune collègue franchir les portes du terminal. Torkel n'était pas sûr que Vanja viendrait, mais il avait apparemment réussi à la convaincre. Ursula aurait parfaitement compris que Vanja choisisse de déclarer forfait. Elle-même n'était pas certaine de vouloir continuer à travailler avec Sebastian. Pas seulement parce que c'était un menteur notoire, accro au sexe, qui s'était en plus avéré être le père de Vanja.

Ursula avait ses raisons personnelles.

Elle avait perdu un œil, parce qu'elle l'avait approché.

Eux deux, chez lui.

Du sexe dans l'air.

Peut-être autre chose, du moins de son côté, même si elle ne l'admettrait jamais aujourd'hui. Une ex-petite amie et un pistolet collé au judas. Sebastian n'était même pas allé la voir à l'hôpital. Il lui avait demandé pardon du bout des lèvres, et avait voulu reprendre là où ils s'étaient arrêtés. Comme s'il ne s'était rien passé.

Ursula se tourna vers Torkel, à quelques pas derrière elle.

"Sebastian vient aussi ?

— Oui, c'est ce qu'il a dit.

— Et Vanja était d'accord ?

— Oui.

— On ne pourrait pas voter ?" demanda-t-elle tout en faisait un signe de la main à Vanja, qui s'était arrêtée de l'autre côté des portes de verre pour les chercher des yeux. Elle fit signe à son tour et se dirigea vers eux en traînant derrière elle la valise cabine noire qu'elle emportait toujours. Elle faisait preuve d'une remarquable maîtrise de soi, trouva Ursula. Peut-être un peu plus pâle que d'habitude. Elle avait l'air d'avoir aussi perdu quelques kilos.

"C'est un problème s'il vient avec nous ?" demanda Torkel. Elle sentit qu'il la dévisageait. Il y avait quelque chose dans le ton de sa voix… Elle croyait qu'il avait digéré qu'elle se soit trouvée chez Sebastian quand on lui avait tiré dessus. Qu'il avait tourné la page, que le chapitre de la jalousie initiale était clos. Mais peut-être pas. Même si Sebastian et elle lui avaient assuré que c'était en toute innocence. Un dîner agréable, rien d'autre.

"Sebastian est toujours un problème, dit-elle en haussant un peu les épaules pour dédramatiser.

— Pour toi personnellement ?"

Le chapitre n'était visiblement pas clos.

"Non, soupira-t-elle. Pas plus que d'habitude", ajouta-t-elle.

Vanja les rejoignit et Ursula la surprit et se surprit elle-même en allant l'embrasser. Elle n'avait pas pour habitude d'embrasser qui que ce soit. Pas même sa fille.

"Salut, ma vieille, comment ça va ?" fit-elle.

Vanja regarda Ursula avec douceur. Reconnaissante pour cette sollicitude inattendue.

"Ça va. Je suis contente de reprendre le boulot."

Elle se tourna vers Torkel et continua à éloigner la conversation de sa vie privée. "Je n'ai eu le temps que de survoler le premier rapport, dans le taxi, s'excusa-t-elle un peu. On en sait davantage ?

— Pas tellement, répondit Torkel. Deux meurtres. Spectaculaires. Identiques. Les victimes abattues d'une balle dans la tête, retrouvées dans une salle de classe avec un bonnet d'âne sur la tête et une sorte de… d'interro agrafée dans le dos. La première à Helsingborg la semaine dernière, l'autre avant-hier à Ulricehamn.

— Donc le meurtrier s'est déplacé ?

— Apparemment, répondit Torkel. Malheureusement, le premier rapport de la police d'Helsingborg est un peu insuffisant."

Ursula secoua la tête.

"Il va falloir tout recommencer aux deux endroits, comme d'habitude, lâcha-t-elle, avec aigreur.

— On ne sait pas encore. Il y a de bons policiers, même hors de la Criminelle, fit Torkel.

— Dommage que je ne les aie jamais rencontrés, rétorqua Ursula avec un sourire. Je sais que tu veux défendre les ploucs, mais même toi, tu dois reconnaître que le rapport de la police d'Helsingborg était en dessous de tout."

Elle se tourna vers Vanja pour recueillir son approbation, mais découvrit que l'attention de sa collègue était dirigée tout à fait ailleurs. Ursula se retourna, et vit ce que Vanja avait déjà vu : Sebastian qui passait nonchalamment le tourniquet, comme s'il n'avait pas le moindre problème au monde. Derrière lui, Ursula aperçut Billy qui venait de descendre d'un taxi et se dépêchait de rejoindre l'entrée.

Toute la bande rassemblée…

Sebastian s'arrêta en apercevant Vanja, toute son insouciance soudain comme balayée.

"Je vais lui parler, dit tout bas Vanja en lâchant sa valise cabine.

— Tu veux que je vienne avec toi ? proposa Torkel d'un ton presque paternel.

— Pas besoin."

Elle se dirigea vers Sebastian, qui posa sa valise, visiblement décidé à l'attendre. Billy le dépassa. Il salua Sebastian d'un petit signe de tête avant de continuer vers Ursula et Torkel, sans s'arrêter. Sebastian connaissait les sombres secrets derrière sa façade neutre. Il savait ce que Billy cachait. Mais, pour l'heure, il appréciait que son collègue fasse comme si de rien n'était. Il avait besoin de se concentrer sur sa fille.

"Salut Vanja, dit-il calmement quand elle ne fut qu'à quelques mètres de lui. Je n'étais pas sûr que tu sois là.

— Me voilà.

— Tu avais dit que tu donnerais des nouvelles…"

Vanja fit les derniers pas en s'approchant si près qu'il pouvait sentir le parfum de son shampoing. C'était comme si elle essayait de créer une sphère privée au milieu de l'agitation de la foule.

"Je suis passée dans ta rue aujourd'hui, commença-t-elle tout bas, pour qu'aucun passant ne puisse entendre de quoi ils parlaient. Mais tu n'étais pas à la maison.

— J'étais chez un… pote."

Sebastian se maudit à nouveau d'avoir échoué sur l'île d'Adelsö. S'il était resté en ville, il n'aurait probablement pas raté Vanja.

"Tu n'as pas de potes, constata Vanja d'un ton inutilement dur. Tu devais être allé baiser quelqu'un", continua-t-elle en montrant à nouveau qu'elle ne le connaissait que trop bien.

Sebastian se dit que mentir n'était pas toujours la meilleure option. Là, c'était la pire.

"Pardon, dit-il sincèrement. Je ne savais pas que tu allais passer. Tu aurais dû appeler d'abord.

— C'était sur un coup de tête, dit Vanja en haussant les épaules. J'étais allée voir Torkel, et je voulais que tu saches que j'avais mis toute l'équipe au courant de notre… parenté.

— Que je suis ton papa."

Elle le regarda avec une certaine froideur. C'était si facile pour lui, si difficile pour elle. Ce n'était pas juste.

"Tu aimes dire ça, hein ?

— Oui, ça me plaît, opina-t-il. Je suis fier de toi. Mais si ça te dérange, j'arrête."

Il regarda autour de lui dans le terminal. Un peu plus loin, Torkel, Ursula et Billy, côte à côte, regardaient vers Vanja et lui. Sebastian sentait qu'au moins deux d'entre eux, et peut-être tous les trois auraient préféré le voir tourner les talons et s'en aller. Les quitter pour de bon. Mais il ne se souciait pas de ce qu'ils pensaient. Tout ce qui comptait vraiment pour lui était devant lui.

"Je ferai ce que tu veux, tant que je ne te perds pas", dit-il et, sans vraiment réfléchir, il avança sa main et prit la sienne. À son grand étonnement, elle ne la retira pas. "Tu n'étais pas prête pour ça", poursuivit-il avec la même émotion. C'était peut-être là leur conversation la plus importante. Peut-être la plus importante de sa vie.

Il n'avait pas l'intention de prendre le risque de paraître détaché. "Je comprends que tu sois en colère contre moi. En colère contre tout le monde. Je le conçois…"

Il se tut. Pesa ses mots. Il marchait en équilibre sur une passerelle fragile. Un gouffre de chaque côté, où sa fille pouvait à tout moment le précipiter.

"Ma plus grande peur depuis que j'ai appris qui tu étais a été que nous nous retrouvions un jour ainsi face à face et que tu t'en ailles de ton côté. Que tu ne me laisses plus t'approcher. J'étais mort de peur. Je *suis* mort de peur."

Il inspira à fond avant de poursuivre. Avait-il su la toucher ? Il n'en avait pas la moindre idée. L'expression de son visage ne trahissait rien de ses pensées. Mais il lui tenait toujours la main.

"Mais c'est ta vie. Ce doit être ton choix."

Il se tut. Il aurait voulu en dire davantage, mais c'était trop, des sujets trop vastes pour être discutés dans un aéroport bruyant et animé. Alors il attendit. Ce qui lui parut une éternité.

"Tu peux continuer à être mon collègue", finit-elle par répondre. Calme, maîtresse d'elle-même. "Pour le reste…" Elle se tut. Elle aussi paraissait choisir soigneusement ses mots. Elle le regarda profondément avec ses beaux yeux bleus. "Tu n'es pas mon papa. Pas comme ça. Un cadeau à Noël, des fleurs pour la fête des Pères, ce n'est pas le genre."

Sebastian hocha la tête. Ça se passait mieux que ce qu'il avait osé espérer.

"Je n'y arrive pas pour le moment, continua Vanja, comme si elle s'attendait à le voir se récrier. Je n'y arriverai peut-être jamais. Nous pouvons seulement être collègues. Tu vas supporter ça ?"

Sebastian poussa un profond soupir de soulagement. Elle acceptait malgré tout une petite partie de lui, et une petite partie était mieux que rien du tout.

"Je ferai de mon mieux, dit-il dignement.

— Fais mieux que ça, dit Vanja en parvenant à lui décocher un sourire. J'ai déjà vu ce que c'était, ton mieux."

Sur quoi elle le quitta pour rejoindre les autres.

Une voix dans les haut-parleurs annonça que les passagers pour Göteborg devaient se diriger vers la porte 37. Sebastian ramassa sa valise et emboîta le pas à ses collègues.

Comme d'habitude, Billy ignora toutes les limitations de vitesse et tous les radars sur le trajet de bien quatre-vingts kilomètres entre l'aéroport de Landvetter et Ulricehamn. Aussi, à peine quarante-cinq minutes après être montés en voiture devant le hall des arrivées, ils virent le lac Åsunden s'étendre sous leurs yeux. Sebastian voulait se souvenir qu'une importante bataille s'y était jadis déroulée sur la glace. Mais quand, entre qui, qui avait gagné et quelles en avaient été les conséquences, il n'en avait aucune idée.

Ils dépassèrent l'extrémité nord du lac et un grand camping grouillant de vie, puis le GPS leur indiqua de tourner à droite puis encore à droite dans Boråsvägen, une rue qui, aux yeux de Sebastian, ressemblait à toutes les voies d'accès de toutes les petites villes qu'il avait pu visiter. Beaucoup de verdure. Des immeubles vieillissants alternaient avec quelques boutiques isolées et des petits ateliers industriels. Puis quelques maisons pour plusieurs familles du côté droit, dont au moins les étages supérieurs devaient avoir une vue sur le lac, avec sans doute le prix qui allait avec. Et ils arrivèrent au commissariat de police. Il faisait neuf, dans la lumière de l'après-midi.

Rez-de-chaussée en briques, étage en crépi jaune. Des marquises vertes, l'emblème de la police de part et d'autre de l'entrée. Billy tourna à gauche et se gara le long d'une pelouse circulaire où trois rochers s'appuyaient les uns contre les autres en formant une sorte de Stonehenge miniature.

"Torkel Höglund ?" entendirent-ils derrière eux une fois descendus de voiture. Ils se retournèrent tous et virent une femme d'environ quarante-cinq ans se diriger vers eux tout en tendant la main pour verrouiller à distance une Passat verte qui clignota un peu plus loin sur le parking. "Eva Florén, police de Borås, Västra Götaland. C'est moi qui ai appelé ce matin."

Torkel serra la main qu'elle lui tendait et présenta les autres membres de l'équipe.

"J'arrive tout juste de l'institut médicolégal de Göteborg, continua Eva tout en les invitant à entrer dans le bâtiment. Le père de la victime nous a fourni une identification formelle."

Elle leur fit traverser l'accueil, où, derrière leur guichet, deux policiers en uniforme fixaient chacun leur écran. Pas de visiteurs. Une carte magnétique passée dans un lecteur fit chuinter une porte automatique, qui les laissa entrer dans le commissariat.

"Du café ?" proposa Eva quand ils passèrent devant la cuisine du personnel où tout, plans de travail, placards et table, était fait dans une essence de bois claire. Un îlot central courbe à placard suspendu séparait le coin réfrigérateur, évier, machine à café et four à micro-ondes d'une table entourée de chaises rembourrées rose sombre. Des rideaux blancs à gros pois multicolores à toutes les fenêtres. Quelqu'un s'était donné du mal pour donner à cette pièce un air de lieu de travail moderne, avec un certain succès.

"Oui, merci, répondit Sebastian à la proposition de café, que tous les autres avaient déclinée. Noir, mais avec un morceau de sucre, si vous en avez."

Vanja lui jeta un coup d'œil. Bien sûr, il avait peut-être juste envie d'un café, mais elle se doutait que cette réponse et le sourire chaleureux qui l'avait suivie étaient le début d'une tentative de séduction de la commissaire de Borås, qui venait d'attraper dans un des placards une tasse d'une main où bague de fiançailles et alliance étaient clairement visibles. Comme si ça avait la moindre importance pour Sebastian.

"Merci, c'est gentil", fit-il quelques minutes plus tard, quand Eva lui tendit la boisson fumante. Un nouveau sourire. Vanja remarqua qu'il s'était arrangé pour lui frôler la main de la sienne au moment de prendre la tasse. Tout doute était balayé. Rien de neuf, en soi, elle n'en attendait pas moins de Sebastian, mais son comportement était plus dérangeant maintenant qu'elle savait qui il était. Là, il n'était plus vraiment possible de ne le voir que comme collègue. Allait-elle soulever la question avec lui ?

Eva les fit entrer dans la salle de réunion du commissariat. Tableau blanc d'un côté, les mêmes chaises rose sombre qu'à la cuisine, les mêmes rideaux à pois.

"Cette pièce sera pour vous. Nous n'en avons pas d'autre. Si vous voulez autre chose, il faudra venir nous voir à Borås."

Les tables étaient en rang deux par deux, tournées vers le tableau, et non pas rassemblées au centre comme dans les pièces que la Criminelle avait l'habitude de se voir attribuer.

"Ce sera très bien, dit Torkel. C'est plus grand que ce qu'on nous donne d'habitude.

— Bon, ça fait un peu salle de classe, disposé comme ça, continua Eva en s'excusant presque. Mais vous pourrez remeubler à votre guise."

Ils prirent place. Ursula, Vanja et Torkel au premier rang, Sebastian et Billy derrière eux. Chacun avait devant lui son dossier vert foncé.

"Avez-vous eu le temps de prendre connaissance du dossier ? demanda Eva.

— Certains mieux que d'autres, mais nous écoutons volontiers ta présentation de toute façon", répondit Torkel.

Eva hocha la tête, ouvrit un dossier identique à celui qu'ils avaient devant eux et brandit la photo d'un jeune homme musclé qui souriait d'un air détendu à l'objectif.

"Miroslav Petrovic, vingt et un ans, retrouvé mort dans une salle de chimie de l'école Hilding hier après-midi, commença Eva.

— Mirre, fit Billy, comme s'il venait soudain d'apercevoir une vieille connaissance.

— Oui, on le surnommait comme ça.

— Je n'avais pas fait le rapprochement jusqu'ici, poursuivit Billy en secouant la tête.

— Quel rapprochement ? demanda Torkel, en le regardant d'un air curieux.

— Il est arrivé troisième de *Paradise Hotel*", dit Billy, comme si cela expliquait tout.

Les autres s'en contentèrent.

“Ce matin, nous avons appris qu’un meurtre analogue avait eu lieu à Helsingborg la semaine dernière, reprit Eva. C’est alors que nous avons décidé de vous contacter.

— Patricia Andrén, glissa Torkel.

— Exact, mais c’est à peu près tout ce que nous savons. Trouvée dans une école, bonnet d’âne sur la tête, abattue d’une balle dans le front et une sorte de test agrafé sur le corps, exactement comme Petrovic. Un rapport plus détaillé est en route. J’espère.

— Bien, opina Torkel. Que savons-nous de plus au sujet de Petrovic, à part qu’il est mort ?

— Comme il a été dit, c’était un peu une célébrité, après sa participation à cette émission de téléréalité. D’après le père de Miroslav, Gabriel Petrovic, son fils avait rendez-vous avec un journaliste pour une interview mardi dernier. À l’heure du déjeuner. Personne ne l’a revu depuis.

— Son père connaît-il le nom du journaliste ? demanda Vanja, en intervenant pour la première fois dans l’échange.

— Oui, Sven Caton. Six personnes s’appellent comme ça en Suède. Ce n’est le prénom usuel d’aucun d’entre eux.

— L’un d’eux est-il journaliste ?” poursuivit Vanja, sachant déjà la réponse. Si l’affaire avait été aussi simple, ils n’auraient pas appelé la Criminelle.

“Non, nous vérifions, bien sûr, mais nous supposons que c’est un faux nom.

— Savons-nous s’ils se sont effectivement rencontrés, et si oui, où ? termina Vanja.

— Pas encore, nous avons réussi jusqu’à présent à préserver l’anonymat de la victime à la presse, alors nous n’avons reçu aucun tuyau.

— Est-ce que c'était si malin que ça ?" demanda Torkel. Impossible de ne pas entendre la contrariété dans sa voix : Petrovic avait probablement été assassiné voilà plus de quarante-huit heures. Les deux premiers jours, si importants. Plus ils attendraient, moins les témoignages sur la journée de mardi seraient valables.

"Sûrement pas, mais c'était une requête de son père."

Torkel poussa un lourd soupir en hochant la tête. C'était toujours une décision difficile dans ce genre d'affaire.

"Si la presse ne le devine pas toute seule, nous devons le publier dès demain. Il faut qu'on reconstitue au mieux ses dernières heures.

— C'est ton enquête, maintenant, opina Eva. Tu rends ça public quand tu veux. J'ai juste expliqué pourquoi nous ne l'avions pas encore fait.

— Et cette école ? les interrompit Ursula. Des traces, là-bas ?"

Eva secoua la tête tout en répondant, réponse suffisante pour Ursula.

"Le corps a été trouvé dans la classe, mais ce n'est pas le lieu du crime.

— Et le reste de l'école ?

— Une porte du rez-de-chaussée était forcée. Rien n'indique qu'il ait été tué sur place."

Rien – *dans ce qu'avait trouvé la police locale d'Ulricehamn* – n'indique qu'il ait été tué sur place, aurait voulu la corriger Ursula, mais elle se rappela que Torkel lui avait demandé de garder pour elle sa confiance infime dans les polices de province.

"Une alarme ?" demanda-t-elle plutôt, même si elle

pensait déjà connaître la réponse. Un nouveau non de la tête le lui confirma. Ursula soupira.

"Je veux y jeter un coup d'œil.

— Bien sûr, je t'y conduis dès qu'on a fini."

Sebastian feuilleta les photos prises sur place. La chaise, la corde autour du ventre pour maintenir la victime assise, tournée vers le coin, le bonnet d'âne blanc sur la tête. Un tueur en série bien organisé, avec un message.

D'habitude, Sebastian écoutait d'une demi-oreille ces transmissions d'enquêtes, mais quelque chose dans cette mise en scène macabre retenait son attention. Il continua à chercher dans son dossier, et finit par trouver ce qu'il cherchait. Une copie des papiers agrafés sur le dos de la victime. Certaines parties étaient difficilement lisibles, là où le sang avait recouvert le texte, mais Sebastian les parcourut rapidement des yeux.

"Qu'est-ce que tu en dis, Sebastian, à première vue ?" demanda Torkel en se retournant à moitié vers lui.

Sebastian se redressa, leva les yeux du dossier, regrettant de ne pas avoir une paire de lunettes à gravement remonter sur son front, ou à avancer sur l'arête du nez pour regarder par-dessus. Il faudrait peut-être qu'il s'en achète. Pour cultiver un peu son look de prof. Il sourit faiblement à Eva, qui cette fois ne le lui rendit pas.

"Un homme. D'un certain âge. Il n'y a pas grand monde en dessous de cinquante ans qui puisse savoir ce que signifie être au coin et porter un bonnet d'âne." Sebastian baissa à nouveau les yeux sur les photos. "Il considère que ce jeune homme aurait dû avoir honte. Apparemment de sa mauvaise culture générale.

— Il y a eu un épisode de *Paradise Hotel*, cette année, où les participants ont dû faire une série d'exercices niveau primaire, et ça a été la grosse honte, glissa Billy. Pas beaucoup de premiers de la classe, en d'autres termes.

— Celui qui a fait ça a probablement contacté Petrovic pour lui exprimer son mépris, d'une façon ou d'une autre.

— Vous avez trouvé son portable ?" le coupa à nouveau Billy. Eva secoua encore la tête.

"Nous avons son ordinateur…

— Fouillez les mails, les commentaires s'il a un blog, son compte Instagram, Twitter, dit Sebastian. Cet homme l'a sûrement contacté.

— Tu sais, ces types sont aussi haïs qu'aimés. On risque de trouver pas mal de choses."

Torkel s'était à moitié retourné vers Sebastian.

"Que cherchons-nous ?"

Sebastian continua de regarder l'image du jeune attaché, bonnet d'âne sur la tête.

"Des commentaires bien formulés, qui expriment le mépris. Pas de menaces. Pas de grossièretés. Bien orthographiés."

Il leva les yeux vers les autres, et des lunettes lui manquèrent à nouveau.

"Encore une chose, mais vous l'aurez peut-être déjà compris par vous-mêmes." Il marqua une petite pause théâtrale. Attendit d'avoir l'attention complète de chacun avant de poursuivre : "Il l'a fait deux fois en une semaine, il va donc continuer."

Eskilstuna-Kuriren
Courrier des lecteurs
Box 120
631 02 Eskilstuna

Il faut qu'ils soient partout.

Sans pouvoir rien apporter.

Toutes ces personnes sorties des téléréalités et des blogs. Physiquement presque tous semblables, avec leurs corps tatoués (hommes & femmes) et leurs lèvres et poitrines siliconées (femmes).

Chaque jour, nos chaînes de télé nous instillent que la superficialité, l'ignorance et la pure idiotie sont les qualités qui mènent le plus sûrement au succès en ces temps nouveaux.

Tient-on compte des gens intelligents qui savent vraiment quelque chose ? Les met-on côte à côte ? Non, jeunes et vieux disposant d'intelligence et de connaissances consistantes sont rejetés avec cynisme.

Ils ne "font pas d'audience".

Ils ne "génèrent pas de clics".

Ils ne font pas le "buzz".

Ce sont des personnes qui ne savent rien, qui en sont fières, et qui sont brandies comme des exemples et des idoles.

Comme le dit le brillant Kristian Luuk dans son émission qui est encore un havre préservé de l'ignorance crasse : Où allons-nous ?

Caton l'Ancien

Rien à redire à l'hôtel. Rien à redire à la chambre.

Pourtant, Billy voulait juste sortir, s'en aller.

Il s'était installé pour s'attaquer à l'ordinateur de Petrovic. Un Acer Aspire, écran 17,3 pouces, 4 GB de RAM, 500 GB sur le disque. L'idée était d'avoir une vue d'ensemble. De se faire une idée du travail que ce serait quand il faudrait se mettre sérieusement à chercher. Il savait déjà que Mirre était sur Instagram et Twitter, mais qu'en était-il de Facebook, avait-il un blog, peut-être un compte Flickr, même si ce n'était pas si courant ?

Mais il n'arrivait pas à se concentrer. Il adorait ce genre de boulot. Il y était bon. L'équipe comptait sur lui pour le faire, et leur estime comptait beaucoup pour lui. Pourtant, les recherches à peine commencées, ses pensées s'échappèrent.

Il pensa à Jennifer. Se maudit de penser à elle plutôt qu'à sa femme. Puis il pensa à My. À leur voyage de noces, dix vraiment belles journées en Turquie, puis il pensa au mariage.

À la nuit de noces.

Le matin suivant.

Et c'était fichu.

Il referma l'ordinateur portable et se leva avec un soupir. Alla à la fenêtre regarder le lac. Que faire ? L'hôtel avait une petite salle de musculation, avait indiqué la réceptionniste à leur arrivée. Faire du sport ? Pas envie. Et puis à tout prendre, il préférait sortir courir. Appeler quelqu'un ? Le nom de Jennifer fit à nouveau surface. Il ne savait pas pourquoi. Ils s'étaient embrassés une fois, un mois avant le mariage. C'était tout. Ils auraient sans doute tous deux aimé aller plus loin, mais Billy avait dit stop. Il allait se marier – et s'était marié – avec My. Il aimait My, alors s'il voulait parler avec quelqu'un, cela aurait dû être avec elle. Mais tout était plus simple avec Jennifer. Ils se ressemblaient plus. Avaient plus en commun. Elle le comprenait autrement.

Mais elle ne savait bien sûr rien de la nuit de noces. Du matin après. Personne ne pouvait comprendre.

Pas même lui-même.

Mais rester à gamberger dans cette chambre d'hôtel un peu trop chauffée n'arrangeait rien. Il attrapa son blouson et sortit.

Une minute plus tard, il descendait l'escalier jusqu'au lobby. Il regarda alentour et aperçut Sebastian en train de lire dans un des grands fauteuils bruns au-delà de la réception. Billy espérait avoir le temps de filer inaperçu quand Sebastian leva les yeux de son journal et croisa son regard. Billy jura en silence. Que faisait Sebastian dans l'entrée ? Pourquoi n'était-il pas dans sa chambre, ou dehors, à la recherche de quelqu'un avec qui coucher à Ulricehamn ? C'était ce qu'il faisait d'habitude. Sebastian le surveillait-il ?

“Où tu vas ? entendit-il Sebastian lui lancer à travers le lobby, tandis qu’il se levait en enfilant son blouson.

— Dehors.

— Alors je viens avec toi.”

Une constatation, pas une question. Billy n’avait visiblement rien à y redire.

“Je n’ai pas besoin de baby-sitter.

— Considère-moi comme… un ami des animaux.”

Billy n’eut même pas le courage de répondre. Il poussa la porte et se retrouva sur l’esplanade ronde pavée devant l’hôtel. Bien qu’il y eût encore de la chaleur dans l’air, il boutonna son blouson léger avant de s’éloigner sans un mot. Il traversa une petite pelouse sur la droite, puis prit à nouveau à droite.

Sebastian le suivit et le rattrapa. Ils traversèrent ensemble la grand-route. Descendirent jusqu’au lac. Là, Billy décida de partir vers la gauche, vent dans le dos. Sebastian marchait en silence à côté de lui.

Qu’il se soit passé tant de choses ce dernier mois était de la faute de Billy.

Il avait découvert le lien de parenté de Vanja et Sebastian. Un bon vieux travail de police, avec prélèvement d’ADN, lui avait permis de confirmer les soupçons qu’il nourrissait déjà depuis un moment.

Il avait menacé de révéler ce qu’il savait à Vanja si Sebastian n’oubliait pas ce qu’il avait vu.

Que Billy avait étranglé un chat lors de sa nuit de noces.

Et qu’il y avait pris du plaisir.

Sexuel.

Même si Sebastian aurait préféré oublier, c’était impossible. Il avait immédiatement révélé à Vanja qu’il était son père, afin de priver Billy du petit ascendant qu'il avait sur lui. Puis il avait été obligé de réfléchir. De se décider. De parler ou non à Torkel.

D'Edward Hinde.

De Charles Cederkvist.

Deux personnes que Billy avait dû tuer en service. Sebastian avait été surpris de l'absence de réaction chez lui, mais jamais il n'aurait imaginé que Billy associe le fait de tuer à la jouissance, et que cette association d'idées le pousserait à présent sur une voie dangereuse.

Chez lui, la barrière naturelle qui fait qu'en temps normal on ne réalise pas ses fantasmes était tombée. Billy aurait dû s'efforcer de la rebâtir. Car ses fantasmes resteraient pour toujours. Il était donc important de les identifier comme tels, pour que Billy ne se laisse pas aller aux pulsions qu'ils déclenchaient.

Sebastian avait insisté pour que Billy se prenne en main. Se fasse aider. Mais jusqu'à présent, il n'en avait rien fait.

Ils avaient marché un moment le long du rivage quand Sebastian brisa le silence.

"Pourquoi es-tu sorti ?

— Il fallait que je quitte cette putain de chambre.

— Tu ne tiens pas en place ?"

Billy ne répondit pas, ce que Sebastian interpréta comme un oui.

"Comment ça va, avec My ?"

Billy ne répondit pas. Pas besoin non plus. Évidemment, c'était difficile avec My. Les secrets pèsent, et celui-ci était un des plus grands qu'on puisse avoir. Billy était en plein processus de remise en question de tout ce qu'il pensait savoir sur lui-même, et au milieu de ça, il fallait qu'il assure son travail et maintienne une relation amoureuse.

"Est-ce que tu as déjà parlé à quelqu'un ?" demanda Sebastian, sentant qu'il s'essoufflait. Billy marchait vite, et Sebastian n'avait pas la forme pour suivre. Il vit qu'ils approchaient d'un autre camping, un peu plus loin. Combien pouvait-il donc y en avoir, dans ce trou ?

"Si tu ne me dis rien, je mets Torkel au courant, tu le sais."

Il lui sembla que Billy ralentissait un peu le pas.

"Pourquoi tu ne le fais pas, qu'on en finisse ?"

Une question tout à fait pertinente. Sebastian y avait songé. Pourquoi gardait-il le silence ? Il n'avait pas d'affection particulière pour Billy, mais Vanja l'aimait bien. Il ne savait pas comment elle réagirait si, avec cette révélation, il faisait éclater l'équipe. Il ne pouvait pas se permettre qu'elle s'en prenne au messager. Et puis cela lui conférait un joli petit ascendant sur lui : ce qu'il savait au sujet de Billy lui fournirait une bonne base de négociation le jour où il aurait besoin d'un service ou d'un allié. Billy le devinait certainement, mais n'avait pas besoin qu'on le lui confirme.

"Alors, comment ça va, avec My ?" répéta Sebastian.

Un instant, il crut qu'il n'aurait pas de réponse cette fois non plus, mais il entendit alors Billy inspirer à fond, expirer presque tout dans un soupir, avant de dire :

"Elle est chez ses parents, et je suis bien content de ne pas la voir tous les jours."

Sebastian hocha la tête en silence.

"J'évite de la prendre au téléphone, continua Billy.

Je suis un jeune marié et je ne veux pas parler avec ma femme. Est-ce que ça répond à ta question ?

— Oh oui, opina Sebastian.

— Bien."

Et ils continuèrent à marcher.

Ursula revint à l'hôtel vers huit heures et demie du soir.

Il était très clair que Miroslav Petrovic n'avait pas été assassiné dans la salle de classe. Son corps y avait été d'une façon ou d'une autre transporté. Comment et quand, les caméras de surveillance leur permettraient peut-être de le découvrir, s'il y en avait. Ce serait le boulot de Billy.

Elle avait fait un tour dans l'école Hilding pour s'orienter, mais n'avait rien trouvé à première vue. Les couloirs, la porte blanche donnant sur la salle de chimie, la porte forcée au rez-de-chaussée. À contrecœur, elle était bien obligée d'admettre que la police de Borås avait fait du bon travail. Tous les lieux qui lui semblaient intéressants, ils les avaient déjà inspectés, et leur rapport était bien rédigé. Elle allait le relire une fois de plus dans la soirée, et appellerait le technicien en charge dès les premières heures le lendemain. Le contact personnel avec ceux qui avaient fait les premières constatations était essentiel. En général, elle héritait toujours de l'enquête d'un autre, elle était rarement la première sur place. Les rapports documentés constituaient la base, mais la rencontre personnelle avec leurs auteurs permettait d'habitude d'approfondir les choses. C'était la seule façon de comprendre comment les techniciens avaient travaillé, pensé et, ainsi, de trouver peut-être des détails qu'ils n'avaient pas cherchés ou, au pire, qu'ils avaient ratés.

Parfois, les policiers optaient d'emblée pour une piste et s'efforçaient de faire en sorte que les preuves confortent leur théorie, au lieu de laisser celles-ci les guider, devenir la base objective sur laquelle une théorie pouvait se développer. C'était là qu'il fallait une solide expérience. Pour elle, seule la preuve technique était indiscutable : tout le reste pouvait être interprété, déformé, mentir, mais les preuves étaient définitives et sincères.

C'était sans doute pour cela qu'elle les préférait aux personnes.

Elle posa sa mallette d'un côté du lit et s'étendit de l'autre sans ôter ses chaussures. La journée avait été longue, elle était fatiguée. Sa prothèse lui semblait sèche : elle cligna plusieurs fois des yeux pour l'humecter. Elle avait commencé à s'habituer. Elle ne l'aurait jamais cru.

Le plus dur n'était pas la prothèse en elle-même et son entretien, mais la totale absence de vue côté droit. Son équilibre en souffrait, il fallait qu'elle tourne sans arrêt la tête pour se repérer dans son environnement, et tout était beaucoup plus lent.

Mais ça aurait pu être pire. Bien pire.

Elle inspira à fond.

C'était bon d'avoir retrouvé l'équipe et d'être sur la brèche. Ça lui avait manqué. C'était pour des voyages comme celui-ci qu'elle vivait. Plus l'affaire était compliquée, mieux c'était. Elle retrouvait alors une concentration qui lui manquait dans la vie de tous les jours. Ça la faisait se sentir vivante. Certes, elle avait travaillé pendant sa convalescence, mais ce n'était pas la même chose d'être chez soi devant son ordinateur ou sur place. Chez soi, le quotidien était trop près, trop intrusif. Sur le terrain, il n'était pas là, seule l'enquête comptait.

Elle se redressa sur son séant et regarda autour d'elle. L'hôtel Bogesund semblait avoir un faible pour les papiers peints multicolores. De grandes fleurs rouges entrelacées à des feuillages verts couvraient le mur au-dessus du lit. C'était tellement loin de son style personnel spartiate que c'en était un soulagement. De tant de façon, ce n'était pas comme être chez soi.

Elle se demanda si Torkel avait le même genre de papier peint dans sa chambre. Ça faisait un moment qu'ils n'avaient pas partagé le même lit, Torkel et elle. Autrefois, avant que Sebastian ne revienne à la Criminelle, ils finissaient souvent dans la chambre de Torkel. En toute simplicité. Pour elle, il n'avait jamais été question d'amour. Mais c'était une complicité qui lui manquait de plus en plus.

Ils avaient alors un accord.

Seulement au boulot.

Jamais à la maison.

Pas de projets d'avenir.

Ça lui allait parfaitement. Pendant la journée, toute sa concentration allait à l'enquête et, la nuit, elle pouvait s'abandonner à une relation sans exigence. Elle n'avait pas besoin de davantage.

Torkel en espérait plus, elle le savait.

Quelque chose de plus consistant.

Une liaison.

Tant qu'elle était mariée, il s'était contenté de ce qu'on lui donnait. Mais ensuite, quand Micke l'avait quittée, et qu'il n'y avait finalement plus d'obstacle, c'est devenu très clair. Assez curieusement, elle avait moins envie de lui, maintenant qu'elle était seule pour de bon. Non que Micke lui manque, il n'avait jamais non plus été question d'amour dans leur relation, elle avait bien dû l'admettre en faisant son examen de conscience. En tout cas pas de son côté. Mais la volonté manifeste de Torkel de franchir le pas d'une relation sans exigence à un engagement sérieux n'était pas compatible avec celle qu'elle était et ce qu'elle attendait de la vie. Cette friction avait fini par ruiner leurs rendez-vous réguliers.

Mais ils pourraient peut-être trouver un compromis. Elle sortit son portable. Songea à lui envoyer un SMS. Juste lui demander comment il allait. S'il était réveillé. Il comprendrait.

Un SMS, et tout redeviendrait comme avant.

Il serait là dans les trente secondes.

C'était tentant mais, en même temps, elle était bien fatiguée. Il y avait quelque chose d'excitant à s'autoriser à fantasmer encore un peu. Demain, elle amorcerait un rapprochement. Le toucherait, prendrait l'initiative. Elle lui montrerait une tout autre facette de sa personnalité.

Elle allait le séduire.

Vanja et Billy étaient partis pour Helsingborg aussitôt après un petit-déjeuner matinal. D'après le GPS, il fallait deux heures quarante-cinq pour aller d'Ulricehamn jusqu'à l'adresse du commissariat à Helsingborg mais, comme Billy conduisait une voiture de location, ils y arriveraient en tout juste deux heures. C'était en tout cas ce qu'il prétendait. Un peu au sud de la ville, Vanja sortit le nouveau rapport de police communiqué le matin même par Helsingborg, et entreprit de le parcourir.

La victime s'appelait Patricia Ellen Andrén, née à Malmö en 1989. Célibataire, un enfant. Profession : coiffeuse. Il y avait plusieurs photos d'elle, la plupart sur le lieu du crime, mais aussi deux prises de son vivant, apparemment par des professionnels. L'une en bikini sur une plage. Vanja pensa la reconnaître. Ou c'était son genre qu'elle reconnaissait : une brune tatouée au bas des reins avec des seins refaits et des dents bien trop blanches derrière des lèvres agrandies.

“Tu trouves quelque chose d'intéressant ?” demanda Billy.

Vanja lui montra une des photos. Celle de Patricia en maillot de bain. Billy jeta un coup d'œil de côté.

“Putain, elle aussi, je la reconnais ! s’étonna-t-il.

— Tu es sûr ?

— Cherche-la sur Google. Je suis sûr qu’elle a fait un truc à la télé.”

Vanja sortit son portable et fit une recherche rapide sur Patricia Andrén. Billy avait raison. Évidemment. La photo en bikini était une des premières qu’on trouvait. Deux ans auparavant, Patricia avait participé à l’émission de rencontres *Mère célibataire cherche l’amour*. Vanja soupira. Ils n’avaient pas besoin de ça. Quand ça se saurait, il faudrait qu’ils passent la moitié de leur temps à gérer et éviter la presse. Certes, c’était le boulot de Torkel, mais la pression médiatique les perturbait tous.

“On dirait que quelqu’un s’amuse à tuer des célébrités de troisième catégorie, dit-elle en montrant le téléphone à Billy.

— Au moins, comme ça, la presse en aura pour son argent, se désola Billy qui visiblement s’était fait les mêmes réflexions qu’elle. Mais c’est Torkel qui ne va pas rigoler.

— Tu m’étonnes.

— Il y a autre chose ? Il devrait quand même y avoir un rapport d’autopsie”, poursuivit calmement Billy en accélérant pour dépasser un poids lourd. L’aiguille du compteur approchait les 160.

“Oui, il devrait, mais ces ploucs n’en ont pas envoyé.”

Vanja se replongea dans le mince dossier. Le plus gros concernait le lieu de découverte du corps. Patricia avait été trouvée dans l’école de Tollsjö, une école primaire communale à quinze minutes du centre d’Helsingborg. L’enseignant qui occupait habituellement la salle avait trouvé la victime dans l'école fermée pour les grandes vacances, vers huit heures et demie la veille de la Saint-Jean. Le corps était placé sur une chaise, au coin, près de l'estrade. Une corde autour du ventre pour le maintenir droit. Un bonnet d'âne sur la tête, le visage tourné vers le mur et deux feuilles de questions agrafées à son dos nu. L'école n'avait pas d'alarme, et la police avait retrouvé une porte fracturée à l'arrière du bâtiment. C'était comme relire le rapport sur Mirre Petrovic et l'école Hilding.

"En tout cas, ils ont un suspect, dit Vanja au bout d'un moment.

— Qui ?

— Son ex-petit ami. Stefan « Steffe » Andersson. Le père de son fils. Apparemment, il l'avait menacée.

— C'est tout ce qu'ils ont ?

— Ils disent qu'il a été convoqué pour être interrogé…" Vanja feuilleta les quelques feuilles qui restaient dans le dossier. "Mais le procès-verbal n'a pas été envoyé non plus."

Billy secoua la tête.

"Visiblement, ils ont mis leurs meilleurs enquêteurs sur le coup.

— Carrément.

— Heureusement qu'Ursula n'est pas avec nous. Elle les aurait hachés menu."

Vanja imagina Ursula convoquer le malheureux qui avait concocté ce rapport pour lui dire ce qu'elle pensait de lui en particulier et de la police hors de Stockholm *intra-muros* en général. Elle ne put retenir un sourire.

"C'est chouette qu'elle soit revenue, poursuivit sincèrement Billy.

— La dernière fois, tu t'en es bien sorti sans elle", dit Vanja. Elle le pensait vraiment. "Je ne sais pas si je te l'ai dit.

— Merci, ça fait chaud au cœur."

Il jeta un rapide regard reconnaissant à Vanja, et elle l'encouragea d'un hochement de tête. C'était vrai. Billy avait vraiment grandi ces derniers temps. Dommage qu'ils se soient éloignés. À une époque, ils étaient plus frère et sœur que collègues et, même si tout était clair entre eux, ils n'avaient plus retrouvé cette relation.

Et ne la retrouveraient sans doute jamais.

La circulation était un peu plus dense, et Billy fut obligé de ralentir.

"Il faut que je te demande…", commença Billy. Vanja eut l'impression de le voir prendre son élan avant de poursuivre : "Qu'est-ce que ça fait de se retrouver d'un coup avec Sebastian comme père ? Ça doit être trop bizarre."

Vanja lâcha un petit rire désabusé.

"Je n'arrive pas à le voir comme mon père. C'est juste un collègue."

Billy lui jeta un coup d'œil perplexe.

"Alors c'est exactement comme avant, tu veux dire ?

— Non, bien sûr, mais… il faudrait, quoi." Elle se tut en regardant défiler le paysage de plus en plus plat. "Il faut le temps. Tout ça d'un coup, je n'y arrive pas.

— Mais tu es restée, tu le vois… Tu es forte.

— J'ai envisagé de partir.

— Et pourquoi tu as changé d'avis ?

— C'était trop simple. Trop lâche. Ce n'est pas comme ça que je résous les problèmes."

Ils se turent. Billy gardait le regard fixé sur la route devant lui. Vanja voulait profiter de l'occasion pour continuer à parler. Mais assez du travail et de ses soucis personnels. Il s'était aussi passé de grandes choses dans la vie de Billy.

"Et toi, alors, comment tu vas ? demanda-t-elle, en s'efforçant de mettre tout l'entrain possible dans sa voix. La vie de jeune marié ?

— Bien, bien, opina-t-il en souriant. C'est super.

— Et la Turquie, raconte ?" demanda-t-elle en se redressant sur son siège pour l'écouter.

Billy commença son récit, mais, assez rapidement, Vanja perdit le fil. Elle l'examina. Depuis tout ce temps qu'ils n'étaient plus aussi proches, Billy semblait avoir oublié une chose.

Elle était douée pour déceler les mensonges.

C'était une de ses forces.

Et Billy mentait.

Tout n'allait pas aussi bien, devinait Vanja. Loin de là.

"Tournez à droite. Après trois cent cinquante mètres, tournez encore à droite."

La voix féminine du GPS guidait la voiture par des rues de plus en plus étroites à travers des pavillons tous semblables aux yeux de Sebastian. Ils approchaient du but et il regrettait de ne pas avoir opposé une résistance plus ferme quand il en avait eu la possibilité.

Il était en train de terminer son petit-déjeuner quand Torkel était venu s'asseoir à sa table. Sebastian lui avait adressé un regard interrogatif. Ursula était assise un peu plus loin à une table près de la fenêtre, et la place en face d'elle était libre.

"Trouble in paradise ?"

Torkel le regardant, interloqué, Sebastian avait désigné la fenêtre d'un signe de tête. Torkel s'était retourné, avait regardé Ursula, puis à nouveau Sebastian.

"Non, qu'est-ce qu'il y a ?

— Tu crois que parce que vous ne déjeunez pas à la même table, personne ne sait que vous couchez ensemble ?

— J'ai déjà déjeuné.

— Tu sais, c'est moins suspect de vous asseoir à la même table, comme des collègues, que de l'éviter, avait continué à raisonner Sebastian. Si vous ne voulez pas qu'on sache que vous couchez ensemble, je veux dire.

— On ne couche pas ensemble.

— Et pourquoi pas ?

— Tu as fini ? avait demandé Torkel en désignant de la tête l'assiette à moitié mangée de Sebastian et sa tasse de café presque vide, bien décidé à couper court à cette conversation au sujet d'Ursula. On va voir le père de Petrovic.

— Elle avait l'air très intéressée par toi, au mariage de Billy, avait poursuivi Sebastian, peu enclin à abandonner un sujet qui mettait Torkel si manifestement mal à l'aise. Comment tu t'es débrouillé pour rater le coche ?"

Est-ce qu'il se faisait des idées, ou il avait entrevu dans les yeux de Torkel une nuance de tristesse, plutôt que de colère, avant qu'il ne se lève.

"Allez, viens, debout.

— On va où ?

— Mais je te l'ai dit !" Une trace de fatigue et d'irritation dans la voix de Torkel. "Voir le père de Petrovic. Je veux lui parler avant la conférence de presse.

— Mais pourquoi je dois y aller ?

— Parce que je te le dis."

Sebastian n'appréciait vraiment pas que Torkel se serve de sa position hiérarchique comme unique argument pour obtenir ce qu'il voulait. Il s'était alors ostensiblement calé au fond de son siège pour bien marquer qu'il n'avait pas l'intention de se lever. Au contraire. Il comptait bien rester là.

"Prends Vanja, ou quelqu'un qui…

— Vanja et Billy sont en route pour Helsingborg,

l'avait coupé Torkel. Tu m'accompagnes. Tu as cinq minutes. Je t'attends dans la voiture."

Sebastian avait regardé Torkel tourner les talons et quitter la salle du petit-déjeuner. Envisagé un instant remonter dans sa chambre et le laisser attendre dans la voiture jusqu'à ce qu'il se lasse et parte tout seul. Mais Torkel ne semblait pas d'humeur pour ce genre de messages. Était-ce parce qu'il avait mis Ursula sur le tapis ? Sebastian n'en avait pas la moindre idée, mais ce n'était que leur deuxième jour d'enquête. Il y aurait d'autres occasions de s'opposer à Torkel. Sur des sujets plus graves. Il avait éclusé la fin de son café refroidi et s'était levé.

"Tournez à droite. Après deux cents mètres, tournez encore à droite."

"Alors comme ça, tu es le père de Vanja", constata Torkel en suivant les indications du GPS. Sebastian lui jeta un coup d'œil.

Et voilà.

Sans prévenir.

Il s'était demandé combien de temps mettrait Torkel à faire des commentaires à ce sujet.

"Oui", répondit sèchement Sebastian. Impossible de deviner si Torkel avait un avis sur la question. Son commentaire avait été lâché sur le même ton qu'une considération sur le temps qu'il faisait.

"Tu le sais depuis quand ? poursuivit Torkel en ralentissant encore pour le dernier virage dans Luktärtsvägen.

— Un moment, je l'ai appris après notre rencontre à Västerås.

— Ça explique en partie ton comportement.

— Oui, je suppose."

"Vous êtes arrivés à destination."

Torkel se gara et coupa le moteur. Sebastian embrassa brièvement du regard à travers la vitre le pavillon en briques de plain-pied, avec son jardinet bien soigné, avant de se tourner vers Torkel.

"Qu'est-ce qu'elle t'a dit ?

— Juste ça. Que tu es son père.

— Et toi ?

— Qu'elle devait décider si elle voulait continuer à travailler avec toi, ou non."

Sebastian ne put retenir un sourire de satisfaction. Vanja avait eu l'occasion de prendre ses distances avec lui, mais s'en était abstenue.

Un choix délibéré.

Elle n'était pas forcée de le supporter. Elle avait choisi qu'il reste présent près d'elle. C'était toujours ça. Et même plus que "ça" : c'était assez fantastique. Cela augurait bien pour l'avenir.

"Mais pour ta gouverne, si jamais un jour je me trouve obligé de choisir…", commença Torkel en ouvrant sa portière, avant de descendre sans finir sa phrase. Ce n'était pas non plus nécessaire. Sebastian savait très bien qui tirerait la courte paille si la situation se présentait : pas Vanja.

L'homme qui fit entrer Torkel et Sebastian dans le séjour était à tous égards brisé. Il semblait ne pas avoir quitté ses vêtements depuis plusieurs jours. Cernes sombres sous les yeux, forte ombre de barbe aux joues. La voix sourde, la tête pendante, il leur indiqua d'un geste hagard des fauteuils dans le séjour surmeublé. La devise *"Less is more"* n'avait pas fait école chez les Petrovic. Les murs étaient couverts de tableaux, petits miroirs et photos du sol au plafond, la moindre surface libre était occupée par un napperon, une figurine, un bougeoir, une coupe ou un pot de fleurs. Sebastian dénombra rapidement onze sièges possibles, sans compter cependant les repose-pieds devant les deux fauteuils en cuir placés face au téléviseur.

"Pourquoi la Criminelle est-elle chargée de l'enquête ?" demanda Gabriel Petrovic quand il se fut assis dans un des quatre fauteuils de la pièce, en face du canapé sur lequel avaient pris place Sebastian et Torkel. Torkel réfléchit rapidement et se décida pour la vérité. Elle serait de toute façon dévoilée à la conférence de presse plus tard dans la journée.

"Nous pensons que votre fils a été la victime d'un tueur en série. Qu'il est la deuxième victime.

— Qui est la première ?

— Une femme à Helsingborg. Patricia Andrén."

Gabriel secoua la tête. Ce nom ne lui disait visiblement rien. Il se pencha et posa la main sur un des trois classeurs sortis sur la table basse.

"J'ai rassemblé tout ce qu'on a écrit sur lui. J'ai pensé que vous voudriez voir ça."

Sebastian faillit demander pourquoi ils le voudraient, mais s'abstint en croisant le regard de l'homme.

Il l'avait déjà vu.

Dans le miroir, longtemps après la mort de Lily et Sabine. Le chagrin sans fond. La lutte pour continuer tout simplement d'exister, trouver une raison de sortir du lit le matin. Voilà un homme qui avait besoin de parler de son fils, alors Sebastian se contenta de hocher la tête en silence.

“Miro était un bon gars, poursuivit Gabriel en ouvrant la première page d’un classeur. Vous ne devez pas croire à ce que vous avez vu à la télé.

— Je ne l’ai pas vu à la télé, dit Sebastian.

— Moi non plus, compléta Torkel quand Gabriel l’interrogea brièvement du regard.

— Il y jouait un rôle. Pour gagner. C’était un vrai battant.”

Ce que le classeur ouvert semblait confirmer. Une coupure de journal légèrement jaunie, la photo d’une équipe de foot. Des garçons de neuf, dix ans, se tenant par les épaules, souriant à l’objectif. Le titre mentionnait une victoire de coupe à Borås. Miroslav Petrovic en gagnant de match.

“Ça n’a pas été facile pour lui. Sa maman est morte quand il avait neuf ans”, raconta Gabriel tout en continuant à feuilleter le classeur. La plupart des coupures concernaient le foot, mais son fils semblait par la suite avoir aussi commencé à pratiquer des sports individuels. Tennis, ski. “À l’école, ça se passait comme ci, comme ça. Mais c’était un bon gars. Il évitait les drogues, les bandes, toutes ces emmerdes. Faisait beaucoup de sport.”

Sebastian adressa à Torkel un regard qui, espérait-il, lui demandait combien de temps encore ils allaient laisser continuer le père dans sa veine nostalgique. Torkel parut l’interpréter correctement. Il se racla la gorge.

“Savez-vous s’il était menacé ?

— Tout le temps, opina Gabriel. Enfin, peut-être pas des menaces, mais beaucoup de haine. Beaucoup de personnes méchantes. Il avait verrouillé les commentaires de son blog depuis un mois.

— Est-ce que quelque chose en particulier l'a poussé à le faire ?

— Il en avait assez, c'est tout. Que tout le monde croie qu'il était comme à la télé. C'était un rôle.

— Oui, vous l'avez dit.

— Pour gagner."

Gabriel posa la main sur une page ouverte. Un titre : "Un talent d'Ulricehamn en finale nationale", avec au-dessous une photo de Miroslav âgé de peut-être treize ans, en tenue de tennis blanche, raquette à la main.

"Il a gagné le tournoi régional de la coupe Donald, et est allé en finale à Båstad.

— Et ce journaliste qu'il devait rencontrer…, commença Torkel pour ramener la conversation au présent.

— Oui ?

— Est-ce qu'il a dit autre chose à son sujet ? À part son nom ?"

Gabriel réfléchit une seconde, puis secoua la tête.

"Non.

— Par où ils devaient se retrouver ?

— Quelque part à Ulricehamn. Il l'invitait à déjeuner, puis ils devaient aller ailleurs faire des photos.

— Mais vous ne savez pas où ?

— Non.

— Est-ce qu'il aurait pu en parler à quelqu'un d'autre ? tenta Torkel. Collègues au travail, petite amie… ?"

Gabriel secoua à nouveau la tête.

"Il ne travaillait pas en ce moment. Il avait arrêté le lycée et trouvé un boulot dans une entreprise de peinture ici, en ville, mais il avait arrêté pour participer à *Paradise Hotel.*

— Pas de contact avec ses anciens collègues ?

— Pas beaucoup. La plupart étaient plus âgés et… je crois qu'ils étaient un peu jaloux. Miro est devenu connu, et gagnait plus d'argent à présent.

— Comment faisait-il ? demanda Sebastian, sincèrement bluffé.

— L'*Expressen* venait de signer un contrat avec lui, il devait tenir un blog sur les pages loisirs du journal. Et puis *Bourre la Benne* lui a rapporté pas mal.

— Qu'est-ce que c'est ?

— Une chanson qu'il a enregistrée avec une des filles de *Paradise Hotel.* Elle a été en tête des ventes." Impossible de ne pas entendre la fierté dans sa voix. Gabriel entreprit de feuilleter un des autres classeurs et finit par trouver ce qu'il cherchait. Une liste des meilleures ventes en Suède en mai. Quelques semaines avant que la circulation de la plupart des villes ne soit plus ou moins paralysée par les cortèges braillards et avinés de bacheliers juchés sur des bennes de poids lourds roulant au ralenti. "*Bourre la Benne*, par Mirre et Chiao, a tenu la troisième place la semaine des défilés. Ils devaient retourner en studio et participer à une tournée de DJ sur la côte ouest en juillet.

— Une petite amie ? D'autres copains ? tenta à nouveau Torkel.

— Pas de petite amie, et la plupart de ses copains sont partis. Ou ils se sont perdus de vue."

Ils n'en tirèrent pas davantage. Torkel sortit sa carte de visite et la lui glissa par-dessus la table, accompagnée du laïus de routine : Gabriel pouvait appeler n'importe quand, à n'importe quel sujet.

"Nous allons tenir une conférence de presse, dit Torkel en se levant. Ça va faire pas mal de vagues. La presse va probablement vous contacter.

— Est-ce que je dois leur parler ? demanda Gabriel, l'air de vraiment attendre une réponse de ses visiteurs.

— Comme vous le sentez, dit Torkel. À certains, cela fait du bien, à d'autres non. Mais ils vont trouver votre adresse et venir jusqu'ici.

— Je peux aller chez mon frère. Il habite Uddevalla.

— Encore une fois, comme vous le sentez."

Ils se serrèrent la main et Gabriel les raccompagna jusqu'à la porte.

"C'était un bon garçon, leur lança Gabriel tandis qu'ils sortaient. Il se comportait bien, travaillait, s'entraînait… Pouvez-vous le dire, à votre conférence de presse ? Que c'était un bon garçon.

— Bien sûr", opina Torkel.

Ce qu'il comptait effectivement faire, mais ce n'était sans doute pas ce qu'en retiendraient les journaux le lendemain. Dans ces cas-là, la presse suivait sa propre dramaturgie, et les bons garçons vendaient moins que la promiscuité sexuelle des participants à des émissions de téléréalité. Torkel referma la porte et laissa cet homme avec ses classeurs et ses souvenirs qui n'intéressaient personne.

Comme Billy l'avait promis, ils arrivèrent à destination deux heures et quatorze minutes après avoir quitté Ulricehamn. Le commissariat d'Helsingborg était un bâtiment gris de deux étages au milieu de ce qui ressemblait à une zone industrielle. Ils se garèrent et entrèrent dans l'accueil vitré. Ils étaient attendus et le commissaire Peter Berglund allait les recevoir tout de suite, leur dit la réceptionniste en les priant de la suivre.

Ils furent rapidement guidés par quelques couloirs ennuyeux et un escalier avant d'être introduits dans une salle de réunion exiguë et nue. La pièce avait un besoin urgent d'être rafraîchie, tout comme l'homme qui les y attendait. Le teint de Peter Berglund avait la même nuance gris pâle que les murs. Une tache de café sur sa chemise froissée, comme sur l'étroite table en bois. En le saluant, Vanja sentit la légère odeur aigre de l'alcool de la veille. Berglund faisait nettement plus que les cinquante-cinq ans annoncés dans son dossier. Son hygiène de vie laissait sans doute à désirer, supposa Vanja.

“Vous avez fait bon voyage ? demanda-t-il avec un accent scanien à couper au couteau, sans avoir l'air particulièrement intéressé par leur réponse.

— Oui, merci", lâcha Vanja en s'installant. Billy s'assit à côté d'elle et sortit son ordinateur portable pour prendre des notes. Comme d'habitude, Vanja prit les commandes de la conversation.

"Nous avons besoin d'être briefés sur l'affaire Patricia Andrén. Nous avons un meurtre presque identique à Ulricehamn qui…

— Oui, j'ai entendu ça, la coupa Berglund. Mais notre affaire est presque élucidée. Nous avons un suspect." Vanja fixa avec étonnement l'homme en face d'elle, qui semblait à présent marquer son absence d'intérêt en laissant son regard glisser vers la fenêtre et la vue sur le parking, tout en se calant au fond de son siège, les mains jointes sur un ventre un peu trop volumineux.

"Votre suspect est écroué ? demanda Vanja.

— Oui, pour suspicion raisonnable.

— Comment aurait-il pu alors avoir commis un meurtre à Ulricehamn mardi dernier ?

— Il n'a pas pu.

— Beaucoup d'éléments suggèrent qu'il s'agit du même meurtrier, dit Vanja, que l'attitude de Berglund commençait à énerver. Avez-vous seulement parlé avec Ulricehamn ?

— Non, je me concentre sur mon enquête. C'est mon boulot, répondit Berglund, bref et concis. C'est pour ça que je suis payé."

Vanja se surprit à regretter qu'Ursula ne soit pas là.

"C'est du petit ami, Stefan Andersson, que vous parlez ?" glissa Billy en refermant son ordinateur. Il n'avait pas l'impression que cet homme leur donnerait grand-chose qui vaille la peine d'être noté.

"Ex-fiancé, pour être exact." Berglund opina du chef, sûr de lui. "Être exact est une qualité, chez un policier, non ?"

Billy regarda Vanja. Il n'en croyait pas ses oreilles. Cet imbécile sautait-il sur l'occasion pour les critiquer ?

"C'est bien de ce Stefan Andersson que vous voulez parler ?" répéta sèchement Billy. Il commençait à être aussi énervé que Vanja.

"Exact. Il l'avait brutalisée et menacée de mort. Traitée de tous les noms. Plusieurs témoins l'attestent. Pas d'alibi." Il se pencha en avant vers eux, comme pour souligner sa conviction. "Vu la façon dont elle parlait de lui à la télé, on peut presque le comprendre. C'était une vraie chieuse, si vous me demandez mon avis." Berglund laissa son gros accent retomber avant de se caler à nouveau au fond de son siège. Lequel craqua sous son poids et son attitude. "Alors voilà, on a la situation en main. Franchement, je ne vois pas bien ce que vous pouvez nous apporter, de Stockholm.

— Un peu de professionnalisme, peut-être ?"

Vanja se pencha en avant. Elle bouillait intérieurement. Il leur était parfois arrivé de rencontrer de l'incompétence et de la résistance, mais jamais à ce niveau, jusqu'ici. Mais s'il voulait jouer aux durs, elle pouvait elle aussi. Elle avait appris auprès du meilleur.

"Le rapport que nous avons reçu est le pire que j'aie jamais lu de ma vie. Et puis ce fiancé ne peut pas avoir assassiné quelqu'un à Ulricehamn." Elle dévisagea Berglund, furieuse. "Mais vous avez peut-être une réponse à ça aussi ?"

Berglund la regarda avec hostilité et haussa les épaules.

“Puisque ce n’est pas lui.”

Billy regarda Vanja. Il était d’habitude plus lent au démarrage, mais il passa lui aussi à l’offensive :

“Vous ne savez peut-être pas comment fonctionne la Criminelle, dit-il, lançant les mots comme des projectiles. Quand on nous envoie, on prend le relais. Nous pouvons travailler avec vous, ou vous écarter. À vous de voir.”

Berglund ne répondit pas. Il croisa les bras sur sa poitrine, dans une attitude qui montrait clairement qu’il avait choisi la seconde option. Avec une certaine difficulté, il défia du regard Billy, qui se dit soudain que l’odeur d’alcool qu’il avait lui aussi sentie ne datait peut-être pas d’hier.

“Non.” Vanja en avait assez. “Ce n’est pas à vous de voir. Vous pouvez partir.

— Je n’ai pas demandé que vous veniez. Jusqu’à nouvel ordre, c’est toujours mon enquête. Vous pouvez dire ce que vous voulez !” Sur quoi Berglund se leva assez péniblement et quitta la pièce, furieux, en claquant la porte. Vanja et Billy se regardèrent.

“Il était encore ivre, non ?” lâcha Billy. Vanja hocha la tête, peinant soudain à ne pas éclater de rire.

“Un record de mauvaise transmission, dit-il.

— Record du monde”, sourit Vanja.

Vingt minutes plus tard, ils étaient tous les deux dans le bureau du chef de la police, dont ils écoutaient les explications embarrassées.

Peter Berglund n’allait pas bien.

Sa femme l’avait quitté.

Ses enfants avaient coupé les ponts.

Il était disposé à venir s'excuser.

Le chef de la police était un homme mince et nerveux qui ne dégageait pas la moindre autorité. Il semblait plus inquiet de se faire passer un savon par Billy et Vanja que de savoir qu'un de ses policiers était alcoolique et avait complètement bâclé une enquête sur un meurtre.

"Mais s'il va si mal, pourquoi le mettre à enquêter sur un meurtre ?"

La question semblait faire physiquement mal au chef de la police. Il se tortilla et se mit à transpirer.

"C'était peut-être une erreur de ma part, mais j'ignorais complètement que…

— Qu'il buvait ?" mordit Vanja. Ça, il n'y couperait pas. Elle s'était levée trop tôt et avait fait trop de route pour écouter un baratin. "Il nous a fallu deux minutes pour nous en rendre compte. Et si je vais voir la réceptionniste et les femmes de ménage, je parie qu'elles sont aussi au courant."

Le chef de la police, honteux, fixa la table.

"Ce n'est pas si simple. J'ai eu une discussion avec le syndicat sur la situation. Mais il est représentant local et les preuves…" Le chef de la police déglutit et se redressa sur son siège. "Il n'est pas simple à muter.

— Je vous plains, répondit Vanja d'un ton glacial. On va faire remonter ça.

— Est-ce vraiment nécessaire ? demanda l'homme en face d'eux, comme pris d'une brusque détresse respiratoire. Vous disposerez de toute l'aide que vous voudrez. C'était une erreur, j'en conviens, mais il y a tant de volontés divergentes dans ce commissariat.

— C’est pour ça qu’on a besoin d’un chef, constata sèchement Vanja.

— Il va nous falloir reprendre toute l’enquête quasiment à zéro”, compléta Billy, plus contenu, mais tout autant en colère. “Il nous faut toutes les auditions. Le moindre procès-verbal. Tout. Vous mesurez le temps qu’on a perdu ?”

Le chef de la police hocha la tête, sans énergie.

“Je comprends. Je vais vous chercher tout le matériel.” Il décrocha son téléphone. “Je vais voir si Berglund peut m’aider.”

Vanja n’en croyait pas ses oreilles. Elle se pencha en avant et le fusilla du regard.

“Non, vous mettez Berglund sur la touche et vous veillez *vous-même* à nous fournir tout le matériel. Maintenant. Nous ne voulons plus revoir cet idiot. Jamais.”

Le chef de la police raccrocha d’une main tremblante de nervosité.

“Bien sûr, bien sûr. Où avais-je la tête ?”

Une tasse de café plus tard, on leur apporta le matériel de l’enquête dans la pièce gris pâle du premier étage. En vrac dans un carton de déménagement. Sur le dessus, Billy trouva le rapport d’autopsie. De l’institut médicolégal de Lund, rédigé par le docteur Frida Hansson, que Billy connaissait pour sa précision et sa compétence. Il en commença la lecture à voix haute pour Vanja. Concentré sur l’essentiel.

“Probablement morte de 12 à 16 heures avant sa découverte le matin. La cause de la mort est une lésion pénétrante au front.

— Un coup de feu ?"

Billy secoua la tête.

"Non. Ni traces de poudre, ni trou de sortie, ni balle dans le crâne." Il leva les yeux du document. "Elle pense que le meurtrier a utilisé un pistolet d'abattage. Les lésions et le diamètre du trou le suggèrent.

— Un pistolet d'abattage ?

— Ce qu'on utilise pour étourdir les chevaux et les vaches à l'abattoir. Une cheville en acier est projetée à l'aide d'air comprimé ou de poudre." Il imita le bruit pour illustrer : "Bof ! En plein front !"

Vanja grimaça un peu en imaginant l'horrible image.

"Des marques nettes de menottes, continua Billy. Patricia semblait avoir lutté pour se libérer : bleus et contusions autour des poignets. Et là, c'est intéressant…" Il leva les yeux vers Vanja, qui continuait à fouiller dans le carton de déménagement. "Elle avait des traces de benzodiazépine dans l'estomac.

— Droguée ?

— Je ne connais pas les seuils, mais c'est une sacrée dose. À défaut de l'avoir endormie, ça a dû la rendre très docile. Ursula est sûrement au courant de ça."

Vanja pêcha un sachet plastique au fond du carton, marqué d'une date, mais pas indexé. C'était le test agrafé dans le dos de Patricia. Vanja le montra à Billy.

"Tiens, voilà une preuve. Putain, quel fiasco. Il faut que quelqu'un de compétent vienne nous aider à cataloguer tout ça, sinon on est encore ici demain."

Elle posa sur la table le test taché de sang. Tout en haut de la première page, la note 15/60 inscrite au feutre rouge. Vanja se pencha et lut tout haut la première question :

“Que signifie l’abréviation Otan ?”

Billy haussa les épaules.

“Je ne sais pas, et toi ?

— Organisation du Traité de l’Atlantique Nord.

— À quoi ça me servirait de savoir ça ? demanda Billy tout en prenant le sachet contenant le test. Regarde ça : À quelle classe grammaticale appartiennent les mots bla, bla, bla ? Que signifie pocher ? Comment s’appelait le vaisseau amiral de Christophe Colomb ?” Il retourna le sachet. “Qui a été roi de Suède après Oscar Ier ?”

Il reposa le sachet sur la table et se tourna vers Vanja.

“Sérieux, pourquoi je saurais tout ça ? Je peux googliser toutes les réponses en moins de dix secondes.

— On appelle ça la culture générale.

— À l’époque où il fallait se dépêcher de rentrer chez soi chercher dans une encyclopédie, je comprends, mais maintenant ? Maintenant, ce ne sont que des connaissances inutiles.

— Je ne suis pas certaine que tout le monde serait d’accord avec l’idée qu’il existe des connaissances inutiles”, s’amusa Vanja. Billy était vraiment parti au quart de tour. Elle se doutait qu’il n’avait tout simplement pas beaucoup de bonnes réponses au test qu’il venait de parcourir.

“On s’en fout, dit Billy. En tout cas, maintenant, plus besoin de spéculer pour savoir si c’est le même meurtrier. Les questions sont identiques à celles trouvées sur le dos de Petrovic.”

Vanja opina en silence, elle ne pouvait qu’être d’accord.

“Briefe Torkel pendant que j’essaie de mettre un peu d’ordre dans ce bazar. Envoie-lui le test et le rapport d’autopsie.

— OK", dit Billy avant de prendre les documents et de quitter la pièce.

Vanja continua à explorer le contenu du carton et à le classer selon un ordre rudimentaire. Il y avait pas mal de choses intéressantes.

Un interrogatoire d'une certaine Ragnhild Torsson de la maternelle que fréquentait Max, le fils de cinq ans de Patricia. C'était elle qui avait la première donné l'alerte. En ne voyant pas Patricia venir chercher le garçon, vers 7 heures, Ragnhild l'avait ramené chez elle et avait appelé la police. Le lendemain matin, un avis de recherche avait été lancé, et une patrouille de police envoyée au domicile de Patricia et au salon de coiffure où elle louait un fauteuil. Ni ses voisins, ni ses collègues ne l'avaient vue.

Quand un corps avait été retrouvé à l'école de Tollsjö, on avait fait le lien avec la disparition. Jusque-là, le travail était professionnel et efficace. Les rapports étaient relativement bien écrits par les policiers en uniforme et donnaient une bonne vision d'ensemble. Il y avait encore de l'espoir pour la police d'Helsingborg. Ce n'était que lorsque Berglund prenait en charge l'enquête que tout se mettait à clocher. Il dirigeait immédiatement ses soupçons sur Stefan Andersson. Les rapports se faisaient sporadiques et à moitié incomplets. Il manquait des auditions approfondies des collègues, des amis, à l'école. Tous les efforts visaient à faire avouer Stefan. Lequel avait nié avec constance toute implication.

Les œillères de Berglund firent soupçonner à Vanja qu'il était déjà tombé sur Andersson dans un cadre professionnel. Un conflit, une prise en charge pénible, quelque chose de personnel. Il n'y avait pas d'autre explication à l'aveuglement dont faisait preuve Berglund.

En effet. Stefan Andersson, trente-trois ans, ouvrier du bâtiment en congé maladie, était connu des services de police. Plusieurs condamnations pour violences et menaces. Patricia et lui s'étaient rencontrés quand elle n'avait que dix-neuf ans, et avaient entamé une relation compliquée qui s'était terminée un an avant la candidature de Patricia à l'émission *Mère célibataire cherche l'amour*. À l'antenne, Patricia avait apparemment révélé en pleurant les violences physiques et psychologiques que Stefan lui avait fait subir des années durant. Un bon moment de télé, bien émouvant, qui, selon la dramaturgie bien rodée des médias, avait jeté un éphémère coup de projecteur sur la violence dans les relations intimes, surtout dans les journaux du soir.

Cela avait également conduit Stefan à s'en prendre plusieurs fois physiquement à Patricia, qu'il accusait désormais de l'avoir diffamé et d'avoir détruit sa vie.

Huit mois après la diffusion de l'émission, l'interdiction de visite avait fini par être prononcée.

Ça avait apparemment été efficace : les interventions de la police avaient diminué, pour finalement cesser totalement. Patricia, quant à elle, avait réussi à capitaliser sur sa célébrité toute neuve, et s'était mise à tenir un blog et à apparaître ici et là. Elle avait été invitée dans des talk-shows et des débats où elle continuait à parler de Stefan et de sa lutte pour se libérer de lui. Après l'été, elle devait apparaître comme une des deux présentatrices d'une série sur la dépendance, et participer à l'émission de téléréalité *La Ferme des célébrités*.

Une gagnante et un perdant de la société médiatique contemporaine, songea Vanja. Elle pouvait tout à fait comprendre que Berglund soupçonne Stefan. Mais les procès-verbaux montraient un policier qui avait laissé un soupçon se transformer en conviction sans la moindre preuve concrète.

Force était pourtant de remercier Berglund pour une chose : il avait réussi à empêcher le nom de Patricia de fuiter dans la presse. Ça avait été une partie de sa stratégie dans ses interrogatoires de Stefan. "Si je révèle que c'est Patricia, ta vie sera détruite pour de bon. Tu seras condamné par tout le monde, que tu sois mis en examen et jugé ou non", disait-il dans plusieurs interrogatoires. Mais c'était bien la seule chose dont on pouvait remercier Berglund, se dit-elle en regardant la confusion qui régnait sur la table : avoir jusqu'à présent évité l'emballement médiatique. Qu'elle ait été trouvée la veille de la Saint-Jean et devait commencer ses vacances juste après le week-end y avait sûrement contribué. Elle n'avait manqué à personne.

À part Max.

Vanja ne voulait même pas y penser.

Billy revint. Rien de neuf à Ulricehamn, mais ils allaient bientôt tenir une conférence de presse. Ce n'était qu'une affaire d'heures avant que leur enquête ne se retrouve sous le feu des projecteurs. Et non, Torkel n'avait pas été content qu'il s'agisse dans les deux cas de célébrités…

Vanja et Billy se concertèrent. Il leur fallait une meilleure vue d'ensemble que ce que permettait le matériel de l'enquête étalé devant eux sur la table. Ils décidèrent de commencer par la maîtresse de maternelle. Il fallait en faire le plus possible avant la conférence de presse. La mémoire des gens était influencée par ce qu'ils lisaient et entendaient : ils voulaient voir Ragnhild avant que les théories des journaux ne lui parviennent.

La maternelle Coccinelle, située à quinze minutes du commissariat, était un long bâtiment jaune pâle de plain-pied, avec deux ailes entourant une grande cour. Les enfants étaient dehors, ils jouaient dans le bac à sable, se balançaient et grimpaient sur la grande aire de jeux installée en plein milieu. L'air était plein de joyeux cris d'enfants. Billy et Vanja se présentèrent à une fille d'une vingtaine d'années avec deux fillettes pendues à ses basques, et exposèrent le motif de leur visite. Ragnhild Torsson était en réunion. Était-ce important ? Oui.

On les fit entrer dans le bâtiment, dans un petit bureau. Ragnhild arriva quelques minutes plus tard, une femme d'environ trente-cinq ans avec des taches de rousseur et des cheveux roux frisés, un jean et un sweat Adidas bleu. Elle referma la porte derrière elle et vint s'asseoir.

"Savez-vous quelque chose de plus ? demanda-t-elle avec un mélange d'inquiétude et de curiosité dans la voix, après qu'ils se furent à nouveau présentés.

— Non, mais nous aimerions vous poser encore quelques questions, répondit Vanja.

— Bien sûr, rétorqua Ragnhild. Tout ça est tellement affreux." Ragnhild baissa la voix, comme le font les personnes empathiques quand elles se remémorent des tragédies.

Elle faisait une impression raisonnable, contenue, presque maternelle. Vanja se surprit à se dire qu'heureusement que c'était avec Ragnhild que Max se trouvait quand les services sociaux étaient venus avec leur terrible nouvelle.

"Comment va Max ?" demanda-t-elle.

Ragnhild haussa les épaules de découragement, avec un petit soupir.

"Difficile à dire. Il a cinq ans. Il ne sait pas bien ce que c'est que la mort. Mais sa mère lui manque, évidemment…

— Bien sûr…

— Il est dans une famille d'accueil maintenant, mais les services sociaux souhaitent qu'il continue à venir ici quelques heures par jour. Pour avoir un peu de continuité. Il arrive d'ici un petit moment, si vous voulez lui parler."

Vanja hocha la tête en questionnant Billy du regard. Parler avec Max ? Un gamin de cinq ans ? Ils n'étaient pas formés pour interroger un enfant.

"Merci, peut-être, répondit Vanja. Vous souvenez-vous de quelque chose qu'aurait dit Max, et qui pourrait nous aider ? continua-t-elle. N'importe quoi.

— Non. J'y ai réfléchi, après… ce qui s'est passé, mais… non. Rien.

— Pouvez-vous nous parler du jour où Patricia a disparu ? Quelque chose de particulier à quoi vous auriez pensé ?" Billy changeait d'angle d'approche.

"Non. Patricia devait venir le chercher un peu plus

tard que d'habitude. Elle vient d'ordinaire à 4 heures, mais cette fois, elle pensait que ce serait plutôt 5 heures. C'est tout.

— Elle a dit pourquoi ?

— Non, mais elle a surtout parlé à Yasmin en déposant Max le matin. Alors peut-être qu'elle sait, elle."

Vanja jeta un coup d'œil dans le rapport de l'enquête de Berglund. Aucune Yasmin n'avait été entendue, autant qu'elle se souvienne.

"Yasmin comment ? demanda-t-elle en feuilletant les documents incomplets.

— Asghari. Je peux aller la chercher, si vous voulez ?

— Volontiers."

Ragnhild se leva et sortit. Ils l'entendirent appeler Yasmin dans le couloir.

Billy se cala au fond de son siège et regarda Vanja. Il pensait comme elle.

"Qu'est-ce que tu en penses ? On parle avec Max ? demanda-t-il.

— Je ne sais pas, brièvement, peut-être, juste lui dire bonjour. Commencer à construire une relation que nous pourrions approfondir par la suite, non ? Ou qu'est-ce que tu en penses ? répondit Vanja.

— Je ne sais pas. On ferait mieux de demander aux services sociaux ce qu'ils pensent être le mieux.

— Putain, imagine, avoir cinq ans et se réveiller comme ça : maman assassinée et papa interdit de visites. Ça met en perspective nos problèmes personnels."

Billy ne répondit pas tout de suite. Il avait dans le regard une ombre qu'elle avait du mal à interpréter. Sa voix était sourde.

"Les problèmes personnels sont des problèmes personnels, on aura beau les mettre en perspective autant qu'on voudra."

Vanja le regarda avec étonnement.

"Tu es un jeune marié, quel genre de problèmes tu peux bien avoir ? Trop de sexe ?"

La plaisanterie tomba à plat. Elle vit autre chose que du rire dans les yeux de Billy. De l'inquiétude. C'était certain, il lui cachait quelque chose.

Elle n'eut pas le temps d'y songer davantage. Ragnhild ouvrit la porte, suivie d'une fille de vingt-cinq ans, tatouée, cheveux courts. Elle portait des lunettes et un corsage à fleurs sur une jupe lui descendant aux genoux.

"Voici Yasmin."

Ils se serrèrent la main et Yasmin s'assit.

"Pour commencer, j'aimerais savoir si vous avez déjà été interrogée.

— Non. J'étais en congé quand la police est venue, puis vous ne m'avez plus contactée. J'ai trouvé ça un peu étrange."

Vanja parvint à étouffer un soupir, mais n'en pensa pas moins : Berglund n'avait même pas interrogé la dernière personne à avoir vu Patricia. *Un peu étrange*, c'était très loin du compte. C'était une putain de faute professionnelle.

"Alors c'est bien qu'on le fasse maintenant", parvint à lâcher Vanja, en s'efforçant de garder son calme.

Quinze minutes plus tard, ils étaient dans la voiture, avec Torkel au téléphone dans le haut-parleur. Tous deux concentrés, mais excités.

Ils avaient une première avancée.

Sven Caton était réapparu.

D'après Yasmin, c'était avec lui que Patricia avait rendez-vous. Voilà pourquoi elle devait être un peu en retard pour récupérer Max. C'était pour un portrait dans le *Sydsvenskan*. Elle l'avait fièrement raconté à Yasmin une minute avant de quitter l'école primaire pour ne plus jamais reparaître. Yasmin était sûre de son fait.

"OK, donc même mode opératoire que pour Petrovic, dit Torkel avec de la gravité dans la voix. Savez-vous où ils se sont rencontrés ?"

Vanja secoua la tête, même s'il ne pouvait pas la voir.

"Non. Ici, les responsables de l'enquête ont complètement merdé. Nous devons plus ou moins tout reprendre à zéro. Malheureusement.

— Je comprends, soupira Torkel, en s'efforçant d'être constructif. J'appelle Christiansson à Malmö pour voir s'il peut vous assister. On va devoir passer par-dessus Helsingborg.

— Et la conférence de presse ? demanda Billy.

— Elle commence dans trente minutes." La lassitude de Torkel ne leur échappa pas. Tous deux, dans la voiture, savaient combien il n'aimait pas cette partie publique de son travail. "On se rappelle après.

— Bonne chance", lui répondit Vanja.

Billy raccrocha. Il inspira à fond.

"OK, on se divise le boulot. Je prends les listes d'appels de son portable, son ordinateur, ses mails, et tout le toutim. Tu te charges de ses collègues et ses voisins. L'ex-petit ami, si tu as le temps."

Vanja hocha la tête. Elle attendait que Billy démarre, mais il restait là, calé en arrière, la nuque contre l'appuie-tête. Elle avait l'impression qu'il voulait dire quelque chose.

"Ça m'a manqué, tout ça, finit-il par dire. Juste toi et moi. Comme au bon vieux temps."

Vanja sourit, un sourire franc et ravi. Ce qui s'était passé entre eux, Vanja en portait en grande partie la responsabilité. C'était elle qui avait blessé Billy dans un moment de faiblesse.

"Je suis désolée qu'on se soit éloignés, dit-elle.

— Ce n'est pas de ta faute, la coupa-t-il.

— C'est moi qui ai commencé", objecta-t-elle, même si, au fond, elle était d'accord. Depuis que My était apparue dans le tableau, Billy avait changé. Leur relation s'était transformée. Ils ne se voyaient presque plus jamais hors du boulot. C'était sans doute tout à fait naturel quand on tombait amoureux. Qu'en savait-elle, elle qui avait toujours fait passer le travail et les collègues avant le reste ?

"À nouveau amis ? demanda-t-elle en lui tendant la main.

— Nous l'avons toujours été, dit-il en la prenant dans la sienne. Je vais juste essayer de mieux le montrer."

Torkel était assis dans la salle de réunion où ils avaient rassemblé les tables au centre en îlot, comme ils en avaient l'habitude, comme ils le voulaient. Ils avaient retracé une ligne chronologique des derniers jours de Petrovic, complétée de photos du lieu où il avait été retrouvé. Bientôt, ils en auraient une autre. Celle de Patricia. Torkel craignait qu'il puisse y en avoir d'autres. Il avait assez d'expérience pour savoir que Sebastian avait probablement raison. Le meurtrier allait très vraisemblablement encore tuer.

Il développait une thèse.

Voulait dire quelque chose.

Le mode opératoire était bien trop étudié pour toute autre explication. Une telle motivation ne disparaissait pas comme ça. Au contraire, l'attention suscitée la renforçait d'habitude, en donnant au meurtrier l'impression d'être écouté.

D'un succès.

Le succès nourrit le succès.

C'était cela qui inquiétait Torkel. Non pas la conférence de presse en elle-même, mais l'agitation qu'elle allait provoquer. Cela stimulerait-il le meurtrier, en accélérant sa décision de frapper à nouveau ? Peut-être, mais au fond il n'y pouvait rien. Tôt ou tard, la presse finirait par découvrir que les meurtres étaient liés et comment, mais en se montrant assez ouvert, il pourrait au moins tenter de contrôler le flux d'informations.

Sebastian entra dans la pièce. Avec la même mine insouciante qu'avant. Soudain, Torkel s'en irrita. Après tout ce qui s'était passé, après avoir appris à quel point il avait failli être mis pour de bon à la porte de la Criminelle, il ne pouvait pas juste entrer comme ça, aussi nonchalamment.

"Tu as vu Eva ? demanda-t-il en s'asseyant au bord de la table la plus proche.

— Non, pourquoi ?

— Je comptais l'inviter à dîner avec moi ce soir.

— Elle est mariée.

— Et donc ça l'empêche de manger, ou quoi ?"

Torkel n'avait pas le courage de répondre. Il rassembla ses notes. Il avait l'habitude d'écrire quelques mots-clés sur lesquels s'appuyer. Il avait un temps songé à garder secrète l'identité des victimes, mais il avait vite abandonné. Il fallait qu'ils sachent où Andrén et Petrovic avaient passé leurs dernières heures, où ils avaient rencontré Sven Caton. Ils ne le sauraient jamais s'ils ne publiaient pas les noms. De toute façon, la presse finirait par se les procurer. C'était un petit miracle qu'ils ne soient pas déjà sortis.

"Tu es prêt ? demanda mollement Sebastian. Ton chouchou est là.

— J'ai un *chouchou*, moi ?

— Weber."

Axel Weber, le reporter criminel d'*Expressen*, un véritable chien de chasse qui trouvait d'habitude tout ce que

Torkel voulait garder secret. Bien trop souvent, il appelait avec des informations qu'il avait dénichées et voulait que Torkel confirme, rien que pour obtenir la réponse “pas de commentaire” dont ils savaient tous deux qu'elle équivalait à une confirmation.

Le journal n'aurait-il pas pu lui donner ses vacances tôt cette année ? Envoyer à la place un stagiaire débutant ? Quelqu'un facile à embobiner ?

Méthode Coué.

Torkel soupira, se leva et enfila sa veste. Ça allait être l'heure.

“Comment tu crois qu'ils vont appeler ça ? continua calmement Sebastian.

— Qui ?

— Les journaux du soir. Ils aiment bien les titres qui claquent. Je parie pour *Meurtres en Téléréalité*.”

Torkel ricana.

“En fait, je m'en fiche pas mal.

— Je sais bien, mais c'est rigolo de deviner. La téléréalité, c'est le point commun le plus évident entre les victimes. À part qu'ils étaient incapables de répondre à soixante questions de Trivial Pursuit.

— Ce détail-là doit être caché à la presse aussi longtemps que possible”, répondit Torkel sur un ton de mise en garde sans équivoque. Non que Sebastian ait pour habitude de fuiter dans la presse, mais le rappeler ne faisait pas de mal.

— De toute façon, ce n'est pas terrible : *Le Tueur de la Culture Générale*… bof, ça ne sonne pas”, continua Sebastian. Torkel n'avait pas l'air amusé du tout.

“Arrête ça, ce n'est pas drôle, Sebastian.

— Tu pourras toujours demander son titre à Weber."

Torkel regarda sa montre avec lassitude. Encore cinq minutes. Il sortit dans le couloir. Sebastian le suivit. La conférence de presse devait avoir lieu dans le hall, juste devant l'accueil. Quand ils passèrent devant la cuisine, Ursula vint vers eux. Torkel vit qu'elle avait du nouveau.

"J'ai reçu un rapport préliminaire du légiste de Göteborg, dit-elle en brandissant une liasse de papiers. Il est à peu près identique à celui de Patricia. Benzodiazépines dans l'estomac, une dose juste un peu trop forte, et la même perforation mortelle de l'os frontal."

Sebastian les avait rattrapés.

"Pistolet d'abattage ?" demanda-t-il.

Ursula répondit sans avoir besoin de consulter ses papiers.

"Le légiste de Göteborg ne spécule pas à ce sujet, mais il exclut l'arme à feu. À en juger par moi-même d'après les lésions, je crois que Hansson, à Lund, aura vu juste. Il s'agit très vraisemblablement d'un pistolet d'abattage."

Sebastian opina en silence et lui prit le rapport.

"Ça collerait avec le profil. Il se considère comme supérieur à ses victimes. Comme si elles étaient du bétail.

— Y a-t-il moyen de repérer le pistolet d'abattage ?" reprit Torkel. Ursula secoua la tête.

"Il n'y a ni registre, ni permis, mais on peut voir si on peut déterminer de quel modèle il s'agit, avec le diamètre de la cheville cylindrique.

— Merci, fais-le." Torkel regarda à nouveau sa montre. "Il faut que j'aille m'occuper de la presse, on parlera de tout ça après", dit-il en repartant. Un peu plus vite, mais sans courir. Il ne voulait pas arriver essoufflé.

Il fallait qu'il semble avoir la situation en main.

N'être qu'à quelques pas derrière le meurtrier.

Même si c'était loin d'être le cas.

Un léger brouhaha d'intérêt l'accueillit quand il entra dans la pièce. Il n'y avait pas grand monde. Six personnes pour être exact. Il salua de la tête les deux qu'il reconnaissait. Axel Weber, comme toujours au milieu du premier rang, son enregistreur à la main, et, un peu de biais derrière, quelqu'un du *Göteborgs-Posten* dont Torkel ne se rappelait pas le nom. Visén, Wilén, Widén, quelque chose comme ça.

Les autres étaient probablement des talents locaux.

Les victimes n'étaient encore que des corps anonymes. Il y aurait plus de journalistes la prochaine fois. Nettement plus. Les personnes connues attiraient toujours un large public, vivantes ou mortes, l'expérience le lui avait appris. Et cette tendance ne faisait que s'accentuer. Le monde moderne semblait submergé par ceux qui consacraient leur vie à être visibles, qui construisaient leur existence et leur identité sur leurs nombres de vues, de likes et de followers. Torkel ne comprenait pas ça.

Wilma et Elin avaient des comptes ici et là, il le savait. Mais il s'abstenait soigneusement de critiquer ou de remettre en question leur vie sur les réseaux sociaux. Qui, à plus de cinquante ans, avait jamais trouvé les occupations des ados sensées et intéressantes ? Il lui suffisait de se souvenir de sa propre jeunesse, de ses parents.

Torkel gagna la petite table qu'on lui avait installée, tira la chaise et s'assit. C'était lui qui avait demandé une table. Il trouvait plus naturel d'être assis plutôt que de rester debout à faire face aux journalistes. Plus facile de garder son calme.

Le brouhaha s'estompa.

Comme toujours, il commença par souhaiter la bienvenue à tous, se présenta comme chef de la Commission Criminelle et se lança. En s'efforçant de rester aussi concis que possible.

"Nous avons à la date d'aujourd'hui deux meurtres que nous estimons liés. L'un ici, à Ulricehamn, a eu lieu mardi dernier, et un autre il y a neuf jours à Helsingborg. Les deux victimes ont été retrouvées dans une salle de classe d'une école de leur ville.

— Une salle de classe ? À Ulricehamn et Helsingborg ?" lâcha avec un épais accent du Västergötland une jeune femme en robe bleue assise au bout du deuxième rang. Elle tenait un smartphone avec lequel elle semblait filmer la conférence de presse. Torkel se tourna vers elle. Avec le regard ferme et rassurant qu'il savait efficace.

"Exactement. Ce que nous savons, c'est que peu avant le meurtre, les deux victimes ont été contactées par quelqu'un se disant journaliste. Elles auraient pris rendez-vous avec lui peu avant d'être assassinées.

— Combien de temps après ? demanda un homme chauve adossé au mur tout au fond de la pièce.

— Le même jour, mais elles ont été retrouvées le lendemain, précisa Torkel.

— Que savez-vous de ce journaliste ? demanda l'homme du *Göteborgs-Posten.*

— Nous ne pensons pas qu'il s'agisse d'un journaliste." Torkel hésita. Parmi ses notes figurait le nom de

Sven Caton. Mais allait-il vraiment le révéler ? Ce serait une façon d'avertir toutes les futures victimes potentielles, mais cela informerait aussi le meurtrier de ce qu'ils savaient. Le pousserait à changer de nom, peut-être de mode opératoire. À être plus prudent. Mais si d'autres jeunes gens venaient à mourir, trompés par Sven Caton alors que Torkel n'avait rien dit, ça poserait un sérieux problème et, très franchement, ce serait dur de vivre avec ça.

"Dans les deux cas, il s'est présenté sous le nom de Sven Caton", reprit Torkel après cette petite pause rhétorique. Il entendit le nom rapidement noté sur les carnets, tapé sur les claviers d'ordinateur ou les tablettes. Bientôt, il serait diffusé partout. Le léger manque d'intérêt distillé jusqu'ici par l'assistance était comme balayé.

"En savez-vous davantage sur ce nom ? demanda la robe bleue.

— Non, à part que c'est un pseudonyme, mais nous souhaitons être prévenus par quiconque aurait été contacté sous ce nom ou qui l'aurait entendu dans quelque autre circonstance."

Torkel sentit ses dernières paroles absorbées par l'assistance de plus en plus concentrée.

Il leur avait donné une manchette.

Un avertissement en gros caractères :

Avez-vous été contacté par Sven Caton ?

Et il leur réservait encore la cerise sur le gâteau.

"Pensez-vous qu'il va frapper à nouveau ?" demanda une femme derrière la robe bleue. Chemisier blanc et jupe.

"Nous ne voulons pas spéculer à ce propos", répondit-il, sachant que c'était exactement ce qu'il invitait à faire par cette réponse.

Alors seulement, on entendit la voix de Weber. Grave et calme. Un homme qui savait qu'il n'avait pas besoin de hausser le ton pour se faire entendre.

"Que savez-vous des victimes ? Y a-t-il un lien entre elles ?"

Torkel se tourna vers Weber. S'efforça de faire une réponse la plus policière possible.

"À la date d'aujourd'hui, le seul lien que nous avons pu trouver est que toutes deux ont participé à diverses émissions télévisées.

— Quel genre d'émission ?

— Ce qu'on appelle la téléréalité.

— La téléréalité ?" s'étonna Weber, tandis qu'un silence total se faisait dans la salle. Tous réalisaient le cadeau que venait de leur offrir le chef de la Criminelle.

Un feuilleton pour l'été.

Plein d'articles.

Ils se jetèrent dessus. Tous. La robe bleue, le chauve, *Göteborgs-Posten*, Weber, le chemisier blanc et jupe et celui qui n'avait encore rien dit.

"Quelles émissions de téléréalité ?

— Qui sont les victimes ?

— Des noms !

— Qui ?"

Les questions fusaient de toutes parts. La robe bleue se leva même. Torkel tenta de les calmer des deux mains. Avec un succès mitigé. Mais il ne pouvait en être autrement.

Il leur avait passé le témoin.

Maintenant, c'était à eux de faire le show.

Les noms de Miroslav Petrovic et Patricia Andrén, associés à *Paradise Hotel* et *Mère célibataire cherche l'amour*, furent rapidement publiés. Les images allaient suivre. Beaucoup d'images. Peu de vêtements. Puis les spéculations. Qui et pourquoi ?

Les théories. Qui était Sven Caton ?

Les pistes et les progrès de l'enquête, vrais ou faux. Des interviews. Des portraits de fond. (Torkel s'était souvenu de dire que Miroslav était un bon garçon.)

Le chagrin des amis. Le désespoir des parents. Le meurtrier toujours en liberté. Tant de participants à des émissions de téléréalité, depuis des années. La peur.

Les articles sur le mode "et si j'étais la prochaine victime ?".

Les pages "mes souvenirs".

Les animateurs respectifs des deux programmes censés se souvenir d'eux. Le choc. La perte. La lutte pour continuer malgré tout.

Ça allait sacrément déménager, se dit Torkel en se frayant un passage parmi ceux qui voulaient comme d'habitude poser encore d'autres questions. Weber n'était pas avec eux. Le portable collé à l'oreille, il parlait en gesticulant, sans doute avec son rédacteur en chef. Demandait davantage de ressources. Des photographes et d'autres collègues à Ulricehamn.

Torkel aurait aimé qu'ils arrivent plus loin par eux-mêmes. Ils avaient maintenant lancé un appel à témoins et il allait y en avoir. Plein. Il allait devoir faire venir des renforts et l'arrivée de beaucoup de policiers n'était pas forcément une bonne nouvelle. La qualité des compétences était variable. Helsingborg en était l'exemple cauchemardesque. En outre, cela augmentait le risque de fuites.

Soudain, il entendit une voix derrière lui.

“Torkel ?”

Il se tourna vers la femme qui avait prononcé son nom. Blonde, son âge, peut-être un peu plus jeune. Yeux bleus. Simple robe d’été et ballerines aux pieds. Un petit sac et un casque de vélo à la main. Il lui semblait la reconnaître. Mais ce n’était pas une des journalistes de la conférence de presse.

“Torkel… c’est moi, dit-elle avec un sourire chaleureux et personnel, pas professionnel. Lise-Lotte. Lise-Lotte Patriksson. De l’école d’Älvsjö, expliqua-t-elle en constatant qu’il ne l’avait toujours pas remise.

— Lise-Lotte…”, fit-il avant de se fendre d’un grand sourire en la reconnaissant. Maintenant, il voyait qui c’était. Les mêmes cheveux blonds qu’à l’époque, plus longs, même. Ses yeux bleus aussi vifs, mais entourés de davantage de rides. Son sourire n’avait pas du tout vieilli.

“Qu’est-ce que tu fais ici ?” poursuivit Torkel, sentant que ses soucis sur l’enquête s’éloignaient pour l’instant au profit d’une joie sincère. Lise-Lotte Patriksson. Mon Dieu, ça faisait une éternité.

“J’habite ici. À Ulricehamn. Je suis directrice de l’école.” Son sourire se fana un peu. “C’est moi qui ai trouvé le corps.

— J’ai lu le rapport…, dit Torkel avec un pli de réflexion au front. Mais je n’ai pas fait le rapprochement avec le nom… espagnol ?

— González, opina Lise-Lotte. J’ai épousé un Chilien.” Sa voix presque absente, ses pensées toujours occupées par la découverte du mort, supposa Torkel en se maudissant.

"Ça va ? parvint-il à lâcher. C'était un de tes élèves ?"

Ça aurait bien sûr dû être sa première question, comment elle allait, se montrer prévenant. Pas tirer au clair cette histoire de nom de famille. Ça faisait trop longtemps qu'il était flic.

"Non, mais j'ai été choquée, bien sûr, répondit-elle prudemment. J'allais juste faire un tour dans l'école, et là..."

Elle ne termina pas sa phrase, croisa son regard. Torkel regarda autour de lui dans l'accueil relativement achalandé.

"Viens. Il y a trop de monde ici, dit-il en l'entraînant vers les portes qui séparaient les espaces publics du reste du commissariat.

— Mais tu dois avoir tant à faire.

— Oui, mais ça peut attendre un peu, dit Torkel. Je ne t'ai pas vue depuis... quoi, trente ans ?"

Lise-Lotte rit.

"Quelque chose comme ça. Le temps passe."

Torkel lui sourit et passa sa carte dans le lecteur. La porte chuinta.

"Mais tu n'as pas changé, dit Torkel en lui tenant la porte, tout en réalisant que sa constatation sincère pouvait être perçue comme du flirt. Tu es mariée depuis longtemps ? s'empressa-t-il de demander pour minimiser les possibilités d'interprétation de ce qu'il venait de dire.

— Nous sommes divorcés depuis dix ans. Et toi ?

— Divorcé aussi. Deux fois, même, dit Torkel en la conduisant vers le foyer du personnel. Deux filles, Wilma et Elin, dix-huit et quatorze ans.

— Nous avons une fille, Theresa, elle a vingt et un ans, maintenant."

Ils se turent en entrant dans la salle à manger. La rapide mise à jour était faite. À présent venait la partie difficile. Où commencer ? Les souvenirs communs, ou essayer de mieux faire connaissance ? Il s'était quand même passé trente ans. Que voulait-elle ? Pourquoi était-elle venue le trouver ?

"J'ai entendu dire que tu étais responsable de l'enquête, alors je me suis dit que j'allais passer te saluer, dit-elle comme si elle lisait dans ses pensées.

— Bonne idée. On se serait probablement vus, nous interrogeons d'habitude tous les témoins", dit-il, tout en songeant que ce travail revenait le plus souvent aux autres membres de l'équipe. Il l'aurait très vraisemblablement ratée. "Mais je suis très content que tu sois passée", poursuivit-il sincèrement.

Elle hocha la tête et lui sourit un peu. Le silence se refit.

"Tu veux un café ?

— Oui, merci."

Il lui indiqua la table, tandis qu'il contournait l'îlot central pour atteindre la machine à café. Il ne lui avait pas demandé ce qu'elle voulait, mais prit une tasse, la posa en place et pressa le bouton CAFÉ FILTRE NORMAL.

Pendant que la boisson se préparait, il jeta un coup d'œil à Lise-Lotte qui venait de s'asseoir dans l'une des chaises roses de la table la plus proche. Beaucoup de souvenirs, mais, franchement, il n'avait plus pensé à elle depuis… une éternité.

Ils avaient été ensemble les deux dernières années du lycée, jeunes et amoureux, puis s'étaient éloignés quand Torkel avait fait son service militaire et qu'elle avait commencé ses études à Linköping. La distance, les projets. Il n'avait jamais bien su la raison. Mais ils avaient rompu. Elle l'avait plaqué. Lors d'une étrange fête étudiante à l'université de Lund.

Seul, sous la pluie, il s'en était allé.

Fâché et déçu.

Il ôta la tasse de café et la remplaça par une vide. Appuya à nouveau sur CAFÉ FILTRE. La machine se mit à ronronner au moment où Eva Florén vint le trouver.

"Tu as du temps ?

— Oui.

— Du personnel est arrivé de Borås et Jönköping, je me disais que tu voudrais leur parler."

Torkel hocha la tête. Ils avaient appelé des renforts pour répondre aux téléphones qui allaient certainement se mettre à sonner assez rapidement. Il espérait qu'ils savaient tous ce qu'il fallait écouter et les questions à poser, mais autant aller les informer. Il jeta un regard à Lise-Lotte, puis revint à Eva.

"Juste une minute.

— Nous sommes là-haut", dit-elle avec un signe de tête vers l'étage, avant de disparaître.

Torkel prit les deux cafés et rejoignit Lise-Lotte.

"Désolé, mais il faut que j'aille travailler, dit-il en posant une des tasses devant elle.

— Ne t'inquiète pas, je comprends.

— Mais tu peux rester boire ton café si tu veux.

— C'était plus la compagnie que le café qui m'attirait,

dit-elle avec un sourire en se levant, tirant machinalement sa robe sur ses cuisses. Mais si tu as le temps, on pourrait peut-être dîner, un soir, pendant que tu es là ?

— Ce serait très volontiers, dit-il, regrettant de ne pas l'avoir proposé le premier. Je vais voir si je trouve le temps.

— Bien. Appelle-moi.

— Sans faute."

Il tendit la main pour lui serrer chaleureusement la sienne, mais elle l'ignora et le serra dans ses bras. Elle sentait le muguet.

"Ça m'a fait plaisir de te revoir, dit-elle quand elle relâcha son étreinte, en récupérant son sac et son casque posés sur la chaise voisine.

— Moi aussi, vraiment, renchérit Torkel. Mais je vais t'appeler."

Un sourire et un petit salut de la main, et elle était partie.

Torkel prit sa tasse de café et monta retrouver les policiers qui l'attendaient. Il n'en savait rien et personne ne fit de remarque, mais tous s'étonnèrent de voir le chef de la Criminelle arborer une mine aussi réjouie.

Toute la journée, Ebba avait eu une chanson qui lui trottait dans la tête.

Can't Hold Us de Macklemore et Ryan Lewis. Elle avait presque toujours une chanson en tête quand elle se réveillait. Des fois une nouvelle, des fois une ancienne. Même pas besoin qu'elle l'ait entendue récemment, elle surgissait, comme ça.

Chaque matin.

Presque.

Elle songeait à créer une rubrique "La chanson du jour" sur son blog, et à joindre un fichier son ou un lien vers Spotify. Ses lecteurs pourraient apprécier. La seule chose qui l'en empêchait, c'était que Sara voudrait probablement elle aussi poster une chanson par jour, ou en tout cas de temps en temps, et elle avait des goûts musicaux déplorables.

Ça avait été confirmé samedi dernier. Aux Summer Blog Awards. Une radio les avait accrochées juste à la sortie du tapis rouge pour leur demander ce qu'elles écoutaient en ce moment. Ebba ne pouvait même pas y penser sans rougir…

Sinon, elle n'avait jamais honte de sa sœur. C'était impensable. Ça aurait été comme avoir honte d'elle-même.

Tellement elles étaient proches. Sara était la plus âgée, mais dès la naissance d'Ebba onze minutes plus tard, elles avaient été liées. Inséparables. Ebba savait que leurs parents s'étaient parfois inquiétés qu'elles ne trouvent pas d'autres amis proches, mais elles n'avaient jamais eu besoin de personne d'autre.

Elles partageaient encore la même chambre, alors qu'elles auraient eu la possibilité d'avoir chacune la sienne. Elles étaient dans la même classe, dans le même lycée. Allaient dans le même groupe de danse, s'entraînaient dans la même salle de sport. Et puis elles avaient le blog.

Quand elles l'avaient lancé, en 2011, il s'appelait *Pile ou Face* : son principe était d'écrire sur les mêmes événements, mais selon deux perspectives différentes, en somme.

Sara pense ceci, Ebba pense cela.

Puis c'était devenu ennuyeux, et souvent tellement fastidieux de présenter des ressentis qui semblent différents. Bien sûr, il y avait des nuances mais, le plus souvent, elles pensaient la même chose de ce qu'elles faisaient et de ce qui leur arrivait. Alors elles avaient fermé leur ancien blog et ouvert un nouveau : *Âmes sœurs*.

C'était tellement évident, en y réfléchissant.

Au lieu de faire toute une affaire de leurs différences, elles allaient tout bâtir sur leur ressemblance.

Leur proximité.

Le lien unique qui les unissait.

N'importe qui pouvait raconter sa journée, mais très peu proposait de regarder la vie avec des jumelles. C'était leur truc et ça marchait trop, trop bien.

Elles avaient été remarquées et avaient intégré la blogosphère : de plus en plus de liens renvoyaient à leur page, elles avaient de plus en plus d'abonnés et, la semaine dernière, elles avaient gagné dans la catégorie Must de l'été aux Summer Blog Awards.

Lundi dernier, Nivea avait appelé pour demander si Sara et elle voudraient bien écrire qu'elles utilisaient leurs produits cosmétiques et devenir le ou plutôt les visages de la marque. Et elles seraient payées pour ça. Si d'autres entreprises faisaient la même chose, elles pourraient bientôt vivre de leur blog. Melinda, une de leurs copines, avait mis sur sa page un lien "contactez-moi pour une collaboration" vers une adresse Hotmail, où elle proposait, moyennant rétribution, de mettre en avant des marques sur son blog ou son compte Insta. Elle avait créé une société l'année dernière et payait des charges patronales sur ses factures.

Sara et elle devraient aussi s'y mettre, songea Ebba.

Elle frappa à la porte close avant de l'ouvrir. Au fond, c'était tout à fait inutile, elles savaient absolument tout l'une de l'autre, mais si la porte de leur chambre était fermée, on frappait. C'était comme ça.

Sara était assise au bureau, son ordinateur portable ouvert devant elle.

"Je viens de faire une mise à jour.

— Sur quoi ?

— Tout le mal qu'on pense d'Arriva."

Arriva était la compagnie de bus locale. Ce n'était pas la première fois que Sara écrivait sur leur mauvais service, leurs chauffeurs aigris, leurs bus en retard ou annulés. Arriva ne se précipiterait pas au portillon quand elles se mettraient à racoler les entreprises pour des collaborations, supposa Ebba.

“Qu’est-ce que tu vas mettre, ce soir ? demanda-t-elle en ouvrant leur garde-robe commune.

— Qu’est-ce qu’on fait, ce soir ?”

Ebba soupira un peu à part soi. Il y avait en effet un domaine où elles étaient différentes. Carrément différentes, même. Pour Sara, devoir prendre le petit-déjeuner le matin pouvait être source d’étonnement. Prévoir, ordonner et anticiper n’étaient pas son truc. Ebba se doutait que c’était de sa faute. Très tôt, elle s’était occupée de rendre les devoirs à l’heure, tenir les rendez-vous, organiser l’emploi du temps.

Elle était la bonne élève.

Sara la brouillonne.

“On va être interviewées.

— Par qui ?

— Celui qui a appelé après les Blog Awards.”

Sara se tourna avec l’expression de celle qui entendait pour la première fois que quelqu’un les avait appelées après les Blog Awards. Bon, Ebba ne se fâchait jamais contre sa sœur, mais ça aurait pu être une occasion.

“Mais je te l’ai dit, expliqua-t-elle patiemment. Le type free-lance. Sven quelque chose…”

École Polytechnique Royale KTH
Secrétariat
SE-10044 STOCKHOLM

Recours contre une décision de nomination au poste de professeur (VL-2914-00071)

Je conteste par la présente la décision de nommer un autre candidat au poste de professeur publié sous la référence VL-2914-00071.

La commission d'évaluation a estimé dans son rapport que je satisfaisais à toutes les exigences du profil du poste par mes qualités pédagogiques et scientifiques.

En outre, la commission d'évaluation déclare (§8 du procès-verbal 4/2013) que le département "cherche quelqu'un qui pourra non seulement constituer un groupe de recherche, mais aura également la capacité à relier ensemble les différentes activités du département, diriger l'enseignement et attirer des financements externes".

Je suis particulièrement bien qualifié pour tous ces critères (*cf.* CV joint) et je suis en outre un collègue apprécié et un pédagogue disposant de contacts solidement entretenus dans et hors de KTH.

Ce dont je dispose, à la différence de la personne à qui le poste a été attribué, est une large culture générale, un ardent intérêt pour la transmission de la connaissance, et la conviction de l'importance capitale de l'enseignement et de la connaissance pour notre avenir. Je ne m'emploierai pas seulement à diriger l'école de manière irréprochable, je serai en outre un remarquable ambassadeur pour KTH dans sa globalité et un contrepoids important et visible au mépris de la connaissance et à la culture de la superficialité qui se répand dans la société.

Je suis pour ces raisons le meilleur candidat pour le poste, et demande que la décision de nomination concernant le poste VL-2914-00071 soit modifiée en ma faveur.

"Torkel."

Il leva les yeux de son déjeuner moitié mangé, moitié tiédi que, n'ayant pas eu le courage de mettre dans une assiette, il mangeait directement dans la barquette alu. Des boulettes et des pommes de terre à la sauce brune, mais la seule chose qui avait un peu bon goût était la confiture d'airelles dont il avait trouvé un pot au réfrigérateur. Eva Florén s'approcha.

"On a eu un appel…"

Torkel comprit qu'elle voulait dire un appel *spécial*. Car ils n'avaient pas reçu *un* appel, mais un toutes les quinze secondes au cours de la dernière heure. Le téléphone s'était mis à sonner presque immédiatement après la fin de la conférence de presse, et n'avait plus arrêté depuis.

On avait vu dans la rue des hommes mystérieux qui avaient "un air de journaliste". Des voitures avaient été observées devant des écoles, toutes les écoles, pas seulement l'école Hilding. On pensait avoir entendu des cris provenir de bâtiments abandonnés, et certains trouvaient que leurs voisins se comportaient bizarrement ces derniers temps. Beaucoup étaient certains d'avoir vu

Miroslav Petrovic mardi. En divers lieux, avec diverses personnes. (Étonnamment, beaucoup l'avaient également vu mercredi, alors qu'il était déjà mort.)

Même chose pour Patricia Andrén. Sauf que dans son cas, les informations partaient encore plus dans tous les sens. Son meurtre remontait à plus longtemps, et la mémoire était bien souvent une matière périssable.

Le personnel d'appoint, surtout des gardiens de la paix et quelques aspirants, écoutait tout, notait et transmettait à un groupe de commandement qui, lui, analysait les informations et les classait par ordre d'importance. Eva Florén dirigeait ce groupe.

Elle prit une chaise et s'assit en face de Torkel.

"Nous avons eu des informations sur l'endroit où Petrovic et Caton ont peut-être déjeuné."

Torkel avala la fin de sa boulette passablement sèche et la regarda avec intérêt.

"Fiables ?

— Deux des serveuses et un des clients du restaurant, confirma Eva. Indiquent le même lieu, indépendamment. Petrovic, accompagné."

Elle lui passa un billet que Torkel entreprit de parcourir.

"Tu as un peu de sauce, là", dit Eva, et Torkel leva les yeux. Elle désignait un coin de sa bouche. Il y passa légèrement la main.

"L'autre côté", dit Eva. À tout hasard, il s'essuya les deux de l'index et du pouce.

"Tu veux que j'envoie quelqu'un, ou vous vous en occupez ?"

Torkel posa le papier et réfléchit un instant. Il regrettait un peu d'avoir envoyé ailleurs Billy et Vanja. Ça aurait été bien de les avoir maintenant. Sebastian et Ursula n'étaient pas l'équipe de rêve, et en envoyer seul un des deux n'était pas la solution optimale. Dans le cas de Sebastian, c'était impensable. Ursula s'en sortirait, mais l'audition de témoins n'était pas son fort. Il joua un instant avec l'idée d'y aller lui-même avec Ursula, mais la repoussa. Il ne pouvait pas quitter le commissariat. Pas maintenant. Pas à peine quelques heures après avoir fait redémarrer l'enquête. Mais il ne voulait pas non plus dépêcher des ressources locales dont il ne savait rien.

"On s'en occupe, répondit-il en repoussant sa barquette alu. Merci."

Ils se levèrent ensemble. Eva quitta la cuisine et remonta retrouver les téléphones qui n'arrêtaient pas de sonner. Torkel resta là, finit son verre d'eau, alla jeter la barquette, mit le reste dans le lave-vaisselle et regagna leur pièce attitrée.

Quand il entra, Sebastian leva les yeux du dossier de l'enquête et d'autres documents étalés devant lui.

"J'ai ce qui ressemble à un profil du meurtrier, dit-il en se calant au fond de son siège. Assez schématique, mais quand même.

— Ça attendra. J'ai du boulot pour toi."

Ursula descendit de voiture et leva le regard vers l'Hôtel des Bains. Ou plutôt le Nouvel Hôtel des Bains, qui était visiblement le nom exact. Elle n'avait aucune idée de ce qui était arrivé à l'ancien. Il s'agissait en tout cas d'un bâtiment jaune en bois, de plain-pied, en T, avec des détails bordeaux autour des fenêtres et au-dessus des portes. Le sens des couleurs d'Ursula n'était pas particulièrement développé, mais elle trouvait ça affreux.

Elle entendit Sebastian claquer la portière et verrouiller la voiture. Ensemble, ils s'engagèrent sur l'allée de gravier qui menait à l'hôtel entre des pelouses bien soignées.

"Comment ça se passe, avec Torkel ? demanda Sebastian à peu près à mi-chemin.

— Quoi, Torkel ?

— Vous aviez l'air assez à la colle, au mariage de Billy. Je l'ai entendu dans ta chambre pendant la nuit…

— Jaloux ?"

Impossible de savoir si elle plaisantait ou non.

"Curieux. Quoi qu'il y ait entre vous, pas besoin d'être grand psychologue pour voir que Torkel en voudrait davantage.

— Ça ne te regarde pas”, lâcha-t-elle sèchement. Elle n'avait pas l'intention de raconter à Sebastian qu'elle projetait d'en donner un peu davantage à Torkel le soir même.

“Je m'intéresse à vous, je veux que vous soyez heureux.

— Baratin, ricana Ursula.

— Non, enfin, bon d'accord, je veux que tu sois heureuse, Torkel, en fait, je m'en fous.”

Ursula s'arrêta et se tourna vers lui. Les yeux soudain assombris de fureur contenue.

“Rien de ce que tu fais ou as fait ne montre que tu veux mon bonheur.

— Ce n'est pas complètement juste…, tenta Sebastian, pris de court par le tour que prenait une conversation qu'il pensait légère.

— Ah non ? Et quand as-tu voulu que je sois heureuse ? reprit Ursula. Quand tu m'as trompée avec ma sœur ? Ou bien quand ton ex-copine est venue me tirer dessus chez toi et que tu ne t'es même pas donné la peine de passer à l'hôpital prendre de mes nouvelles ?

— Je suis désolé pour ça. Je ne pouvais juste pas… Mais je te l'ai dit, au mariage.

— Trop tard, Sebastian.”

Ursula tourna les talons et se dirigea vers l'hôtel. Après quelques pas, elle s'arrêta et se tourna à nouveau vers lui.

“Plutôt qu'être une ordure puis t'excuser, tu n'as jamais songé à arrêter d'être une ordure ?”

Elle continua à marcher d'un pas rapide vers l'entrée.

Sebastian resta là, encore étonné que son badinage un peu taquin ait pu mener à ça. Certes, Ursula avait eu quelques mois vraiment durs. Micke l'avait quittée, sa mauvaise relation avec sa fille lui pesait, et cet œil qu'elle avait perdu. Quelque part, elle avait dû en avoir assez, et ça lui retombait dessus. Il n'estimait vraiment pas l'avoir blessée ou trahie si souvent que ça, mais, supposa-t-il en se remettant en marche sur l'allée de gravier, si les trahisons étaient assez grandes, pas besoin peut-être qu'elles soient très nombreuses.

La réceptionniste conduisit Sebastian et Ursula dans une pièce voisine du restaurant et les pria de s'installer dans un des groupes de fauteuils en cuir noir, le temps qu'elle aille chercher les filles. Ils ne s'adressèrent pas la parole durant l'attente. Sebastian n'avait pas envie de reprendre la conversation, et Ursula visiblement pas l'intention de la poursuivre. Quand la réceptionniste revint en compagnie de deux femmes, l'une la vingtaine, l'autre quelques années de moins que trente, ils se levèrent, se présentèrent, ainsi que l'objet de leur visite.

Les deux femmes prirent place dans deux fauteuils en face d'eux. Ursula fit sortir la pointe de son stylo et la posa sur un petit carnet appuyé sur ses genoux.

“Vous travailliez toutes les deux ici, mardi dernier ? commença-t-elle.

— Oui, confirmèrent les deux femmes en hochant la tête.

— Racontez.

— Raconter quoi ? demanda Cissi, la plus jeune des deux.

— Miroslav Petrovic déjeunait ici, avez-vous déclaré. En compagnie de quelqu'un.

— Oui.

— Où étaient-ils installés ? glissa Sebastian.

— Là-bas", dit Emma. Elle se retourna et désigna, de l'autre côté des portes vitrées, l'intérieur du restaurant qui, avec ses simples chaises en bois et ses petites nappes blanches, évoquait plus une cantine scolaire qu'un hôtel-centre de conférences.

"La table dans le coin, tout près de la fenêtre. Mirre était tourné vers le mur, l'autre en face de lui.

— De quoi avait-il l'air ?

— Il s'était coupé les cheveux, dit aussitôt Cissi, sans pouvoir retenir un souvenir presque énamouré à cette évocation. Super mignon, et puis il portait un t-shirt bleu et des…

— Mais bordel, l'interrompit Sebastian avec un profond soupir. On s'en fout, comment était Petrovic. L'autre. Celui avec qui il déjeunait. De quoi avait-il l'air ?

— C'était l'assassin ? demanda Emma avec un regard curieux, tandis que Cissi se calait au fond de son fauteuil, un brin vexée.

— De quoi avait-il l'air ?" répéta Sebastian.

Aucune d'elles ne répondit tout de suite, elles se regardèrent, Cissi haussa un peu les épaules et Emma se tourna vers Ursula et Sebastian.

"Il était… vieux.

— Quel âge ?

— Je ne sais pas, peut-être cinquante-cinq ans.

— Non, plus vieux, intervint Cissi. Mon grand-père a soixante-dix ans, il lui ressemblait."

Ursula regarda les chiffres qu'elle avait notés dans son carnet, en soupirant intérieurement. Cinquante-cinq ou soixante-dix, ça faisait une grosse différence. À quelques années près de chaque côté, ça faisait une fourchette de vingt ans. Pour un signalement, c'était un désastre.

"Et moi, vous me donnez combien ?" demanda Sebastian, visiblement sur la même longueur d'onde.

De l'autre côté de la table basse, les deux femmes le regardèrent.

"Soixante, soixante-cinq ans ?" dit Cissi avec une certaine hésitation, se tournant vers Emma pour avoir son approbation, qu'elle lui donna d'un hochement de tête.

Sebastian ne fit pas de commentaire. En tout cas, il était peut-être temps de prendre soin de lui. Il jeta un coup d'œil à Ursula : il aurait juré qu'elle avait l'air amusé.

"De la barbe, dit soudain Emma. Il avait une barbe. Grise."

Cela pouvait expliquer qu'elles lui aient donné plus que son âge, se dit Ursula tout en notant "barbe grise" sous les chiffres déjà inscrits. Mais Sebastian n'avait pas de barbe, et elles lui avaient pourtant donné presque dix ans de plus que son âge.

"Il a tout le temps gardé une casquette. Une de ces casquettes de vieux."

Ursula hocha la tête et nota. Ça commençait à ressembler à quelque chose. Avec suffisamment de détails, peut-être que cet âge mal défini ne serait plus autant un problème.

"Et des lunettes, dit Cissi.

— Oui, le genre avec des montures fines, compléta Emma. Qu'on trouve dans les stations-service.

— Autre chose ? les encouragea Ursula.

— Non.

— Un dialecte ? demanda Sebastian. Est-ce que vous l'avez entendu parler ? Vous souvenez-vous de sa voix ?"

Les deux femmes se regardèrent. Secouèrent la tête.

"Ce n'est pas lui qui a commandé ? insista Sebastian.

— Si, mais je ne me rappelle rien de spécial. Une voix quelconque.

— Vous souvenez-vous comment il a payé ?" demanda Ursula. Elle n'osait pas espérer que ce soit par carte bancaire, mais parfois, les meurtriers les plus malins commettaient les erreurs les plus stupides.

"En espèces, dit Emma en détruisant dans l'œuf son espoir.

— Vous ne vous rappelez rien d'autre ?"

Nouveau regard, nouveau non de la tête.

"Donc un homme barbu avec casquette et lunettes, qui ressemble et parle comme tous les autres vieux bonshommes entre cinquante-cinq et soixante-dix ans", résuma Sebastian avec une évidente déception.

Cissi et Emma se regardèrent à nouveau et cette fois hochèrent la tête.

"Oui…

— Bon, merci."

Cissi et Emma se levèrent et partirent. Ursula referma son carnet et se cala au fond du canapé. Elle se demanda si cela valait la peine de faire venir un dessinateur pour établir un portrait-robot, mais se dit que la décision revenait à Torkel.

Sebastian se leva et gagna les portes vitrées qui les séparaient du restaurant.

Ils pourraient lancer un appel à témoins, demander aux clients ayant mangé dans ce restaurant mardi dernier de contacter la police. L'un d'eux pourrait peut-être donner un meilleur signalement. Dans le meilleur des cas, quelqu'un aurait pris une photo de Petrovic où apparaîtrait aussi Sven Caton.

Mais Caton était malin.

Il devait avoir envisagé cette éventualité.

Installé dans un coin, le dos tourné au local.

Dans le meilleur des cas, ils auraient l'image d'une nuque et d'un dos.

Ils n'étaient donc toujours pas plus avancés.

Billy était entré dans l'ordinateur de Patricia Andrén.

Ça n'avait pas été particulièrement difficile. Elle n'avait pas de mot de passe pour se loguer et, une fois dans le système, avec la mémoire cache, il pouvait voir les pages internet qu'elle avait l'habitude de visiter. Il commença par Facebook, où elle était la plupart du temps, et eut tout de suite un coup de chance.

Beaucoup de chance.

Patricia ne s'était pas déconnectée. Fébrilement, il fit défiler sa page. Les effets de la conférence de presse étaient impressionnants : les posts avaient littéralement déferlé au cours de la journée.

Des masses.

Des masses absurdes.

Tout le monde semblait se sentir obligé de dire quelque chose de personnel, de paraître affecté. De parler des regrets qu'ils éprouvaient pour quelqu'un qu'ils n'avaient pourtant connu que par l'intermédiaire d'un écran de télévision. C'était étrange et en même temps un peu banal. Les 7 187 followers de Patricia étaient en deuil, qu'ils l'aient bien connue ou non. À en juger par tous ces commentaires, elle allait être plus célèbre et appréciée morte que jamais de son vivant.

Billy entreprit de remonter en arrière au-delà des posts les plus récents et parvint au bout d'un moment au dernier statut publié par Patricia. Depuis son portable, à 14 h 46 le jour de son meurtre. Un selfie pris au salon de coiffure avec en dessous le commentaire : "Bientôt l'heure de l'interview, souhaitez-moi bonne chance !"

Il continua à chercher en remontant la quantité de publications banales et répétitives qui, toutes, disaient plus ou moins la même chose : que tout le monde était beau, que tout était bon, qu'on était tellement bien, jusqu'à ce qu'il tombe sur quelque chose qui l'intéressa. Le 8 juin à 13 h 24, sous un autre selfie pris sur son lieu de travail, elle avait écrit : "Le *Sydsvenskan* vient d'appeler. GroOosse interview en vue. Je vous tiens au courant."

Billy nota 8/6 13 h 24 sur son propre ordinateur.

L'étape suivante serait de demander à son opérateur les listes d'appels du portable de Patricia. Voir quels numéros l'avaient appelée avant 13 h 24 ce jour-là. Le meurtrier devrait s'y trouver. S'il était aussi malin et prudent qu'il en avait jusqu'alors fait la preuve, il avait probablement appelé avec une carte prépayée, mais ça valait vraiment la peine de vérifier.

Billy revint au dernier statut publié par Patricia et commença à parcourir les commentaires qu'il avait suscités. Peut-être avait-elle répondu à l'un d'eux en parlant de son rendez-vous imminent ? Pas mal de bonne chance et de pouces levés. Pas de réponse ni de merci de la part de Patricia. Avant la toute fin.

Postée à 3 h 16. De son téléphone.

Très courte.

“13/60. Recalée.”

Billy sursauta. 3 h 16. À peine quatre heures avant que son corps ne soit retrouvé. Il ressortit le rapport d'autopsie. Il lui semblait se souvenir que le légiste de Lund avait situé l'heure du décès entre 21 heures et 1 heure. Il retrouva la bonne page et vit qu'il avait raison.

Cette réponse avait sans aucun doute été postée après sa mort.

13/60.

Les soixante questions du test retrouvé sur le dos de la victime.

Billy inspira à fond et reposa le document. Ses pensées s'affolèrent. Le meurtrier avait-il également communiqué le résultat de Mirre après sa mort ? Pas qu'il sache. Mais les réseaux sociaux n'étaient pas toujours la première chose que vérifiait la police locale. Billy savait que cette dimension digitale divisait ses collègues en deux catégories : ceux qui voyaient ces nouvelles technologies comme une ressource, et ceux qui les voyaient à peine.

Il sortit son portable et ouvrit Twitter. Chercha Mirre Petrovic, le trouva et décida de le suivre. Le flux de Mirre s'afficha. Il n'avait pas été particulièrement actif. Un tweet tous les deux, trois jours. Rien après sa mort.

Billy ouvrit Instagram, chercha, trouva le bon nom et, comme il le pensait, le compte de Mirre n'était pas privé. Il vit tout de suite qu'il n'aurait pas besoin de fouiller son historique.

Billy frissonna.

La première photo qui s'afficha était la dernière. Le test de Mirre posé sur ce qui ressemblait à un pupitre d'écolier remplissait tout le cadre, mais dans un coin on apercevait un peu le sol. Et une chaussure, avec son pied, dont l'angle laissait penser que son propriétaire n'était pas debout. Billy reconnut le modèle de chaussures. C'était celles de Mirre. Tout semblait indiquer qu'il n'était même plus en vie au moment de la photo. En dessous, on pouvait lire :

"Recalé. 3/60."

1 884 likes.

366 commentaires, la plupart demandaient ce que c'était cette connerie. Ça ressemblait à un test. Il n'était pas au courant que c'était les vacances, ou quoi ?

Trois bonnes réponses.

3/60.

Recalé.

Billy saisit son portable pour appeler Torkel et lui raconter ce qu'il avait trouvé.

Torkel se frotta les yeux et regarda l'heure. À peine plus de 6 heures, mais la journée avait été intense. Le moment était venu de faire le bilan.

Que savaient-ils ?

Que leur restait-il à faire ?

Réponse à la première question : si peu que c'en était inquiétant. Et en conséquence, réponse à la seconde : presque tout.

Le numéro mis en place recevait encore de temps en temps quelques appels, quand les gens rentraient du travail et découvraient les informations, mais ça s'était nettement tari.

Les appels reçus au cours de la journée n'avaient pas donné grand-chose, à part le déjeuner à l'Hôtel des Bains et deux voitures qui pouvaient être intéressantes. Toutes deux vues autour de l'école Hilding mardi soir et dans la nuit du mardi au mercredi. Ils avaient identifié le propriétaire d'une des voitures, qui leur avait fourni une explication parfaitement recevable de ce qu'il faisait dans le coin à ces horaires. Il n'était en outre pas seul à bord du véhicule, et son passager confirmait ses dires. L'autre voiture était une Volvo V70 rouge, mais le témoin devait avoir mélangé quelques lettres ou chiffres de la plaque, car le AYR393 appartenait à une Škoda blanche de Sundsvall qui avait toujours ses deux plaques. Torkel ne plaçait pas grand espoir dans les caméras de surveillance urbaines. Le quartier autour de l'école n'était pas surveillé, la caméra la plus proche était située à plus de six cents mètres de là, braquée sur une route assez passante qu'il n'était même pas obligatoire d'emprunter pour se rendre à l'école. Il y avait au moins trois autres itinéraires possibles.

Un temps, Torkel avait espéré qu'il y ait des caméras le long de la route de l'Hôtel des Bains. L'établissement était situé au bout d'une impasse, après quoi il n'y avait que des forêts. Des films pris mardi vers 14 heures auraient vraiment pu les aider. Mais là, pareil : la route était entièrement dépourvue de surveillance.

On avait entendu le troisième témoin qui avait appelé au sujet du déjeuner de Petrovic, sans parvenir à un meilleur signalement de la personne qui l'accompagnait. Le témoin avait croisé Mirre revenant des toilettes vers le restaurant. Il n'avait pas vu avec qui était assis Mirre, ni où. On avait espéré recevoir des photos prises de Petrovic lors du déjeuner, en cachette ou non, mais jusqu'alors sans résultat.

Ils avaient reçu un tuyau sur un restaurant où Patricia aurait été vue le jour de sa disparition, mais quand Vanja s'y était rendue, personne dans le personnel ne pouvait se rappeler une visite de Patricia Andrén, alors que plusieurs l'avaient reconnue sur une photo montrée par Vanja.

Stefan Andersson n'avait toujours pas d'alibi pour le jour de la disparition de Patricia Andrén, mais celui pour le meurtre de Petrovic n'en était que plus solide : il était en garde à vue.

Un temps, ils avaient envisagé qu'il pourrait y avoir plus d'un meurtrier, mais rien dans le mode opératoire ne le laissait penser. Au contraire.

"Nous savons enfin qu'il a rendu compte de leurs résultats aux tests avec leurs propres téléphones après les meurtres, sur leurs propres comptes sociaux", dit Torkel pour conclure son décidément maigre résumé, avant de se frotter à nouveau les yeux. La ventilation de la pièce était-elle mauvaise ? Ou trop efficace ? Ses yeux étaient secs.

"Est-ce qu'on peut repérer ces téléphones ? demanda Sebastian.

— Ils ne sont pas allumés, d'après Billy, mais s'il s'en sert à nouveau, alors…

— Il ne le fera pas, affirma Sebastian. Ce serait stupide, et s'il y a quelque chose que notre meurtrier n'est pas, c'est stupide.

— Bon, mais qui est-ce, alors ? demanda Torkel en tendant le bras pour attraper une bouteille d'eau minérale sur la table avant de s'asseoir. Tu disais que tu avais établi un profil.

— Une esquisse, loin d'être complète."

Torkel signifia d'un geste que ça n'avait pas d'importance et d'y aller quand même.

"Donc il s'agit d'un homme de plus de quarante ans, qui depuis longtemps n'apprécie pas ou ne comprend pas l'évolution de la société, mais qui n'a pas agi avant maintenant.

— Pourquoi maintenant ?" demanda Ursula.

Sebastian écarta les bras l'air de lui dire que ses hypothèses valaient autant que les siennes.

"Divorce, perte d'emploi, avancement refusé, il s'est peut-être passé quelque chose qui l'a poussé sur la touche. Ou alors il en a juste eu assez. Assez de voir Petrovic et Andrén susciter un intérêt qu'à son avis ils ne méritaient en aucune façon.

— Ça marchait bien pour eux, ces derniers temps, glissa Ursula. Blog à succès, tournée, émissions, nouvel emploi à la télé, notoriété dans la presse…

— Notre homme est très vraisemblablement un universitaire, ou quelque chose comme ça, reprit Sebastian. Il défend une image ancienne du savoir. Vu de l'extérieur, un collègue calme, apprécié, compétent. N'a probablement pas souvent changé de poste, et vit les transformations comme quelque chose de négatif."

On frappa à la porte. Sebastian se tut et Eva Florén glissa la tête.

"Désolée de vous déranger, mais tu as de la visite, dit-elle en se tournant vers Torkel.

— Ça attendra.

— C'est important, sinon je ne vous aurais pas dérangés, répondit Eva sur le ton de l'évidence. Il dit que le meurtrier s'est manifesté.

— Qui dit ça ?

— Un certain Axel Weber."

Torkel gagna l'accueil et regarda alentour. Pas mal de monde, mais personne qu'il reconnaisse de la conférence de presse, à part Weber, qui rangea son portable dans sa poche et se leva d'une des chaises devant le service des passeports quand il vit Torkel lui faire signe de le rejoindre.

"Entre ici, dit Torkel en lui tenant la porte qui séparait l'accueil du reste du commissariat. Caton t'a contacté ? demanda-t-il aussitôt la porte refermée.

— Pas moi."

Weber glissa la main sous sa veste et sortit de sa poche un papier sous plastique. Le tendit à Torkel qui y jeta un rapide coup d'œil. La copie d'une lettre. "Le chef l'a reçue il y a quelques semaines. On n'y pensait plus, tu sais c'était un de ces types en mode « c'était mieux avant ». Mais ensuite on s'est mis à écrire sur Sven Caton…

— Caton l'Ancien.

— Oui, ça ressemble, non ?

— Il nous faudrait l'original constata Torkel.

— Désolé, c'est tout ce qu'on peut vous donner…"

Torkel leva les yeux du papier.

"Tu as l'intention d'écrire là-dessus ?"

Une question. Rien d'autre. Il se gardait bien de le lui interdire.

"Veux-tu que j'écrive là-dessus ?

— Je préférerais que non.

— Donne-moi autre chose, alors. En exclusivité."

Torkel réfléchit rapidement. Il n'était naturellement pas forcé de donner quoi que ce soit à Weber, mais en même temps, il les avait aidés. Pas seulement aujourd'hui, aussi dans leur précédente enquête. Il leur avait donné à l'avance des informations que son journal allait publier, pour qu'ils aient le temps de déplacer un témoin. Ça lui avait même peut-être sauvé la vie.

“L’arme du crime était vraisemblablement un pistolet d’abattage, dit Torkel après avoir rapidement passé en revue les informations dont la publication nuirait le moins à l’enquête, et dont il était le plus probable qu’elles seraient de toute façon déterrées par la presse dans un avenir proche.

— OK. Et ça vient de toi ?

— Non.”

Il n’était pas nécessaire d’éventer le fait que le chef de la Criminelle donnait des informations exclusives à un journaliste en particulier. Et puis Weber aurait pu obtenir cette information de plusieurs autres sources. C’était le rapport d’autopsie de l’institut médicolégal de Lund qui avait mentionné le pistolet d’abattage comme arme du crime possible. Un rapport auquel Peter Berglund avait eu accès, et il avait pu l’avoir égaré plus d’une fois.

“Tu peux dire que c’est une source au sein de la police d’Helsingborg.

— Tu es sûr ?

— Oui, et s’il t’arrivait de mentionner le nom de Peter Berglund, ça ne serait pas bien grave.

— Qui est Peter Berglund ?

— Un policier d’Helsingborg.”

Weber regarda Torkel avec une mine étonnée mais aussi un peu amusée.

“Et qu’a-t-il fait pour s’attirer la colère du chef de la Criminelle ?

— Apparemment, il vient de faire fuiter des informations sur l’arme du crime”, dit Torkel en souriant. Il salua en levant la pochette plastique et rejoignit Ursula et Sebastian.

"Définitivement un universitaire, dit Sebastian en montrant le document que lui avait donné Torkel. « Dans l'exercice de mon métier, je rencontre beaucoup de jeunes. » Je pense qu'il est enseignant, d'une façon ou d'une autre.

— Il peut être chef de chœur, chef scout ou ce que tu veux, eux aussi rencontrent des jeunes, objecta Ursula.

— Non." Sebastian secoua la tête. Il continua à lire : "« … acquièrent des connaissances, pensent de façon critique et se forment pour un jour avoir un métier intéressant et exigeant ». Il est dans une école. Probablement une université ou une grande école.

— Pourquoi signe-t-il Caton l'Ancien ? demanda Torkel. Pourquoi pas Sven Caton ?"

Ursula rapprocha d'elle l'ordinateur portable de Torkel déplié sur la table, tandis que Sebastian regardait Torkel en jouant l'étonnement.

"Tu ne sais pas qui était Caton l'Ancien ?

— Non.

— Voilà. Savoir ça est une preuve de connaissance. De culture générale.

— Et toi, tu sais ?

— Figure-toi que oui. C'est celui qui disait toujours : « En outre, je pense qu'il faut détruire Carthage. »

— Pourquoi ça ? Pourquoi n'aimait-il pas Carthage ?

— Je ne sais pas.

— Caton l'Ancien, né en 234 avant J.-C., commença à lire Ursula sur l'écran où elle avait googlisé le nom. Un sénateur romain qui finissait toutes ses interventions, quel qu'en soit le sujet, par le vœu que Carthage soit détruite. Il considérait que la cité nord-africaine menaçait la position dominante de Rome autour de la Méditerranée.

— Si on veut interpréter, on peut se dire que notre Caton estime que la fixation superficielle de notre époque autour des célébrités menace la vieille société de la connaissance", résuma Sebastian.

Un silence se fit autour de la table.

"Quoi d'autre ? Quelque chose, avant qu'on arrête pour aujourd'hui ?"

Sebastian reprit la lettre

"Il en a écrit d'autres, dit-il en levant les yeux de sa lecture. Nous devrions voir avec les journaux et les chaînes télé, surtout celles qui ont diffusé des programmes auxquels les victimes ont participé. Peut-être qu'il a aussi appelé *Le téléphone sonne* sur P1. Avant de commencer à tuer.

— Je veillerai à ce que ce soit fait, dit Torkel en se calant au fond de son siège pour se frotter les yeux. Ce sera la première chose demain matin.

— Quand tu appelleras les journaux, demande-leur de vérifier aussi dans leur courrier des lecteurs, dit Sebastian. Caton est du genre à envoyer des courriers. À l'ancienne. À des journaux papier. Dans une enveloppe affranchie."

Torkel hocha la tête. Ursula referma l'ordinateur. Torkel but la dernière gorgée de sa bouteille d'eau minérale. Tous deux se levèrent. Sebastian resta assis. La lettre toujours à la main.

"Autre chose ?

— Non, allez-y", dit Sebastian sans lever les yeux. Caton l'intéressait. Plus que tous les autres meurtriers sur lesquels il avait travaillé depuis son retour à la Criminelle.

Intelligent, bien organisé, communiquant, déterminé.

Un adversaire digne de lui.

Malheureusement pour tous les participants aux émissions de téléréalité à travers le pays, ils ne parviendraient sans doute pas à le stopper avant qu'il ne commette une erreur.

Et ça pouvait durer.

Longtemps.

D'abord, il avait songé à annuler.

La police avait rendu public son alias. Celui qu'il avait utilisé pour prendre contact avec les sœurs Johansson.

Non qu'il pense qu'elles aient lu les journaux ou écouté la radio au cours de la journée, mais c'était malgré tout quelque chose qu'elles auraient pu apprendre.

Des pseudo-célébrités assassinées, c'était au niveau de ce dont elles se nourrissaient dans le flux des informations.

Mais même si elles avaient appris ce qu'il avait fait à Helsingborg et Ulricehamn, pas sûr que cela tire une sonnette d'alarme. Elles n'avaient aucune raison de se sentir menacées. Elles étaient blogueuses et, à sa connaissance, n'étaient jamais passées à la télé. Et puis il n'avait dit son "nom" qu'une seule fois. Quand il avait appelé Ebba Johansson, la première fois, il s'était présenté et avait prétendu travailler pour le *Svenska Dagbladet*. Il était hautement improbable qu'elle ait retenu son nom.

Il avait lu les publications des deux sœurs sur Twitter, les avait suivies sur Instagram et avait péniblement parcouru leur blog pour le moins insignifiant, sans voir nulle part mentionner qu'elles allaient rencontrer un certain Sven Caton, pas même qu'elles avaient rendez-vous avec un journaliste.

Restait donc la possibilité qu'elles aient su ce qui s'était passé, reconnu le nom, et soient allées dire à la police qu'elles avaient un rendez-vous prévu avec Caton ce soir.

Possible.

Mais pas vraisemblable.

Et pourtant. Une certaine prudence s'imposait.

Ils devaient se retrouver dans une pizzéria de Sundbyberg. L'endroit était soigneusement choisi. Connu des deux sœurs, mais avec un risque minime qu'elles y rencontrent une connaissance, facilité pour lui de se garer à l'écart, loin des grands axes : il faudrait attendre un moment pour avoir un taxi.

Quand Ebba avait demandé pourquoi il fallait qu'ils se voient justement là, il avait répondu qu'il voulait aller avec elles dans le quartier de leur enfance. Il lui avait fallu faire preuve d'une certaine persuasion. Ebba ne trouvait pas qu'elles aient grand-chose à dire à propos de Sundbyberg, elles en avaient déménagé à l'âge de cinq ans, mais il avait insisté. Ça pouvait être un bon angle d'attaque pour son article : Qui pensaient-elles qu'elles seraient aujourd'hui si elles étaient restées là-bas ? Se seraient-elles développées différemment si leur mère ne s'était pas remariée, si elles n'avaient pas déménagé à Djursholm ? Ce genre de questions l'intéressait. Aller au fond des choses. Trouver les personnes derrière les personnages du blog. Ebba avait tenté de lui expliquer qu'il n'y avait pas tellement de "personnes derrière", et que sa sœur et elle écrivaient sur leurs vies comme elles étaient, et qu'elles n'étaient pas différentes quand elles bloguaient. Mais il avait fini par avoir son rendez-vous à dîner à la pizzéria.

Tout se passait comme prévu.

Son alias avait donc été rendu public.

Mais il savait ce que la police savait et il était plus intelligent qu'elle.

Plus intelligent que la plupart.

Il s'en tenait donc au plan, mais en le modifiant un peu.

Si les deux sœurs avaient prévenu la police, il se doutait qu'elle serait là pour le cueillir à son arrivée, juste avant 8 heures. Il y était donc déjà arrivé vers 3 heures de l'après-midi, pour un déjeuner tardif. Était resté plus d'une heure, mémorisant soigneusement qui se trouvait là. Avait quitté les lieux pendant une bonne heure puis était revenu sous prétexte qu'il avait oublié sa casquette. Aucun des clients présents à 3 heures n'était encore là à son retour. Ce qui cependant ne voulait pas forcément dire quelque chose. Ils étaient peut-être planqués à la cuisine, dans une voiture dehors ou un bâtiment mitoyen.

Il prit une décision. Appela Ebba pour lui proposer plutôt un restaurant chinois des environs. Sans donner de raison à ce changement, et elle ne posa pas de questions. Elle n'avait pas non plus l'air de jouer la comédie pour faire comme si de rien n'était. Elle était exactement comme la dernière fois qu'ils s'étaient parlé.

Cela le renforçait dans sa conviction qu'elle n'avait pas fait le rapprochement entre leur première conversation téléphonique et les informations du jour. Il ne savait pas exactement comment la police travaillait, mais s'il avait été policier – et il aurait fait un excellent policier – il aurait déplacé la surveillance de la pizzéria vers le restaurant chinois, ce qui aurait provoqué un certain mouvement autour de ce dernier. Mais rien n'indiquant la moindre activité policière pendant le temps qu'il garda le lieu sous surveillance, à huit heures moins le quart, convaincu que la police ne savait rien de son rendez-vous imminent, il entra dans le restaurant.

Il regarda autour de lui. Personne ne réagit à son entrée. On lui proposa une table, mais il en demanda une autre, dans le coin, où on l'installa. Il s'assit dos tourné vers le reste de la salle et attendit.

Vingt minutes plus tard les sœurs Johansson arrivèrent.

Ça avait bien commencé, pensa Ebba.

L'homme de la table du coin s'était levé en leur faisant signe à leur entrée dans le restaurant. Elles l'avaient rejoint.

"Ebba et Sara ?" avait-il fait à leur approche, et il était clair qu'il savait qui était qui. Tout le monde n'était pas capable de faire la différence entre elles deux. La plupart faisaient même tout un plat de leur ressemblance. À chaque fois, ça énervait Ebba. Même si elles se ressemblaient beaucoup, il y avait des différences. Elles étaient deux individus. Ne pas être capable de les distinguer était juste de la paresse. Mais ce barbu avec sa casquette de petit vieux si enfoncée qu'elle frôlait la monture d'acier de ses lunettes savait qui elles étaient. D'emblée, un plus pour lui.

"Sören, on s'est parlé au téléphone", avait-il dit en se tournant vers Ebba, la main tendue pour la saluer.

Il avait réfléchi, et décidé de changer de nom lors de leur rencontre. Quelque chose d'approchant, qu'elle aurait très bien pu mal comprendre au téléphone. C'était tenter le diable que d'utiliser Sven Caton, nom qu'elles avaient pu entendre quelque part ou voir imprimé durant la journée, même si elles n'avaient pas fait le rapport avec elles-mêmes.

"Ah, pardon, je croyais que vous vous appeliez autrement", avait dit Ebba en lui serrant la main. Sara opina du chef.

"Non, je m'appelle Sören, mais ça ne fait rien. Asseyez-vous."

Il leur avait indiqué la banquette, et elles s'y étaient assises côte à côte. Un serveur était venu avec les menus. Elles avaient passé un moment à choisir ce qu'elles voulaient.

"Vous êtes mes invitées, évidemment, avait-il dit tandis qu'elles essayaient de se décider. Alors prenez exactement ce qui vous plaît."

Sara avait choisi des rouleaux de printemps végétariens, Sören des travers de porc sauce soja. Le choix d'Ebba s'était arrêté sur des crevettes aux légumes sauce tamarin et, bien qu'elles soient toutes les deux majeures, elles s'étaient abstenues de prendre de l'alcool au profit d'un Coca light et d'une Ramlösa. Sören avait commandé une bière légère. Il était en voiture…

En attendant qu'on les serve, il avait commencé l'interview. Au début, Ebba s'était sentie un peu sur ses gardes. Elle avait déjà rencontré des hommes de l'âge de Sören et, quand elle parlait de ce qu'elles faisaient, sa sœur et elle, il fallait d'habitude qu'elle se défende.

À quoi servait un blog ?

Avaient-elles besoin qu'on les complimente sans arrêt ?

Pourquoi vouloir déballer toute sa vie en public ?

Mais assez vite, elle réalisa que Sören avait un autre angle d'attaque. Ce serait vraiment un portrait. Un approfondissement. Il était incroyablement cultivé, les faisait se sentir spéciales, leur posait des questions que peu leur avaient encore posées. Personnelles, sans être privées. Il les prenait au sérieux.

Le dîner arriva. Ils mangèrent en continuant à parler. Sören prenait des notes. Sara lui demanda pourquoi il n'enregistrait pas plutôt. Ça semblait beaucoup plus facile que de tout noter. Sören leur expliqua qu'il savait d'expérience que les gens se crispaient quand ils se savaient enregistrés. Ils étaient un peu moins spontanés, faisaient attention.

"Vous pourrez bien entendu relire le texte avant publication, et si vous souhaitez modifier une citation, vous pourrez toujours prétexter que j'ai mal entendu ou compris de travers, dit-il avec un sourire. Ce qui serait impossible si j'avais enregistré notre conversation."

État d'esprit sympathique d'un homme sympathique, trouva Ebba.

Le serveur vint enlever leurs assiettes. Elles dirent toutes les deux non au dessert, mais oui au café.

Pendant le café, ils parlèrent des Summer Blog Awards, de la fête, de la distinction reçue, ce que ça signifiait pour elles, pour les autres filles, de la notoriété dont elles jouissaient depuis cette victoire.

"Un de mes étudiants a eu une bourse du MIT l'automne dernier, dit soudain Sören. C'est passé complètement inaperçu."

Ebba échangea un rapide regard avec sa sœur, toutes les deux étonnées que cet homme poli et presque effacé les ait interrompues.

“Euh…, fit Sara. Félicitations.

— Pardon, je vous ai coupée, dit Sören en baissant les yeux vers la table. Veuillez m'excuser.

— Ça ne fait rien”, dit-elle.

Après un court silence où Sören parut avoir un peu perdu les pédales, Ebba s'excusa et demanda s'il savait où étaient les toilettes. Il indiqua vers l'entrée et à droite. Elle se leva et partit.

“Voulez-vous un autre Coca ?” demanda Sören une fois seul avec Sara. Il était grand temps de terminer la soirée. Au moins au restaurant chinois.

“Oui”, répondit-elle, le regard fixé sur son téléphone.

Typique, songea-t-il en se levant. Au moindre temps mort, se plonger dans un écran. Ils étaient restés à parler peut-être une heure et quart. Qu'avait-il pu se passer de si important qui ne puisse pas attendre encore vingt minutes ?

Mais c'était un des défauts de cette génération. Ils ne pouvaient pas attendre. Ils n'avaient pas de patience. Désirer quelque chose était impensable.

Tout devait avoir lieu maintenant.

Tout de suite.

Et de préférence être gratuit.

Mais il était content de sa décision de changer de nom : si elle était en train de poster une mise à jour quelque part, elle était au restaurant avec un certain Sören. En se rendant au bar situé au milieu de la salle, il se maudit de s'être laissé provoquer. Qu'elles rabâchent combien leur blog était important, combien il inspirait les autres, qu'elles se considèrent elles-mêmes comme des modèles l'avaient fait craquer.

Mais pas seulement ça.

Il avait baissé sa garde, il s'était montré imprudent car elles avaient, il fallait l'avouer, une conversation assez agréable. Au moins l'une d'elles. La plus jeune. Ebba. Elle n'avait pas l'air aussi superficielle que sa sœur.

"Un Coca light et une autre Ramlösa, s'il vous plaît, dit-il au serveur qui attendait derrière le comptoir, en jetant un regard vers la table où Sara était toujours absorbée par son téléphone.

— Je vous amène ça.

— Non, servez ici, je porterai moi-même jusqu'à la table."

Pendant que le serveur remplissait un verre de Coca et sortait du réfrigérateur une bouteille d'eau minérale, il sortit les petits cachets de sa poche et les répartit à égalité entre ses mains.

"Voilà, tenez, dit le serveur en posant les deux verres sur le comptoir avec une mine qui signifiait qu'il ne comprenait toujours pas pourquoi on ne le laissait pas les porter jusqu'à la table.

— Merci."

Sören saisit les verres par le haut, laissant ainsi la benzodiazépine tomber dans le liquide. Les cachets firent de petites bulles en coulant jusqu'au fond, mais ils allaient vite se dissoudre et auraient disparu quand il poserait les verres sur la table. Ça avait été si facile avec Patricia et Miroslav. Ils étaient allés aux toilettes, une boisson arrangée les attendait à leur retour, et quand ils avaient commencé à se sentir mal, il avait proposé de les raccompagner chez eux.

Plus difficile avec deux à la fois. C'était peut-être une bêtise. Mais il n'était plus temps d'y réfléchir. Il venait de se rasseoir quand Ebba revint.

"Je vous ai pris une autre eau.

— Merci, mais je n'ai pas soif."

Ce n'était pas le cas de sa sœur, qui avait déjà bu deux grandes gorgées dès qu'il avait posé le verre devant elle. Que se passerait-il si l'autre ne buvait pas ? Au fond, ça pouvait quand même marcher. Ils aideraient ensemble Sara à sortir. Ça pourrait même mieux marcher, paraître moins louche que si les deux se sentaient tout à coup mal.

"Quels projets avez-vous, pour l'avenir ?"

Ebba commença à parler de ce à quoi elle avait réfléchi pendant l'après-midi. Lancer une société. Faire de la publicité dans son blog. Et ainsi le faire se développer.

"Vous n'avez pas envie de trouver un vrai travail ? demanda-t-il en faisant des guillemets avec les doigts autour de « vrai », pour qu'elles n'aillent pas penser qu'il ne considérait pas leur activité comme un vrai travail.

— Pourquoi ? demanda Sara. Si on gagne de l'argent en écrivant, c'est un travail, non ?

— Et vous aussi, c'est ce que vous voulez ?

— Je ne sais pas, répondit Ebba, plus songeuse. Pour un temps, peut-être. On verra. Mais j'ai du mal à m'imaginer trentenaire toujours en train de bloguer.

— Et que ferez-vous, alors ?

— Je ne sais pas. Finissons d'abord le lycée, on verra plus tard."

Un petit gémissement retentit à gauche d'Ebba, qui se tourna. Sara, yeux mi-clos, semblait avoir pâli en quelques secondes.

"Je ne me sens pas bien…", lâcha-t-elle en gémissant à nouveau. Elle inspira à fond comme pour se réveiller un peu, sans effet.

"Quelque chose que vous aurez mangé ? tenta Sören, d'un ton compatissant.

— Je ne sais pas. Peut-être…

— On avait fini, de toute façon, non ? Je vais payer."

Il se leva et sortit son portefeuille de sa poche en quittant la table.

"Vous pouvez aussi nous appeler un taxi ? demanda Ebba dans son dos.

— Je peux vous raccompagner, c'est ma direction de toute façon, et j'ai ma voiture juste à côté.

— D'accord."

Sa sœur n'allait vraiment pas bien.

Dehors, l'air frais sembla la ragaillardir un peu mais, au bout de quelques pas, ses jambes semblèrent ne plus la porter et elle dut s'appuyer contre Ebba.

"Ma voiture est là-bas, dit Sören. Vous voulez que je vous aide ?" proposa-t-il en passant le bras autour de la taille de Sara sans attendre de réponse. Ils continuèrent quelques pas et tournèrent sur la droite, dans une impasse. Le bâtiment où était le restaurant chinois était le dernier de la rue. De l'autre côté de l'impasse se trouvait un petit parc, apparemment désert. Ils suivirent la rue le long de voitures stationnées. Au bout, un terrain vague. Détritus, broussailles, bouteilles, vieux caddie, et un grand panneau annonçant la construction prochaine de cinquante et un logements illuminé par deux ampoules orange, alors qu'il ne faisait pas encore noir. Quelques mètres derrière le panneau était garé un gros camping-car blanc.

"Vous avez un camping-car ? demanda un peu inutilement Ebba, car il était évident que c'était leur destination.

— Oui, votre sœur pourra s'étendre à l'arrière pour se reposer pendant que je conduirai."

Ils continuèrent d'avancer. Ebba ne savait pas pourquoi, mais le gros véhicule blanc dans l'ombre derrière le panneau éclairé la fit hésiter. Elle ralentit le pas. Apparemment il s'en aperçut, car il se tourna vers elle, le regard interrogatif.

"Qu'est-ce qu'il y a ?

— On va plutôt prendre un taxi.

— Mais voyons, c'est inutile, c'est sur mon chemin."

Il continua d'avancer avec Sara, qui semblait ne plus du tout réagir à ce qui se passait autour d'elle. L'hésitation d'Ebba se mua en inquiétude.

"Non, arrêtez, lâchez-la, on prend un taxi."

Mais Sören ne s'arrêta pas. Il continua avec sa sœur. Ils dépassèrent le panneau éclairé. Ils n'étaient plus qu'à quelques pas du camping-car. Ebba le vit pêcher les clés dans sa poche avec sa main libre.

Elle regarda alentour.

Son inquiétude vira à la pure panique.

Un lieu désert, isolé, en pleine banlieue. Pas de fenêtres donnant sur l'impasse où ils s'étaient engagés. Le parc vide. Un endroit que les gens évitaient, malgré la chaleur estivale et les nuits claires. Un endroit choisi avec soin.

Ses pensées s'emballèrent. Elle s'efforçait de comprendre. Comment savait-il que Sara serait malade ? Qu'elles ne partiraient pas en courant ? Les boissons. Le deuxième verre. Elle n'avait pas touché au sien. Sara l'avait vidé. Cet homme, qui très vraisemblablement ne s'appelait pas Sören, était allé les chercher au bar. Elle l'avait vu les poser sur la table en revenant des toilettes.

Sara était droguée.

La conscience de ce qui était probablement en train d'arriver donna à Ebba une force étonnante. L'adrénaline, supposa-t-elle. Sans vraiment réfléchir, elle se précipita vers l'homme qui soutenait toujours sa sœur tout en essayant d'ouvrir la porte du camping-car. Elle n'avait rien pour frapper, aucune connaissance en combat rapproché, elle n'avait que son corps et son élan.

Elle le heurta de côté de toutes ses forces. Bien qu'elle ait foncé à découvert, son attaque le prit par surprise. Il trébucha en arrière, se heurta la tête contre le côté de la voiture, lâcha Sara qui s'effondra sans bruit et presque au ralenti. Ebba fut auprès d'elle en un rien de temps. La saisit sous les bras, essaya de la relever. Elle réalisa bientôt qu'elle n'en aurait jamais la force et que, même si Sara se remettait debout, elles n'arriveraient nulle part. L'homme avait déjà retrouvé l'équilibre et se tournait vers elles.

Ebba lâcha sa sœur, tourna les talons et partit en courant.

Avec un peu de chance, elle pourrait rencontrer quelqu'un dans la rue, arrêter une voiture ou faire venir avec elle quelqu'un du restaurant chinois à temps pour empêcher l'homme d'emmener sa sœur.

“Tu abandonnes ta sœur ?” l'entendit-elle crier.

Ebba continua à courir.

“Tu pourras vivre avec ça ? L'avoir abandonnée ? Avec moi ?”

Ebba s'arrêta net. Essoufflée. Elle sentit monter ses larmes. Elle ne voulait pas, n'osait pas se retourner, mais entendit la clé tourner dans la serrure, la porte s'ouvrir, et le gémissement d'effort de l'homme hissant avec une certaine difficulté sa sœur dans le camping-car.

“Qu'est-ce que j'ai lu sur votre blog ?” reprit-il. Sa voix calme brisait le silence de l'été. “L'une sans l'autre, nous ne sommes qu'à demi.”

Elle sentit ses yeux s'inonder. Une larme coula sur sa joue.

Elle ne pouvait pas. Elle ne pouvait pas abandonner Sara.

C'était elle, la fille sérieuse. Celle dont on attendait qu'elle agisse comme il fallait.

Elle tourna les talons et retourna vers le camping-car.

La vie était fragile.

Tout pouvait disparaître n'importe quand.

Quelques centimètres sur la gauche et la balle qui lui avait pris un œil la tuait. Si les événements de ces derniers temps lui avaient enseigné quelque chose, c'était qu'il fallait mieux profiter de la vie.

Oser. Tenter. Miser.

Se décider.

Elle ne savait pas si Torkel et elle pourraient former un couple pour de bon. Elle ne s'était jamais autorisée à seulement l'envisager. Ça ne lui ressemblait pas.

Ce n'était pas ce qu'elle voulait.

Ça ne marcherait jamais.

Mais qu'en savait-elle ? Rien. Pas avant d'avoir essayé.

Elle était donc là, chemisier blanc neuf sur son jean habituel, dans le couloir, devant sa chambre. Pour changer, elle avait mis un peu de parfum. D'habitude, savon et déodorant suffisaient, mais c'était ce parfum qu'elle utilisait au début de leurs rencontres et son idée était d'envoyer le signal d'un nouveau départ. Si seulement il remarquait quoi que ce soit. Torkel était un excellent policier, mais les gestes romantiques et les allusions subtiles n'étaient pas son fort. Pas le sien non plus, en fait. Une part d'elle trouvait ça ridicule et un peu désespéré, mais cette part avait perdu la bataille devant le miroir de la salle de bains. Elle voulait lui montrer qu'il lui avait vraiment manqué et, pour ce faire, il fallait être un peu trop démonstrative, en dépit de sa gêne.

Elle s'avança dans le couloir, mais réalisa qu'elle ne savait pas où aller. D'habitude, Torkel lui indiquait sa chambre, parfois oralement, le plus souvent *via* SMS.

Simple et facile à comprendre. Deux personnes consentantes.

Allait-elle lui envoyer un message pour lui poser la question ? Ça simplifierait tout. Mais elle voulait le surprendre. C'était l'idée de tous ces préparatifs : faire autrement, pour une fois. Elle se dirigea vers l'ascenseur.

À la réception, on saurait lui dire.

L'ascenseur n'était pas à son étage, aussi décida-t-elle de descendre à pied. De toute façon, il était si lent qu'elle serait en bas avant qu'il n'arrive. Alors qu'il ne restait que quelques marches, elle embrassa du regard la réception et le bar voisin. Torkel était là. Il lui tournait le dos, près d'une femme aux longs cheveux blonds. Il riait. La blonde rit elle aussi en lui posant la main sur la manche de sa veste. Les yeux pétillants, elle s'approcha encore de lui.

Ils avaient l'air de se connaître. De bien s'entendre.

Elle leva son verre, ils trinquèrent et burent.

Ursula resta un peu là à se demander si elle allait les rejoindre. Se présenter. En savoir plus. Savoir qui c'était.

Mais à quoi bon ? Au mieux quelques phrases polies, la proposition d'un verre de vin. La femme posa à nouveau la main sur le bras de Torkel et il se pencha pour lui glisser quelque chose à l'oreille. Elle rit à nouveau. Elle rayonnait.

Ursula tourna les talons et se dépêcha de remonter l'escalier.

Sentit son parfum lui monter à la tête.

Elle allait devoir reprendre une douche.

Tous deux étaient en avance. Lise-Lotte était déjà au bar quand il descendit. Elle était encore plus belle avec ses longs cheveux blonds bien coiffés, une robe d'été légère mais élégante et un châle fin sur les épaules. Torkel était content d'avoir pris le temps de se doucher et se changer, ça aurait été bizarre que Lise-Lotte soit la seule à avoir fait un effort. Il la rejoignit et ils échangèrent une rapide accolade. Lise-Lotte avait suggéré un restaurant accessible à pied et Torkel proposa de commencer par un verre de vin au bar, ils avaient le temps. Lise-Lotte accepta et demanda du rouge. Assez vite, ils en reprirent chacun un. La première timidité de Torkel disparut. C'était facile de parler avec elle. Elle était ouverte, pétillante d'énergie. C'était contagieux. Les souvenirs y aidaient, ils avaient une histoire en commun et, bientôt, ils parlaient comme les meilleurs amis du monde, pas comme s'ils ne s'étaient pas vus depuis trente ans. Lise-Lotte s'avéra avoir une excellente mémoire, ce qui facilitait les choses – même si, au bout d'un moment, Torkel se sentit un peu sénile.

"Comment arrives-tu à te rappeler tout ça ? avait-il fini par demander alors qu'elle venait de décrire les vêtements qu'il portait le soir où ils étaient sortis ensemble pour la première fois. Moi, je ne me souviens de rien. Comment fais-tu ?

— J'ai toujours eu une bonne mémoire, mais… j'avoue que ce soir-là, je n'avais pas arrêté de te guetter, dit-elle en pouffant. Et aussi quelques fois avant ça. Pas mal de fois…" Torkel aurait juré qu'elle rougissait, tandis qu'elle se détournait de lui pour boire une gorgée de vin.

"Tu te souviens sur quelle musique on a dansé ensemble, la première fois ? demanda-t-elle en reposant son verre.

— Ça, oui, fit Torkel en se redressant, tout fier. Roxy Music.

— Ah tiens, ça tu t'en souviens, rétorqua Lise-Lotte en jouant un ton vexé derrière son sourire. Mais c'est parce que tu aimais le groupe, je suppose.

— En fait, non."

Lise-Lotte le regarda, étonnée.

"Si on en est à s'avouer des choses, eh bien…, reprit Torkel en croisant son regard. J'ai fait semblant d'aimer ce groupe parce que tu l'aimais. J'ai même acheté leurs disques pour les avoir à la maison si tu devais venir chez moi.

— Tu plaisantes ?

— Non."

Il rit. Elle rit aussi en posant légèrement la main sur la manche de sa veste. Ses yeux scintillèrent quand elle se pencha plus près de lui.

"Comme c'était mignon de ta part."

Elle leva son verre, ils trinquèrent et burent. Torkel était ravi.

Ce serait une soirée agréable.

Nuit.

Ou en tout cas fin de soirée.

Chambre d'hôtel. Seul.

Mauvaise combinaison.

La télévision était allumée, mais croire qu'une émission allait capter son attention était trop espérer. Sebastian se leva du lit, tituba jusqu'à la fenêtre, l'ouvrit. Air tiède d'été sur son torse nu. Un soupir d'ennui. Il avait lu tous les documents de l'enquête, qui s'étalaient à présent sur une moitié du lit. Il n'y avait pas plus à en tirer que ce qu'ils avaient fait au commissariat.

Et rien à tirer non plus là-bas.

Quand Torkel avait quitté leur réunion pour aller voir Axel Weber, Sebastian avait suivi Eva Florén, sous prétexte de remplir sa tasse de café.

Avait-elle l'intention de rentrer à Borås, plus tard ? avait-il demandé.

Oui, elle en avait l'intention

Avait-elle envie de manger un morceau avec lui avant de partir ?

Non.

Et il se retrouvait donc dans sa chambre d'hôtel.

Seul. Ne tenant pas en place.

Une sensation familière, renforcée à présent par le fait de ne pas avoir Billy à l'œil. Si lui aussi était seul et ne tenait pas en place dans sa chambre, c'était pire. Ou en tout cas pouvait le devenir.

Il fallait qu'il refoule ses pensées. Qu'il se concentre sur autre chose. Quelqu'un d'autre. Sebastian avait pris sa chemise sur le dossier de la chaise et l'enfilait quand son téléphone sonna. Il regarda l'écran. Espérant comme toujours que ce soit Vanja.

Un numéro inconnu à Stockholm.

Un instant, il envisagea de ne pas répondre. Il y avait un risque que ce soit quelqu'un avec qui il avait couché qui avait réussi à se procurer son numéro. Ça arrivait parfois. Ou un démarcheur téléphonique. Pas mieux. Mais d'un autre côté, s'il répondait, au moins il se passerait quelque chose. Peu importait qui appelait. Il décrocha avec un bref : "Oui ?

— Sebastian ?

— Qui c'est ?

— Anna. Anna Eriksson. La mère de Vanja, ajouta-t-elle à tout hasard, au cas où il connaîtrait d'autres Anna Eriksson.

— Qu'est-ce que tu veux ?" demanda Sebastian, étonné de s'entendre sincèrement curieux plutôt que sur la défensive. C'était bien la dernière personne dont il s'attendait à recevoir des nouvelles.

"Parler. De Vanja.

— Ah."

Sebastian se tut.

Elle l'appelait. Elle voulait parler.

Il n'avait pas l'intention de commencer.

"Elle a complètement coupé les ponts avec moi", dit Anna. Sebastian crut entendre sa voix se briser.

"Ça t'étonne ?" Là encore, curiosité sincère. "Tu lui as menti toute sa vie.

— Pour son bien.

— Au début, peut-être, mais plus maintenant, sur la fin." Il sentit son étonnement et sa curiosité céder le pas à une irritation croissante. Elle avait tout piloté. Décidé de tout. De la première fois où il était allé la voir après avoir appris que Vanja était sa fille jusqu'au mariage de Billy. Il avait fait comme elle voulait. Depuis le début. Et voilà qu'elle l'appelait, maintenant que son plan n'avait pas marché comme espéré.

"Quand elle a appris que Valdemar n'était pas son père, pourquoi ne lui as-tu pas dit que c'était moi ? demanda-t-il, découvrant que sa voix commençait à trahir sa colère naissante. Pourquoi avoir inventé ce type mort ?

— Toi, c'était la pire alternative."

On pouvait dire ce qu'on voulait, elle n'avait visiblement pas appelé pour le brosser dans le sens du poil.

"On pourrait se voir ? poursuivit-elle.

— Pourquoi ? Je suis la pire alternative.

— Sebastian…

— Elle te déteste, elle me supporte, la coupa-t-il. Pourquoi irais-je prendre le moindre risque ?

— S'il te plaît. Valdemar est à nouveau hospitalisé et moi… je ne m'en sors plus, en ce moment.

— À nouveau son cancer ?"

Sebastian avait du mal à contenir sa colère. À bien des égards, Valdemar était celui qui s'était le mieux comporté dans toute cette histoire, mais c'était lui qui en avait le plus durement souffert.

Anna ne répondit pas tout de suite. Juste une inspiration profonde qui n'était pas le prélude à une phrase mais qui finit en un bruyant soupir. Sebastian l'imagina à une fenêtre, les yeux dans le vague, en train de se ronger les ongles et de lutter pour retenir ses larmes. Il eut l'impression que ce n'était pas une rechute de cancer, quelque chose de plus grave. Mais quoi ?

"Non, il… il est déprimé, finit-elle par lâcher à voix basse. Il a fait une tentative de suicide."

OK. Plus grave. Sebastian sentit son reste d'énervement disparaître. Il ne portait pas Anna spécialement dans son cœur, mais ça, il ne le souhaitait à personne.

"Comment va-t-il ?

— Il avait avalé des médicaments, mais je l'ai trouvé à temps. Il est à l'hôpital Karolinska, hors de danger.

— Je suis désolé, lâcha-t-il. Je suis à Ulricehamn, continua-t-il, pour expliquer pourquoi ils ne pouvaient pas se voir.

— Vanja est là aussi ?

— Non, elle est à Helsingborg. La même enquête."

Anna se tut à nouveau. Il n'y avait pas grand-chose de plus à dire. Rien qui puisse se résoudre au téléphone.

"Tu pourras m'appeler, une fois rentré à Stockholm ?"

Moins une question qu'une supplique.

"On verra…

— S'il te plaît, fais-le. J'ai besoin… J'ai besoin de la retrouver. J'ai besoin que quelque chose marche dans ma vie."

Elle appelait Sebastian Bergman pour avoir quelque chose qui marche dans sa vie.

C'était vraiment être à court d'alternative.

"On verra, répéta-t-il. Je ne promets rien."

Et il raccrocha. Resta là, téléphone à la main. Ne tenant pas davantage en place qu'avant cette conversation. Est-ce que ceci pouvait affecter sa relation avec Vanja ? Le nouveau père écarté au profit de l'ancien, plongé dans la dépression. Des bulles de sentiments anciens remontaient à la surface. Pas impossible. Vanja était-elle seulement au courant de ce qui s'était passé ? Il avait oublié de le demander à Anna. Devait-il appeler Vanja ? Mais annoncer ce genre de nouvelle au téléphone, il ne voulait pas. Il ne voulait pas non plus lui donner l'impression qu'il gardait le contact avec sa mère.

Donc : ne pas l'appeler.

Mais il ne pouvait pas rester dans cette chambre.

Il boutonna sa chemise et sortit pour partir à la recherche d'une partenaire sexuelle.

Ils rentraient à travers la petite ville.

Quelques touristes flânaient dans la rue piétonne et quelques jeunes traînaient près de la gare routière, mais c'était sinon une soirée particulièrement calme. Lise-Lotte avait choisi un excellent restaurant. Bonne cuisine, personnel attentionné et aimable. Ils avaient parlé de tout à bâtons rompus. Ils s'étaient mis au courant de leurs vies respectives tout en se laissant aller de temps à autre à évoquer des souvenirs communs.

Trente ans.

C'était long, incroyablement long, mais là, parfois, c'était comme il ne s'était passé que quelques années. Et encore. C'était fascinant de voir comme ils s'étaient vite et facilement retrouvés. Torkel avait passé une excellente soirée. Il ne se rappelait pas la dernière fois qu'il s'était senti aussi détendu et gai.

Ils passèrent devant plusieurs boutiques fermées, tournèrent au coin d'une rue et, soudain, à sa grande déception, il aperçut l'hôtel un peu plus loin. Déjà arrivés ? Il pensait que c'était plus loin. Il regarda autour de lui, cherchant un prétexte pour faire un détour et rallonger la promenade.

“Je peux peut-être te raccompagner chez toi, proposa-t-il en regardant Lise-Lotte.

— Merci, mais j’habite assez loin du centre, dit-elle. Je vais prendre un taxi, c’est beaucoup trop loin à pied.”

Torkel sentit à nouveau déferler une vague de déception, mais s’efforça de le cacher. Proposer de la raccompagner en taxi ? Non. Une telle initiative devait venir d’elle.

“Je n’arrive pas trop à t’imaginer à la campagne, dit-il plutôt. Tu étais tellement citadine. Tu trouvais même que Linköping était un trou.”

Elle sourit et lui prit le bras, comme si c’était la chose la plus naturelle du monde. Torkel n’y avait pas d’objection.

“Oui, mais je m’y plais, en fait. Ça doit être l’âge… Je ne t’imaginais pas non plus devenir commissaire de police.

— Non, ça a dû en surprendre plus d’un.

— Je me souviens quand j’ai appris par Helena que tu étais entré à l’école de police, ça m’avait tellement étonnée.”

La distance jusqu’à l’hôtel diminuait. L’entrée illuminée approchait. Il savait où il voulait en venir, mais se sentait trop timide et gauche pour seulement essayer d’y arriver. Exactement comme quand Lise-Lotte et lui étaient sortis ensemble, la première fois. L’inquiétude qui palpitait au cœur et le sentiment de ne pas être à la hauteur. De ne pas oser. De prendre un râteau.

À l’époque, c’était elle qui avait fait le premier pas. Elle qui s’était penchée pour leur premier baiser. Cette fois-ci, il aurait aimé que ce soit lui. Il devinait la chaleur de son corps à travers l’étoffe de sa veste. Ils marchaient en silence. Leurs pas retentissaient sur l'asphalte. Elle le laissait être près d'elle. Et malgré ça, il ne trouvait pas la force de faire ce qu'il désirait le plus profondément.

La toucher.

L'embrasser.

L'hôtel approchait. Leurs pas étaient comptés. Les occasions d'agir s'évanouissaient à chaque mètre. Qu'attendait-il ? Il ne comprenait pas. Une meilleure opportunité ne se présenterait plus. C'était maintenant ou jamais. Bientôt, ils seraient devant l'entrée et se diraient au revoir.

"J'ai vraiment passé une très bonne soirée, Torkel, dit-elle en s'arrêtant soudain, tournée vers lui.

— Moi aussi."

Ce fut comme la première fois, voilà trop d'années. Elle se pencha et l'embrassa. Il abandonna sa réserve et alla à sa rencontre. Ses lèvres avaient un goût de vin rouge. Ils s'embrassèrent intensément, ce qui sembla une éternité, mais quand ils relâchèrent leur étreinte, il aurait plus que tout voulu continuer.

"Oups, dit-elle en le regardant amoureusement au fond des yeux, reculant d'un petit pas. Je n'avais pas vraiment prévu ça."

Torkel se sentit un peu confus.

"Prévu quoi ? lâcha-t-il.

— De ressentir ça…" Elle se tut un instant avant d'ajouter, chuchotant presque : "… si fort.

— Moi non plus.

— On peut s'appeler demain ?" dit-elle.

Torkel hocha la tête, alors qu'au fond de lui, il ne voulait rien moins que la lâcher.

"Bien sûr. On s'appelle demain."

Il se pencha et lui donna un dernier baiser. Moins intense.

Elle se retint.

Lui aussi.

Que pouvait-il faire d'autre ?

Le bulletin météo qu'il avait écouté dans la voiture promettait quelque chose entre 20 et 25 °C pendant la journée. Il était encore tôt, juste un peu après 6 heures, mais le soleil chauffait déjà à travers la vitre quand il manœuvra pour garer l'utilitaire sur le parking. Et on n'était qu'à la fin juin. Roger Levin espérait sincèrement qu'il ne ferait pas aussi chaud que l'été précédent. Pas très gentil pour tous les gens en manque de vacances qui commenceraient leurs congés en juillet et aspiraient à des journées au soleil, à larver, et à de belles soirées tièdes autour du barbecue, mais son point de vue était purement égoïste.

Il allait travailler, lui.

En intérieur.

Le reste de l'été.

Ou du moins jusqu'à la mi-août. Il fallait qu'il ait fini à la rentrée des classes. Sa famille avait modérément apprécié d'apprendre qu'il n'y aurait pas de vacances pour lui cette année, mais en même temps ils comprenaient.

La société Levin Construction existait depuis 1999, quand Roger Levin avait démissionné de NCC pour créer sa propre entreprise. Les premières années avaient été difficiles. Il y avait plein de petites entreprises qui se disputaient les marchés dans un secteur où le travail au noir était très répandu. Puis en 2008, avec le plan de relance du bâtiment, l'avenir s'était éclairci. Avec une déduction de 50 % des charges sociales, recourir au travail au noir n'était plus aussi intéressant. Levin Construction avait augmenté son chiffre d'affaires et même pu embaucher. Roger avait commencé à envisager de lever un peu le pied. Mais sa société s'était retrouvée à la tête de cette rénovation. Un gros chantier qu'il s'agissait de soigner : un marché qui pouvait en apporter beaucoup d'autres s'il donnait satisfaction. Voilà pourquoi il avait prévu de passer l'été sur place à diriger le travail.

Il sortit de voiture, fit le tour, ouvrit le haillon et en tira une grosse caisse en bois : une cafetière, deux thermos, du lait, du beurre, du fromage et du jambon. Des brioches, quelques paquets de gâteaux et plusieurs sachets de bonbons assortis.

Les gars n'arriveraient pas avant 7 heures, mais Roger comptait leur avoir préparé un casse-croûte. Ils n'auraient pas un tel accueil tous les jours, mais ce serait un long – et peut-être chaud – été pour tout le monde, et les garder de bonne humeur ne pouvait pas faire de mal. Eux aussi sacrifiaient leurs congés et leur vie de famille.

Il gagna la double porte vitrée, l'ouvrit avec la clé qu'on lui avait donnée et entra dans le vestiaire désert. La salle des profs était au premier étage. Prof, voilà le métier qu'il aurait fallu faire, se dit-il en trimballant sa caisse dans l'escalier. Dix semaines de vacances en été, vacances à Pâques, à la Toussaint, à Noël, en hiver. Sauf que quand ils n'étaient pas en congé, ils avaient les gamins sur le dos. Trente. Et leurs parents. Roger avait donné un coup de main pour les entraînements et les matchs du club de foot local quand ses filles étaient plus petites et voulaient faire du foot. Il n'avait jamais cessé de s'étonner du comportement des autres parents au bord du terrain. Ils criaient, râlaient, critiquaient, s'indignaient, mettaient en question tout ce que faisait l'entraîneur. Être prof, ça devait être ça puissance dix, se dit-il. Il ne le supporterait jamais, même avec toutes ces vacancces.

Il parvint au premier étage et se dirigea vers la salle des profs. Au moment de tourner à droite vers le bureau du proviseur, il s'arrêta.

Une des portes donnant sur le couloir était ouverte. De là où il était, il vit une marque d'effraction dans le bois de la porte.

Et merde.

Autant aller jeter un coup d'œil pour documenter les dégâts et les signaler, afin que personne n'aille prétendre que ça s'était passé pendant que lui et ses gars étaient dans le bâtiment. Il posa sa caisse et gagna en quelques pas la porte fracturée. Le bruit de ses chaussures ferrées sur les dalles du sol.

Oui, une sacrée effraction, chambranle et serrure détruits, constata-t-il rapidement. Il sortit son téléphone et prit quelques photos. L'école de Fiskås était publique, il fallait donc sans doute qu'il appelle quelqu'un de la commune pour signaler le problème. Son téléphone brandi, il tourna sur lui-même pour changer d'angle. Il jeta un coup d'œil dans la salle de classe et baissa alors l'appareil. Il avança de quelques pas en hésitant et comprit que ce n'était pas la commune qu'il allait appeler en premier.

Il composa le 112.

“Savons-nous qui c’est ?”

Quelques pas de l’autre côté de la porte fracturée, Sebastian embrassait du regard la scène hélas bien trop familière. La jeune fille était maintenue sur une chaise au moyen d’une corde passée juste sous la poitrine. Un test de deux pages agrafé sur le dos. Le bonnet d’âne blanc sur la tête, visage tourné vers le mur. Il était certain qu’Ursula, en examinant le corps de plus près, trouverait au front le trou arrondi provoqué par un pistolet d’abattage.

“Pas encore”, répondit Ursula tandis qu’avec deux assistants elle faisait les constatations. Troublée bien sûr de voir une autre jeune personne brutalement privée de la vie, mais contente d’être pour une fois la première sur place. De pouvoir mener l’enquête technique à sa façon.

“Il augmente la cadence, dit-elle en levant un instant les yeux de son appareil pour regarder Sebastian. Presque une semaine entre la première et la deuxième victime, trois jours avant la suivante.

— Oui.

— Est-ce que c’est sa période de *cooling-off*, comme on dit, qui diminue ?

— Notre homme n’a pas de *cooling-off*.”

Il avança jusqu'au pupitre le plus proche, au fond de la classe, et saisit la chaise retournée dessus. Ursula le cloua du regard, il s'immobilisa, mais elle hocha alors la tête. Sebastian s'assit, bascula sur les deux pieds arrière jusqu'à ce que le dossier touche le mur, puis regarda à nouveau vers la fille.

"Les meurtriers qui tuent en obéissant à une pulsion intérieure qui produit des fantasmes jusqu'à ce qu'ils ne puissent plus y résister ont, eux, une période de *cooling-off*, dit Sebastian en se surprenant à penser à Billy. Ils éprouvent un calme après avoir tué, souvent associé à la honte et à la culpabilité pour ce qu'ils ont fait. Puis le besoin de tuer se reconstruit, jusqu'à devenir irrésistible. La période de calme tend statistiquement à être de plus en plus courte. Mais notre homme..."

Il fixa son regard sur les papiers collés au dos nu de la fille.

"Notre homme n'est pas poussé par le désir ou la pulsion. Il tue parce qu'il le veut, pas parce qu'il le doit." Il se tut. Non pas pour l'effet dramatique, mais pour passer rapidement en revue les cas sur lesquels ils avaient travaillé ces dernières années. Il en conclut que l'impression qu'il avait eue en voyant la toute première victime était bien justifiée.

"Nous n'avons encore jamais rencontré quelqu'un comme lui."

Il avait l'impression qu'il n'arriverait jamais à remettre les pieds dans la salle de classe. Non qu'il ait envie d'y aller. Vraiment pas. La jeune fille, morte, sur sa chaise.

Torkel ne pouvait pas la regarder sans penser à Elin.

Son aînée qui venait de commencer ses grandes vacances, après sa première année à l'école hôtelière de Stockholm. Une formation de cuisinière. Elle s'était dégotté un job d'été dans un restaurant d'Hornstull. Au collège, ses notes étaient moyennes. Torkel l'aimait plus que tout, mais il était assez certain qu'elle n'aurait pas su répondre à beaucoup des questions que leur meurtrier posait dans son test maison.

Cela ne voulait en aucune façon dire qu'elle était bête, au contraire, elle était intelligente, mûre, empathique, drôle, mais ce type de connaissances encyclopédiques, elle ne l'avait pas. Pas beaucoup de ses camarades non plus, pensait-il, sur la base de ceux avec qui il avait eu l'occasion de parler. Mais elle avait autre chose. Une confiance en elle, une curiosité. Les situations nouvelles ne lui faisaient absolument pas peur, elle avait la conviction que tout était possible, une énergie qui pourrait la mener loin. Probablement plus loin que les connaissances sur lesquelles les victimes avaient été testées. En tout cas aussi loin.

Il savait qu'elle regardait ces émissions. Au moins certaines d'entre elles. Torkel espérait que c'était à cause de leur pouvoir d'attraction, comme les spectacles de monstres jadis. Ce qui était fou, bizarre, disparate attirait, on était juste obligé de regarder.

Mais l'idée ne lui viendrait jamais d'être candidate pour y participer.

Du moins le pensait-il.

L'espérait-il.

Il aurait beaucoup de mal à accepter de voir à la télévision sa fille, ivre, avoir des relations sexuelles avec des hommes plus ou moins inconnus. Peu importait si, comme Miroslav Petrovic, elle jouait un rôle.

Mais elle aurait bientôt dix-huit ans et pourrait faire ce qu'elle voulait. Ce qu'elle faisait déjà. Elle ne lui demandait plus conseil ni l'informait avant de prendre ses décisions depuis belle lurette. La plupart du temps, il était mis devant le fait accompli.

C'est comme ça, fais avec.

Il supposait qu'elle discutait davantage avec Yvonne. Sur le papier, ils avaient la garde partagée, mais dans la pratique, ses filles vivaient chez leur mère. Depuis le divorce. Son métier rendait impossible l'alternance une semaine sur deux.

Il entretenait une bonne relation avec ses filles, oui, mais pour être vraiment bonnes, les relations nécessitaient temps et présence, ce qui avait manqué dernièrement. Il réalisa qu'il n'avait parlé qu'une fois avec ses filles depuis la fin de l'école, et c'était plus de deux semaines plus tôt. Il décida d'appeler le soir même.

Il avait besoin de parler avec elles, il le sentait.

Surtout après avoir vu la fille dans la salle de classe.

Torkel en était sorti pour demander aux policiers en uniforme présents sur place d'essayer de trouver qui la jeune femme pouvait être. Jusqu'à présent, les victimes avaient été trouvées le lendemain de leur rencontre avec leur meurtrier. Il leur demanda de vérifier si quelqu'un qui pourrait correspondre avec cette fille à moitié nue aurait été déclaré disparu hier, disons après déjeuner. C'était un peu tirer des plans sur la comète : si la victime habitait seule, ce qui n'était pas du tout impossible, elle avait l'air d'avoir une vingtaine d'années, il n'était pas sûr que quiconque ait eu le temps de remarquer son absence.

Mais Torkel croisait les doigts.

Ils avaient eu l'appel juste après 7 heures du matin.

Son portable était réglé pour sonner à 6 h 30, mais Torkel s'était réveillé dès 6 heures de bonne humeur. C'était inhabituel. Le dîner de la veille en était sûrement la cause. Après une douche rapide, il était descendu prendre le petit-déjeuner.

Trois quarts d'heure plus tard, Ursula était descendue dans la salle à manger, au moment où il envisageait de faire un petit excès en prenant un autre croissant au chocolat avec sa deuxième tasse de café.

“Bonjour, tu es matinal, avait-elle dit avec un regard entendu vers son assiette presque vide.

— Je me suis réveillé tout seul, alors j'ai décidé de me lever.

— Donc tu n'as pas fait tard, hier soir ?”

Torkel avait levé les yeux. Se trompait-il, ou y avait-il un accent de satisfaction dans la voix d'Ursula ?

“Non…

— Tu étais avec qui ?”

Torkel avait continué à la regarder d'un air interrogatif.

“Je t'ai vu au bar. Avec quelqu'un, avait expliqué Ursula.

— Ah, oui, une ancienne camarade de classe. On était au lycée ensemble.

— Sympa. Qu'est-ce qu'elle fait là ?

— Elle habite ici. Travaille dans l'école où on a retrouvé Petrovic. En fait, c'est elle qui a découvert le corps.

— Oups. Ça a dû être… pénible.

— Oui.”

Un court silence. Torkel s'était demandé s'il allait raconter que Lise-Lotte et lui avaient été davantage que camarades de classe à une période, mais avait décidé de s'abstenir. Peu probable que ça intéresse Ursula. Ça faisait une éternité.

“Je vais me chercher un petit-déjeuner, avait dit Ursula pour rompre le silence, avant de tourner les talons et de se diriger vers le buffet.

— Tu me prendrais un croissant au chocolat, pendant que tu y es ?” avait lancé Torkel dans son dos.

Il n'avait jamais eu le temps de le manger.

Ursula s'était à peine éloignée de la table que son téléphone avait sonné.

Un nouveau corps.

Leur enquête.

Une école à Rosersberg, près de Stockholm.

Après ça, trois rapides coups de fil.

Le premier à Vanja et Billy, pour savoir s'ils pouvaient se rendre à Stockholm.

Ils pouvaient.

Christiansson avait envoyé deux hommes qui semblaient particulièrement compétents, ils avaient confiance pour leur passer le relais et quitter Helsingborg si Torkel voulait qu'ils remontent.

Il le voulait.

Le deuxième appel à Eva Florén. Il lui avait exposé la situation et demandé de reprendre la responsabilité de l'enquête à Ulricehamn, en lui faisant un rapport quotidien, ou dès qu'il se passait quelque chose qu'elle jugeait important.

Le troisième appel à Sebastian.

Il déjeunait dans un café à quelques pâtés de maisons de là. Torkel s'étonnant qu'il ne mange pas à l'hôtel, il s'était avéré qu'il n'y avait pas passé la nuit.

“Eva Florén ? avait demandé Torkel avec un soupir résigné.

— Non.”

Torkel n'avait pas posé d'autres questions, il était trop facile de compléter par lui-même. Heureusement que ce n'était pas avec Florén que Sebastian avait passé la nuit. Sa mauvaise habitude de coucher avec des femmes liées à l'enquête commençait à poser problème. Il avait plutôt donné l'ordre à Sebastian de se grouiller de faire sa valise. Ils rentraient à Stockholm.

À Rosersberg.

Une banlieue qui ne faisait pas parler d'elle, sur la route entre Stockholm et l'aéroport d'Arlanda.

Une fois arrivés à l'école, ils étaient tous les trois entrés dans la salle de classe, mais après avoir constaté qu'il s'agissait bien d'un cas relevant de leur enquête, Torkel avait laissé là ses collègues pour demander aux policiers en uniforme de l'aider pour l'identification.

Puis il était allé parler avec l'artisan qui avait apparemment trouvé le corps.

Il revenait quand un policier en uniforme l'appela.

Il avait l'impression qu'il n'arriverait jamais à remettre les pieds dans la salle de classe.

Sebastian était assis sur une chaise tout au fond de la classe, appuyé contre le mur. Ursula et ses deux collègues travaillaient devant, près de la victime. Tous se tournèrent vers lui quand Torkel franchit enfin la porte.

"Sara et Ebba Johansson ont été déclarées disparues par leurs parents cette nuit, dit-il aussitôt en voyant leurs regards curieux. Des jumelles. Elles ne sont pas rentrées après un dîner, n'ont pas donné de nouvelles et ne répondaient pas au téléphone, ce qui est très inhabituel.

— Avec qui dînaient-elles ? demanda Sebastian.

— On ne sait pas encore, on n'a que leur identité.

— Elles ont participé à de la téléréalité ?

— Sais pas.

— On a une photo ?

— Elle arrive.

— Des jumelles ?

— Oui, déclarées disparues toutes les deux juste après minuit."

Sebastian se pencha en avant, si bien que sa chaise atterrit à nouveau sur ses quatre pieds.

"Mais où est l'autre, alors ?"

Vanja fut briefée par Ursula dans le taxi à l'arrivée à l'aéroport de Bromma.

Tout ce qu'on avait trouvé correspondait aux autres victimes. La position du corps, le bonnet d'âne et le test agrafé sur le dos. Sara Johansson avait un peu mieux réussi que Patricia et Miroslav, seize bonnes réponses sur soixante, mais ça n'avait pas suffi. Quant à Ebba, on ne savait pas où elle était.

Il ne semblait pas y avoir de lien entre les victimes et les écoles où leurs corps avaient été placés, et il y avait beaucoup d'établissements fermés pour l'été à fouiller dans la région de Stockholm. Ebba pouvait être n'importe où.

On n'avait pas retrouvé le portable de Sara, aussi Billy se mit-il aussitôt à faire des recherches sur la banquette arrière du taxi. Il ne pouvait pas y avoir beaucoup de jumelles prénommées Sara et Ebba Johansson. Le téléphone de Vanja bipa. Le premier rapport de police de la veille, quand leur disparition avait été signalée. D'après lui, elles étaient toutes les deux sorties vers 8 heures du soir pour aller à un rendez-vous avec un journaliste. Pas de nom, mais on pensait tout de suite à Sven Caton.

Pendant que Vanja essayait de joindre le policier qui avait recueilli le signalement de disparition, elle se demandait comment Sara et Ebba avaient bien pu aller à ce rendez-vous. Une demi-journée après la publication de ce nom. Bon, d'accord, les jeunes ne lisaient pas les journaux, mais elles auraient quand même bien dû tomber sur un résumé de l'actualité, au cours de la journée. Apparemment pas.

Elle réussit à joindre un certain agent Larsson, qui lui rapporta que les parents, venus signaler la disparition, lui avaient paru inquiets mais vifs et intelligents. À sa question, ils avaient assuré que leurs filles n'avaient jamais mentionné le nom du journaliste. Elles avaient rendez-vous dans un restaurant chinois de Sundbyberg. Ils n'en savaient pas plus.

"Ont-elles dit pourquoi elles voulaient le rencontrer ? demanda Vanja. Avaient-elles participé à des émissions à la télé, ou quoi ?

— Apparemment, elles avaient reçu un prix pour leur blog", répondit Larsson. Vanja entendit qu'il feuilletait des notes. "Voilà, *Âmes sœurs*, c'est comme ça que ça s'appelle, précisa-t-il en reprenant son téléphone.

— Ce n'est pas indiqué dans le procès-verbal, nota Vanja en faisant défiler le document sur son portable.

— J'ai estimé que l'information n'était pas pertinente, concernant leur disparition", répondit Larsson d'une voix qui montrait qu'il considérait avoir fait preuve d'un discernement sans faille.

Vanja le remercia pour son aide et raccrocha.

"Âmes sœurs", indiqua-t-elle à Billy sur la banquette arrière.

Il chercha sur Google et trouva rapidement un compte Twitter et un compte Instagram portant ce nom, ainsi qu'un blog. Il commença par Twitter. Il brandit son téléphone pour montrer le dernier tweet à Vanja.

"Hier soir. À neuf heures et quart, précisa-t-il.

— « Ma frangine et moi, on va rencontrer un journaliste. Dîner sympa et gratuit », lut-elle tout haut. Les deux sœurs étaient donc en vie à neuf heures et quart, en tout cas. Autre chose ?

— Pas encore." Billy reprit son téléphone et continua à faire danser ses doigts sur l'écran. Vanja regarda par la fenêtre. Ils passaient à la hauteur de la station de métro Alvik. Ils approchaient de Stockholm.

"Merde ! entendit-on soudain sur la banquette arrière.

— Qu'est-ce qu'il y a ? demanda-t-elle.

— Le champ des commentaires de la dernière page de leur blog", dit Billy en se penchant à nouveau pour qu'elle puisse voir l'écran.

"Sara 16/60. Recalée."
"Ebba 28/60. Reçue."

"Reçue, qu'est-ce que ça veut dire ?" demanda Vanja.

En arrivant à la Criminelle, Vanja et Billy montèrent directement à la salle de réunion du troisième étage qu'ils n'appelaient jamais autrement que "la Pièce". Vanja appréciait d'être de retour dans les locaux de Stockholm. Ici, il y avait de l'espace, la technique et les ressources dont ils avaient besoin pour faire du bon travail. Elle n'avait jamais fait de sport d'équipe, mais elle supposait que retrouver la Pièce, pour la Criminelle, c'était comme un match à domicile. Il était inestimable de disposer d'un lieu fixe où ils rassembleraient toutes les informations et pourraient vite avoir une vue d'ensemble de l'affaire, et par là être créatifs.

Billy venait de déplier son ordinateur portable sur la table et s'apprêtait à poursuivre le repérage des deux sœurs sur la Toile quand Rosmarie Fredriksson, la cheffe du Département Opérationnel, dont dépendait la Criminelle, entra.

Une visite de la patronne.

Ça voulait dire quelque chose.

Le méchant bruit courait qu'elle ne se pointait d'habitude que lorsque Torkel avait dépassé le budget, et qu'elle se souciait plus de leurs heures supplémentaires que de leur taux d'élucidation. Cette femme, la cinquantaine, salua d'un bref signe de tête Vanja et Billy en les reconnaissant. Elle était comme toujours bien habillée, cheveux châtains attachés et regard gris acier.

"Que savez-vous d'autre ?" demanda-t-elle d'emblée.

Billy se concentra sur son écran. Ça, il le laissait volontiers à Vanja, qu'il vit du coin de l'œil secouer la tête.

"Nous venons d'arriver d'Helsingborg. Ursula est sur les lieux où la dernière victime a été trouvée. Torkel est en route", répondit-elle, en espérant qu'*en route* signifie *là d'une seconde à l'autre*. Torkel savait bien gérer Rosmarie.

"Rien de neuf sur la sœur ? Celle qui est portée disparue ? J'ai l'impression que tous les journalistes du pays sont en train d'appeler, reprit Rosmarie.

— Douze patrouilles fouillent actuellement les écoles dans la banlieue nord, en partant de Rosersberg, répondit Vanja en s'efforçant de rester aussi objective que possible. Pour le moment sans résultat.

— Je déteste cette affaire. La cheffe de la police a déjà appelé trois fois aujourd'hui", continua Rosmarie, irritée.

Vanja comprit soudain d'où venait cet intérêt. Ce n'était pas une inquiétude sur le sort de la sœur disparue, pas de la compassion pour la victime, c'étaient les appels téléphoniques de la grande cheffe.

"Tu n'as qu'à lui dire de m'appeler, si tu trouves ça pénible." Torkel surgit dans l'embrasure de la porte. Visiblement, il avait entendu sa dernière remarque en arrivant. Il salua Rosmarie d'un bref signe de tête. "Nous faisons de notre mieux", reprit-il avec une certaine irritation dans la voix.

Billy leva les yeux de son ordinateur.

“Regardez ça. Ils savent qu’elle est portée disparue”, dit-il en tournant l’écran vers eux. Le visage d’une fille blonde partageait la place avec un gros titre :

LA REINE DU BLOG ASSASSINÉE
PAR LE TUEUR DE LA TÉLÉRÉALITÉ.
SA SŒUR PORTÉE DISPARUE.

“C’est nous qui avons publié ça ? demanda Rosmarie en s’approchant pour regarder l’écran de plus près.

— Bien sûr que non, répondit Torkel, sans dissimuler sa lassitude.

— En tout cas, ce n’est pas bon”, lâcha Rosmarie. Elle n’eut pas le temps d’ajouter quoi que ce soit avant que Sebastian n’entre nonchalamment dans la pièce.

“Oh, du beau monde ! dit-il en apercevant Rosmarie. Qu’est-ce qui nous vaut cette visite ? Les journalistes se sont mis à appeler, pour que tu t’intéresses d’un coup à l’enquête ?”

Sans attendre de réponse, il se tourna vers ses collègues.

“Salut, Vanja, tu es arrivée quand ?

— Tout à l’heure, répondit Vanja avant de montrer l’écran de Billy : Tu as vu ça ?

— C’est la sœur portée disparue ?

— Oui, Ebba. Tu as su qu’elle avait été reçue, n’est-ce pas ?

— Oui, Torkel me l’a dit.”

Sebastian avança de quelques pas et regarda la fille blonde sur l’écran. Dix-huit ans. Regard droit vers l’objectif. Toute la vie devant elle, comme on dit. Sebastian doutait fort, malheureusement, que cela s'applique à Ebba Johansson.

"Mais qu'est-ce que ça veut dire, reçue ? demanda Rosmarie, visiblement résolue à ne pas se laisser ignorer une minute de plus.

— On le saura quand on l'aura retrouvée, fit sèchement Sebastian.

— Ces filles ne participaient pas à des émissions de téléréalité, continua Rosmarie en le fusillant du regard. Pourquoi a-t-il changé, pourquoi des blogueuses, le savons-nous ?

— Ce n'est pas leur activité qui compte le plus pour lui, répondit Sebastian d'une voix calme, comme s'il s'adressait à un petit enfant. Elles étaient connues. Avaient du succès. Sans l'avoir mérité à ses yeux." Sebastian se tourna vers Rosmarie en se prenant le menton, comme pour réfléchir intensément. "C'est comme quand... comment dire... quand quelqu'un est nommé chef sans avoir aucune compétence. C'est comme ça qu'il voit les choses..."

Un trait dur se forma autour de la bouche de Rosmarie, et le regard noir qu'elle adressa à Sebastian avant de se tourner vers Torkel était sans équivoque.

"Tiens-moi tout le temps informée", dit-elle en saluant les autres de la tête avant de quitter la pièce en claquant la porte. Torkel poussa un profond soupir.

"Bon boulot, Sebastian.

— Merci."

Torkel tira un siège et décida d'en rester là. Sebastian avait choisi d'ignorer l'ironie de sa voix, et il serait de toute façon hermétique à l'argument selon lequel il était toujours plus facile d'avoir les chefs de son côté. Il s'en fichait. Sebastian n'avait jamais eu de chef complètement de son côté. Torkel y compris. Et grâce à lui, Rosmarie les laissait tranquilles. Pour assez longtemps, pouvait-on espérer. C'était toujours ça.

"Bon, qu'est-ce qu'on fait, maintenant ?" dit Torkel en se concentrant à nouveau sur le travail.

Billy avait du pain sur la planche. Il allait continuer à éplucher les activités des victimes sur Internet, compléter la ligne chronologique sur le tableau blanc, mais tout d'abord commander les listes d'appels aux opérateurs téléphoniques. Il s'avérait y en avoir trois différents. Patricia Andrén utilisait Tele2, Mirre était client de 3 et les sœurs Johansson avaient leurs abonnements chez Halebop. Il pensait qu'il faudrait un peu de temps pour tout se procurer.

Vanja allait se replonger dans tous les rapports reçus d'Helsingborg et Ulricehamn pour voir si des détails leur auraient échappé ou s'il y avait des rapprochements à faire, sans compter les informations nouvelles que Christiansson envoyait sans arrêt de Scanie et qu'elle devait incorporer dans le dossier de l'enquête. Eva Florén faisait pareil. Elle espérait avoir fini une synthèse d'ici la soirée. Mais avant tout, il fallait qu'elle mange. Elle n'avait rien avalé depuis le petit-déjeuner.

"Et toi ? demanda Torkel en se tournant vers Sebastian. Qu'est-ce que tu vas faire ?

— Je vais tenir compagnie à Vanja", dit celui-ci en quittant la pièce dans son sillage.

Sur le seuil de la kitchenette, Sebastian regarda Vanja sortir un plat cuisiné du congélateur et se diriger vers le micro-ondes.

“Tu en veux aussi ? lui lança-t-elle par-dessus l’épaule.

— Non, merci”, répondit-il, un peu absent. Il la regarda arracher la bande de carton autour du plat, percer le plastique du couvercle et mettre le tout dans le four, sans réellement la voir. Devait-il lui dire ? Il ruminait ça depuis l’appel d’Anna.

Que faire ?

Il sentait qu’il fallait gérer ça sans anicroche. Il s’était passé beaucoup de choses dans la vie de Vanja ces derniers temps. Impossible de passer sous silence ce qui s’était passé. Tôt ou tard, elle l’apprendrait. S’il n’en avait pas parlé, ce serait pris comme une nouvelle trahison. Comme un manque de sincérité. Mais il fallait qu’il fasse en sorte que cette information renforce leur relation fragile, et non creuse le fossé entre eux.

Le problème était qu’elle avait encore de l’affection pour Valdemar. Ils étaient très proches quand Sebastian était apparu dans sa vie. Ils déjeunaient ensemble une fois par semaine. Faisaient de longues promenades ensemble. Dîners, cinémas, concerts. Sebastian le savait, car il les avait suivis et jalousement espionnés.

C’était le temps passé ensemble qui construisait les relations durables. Pas les gènes. C’était la vérité. Valdemar avait passé tant d’années avec elle, et sa faute n’était pas si grande. Ce qu’il avait fait était juste humain : soutenir sa femme et protéger sa fille. Un enfant pouvait le pardonner. Surtout dans des situations extrêmes. C’était le problème principal.

La tentative de suicide rebattait les cartes.

Elle affaiblissait la position de Sebastian.

Qu'arriverait-il quand elle apprendrait ce qui s'était passé ?

Irait-il voir Valdemar ?

Probablement.

L'accompagnerait-il ? Sebastian s'arrêta sur cette idée. La piste méritait peut-être d'être explorée. Apporter son soutien non seulement à Vanja, mais aussi à Valdemar. Laisser de côté la jalousie, peut-être même montrer de la reconnaissance pour tout ce que Valdemar avait fait pour sa fille. L'épauler dans ce moment difficile. Être un camarade, et non un rival. Une stratégie possible, en effet.

"Tu vas rester planté là ?" La voix de Vanja l'arracha à ses réflexions et le ramena à l'instant présent. Elle était devant l'évier et buvait un verre d'eau en attendant que le micro-ondes finisse de compter à rebours les dix-sept secondes qui restaient avant que son plat ne soit prêt. "Je croyais que tu allais manger toi aussi.

— Non…, dit-il en avançant précautionneusement de quelques pas. Vanja, il faut que je te dise quelque chose.

— Ah bon ? Quoi ?"

Elle se tourna vers le four. Il se tut encore un moment. Sa dernière chance. Trouver quelque chose d'anodin, battre en retraite, ou raconter.

"Anna m'a appelé cette nuit", finit-il par reprendre.

Vanja réagit comme il s'y attendait. Elle fit volte-face, et il savait que ses yeux seraient noirs de colère avant de les voir. Le four bipa derrière elle, mais elle semblait s'être complètement désintéressée de son repas.

"Putain, à quoi tu joues, là ?!

— À rien, je te jure. C'est elle qui m'a appelé. Et…"

Il n'arriva pas plus loin avant que Vanja ne le coupe.

"Si tu veux que ça marche d'une façon ou d'une autre, tu ne dois pas lui parler. Jamais."

Sebastian continua à paraître aussi calme et précautionneux qu'il pouvait. Pesant chaque mot, chaque nuance sur une balance d'or.

"D'accord, mais elle m'a appelé parce que… parce que…" Il s'interrompit. Elle le regardait fixement. Les bras croisés sur la poitrine, les épaules remontées vers les oreilles, elle avait un peu baissé la tête, si bien qu'elle le dévisageait vraiment. Prête à se battre jusqu'à la dernière fibre. Ça passerait comme ça pourrait. Il ne pouvait plus différer.

"Valdemar a tenté de se suicider."

Ces mots l'atteignirent presque physiquement. Elle eut un brusque mouvement de recul. Sa colère et sa méfiance furent balayées par une vague de pure inquiétude. Ses bras retombèrent ballants. Toute couleur disparut de son visage.

"Quoi ?! Comment ? Comment va-t-il ?" Ces questions étaient crachées. Elle ne savait pas elle-même laquelle était la plus importante. Sa respiration se fit plus lourde, et Sebastian crut voir les larmes lui monter aux yeux. Il avait eu raison. Ses sentiments pour Valdemar étaient toujours là, aussi profondément qu'elle ait tenté de les refouler. Il ne pouvait s'en empêcher et n'en était pas fier, mais une partie de lui-même s'inquiétait. L'avait-il éloignée de lui ? Il était bien temps de s'en inquiéter…

"Il va bien. Il a pris beaucoup de cachets, mais Anna l'a trouvé à temps", dit-il en essayant de répondre au plus grand nombre de questions en même temps. Elle se contenta de hocher toute seule la tête et il la vit digérer les informations, tenter de les rendre intelligibles.

"Où est-il ? finit-elle par lâcher.

— Hôpital Karolinska", répondit-il, certain à cet instant même qu'elle allait lui rendre visite. Il en eut aussitôt confirmation. Sans un mot, elle se fraya un passage devant lui et quitta la kitchenette.

Elle entra, se gara en double file et se dirigea d'un pas anxieux vers l'entrée principale. Elle était inquiète et sentait tout son corps poisser, son t-shirt noir soudain bien trop épais. Ce n'était pas seulement le stress de la rencontre avec Valdemar : elle était complètement déroutée par ses propres sentiments. Elle avait tenté de prendre ses distances avec ceux qui l'avaient blessée. Voulu commencer une nouvelle vie, une vie à elle. Mais elle n'avait pas le choix.

Ils l'attiraient à eux.

Comme toujours.

Il lui fallut quinze minutes pour le localiser. Il avait été déplacé des urgences à la médecine générale au quatrième étage, dans l'attente d'un entretien avec un psychologue et d'une décision sur la suite. Elle emprunta un des grands ascenseurs et se perdit dans les longs couloirs. Une aide-soignante finit par la conduire au but. Le département où il était hospitalisé sentait un étrange mélange de désinfectant pour les mains et d'effluves du dîner. La porte était fermée. Elle se ressaisit un instant avant de la pousser en silence.

Elle le vit aussitôt.

Il était le plus près de la fenêtre, sur le côté droit de la chambre. Les autres lits étaient occupés, mais elle n'avait d'yeux que pour l'homme qui jadis avait été son père. Il était à des années-lumière de l'homme dont elle se souvenait. Ce n'était pas qu'il avait vieilli.

C'était pire.

Il n'avait pas seulement maigri, il semblait avoir été drainé de toute sa force et son énergie. Ses cheveux étaient fins et emmêlés. Ses lèvres minces et presque grises. Ses yeux creusés. Il ne s'était écoulé que quelques mois depuis la dernière fois, et pourtant elle le reconnaissait à peine. Il n'était plus que l'ombre de lui-même.

Il paraissait dormir. Elle fit les derniers pas jusqu'à lui. Soudain, elle se trouva incapable d'autres émotions que chagrin et désolation. Elle s'arrêta au pied du lit et resta là un moment à le regarder. Des tubes fixés dans le nez et les bras. On lui avait très probablement fait un lavage d'estomac.

"Valdemar ?" fit-elle doucement au bout d'un temps.

Il leva les yeux avec hésitation. Il lui fallut plusieurs secondes pour se concentrer sur elle, comme s'il n'osait pas vraiment croire ce qu'il voyait.

"Salut, dit-elle en croisant son regard embrumé.

— Vanja ?" parvint-il finalement à lâcher. Sa voix rauque et faible.

Elle avança une chaise, mais la plaça volontairement un peu en retrait du lit avant de s'y asseoir. Il fallait qu'elle garde une certaine distance, quoi qu'elle ressente tout au fond d'elle-même.

"Qu'est-ce que tu as fait ? demanda-t-elle en s'asseyant, avec plus de sollicitude que de reproche dans la voix.

— Tu es venue”, fit-il. Des larmes dans ses yeux.

Impossible de continuer à être en colère. Elle ne pouvait pas garder la distance pour laquelle elle avait opté. Elle aurait juste voulu le serrer dans ses bras, mais résista à son instinct et resta là où elle était en essayant de trouver les mots justes. C’était difficile.

“Pourquoi ? Pourquoi fais-tu une chose pareille ?” finit-elle par lâcher. Il avait les yeux luisants de douleur ou de honte, elle ne savait pas.

“Je ne veux pas que tu me voies comme ça, fit-il, sans pourtant quitter son regard.

— Alors il ne fallait pas essayer de te suicider”, dit-elle. Dur, mais vrai. Et il ne lui avait toujours pas répondu. “Pourquoi ?”

Il la regarda, l’air accablé. Un mouvement agita son corps fragile, peut-être un haussement d’épaules.

“Les médecins prétendent que j’ai plein de raisons de vivre. Mais ils se trompent”, dit-il d’une voix presque inaudible qu’elle reconnaissait à peine.

Le silence se fit un moment. Dehors, quelqu’un passa dans le couloir. Un des autres patients toussa. Les draps blancs raides du lit de Valdemar craquèrent quand il se tourna vers elle.

“Je suis désolé de t’avoir blessée. De t’avoir menti”, poursuivit-il d’une voix brisée. Il la supplia des yeux. “Je ne sais pas quoi faire sans toi.”

Difficile de résister à sa fragilité. Vanja regretta soudain de s’être assise. Elle n’avait pas besoin de tout ça. C’était allé trop vite. Elle sentait ces derniers mots miner sa détermination.

“Tu ne peux pas faire comme ça, Valdemar”, dit-elle

sèchement, elle-même étonnée de son ton tranchant. C'était plus dur qu'elle ne l'escomptait, mais il fallait qu'elle le dise. "Tu ne peux pas te faire du mal pour que je revienne."

Valdemar baissa le regard, des larmes coulèrent sur l'oreiller quand il ferma les yeux. Il était comme une éponge qu'il suffisait de presser un peu pour qu'elle se mette à couler.

"Je ne suis pas venue pour entendre combien tu es désolé, combien tu regrettes", continua-t-elle sur sa lancée, mais sentit en le disant que c'était plus une façon de se protéger que ce qu'elle pensait vraiment.

Ça faisait du bien d'entendre enfin quelqu'un demander pardon. Endosser la faute. Reconnaître ses torts. Anna ne ferait jamais ça.

Elle vit le mal qu'elle lui faisait.

"Pourquoi es-tu venue ? demanda-t-il en reniflant lamentablement.

— Autrefois, tu étais quelqu'un que j'aimais.

— Je peux le redevenir, avec le temps, non ?" supplia-t-il.

Soudain, il lui fit malgré tout un peu pitié. Probablement était-elle trop dure, mais son ton lamentable et sa façon de se vautrer dans l'auto-commisération la dérangeaient.

"Ne parlons pas de ça maintenant, dit-elle en essayant de résister à ses sentiments contradictoires. Je ne suis pas venue pour me disputer." Elle le regarda en inspirant à fond. Elle regrettait presque d'être venue, il fallait qu'elle laisse ses émotions de côté, s'en tienne aux faits. À ce qu'elle pouvait gérer. Contrôler.

“Que dit le médecin ? Tu vas t’en remettre ?

— Oui, j’ai eu de la chance, à ce qu’ils disent. Anna m’a trouvé à temps”, dit Valdemar d’un ton neutre. En tout cas, elle vit qu’il essayait.

Tout était si étrange.

Les rôles qu’ils avaient échangés.

Lui faible, misérable, avait besoin d’elle.

Elle forte, celle qui avait le contrôle.

Lui l’enfant, et elle l’adulte.

Le Valdemar qu’elle avait connu était très loin. Pourtant, c’était lui qui était couché là. Elle ne s’y retrouvait pas.

“Merde, comment ça a pu foirer comme ça ?” finit-elle par lâcher.

Valdemar la regarda tristement.

“C’est parce que j’ai commis une faute, Vanja.”

Elle hocha la tête en silence. Elle sentait qu’il n’y avait pas grand-chose à dire. Alors elle resta là, sur sa chaise.

Un peu trop loin pour être proche.

Un peu trop proche pour ne rien éprouver.

Il n'avait pas l'habitude de boire.

En tout cas, ce n'était pas pour ça que Laura l'avait quitté. Il ne savait pas pourquoi, mais ce n'était pas pour ça. Mais il savait pourquoi il buvait ce soir.

C'était sa faute, à elle.

La fille. Ebba.

Il n'avait pas l'habitude de consommer de l'alcool. Un verre de vin, de temps en temps. Une bière parfois. Rarement au point de s'enivrer. Ce soir, il était saoul. La dernière fois remontait à plusieurs années. Il ne se souvenait pas combien. Tellement de choses lui tournaient dans la tête. Difficile de saisir ses pensées.

Il y avait des règles.

Il leur donnait une chance honnête.

Un tiers de bonnes réponses, et ils étaient reçus.

S'ils n'y arrivaient pas, il les laissait dans les bâtiments où ils auraient dû être éduqués, où on aurait dû leur fournir des connaissances de base, les équiper pour l'avenir, mais où de nos jours, visiblement, on échouait totalement dans cette mission.

La Suède avait coulé à pic à la dernière évaluation Pisa.

Aucun autre pays de l'OCDE que la Suède n'avait autant dégringolé dans les classements. Le pire résultat des pays nordiques, de loin. À peine devant des pays comme le Mexique ou le Chili.

Dans le débat qui avait suivi, il avait vu et entendu plein d'excuses, d'explications et de théories sur les causes de si mauvaises prestations chez les élèves suédois. Mais la réponse était très simple.

La société vénérait la superficialité et la bêtise.

Savoir des choses, c'était snob. Travailler, c'était pénible. Débile. Inutile si les connaissances ne procuraient pas des avantages économiques immédiats, ou une quelconque cerise sur le gâteau de la vie. On ne louait pas le talent, puisque la connaissance n'était ni désirable, ni prestigieuse.

On n'accordait pas d'attention aux succès s'ils ne se produisaient pas sur un terrain de sport.

La dégradation était la plus tangible chez les jeunes générations, mais la sienne non plus ne manquait pas d'idiots. La commission de recrutement, le recteur, tout le bureau du personnel et la commission des recours de KTH en étaient la preuve, à défaut d'autre chose.

Parfaitement incapables d'apprécier son travail, de comprendre la valeur de ses bons contacts avec d'autres écoles, d'interpréter sa recherche, de voir son habileté de pédagogue et de mesurer l'étendue de ses connaissances. Aveugles à toute autre forme de succès que celle facilement mesurable en nombre de publications par les voies classiques dans des revues prestigieuses.

Qu'il ait été, année après année, l'enseignant le plus apprécié de l'école et en outre celui dont les étudiants étaient les plus nombreux à parvenir au bout de leur cursus ne comptait visiblement pas. Que ses compétences pédagogiques soient une ressource dont on aurait pu tirer profit au sein de l'établissement avait visiblement trop peu de poids.

Pourquoi étudier ?

Pourquoi consacrer des années à apprendre quelque chose alors qu'on vous serinait quotidiennement qu'il suffisait de poster quelques films sur YouTube, d'écrire des banalités sur un blog ou de se bourrer et baiser à la télé non seulement pour être connu, mais pour réussir à gagner sa vie ?

Voulait-on davantage de preuves de l'acceptation et de la normalisation de la décadence ? Qu'on se tourne vers la maison royale. Le prince marié à une pin-up ayant participé à *Paradise Hotel*.

Il avait adhéré à l'Association Républicaine le jour même de leurs fiançailles.

Superficialité et bêtise.

Sans conteste, l'homme qui avait obtenu à sa place le poste de professeur était compétent dans son domaine. Peut-être plus que lui. Mais ça s'arrêtait là. Tous les entretiens touchant à la culture générale, la philosophie ou la psychologie avaient tourné court, car il s'était avéré avec une clarté frappante que l'homme était privé de toute forme de profondeur.

Mais il était doué pour activer ses réseaux, le nouveau professeur, pour trouver des financements pour sa recherche, pour commencer ses exposés par une anecdote amusante, pour se faire voir et entendre.

Il ressassait.

Il voyait bien qu'il ressassait.

Laura avait dit qu'il n'était plus engagé. Son engagement brûlant et son enthousiasme pour enseigner, répandre les connaissances : voilà ce qui l'avait jadis séduite. Mais aujourd'hui, apparemment, ce n'était plus un engagement. C'était devenu une marotte, une fixation.

Il ne brûlait plus, il était juste aigri.

Un plombier.

Bordel, comment avait-elle pu choisir un plombier ?

Rien à dire contre cette profession en elle-même. Un bon vieux métier qui exigeait des connaissances. Mais que – le nouveau mari de Laura en apportait la preuve avec toute l'évidence qu'on pouvait désirer – n'importe quel idiot pouvait apprendre avec un minimum de temps et une clé anglaise.

Il y avait des règles.

S'ils étaient reçus, il fallait les relâcher.

Il ne pensait pas que cela puisse arriver, et puis il y a eu cette Ebba Johansson. Presque la moitié de bonnes réponses. Plus quelques questions où elle n'était pas loin du tout.

La tuer était impensable. Les règles étaient les règles. Mais elle l'avait vu. Était restée en face de lui plus d'une heure durant.

L'avait vu. Vu sa voiture.

Bien sûr, il aurait dû la relâcher, mais il était trop tôt pour risquer un signalement détaillé. Il n'avait pas fini, loin de là.

Ce qu'il avait fait avait suscité l'attention. Des manchettes de journaux, des émissions de télé, des mises à jour permanentes sur le Net. Mais pour l'instant l'accent était mis sur les jeunes morts, comme c'était triste pour eux, quel monstre il était. Il n'avait pas réussi à hisser le débat au niveau supérieur. Pas réussi à leur faire comprendre qu'il pointait un problème de société. Mais ce n'était qu'une question de temps avant qu'un éditorialiste courageux ou un débatteur se range de son côté. Quelqu'un qui comprenne que ça ne pouvait plus durer. Qu'on ne pouvait pas continuer à marcher les yeux ouverts vers l'abîme. Quelqu'un qui ose s'élever contre le mépris du savoir et reconnaître que ce qu'il faisait – même si sympathiser avec sa méthode était un suicide médiatique – était au fond salutaire et important.

On avait besoin de lui.

Il ne pouvait pas se faire arrêter maintenant.

Mais elle l'avait vu. Vu sa voiture.

Il avait été obligé d'agir. Il avait agi.

Et maintenant il buvait. C'était sa faute.

À cette fille. Ebba.

La douleur.

Ce fut la première chose dont elle eut conscience. Même avant de vraiment comprendre qu'elle avait repris connaissance.

Une douleur brûlante, palpitante dans sa tête, qui ne ressemblait à rien qu'elle ait jamais connu, qui prenait le pas sur tous les autres sens, tout le reste. Respiration heurtée, petits gémissements plaintifs, comme si inspirer à fond allait lui faire exploser la tête.

Elle essaya de bouger. Quelqu'un cria. Était-ce elle ? Elle n'eut pas le temps d'y réfléchir avant de vomir. Sans prévenir, d'un coup. Elle sentit un instant le contenu chaud de son estomac atterrir sur sa poitrine, avant que ce mouvement brusque n'envoie une nouvelle vague brûlante à travers tout son corps jusqu'à sa tête.

Elle se recoucha sur le dos. Courts halètements.

Que s'était-il passé ? Elle ne savait pas, impossible de formuler la moindre pensée cohérente à travers cette douleur.

Sara.

Sa sœur.

Où était-elle ? Où était-elle, elle-même ?

Elle essaya de se concentrer, par-delà la douleur. De se recentrer. Se ressaisir. Écarter le mal pour s'orienter. Il le fallait.

C'était elle la bonne élève.

Sara la brouillonne.

Elle tourna lentement la tête. N'osait pas se risquer à de plus grands mouvements que ça. Aucun résultat. La pièce était sombre. Noire.

Rien que du noir.

Un noir pas naturel, réalisa-t-elle d'un coup.

Elle tourna à nouveau la tête, porta péniblement les mains à son visage. Tout près, si près que le bout de ses doigts effleurait son front, et elle remarqua que sa respiration accélérait, comme si son cerveau avait tout seul fait le rapprochement.

La pièce n'était pas dans le noir.

Elle était aveugle.

Il l'avait rendue aveugle.

Torkel avait rassemblé l'équipe pour faire le point avant de terminer la journée. Il lui semblait percevoir un léger sentiment de découragement dans la Pièce. Il le reconnaissait. Il se manifestait de temps à autre dans la plupart des enquêtes, quand chacun savait qu'il n'y avait pas grand-chose de neuf et qu'on n'avait pas fait de progrès notable vers une arrestation.

Vanja, surtout, paraissait plus abattue que depuis longtemps. Torkel lança à Sebastian un regard légèrement réprobateur quand il entra en bon dernier, persuadé que c'était lui le responsable de la déprime de Vanja, mais Sebastian ne parut pas même s'apercevoir de sa présence.

“Ebba Johansson est toujours portée disparue, commença Torkel une fois tout le monde installé. Nous essayons de demander aux personnels des écoles de toute la région de Stockholm de fouiller leurs locaux, mais il y a beaucoup d'établissements, communaux et privés, alors je ne sais pas ce que ça a donné pour le moment.

— Il tue les recalés, fit Vanja. Est-ce que ça veut dire qu'on a la vie sauve quand, comme Ebba, on est reçu ?”

Personne ne répondit tout de suite. L'idée avait aussi traversé Sebastian. Mais en même temps, cela paraissait trop risqué. Le meurtrier passait des heures avec ses victimes : les relâcher, comme ça, ce serait stupide.

Sebastian regarda autour de lui et comprit que les autres s'attendaient à ce qu'il réponde à la question de Vanja. Il haussa les épaules.

"Il a probablement été forcé d'improviser. Comment il aura résolu le problème, je n'en ai aucune idée."

Son intervention fut accueillie par du silence et quelques hochements de tête. Il fallait tout simplement attendre d'avoir retrouvé Ebba, ça n'avait pas grand sens de spéculer.

"Nous avons eu une réponse à notre question dans les journaux, continua Torkel pour changer de sujet. Trois courriers des lecteurs signés Caton l'Ancien." Il sortit des copies des coupures. Tous tendirent la main pour prendre chacun la sienne. "Et une lettre a été adressée au rédacteur en chef d'*Östersunds-Posten*. La même signature."

Sebastian parcourut rapidement les brefs courriers et la lettre un peu plus longue. Ça correspondait assez bien avec l'image qu'il s'était faite du meurtrier. Les quatre textes avaient plus ou moins le même thème : combien il était choquant qu'on permette à la superficialité et à la bêtise de se répandre. Bien formulés et précis. Grammaticalement corrects. Les courriers étaient arrivés par la poste ordinaire, mais aucune des rédactions n'avait conservé l'original papier, ni l'enveloppe. L'original de la lettre adressée au rédacteur en chef leur avait été remis, mais la recherche d'empreintes digitales n'avait rien donné. Trop de personnes avaient manipulé le papier une fois sorti de son enveloppe, qui elle aussi avait été jetée.

"Cette Frida Wester, commença Ursula en montrant la lettre. Est-ce qu'on ne devrait pas la contacter ?"

Torkel comprit son raisonnement. La lettre au rédacteur en chef était arrivée suite à la publication en décembre d'un important reportage sur Frida Wester, dix-sept ans, de Frösön, qui avait eu cent mille abonnés à sa chaîne YouTube où elle donnait ses conseils de manucure et de vernis à ongles fantaisie.

Torkel se tourna vers Sebastian.

"Qu'est-ce que tu en penses ?

— C'était six mois avant qu'il commence à tuer, répondit-il pensivement.

— Ça fait deux ans que Patricia Andrén a participé à *Mère célibataire cherche l'amour*, objecta Billy.

— Oui, mais c'est aujourd'hui qu'elle avait obtenu ce poste d'animatrice et qu'elle devait aussi participer à une nouvelle édition de téléréalité. Elle faisait l'actu. Avait du succès. Petrovic et les sœurs Johansson aussi.

— Donc Frida est hors de danger ?

— Je ne peux pas l'affirmer, mais oui, probablement."

Torkel hocha la tête. Il avait malgré tout l'intention d'envoyer un message à la police d'Östersund, pour qu'ils contactent la famille Wester et demandent aux parents d'ouvrir l'œil autour de Frida et de signaler si un journaliste appelait pour prendre rendez-vous.

"Ursula ? demanda-t-il en se tournant sur sa gauche.

— En fait, rien, commença-t-elle avec un petit soupir. Comme vous le savez, pas d'empreintes digitales sur les lettres que nous avons eues, ni sur les lieux de découverte des victimes. Et jusqu'à présent, pas non plus de traces ADN. Le type est méthodique et prudent."

Elle se pencha en rapprochant deux papiers qu'elle avait devant elle sur la table.

“Nous avons reçu le rapport du labo, commença-t-elle. Les bonnets d’âne sur la tête des victimes sont faits en bristol, on peut en acheter dans n’importe quel magasin de fournitures de bureau ou de loisirs créatifs. Les tests sont imprimés sur du bête papier HP. Même chose.”

Elle tourna la page.

“La corde autour des corps est en polypropène torsadé, diamètre : 12 mm. On la trouve dans tous les magasins de bricolage. Les nœuds utilisés étaient des nœuds d’écoute.

— Ce qui pourrait éventuellement signifier une expérience des bateaux, glissa Torkel.

— Si tu le dis.” Ursula se tourna vers Billy. Il était en train de se demander s’il allait signaler qu’il fallait deux cordes de diamètres différents pour parler de nœud d’écoute, mais décida de s’abstenir. “Je n’en suis pas certaine à 100 %, mais d’après ce que j’ai vu au sujet des victimes, je pense que nous pouvons travailler avec l’hypothèse qu’il se sert d’un pistolet d’abattage.

— Je n’ai rien trouvé à ce sujet, compléta aussitôt Billy. Ce type d’arme ne nécessite pas de permis, et il est impossible de retrouver la trace de son achat. J’espérais qu’un cabinet vétérinaire, une ferme ou un abattoir de petite taille en aurait déclaré un volé, mais rien ces dernières années.”

Le téléphone de Torkel vibra sur la table. Il regarda l’écran, se leva et répondit en sortant de la Pièce. Le silence se fit. Constater si clairement qu’ils n’étaient pas plus avancés depuis qu’ils avaient pris le relais des polices locales n’avait pas vraiment atténué le sentiment de découragement général.

“Je peux les avoir ?” demanda Billy en se levant, indiquant de la tête les papiers qu’Ursula avait devant elle. Celle-ci opina du chef et les fit glisser vers Billy, qui alla les punaiser au mur à côté de la ligne chronologique. Sebastian essayait de croiser le regard de Vanja, qui l’évitait systématiquement.

“Bon, et vous faites quoi, ce soir ?” demanda-t-il à la cantonade, mais le regard fixé sur Billy, près du tableau blanc. Du coin de l’œil, il vit Vanja et Ursula réagir. Ils avaient rarement des conversations privées au travail, et encore moins en grands groupes, et ce n’était jamais Sebastian qui prenait une telle initiative. Le bavardage entre collègues, ce n’était pas vraiment son truc.

“Rien de spécial, lâcha Billy, quand il vit que ni Ursula ni Vanja n’avaient l’intention de répondre.

— My n’est toujours pas rentrée ?” continua Sebastian, et Billy vit Ursula à nouveau réagir. Comment était-il au courant des faits et gestes de la femme de Billy ? *Pourquoi* était-il au courant ? Billy comprenait où Sebastian voulait en venir, mais n’aurait-il pas pu aborder le sujet plus discrètement ? Tout ça était suspect et bizarre.

“Non, fit-il, ravi de voir revenir Torkel, qui resta sur le seuil.

— On a retrouvé Ebba Johansson.”

“Elle est arrivée à pied de là-bas, dit l’homme en survêtement avec un accent du Nord, en indiquant le bâtiment peint en rouge isolé à l’extrémité du grand champ. Ou plutôt elle arrivait à peine à marcher, et elle était trempée, elle avait dû tomber dans le fossé, là-bas.” Il pointa à nouveau du doigt, un peu à gauche de la grange.

Ils étaient sur un petit chemin forestier, pas beaucoup plus que deux traces de roues, rien d’autre que de la forêt au-delà de la grange. On pouvait avoir l’impression d’une campagne reculée, mais à seulement quelques centaines de mètres de l’autre côte débutait l’agglomération. Encore une banlieue nord endormie et aisée. Trente kilomètres de Rosersberg. Villas et pavillons. Un endroit où, si on avait les moyens, on déménageait pour que les enfants grandissent dans un milieu plus protégé. Où on protégeait sa maison avec des alarmes, où on savait que certains jeunes se droguaient le week-end et où on devinait bien quelques cas de maltraitance derrière les rideaux tirés, mais où, dans l’ensemble, on était à l’abri de la grande criminalité.

“Elle a dit quelque chose ?

— Nan, enfin, elle a parlé d’une Sara en se tenant les yeux, mais c’était très incohérent.”

Torkel hocha la tête. D'après le peu qu'il savait, il ne s'attendait pas à ce qu'Ebba puisse leur être d'une grande aide. Un examen préliminaire à l'hôpital avait permis de constater que ses yeux avaient été d'une façon ou d'une autre brûlés. Pour le moment, elle était endormie, et ils ne pourraient l'entendre que le lendemain, au plus tôt. Et encore.

Ursula avait envoyé des techniciens à l'hôpital pour recueillir des traces sur son corps et ses vêtements, s'il y en avait. Elle allait quant à elle se concentrer sur la grange en ruine.

"Vous vous souvenez d'autre chose ? demanda Torkel à l'homme dont la séance de jogging avait pris un tour inattendu.

— Nan, pas de quand je l'ai trouvée.

— Mais… ?

— Il y avait un camping-car, avant. Dans l'après-midi.

— Un camping-car ?

— Oui.

— Quelle marque ?

— Aucune idée. C'était un… camping-car.

— Vous avez vu son numéro d'immatriculation ?

— Nan, des plaques étrangères, mais je ne sais pas de quel pays.

— Vous étiez sorti courir, là aussi ?" demanda Sebastian, qui s'était tu jusqu'alors. Il y avait un petit risque que l'homme apprécie un peu trop l'attention dont il faisait l'objet et veuille les "aider" un peu au-delà de ce dont il était réellement capable.

Pour se faire mousser.

Le cas s'était déjà présenté.

“Non, j’habite là-bas.” Il fit un nouveau geste, cette fois en direction d’une villa en bois jaune sur une petite colline avec vue sur le champ qui se terminait avec la grange. “Je l’ai vu par la fenêtre. C’est inhabituel qu’il passe des voitures par ici, surtout si grosses. Le chemin finit quelques centaines de mètres en contrebas, et après, ce n’est plus qu’un sentier pour les cavaliers et les joggeurs.”

Torkel ressentait un mélange d’espoir et d’irritation. C’était là une piste importante sur quoi travailler, mais cet homme ne semblait pas pouvoir les aider davantage qu’il ne l’avait déjà fait. Mais ça valait quand même la peine d’essayer.

Il appela Billy.

Qu’il aille regarder avec lui des images de camping-cars. Avec un peu de chance, il reconnaîtrait le modèle.

“Mais ces camping-cars se ressemblent tous”, lâcha-t-il comme une évidence, réduisant en miettes les espoirs de Torkel. Avec cet état d’esprit, il était douteux qu’il puisse leur être d’aucune aide.

Billy arriva tranquillement de la grange où il était allé aider Ursula. Torkel lui expliqua rapidement ce qu’il voulait, et lui demanda également d’examiner toutes les voies d’accès et de vérifier s’il y avait des caméras de surveillance. Il ne pouvait pas être passé tant de camping-cars que ça dans le secteur.

Sebastian laissa Billy avec l’homme en survêtement et regarda alentour.

Il faisait encore jour.

La nuit n’allait pas vraiment tomber.

Des oiseaux gazouillaient dans la tiède soirée d’été. Sebastian était incapable de reconnaître les chants d’oiseaux, mais l'un d'eux était plus mélodieux et aigu que les autres, et il voulait se souvenir que quelqu'un lui avait dit un jour en rentrant à la maison en traversant la ville, un autre soir d'été tiède, que c'était un merle. Mais qu'en savait-il, merde ?

Il vit Vanja un peu plus loin, apparemment désœuvrée, en train de contempler le grand champ. Il la rejoignit et s'arrêta à côté d'elle. Elle ne se retourna même pas.

“Ça va ?

— Il doit y avoir beaucoup de chevreuils par ici, tu ne crois pas ?”

Bon, ce n'était pas la réponse qu'il attendait. Pas même une réponse, à vrai dire, mais il décida de s'attarder un moment.

“Je ne sais pas, je ne sais rien de la nature. Je n'aime pas.

— Comment peut-on ne pas aimer la nature ?”

Sebastian réfléchit rapidement, même s'il connaissait en fait déjà la réponse.

“Elle existe juste, elle ne pense pas. J'ai du mal avec les choses qui ne pensent pas.

— C'est probablement pour ça que je l'aime, dit tout bas Vanja. Elle existe juste. Elle ne pense pas, ne ment pas, ne tente pas de se suicider…”

Sebastian se tourna vers elle, mais elle garda le regard fixé sur les vastes étendues.

“Est-ce qu'il y a quelque chose que je peux faire, Vanja ?”

Pas de réponse.

“Comme ton collègue.

— Non.”

Et elle s'en alla.

Comme c'était bon de trouver l'appartement vide.

Bien content de n'être enfin plus obligé de parler à qui que ce soit, il ôta ses chaussures, pendit son blouson, fila à la cuisine, sortit une bière du réfrigérateur et se vautra sur le canapé.

La journée avait été longue.

Difficile de se dire que c'était ce matin que Vanja et lui avaient quitté Helsingborg. Il s'était passé tellement de choses.

Hélas rien qui les ait rapprochés du meurtrier.

L'homme qui avait trouvé Ebba n'avait pas pu les aider. Ils n'avaient rien obtenu sur le camping-car. Ni la marque, ni le modèle, ni des détails spécifiques qui auraient pu les faire avancer. Son pays d'origine n'était pas plus clair. Billy lui avait montré des exemples de plaques d'immatriculation, et la Pologne, l'Allemagne et l'Espagne occupaient pour le moment le podium des pays possibles, mais le véhicule aurait aussi bien pu venir du Danemark. Ou de Roumanie. Ou de l'espace. L'homme en survêtement n'en avait pas la moindre idée.

Donc tout ce qu'ils avaient pour le moment, c'était : un camping-car immatriculé à l'étranger.

Pas de caméras de surveillance sur les routes des environs, et on n'était même pas forcé de franchir de péage pour faire le trajet entre Rosersberg et la grange de Täby, mais Billy comptait malgré tout vérifier demain avec l'Administration des Transports en demandant à voir les images de tous les péages : à son avis, il ne devait pas y avoir tant de camping-cars que ça en circulation une fin juin dans la région de Stockholm.

Il sortit son téléphone. Une recherche avait montré que les jeunes pouvaient regarder leurs téléphones et autres tablettes plus de cent fois par jour et, à cet égard, il se sentait décidément appartenir à la catégorie des "jeunes", malgré ses trente-trois ans. Pas d'appels manqués ni de messages.

My avait appelé alors qu'ils étaient près de la grange. Il avait un peu honte de la satisfaction qu'il avait eue à lui dire qu'il était au boulot et ne pouvait pas lui parler pour le moment. Pour souligner l'urgence de la situation, il avait parlé d'Ebba, dit que ça prendrait du temps, beaucoup d'indices à chercher, de témoins à entendre, alors mieux valait qu'ils remettent leur conversation au lendemain.

Elle comprenait parfaitement.

Je t'aime. Bisous et salut.

Ça n'avait pas été aussi simple avec Sebastian.

Tandis qu'ils regagnaient les voitures, il était venu à la hauteur de Billy pour prendre des nouvelles. Billy n'avait pas envie. Il était tard, il était fatigué, il avait du boulot, mais Sebastian avait insisté. Ils étaient tombés d'accord : Billy le raccompagnerait chez lui. Ils parleraient dans la voiture. Tout juste une demi-heure. Ça suffirait. Sebastian avait accepté.

“J’ai la situation sous contrôle”, avait dit Billy quand Sebastian avait demandé comment ça s’était passé à Helsingborg et s’il avait trouvé quelqu’un avec qui parler. Sebastian avait répondu d’un regard signifiant qu’il n’en croyait pas un mot.

“Mais si, avait assuré Billy. Tu sais, c’est comme quand on fait une bêtise sans vraiment y faire attention, on la fait, c’est tout, et puis quelqu’un vient et on comprend alors la putain de bêtise que c’était.

— Une bêtise ?”

Ce seul mot avait suffi. Billy avait compris que, pour Sebastian, qualifier ce qu’il avait fait au cours de sa nuit de noces de “bêtise” était une litote.

“Tu vois bien ce que je veux dire, avait-il dit en haussant les épaules. Je peux prendre du recul, si tu veux, voir maintenant de l’extérieur à quel point c’était dingue.

— Ça ne suffit pas.

— Ça me suffit. Ça ne se reproduira pas.

— Ça n’est pas si simple, avait-il dit avec ce ton d’évidence qui affirmait qu’il avait raison et les autres tort et qui agaçait Billy au plus haut point. C’est comme ralentir après avoir eu une amende pour excès de vitesse, poursuivit-il. T’être fait prendre ne te tire pas d’affaire. Tu as besoin d’être aidé.

— Qu’est-ce que tu en sais ? Qu’est-ce que tu sais d’être tiré d’affaire ?” Billy avait un peu haussé le ton, fatigué d’être toujours sur la défensive. “Toi qui ne peux pas t’empêcher de coucher avec tout ce qui bouge.

— Il y a une différence. C’est une addiction.

— Quelle différence ?

— Une addiction, tu peux t’en tirer si tu es suffisamment

motivé. Te décider d'arrêter. Seul, ou aidé." Il s'était tourné vers Billy qui cramponnait le volant, le regard fixé droit devant lui dans la circulation dense de l'E18 à l'entrée de la ville. Tout son corps disait combien cette conversation lui déplaisait. "Tu as un trouble psychique. Tu es abîmé. Comprendre d'un point de vue strictement rationnel que ce que tu fais n'est pas bien ne suffit pas pour changer de comportement.

— Si c'est si facile, pourquoi tu ne te tires pas de ton addiction ? avait demandé Billy pour tenter de verser la conversation davantage sur Sebastian et moins sur lui.

— Je ne suis pas assez motivé."

Ce qui était la vérité et suffisait. Il n'avait pas l'intention de lui parler du trou noir que Lily et Sabine avaient laissé en lui et de ce qu'il faisait pour éviter d'y être entièrement englouti.

"Je suis motivé. J'ai ça sous contrôle. Ça n'arrivera plus, avait affirmé Billy.

— Le répéter ne le rendra pas plus vrai", avait lâché Sebastian d'un ton las, réalisant la prouesse de l'irriter davantage.

Billy but une gorgée de bière.

Qu'est-ce qui s'était passé ?

Putain, qu'est-ce qui s'était passé ?

Qu'il soit forcé d'avoir une conversation de ce genre avec Sebastian Bergman était totalement absurde. Comment en était-il arrivé là ?

Ça, ce n'était pas lui.

Il était policier. Un bon policier. À la Criminelle, un département que la plupart des autres policiers rêvaient d'intégrer, avec des collègues qui l'aimaient bien et l'appréciaient.

Il venait de se marier avec une femme qu'il aimait. Elle était ce qui lui était arrivé de mieux, mais il faisait tout pour la maintenir à distance. My finirait par s'en rendre compte. Lui demanderait ce qui s'était passé, pourquoi il l'évitait, et ne le lâcherait pas avant de savoir. Alors il la perdrait, il en était sûr.

Ça ne devait pas arriver.

Il était le gars qui écoutait du hip-hop, allait voir les blockbusters et préférait lire des BD plutôt que des livres. Il était simple. Fiable. Celui à qui on demandait un coup de main pour déménager, avec qui on faisait la fête à la Saint-Jean, avec qui on buvait une bière, à qui on pensait pour être le père de son bébé.

Ça, c'était lui.

Un type bien.

Pas un dingue qui tuait des chats.

Mais il n'avait pas menti à Sebastian. C'était sous contrôle, à présent. En tout cas pour le moment. Il n'avait pas même songé à sortir à Helsingborg. Ses pensées tournaient presque exclusivement autour de ce qui s'était passé, pas de ce qui pouvait éventuellement se passer à l'avenir. La honte, la mauvaise conscience, la peur de perdre My, de tout perdre.

Le pire était qu'au fond de lui-même il savait que Sebastian avait raison. Il savait que c'était mal. L'avait toujours su. D'un point de vue rationnel, il avait eu conscience de transgresser toutes les limites, mais ça ne l'avait pas arrêté.

L'ivresse, la puissance, la sensation.

C'était plus fort que tout.

Ça l'emplissait sur le moment, l'effrayait après coup. À quel point ça prenait le dessus sur tout le reste.

Comment celui qu'il voulait être et celui qu'il était devenu pouvaient être des personnes aussi différentes ? Ça le dépassait. Ça le déchirait.

Il reprit son téléphone.

Peut-être n'allait-il pas passer la soirée seul, finalement.

Après sa visite à l'hôpital, elle s'était mise en pilote automatique, déconcentrée et déconcertée.

Elle s'était rendue avec l'équipe autour de la grange où Ebba avait été retrouvée mais, se trouvant incapable de rien faire d'utile, elle était rentrée chez elle. Elle avait prétexté une migraine, ce qui n'était même pas un mensonge.

Il avait tenté de se suicider.

L'acte le plus extrême qu'une personne puisse faire. Elle avait beau refouler l'idée, c'était la conséquence de son comportement à elle. C'était la terrible vérité.

Elle ne pourrait jamais y échapper.

Ça lui donnait presque la nausée.

Elle promena son regard sur l'appartement qu'il lui avait acheté. Les preuves qu'il l'aimait comme sa propre fille étaient partout : la table qu'il lui avait offerte quand elle avait emménagé, la cuisine qu'il l'avait aidée à rénover, les murs qu'ils avaient peints ensemble.

Elle l'avait tant aimé.

Elle s'était sentie obligée de mettre ses amis entre parenthèses. Ses petits amis aussi. Pour son travail. Avec Anna, elle avait toujours eu une relation difficile. Ne lui restait que Valdemar. La seule personne, au fond, dont elle ait été proche.

Mais c'était autrefois.

Aujourd'hui, elle était seule.

Qui lui restait ? Pas grand monde. Mais elle avait besoin de quelqu'un. Quelqu'un qui soit loin de sa famille et de son travail. Quelqu'un avec qui avoir un autre type de relation.

Quelqu'un de normal.

Qui soit là pour elle.

Elle seule.

La solution fut Jonathan. Ils avaient rompu voilà bientôt deux ans, après une longue période d'allers et retours. Il l'avait plusieurs fois appelée, après.

Pour se voir, parler, disait-il.

Pour se voir, coucher, entendait-elle.

Ce n'était donc sûrement pas la meilleure idée du monde, se dit-elle en sortant son portable, avant pourtant de faire défiler ses contacts jusqu'à son numéro. La vérité était qu'elle n'avait personne d'autre.

"Vanja ? répondit-il avec sa voix sourde familière, pour l'occasion un peu plus étonnée que d'habitude.

— Salut Jonathan, fit-elle en essayant de paraître gaie. Comment ça va ?

— Bien. Tu m'appelles ?" lâcha-t-il. Son étonnement ne s'était visiblement pas dissipé.

"Oui, ça fait un bail…

— Oui, vraiment. Et toi, comment tu vas ?

— Oh, ça va", répondit-elle précautionneusement.

Le silence se fit un moment et elle se demanda où se situait son idée d'appeler sur l'échelle de la bêtise.

"Euh, bon, tu voulais quelque chose en particulier ?" demanda-t-il en voyant qu'elle ne prenait pas l'initiative. Vanja hésita un moment. Mentir, bavarder, raccrocher, ou… ? Elle décida d'être sincère, c'était quand même pour ça qu'elle avait appelé.

"Bon, en fait, ça ne va pas terrible. J'ai eu des petits problèmes de famille, dit-elle, trouvant que c'était là un bon début.

— C'est Valdemar ?" demanda-t-il avec de l'inquiétude dans la voix.

Elle l'avait presque oublié. Jonathan savait bien sûr que Valdemar avait eu un cancer. Ils étaient ensemble à l'époque. Lors de la première alerte. Les poumons. La maladie de Valdemar, son travail à la Criminelle, sa relation avec Jonathan, ça faisait une chose de trop. Le plus simple avait été de mettre un terme à leur histoire. Mais ils s'entendaient bien. Valdemar et Jonathan. Comment Jonathan allait-il réagir à tout ça ? Elle n'y avait pas pensé. Combien devait-elle lui en dire ? Elle commença au début, il y en aurait pour un moment.

"Oui et non. Il est guéri de son cancer… C'était dur, ou plutôt c'est dur…"

Elle se tut à nouveau.

"Je suis content d'entendre ça, dit Jonathan. Tu le salueras de ma part.

— Oui…

— Alors qu'est-ce qu'il y a ? Autre chose ?" demanda-t-il avec cette sollicitude qui lui venait si naturellement, elle s'en souvenait à présent.

Elle sentait qu'elle ne pourrait pas lui cacher l'acte de Valdemar bien longtemps. Elle ne savait plus si elle le voulait. Mais pas au téléphone.

"On peut se voir ?" demanda-t-elle tout bas.

Il ne répondit pas tout de suite. Elle allait dire que c'était une mauvaise idée, qu'il pouvait oublier tout ça et raccrocher quand il dit :

"C'est un peu compliqué en ce moment. Susanna et moi, on vient de se remettre ensemble et tu sais ce qu'elle pense de toi..."

Vanja se détourna un instant de ses propres problèmes. À nouveau avec Susanna ? La petite amie qu'il avait jadis plaquée pour elle ? Indéniablement, c'était un scoop.

"Oups, lâcha-t-elle. Et elle est toujours aussi jalouse ?

— Tu dois trouver bizarre qu'on soit à nouveau ensemble, non ?" reprit-il un peu sur le ton de la plaisanterie, sans répondre à sa question. Ce n'était pas la peine. Vanja savait. Impossible d'appeler autrement que haine ce que Susanna lui avait témoigné les rares fois où elles s'étaient rencontrées, et il était peu vraisemblable qu'elle se soit atténuée. À ses yeux, Vanja lui avait volé son petit ami, et on ne faisait pas ça impunément.

"Oui, un peu", répondit Vanja, qui au fond n'était pas tellement étonnée. Jonathan n'était jamais resté célibataire. S'il rompait, c'était qu'il avait autre chose sur le feu. S'il se faisait plaquer, il s'accrochait jusqu'au bout pour recoller les morceaux. Il n'était pas doué du tout pour la solitude.

"Tu me racontes ce qui s'est passé ? demanda-t-il pour changer de sujet.

— Je ne sais pas. Je ne veux pas t'entraîner là-dedans, hésita-t-elle.

— Mais si, sinon tu n'aurais pas appelé."

On pouvait dire beaucoup de choses de Jonathan, mais il la connaissait bien.

Vanja inspira à fond, son regard se promena dans l'appartement. Soudain, elle vit Valdemar partout autour d'elle.

"Valdemar a tenté de se suicider", finit-elle par lâcher.

Ils avaient parlé plus d'une demi-heure. Jonathan avait été vraiment formidable. C'était si bon de pouvoir faire part de sa douleur à quelqu'un qui écoutait vraiment.

Vanja sortit sur son petit balcon pour prendre un peu l'air en embrassant Frihamnen du regard. La nuit commençait à tomber, un grand ferry blanc s'éloignait dans la baie.

Elle se surprit à regretter ce coup de téléphone, et en même temps non.

Très clairement, Jonathan avait encore des sentiments pour elle et, au cours de la conversation, elle avait soudain elle aussi senti qu'il lui manquait. Elle avait entrevu une vie alternative, où elle n'était plus seule. Loin des ombres.

C'était lui qui avait proposé de se voir. Elle avait beau savoir à quoi s'en tenir au sujet de Susanna et n'avoir aucune envie de la provoquer, elle avait pourtant accepté.

Elle mettait ça sur le compte de la confusion où elle se trouvait.

Mais ça n'expliquait pas qu'elle s'en réjouisse tant.

S'en réjouisse vraiment.

"Salut, viens."

Elle fit entrer Billy dans l'appartement et l'embrassa après avoir refermé la porte.

"J'ai juste apporté quelques bières, dit-il en lui tendant un pack de six bouteilles tandis qu'il ôtait ses chaussures.

— Très bien. Viens t'asseoir."

Elle lui indiqua de la tête le petit séjour tout en gagnant la cuisine.

"Alors, la vie de jeune marié, c'est comment ? lança-t-elle tandis qu'elle ouvrait le placard à côté de la hotte pour prendre un sachet de cacahuètes. Je ne t'ai pas revu depuis le mariage.

— Bien, ça va", dit-il. Elle attendit un peu, mais il n'avait visiblement pas grand-chose de plus à dire à ce sujet.

"Où est My, ce soir ? demanda-t-elle en versant les cacahuètes dans un bol bleu Ikea.

— Elle est allée voir ses parents. En Dalécarlie."

Jennifer hocha la tête pour elle-même. Qu'il passe la soirée avec elle et quelques bières pendant que sa femme était absente ne voulait pas forcément dire quelque chose. Si elle avait bien compris, My n'était pas du genre jalouse, et Billy ne lui avait pas donné de raison de l'être. Il y avait eu des occasions… Sur le stand de tir de l'hôtel de police de Kiruna, il l'avait embrassée, mais c'était tout. Il ne s'était rien passé de plus.

Dommage.

Jennifer quitta la cuisine avec deux des bières qu'il avait apportées dans une main et le bol de cacahuètes dans l'autre.

"Tu fais de l'escalade ? demanda Billy quand elle le rejoignit, en montrant de la tête le piolet pendu à une corde avec quelques mousquetons multicolores sur le mur à côté du téléviseur.

— J'en ai fait, maintenant plus très souvent, mais je trouve ça joli."

Elle posa les bières et les cacahuètes sur la petite table basse arrondie et s'installa à côté de Billy.

"Et au boulot, tu fais quoi ?"

Billy lui raconta. Les salles de classe, les bonnets d'âne, les tests, le fiasco à Helsingborg, et Ebba, qu'ils attendaient de pouvoir interroger à l'hôpital. Jennifer l'écoutait, concentrée. Elle avait lu ce que les journaux écrivaient d'eux, bien sûr. Les journaux du soir y consacraient au moins six pages chaque jour et les grands quotidiens et les chaînes d'info leur avaient emboîté le pas. Mais à présent, elle en savait plus. Elle savait tout. Elle avait presque l'impression de participer à l'enquête.

Ce qui était une impression formidable.

Son vœu le plus cher était d'intégrer la Criminelle.

Son travail dans la police avait jusqu'à présent été un peu une déception. C'était pour l'excitation et l'action qu'elle avait choisi ce métier. Elle aimait qu'il se passe des choses. Depuis toujours. Elle avait recherché les défis, physiques et psychiques. Après l'école de police, elle avait atterri à Sigtuna. Où elle était toujours.

Beaucoup de contrôles de vitesse et d'alcoolémie, peu de chasses aux meurtriers.

Beaucoup d'administration, peu d'adrénaline.

Elle était douée pour beaucoup de choses, mais pas pour la routine.

Deux fois, elle avait rejoint la Criminelle. De vraies enquêtes criminelles, compliquées. La première fois, elle s'était fait tirer dessus devant une caserne désaffectée de Södertälje et la seconde, Billy lui avait personnellement demandé de l'accompagner à Kiruna dans une enquête sur une disparition. À vrai dire, il ne s'y était pas passé grand-chose. À part ce fameux baiser sur le stand de tir.

Elle aimait tout le monde à la Criminelle, même Sebastian Bergman, avec qui elle avait compris que les autres avaient du mal, mais c'était Billy qu'elle préférait.

Elle aimait *beaucoup* Billy.

Être dans son canapé, boire une bière en parlant avec lui d'une enquête criminelle n'étaient pas loin de la soirée parfaite. Quand il n'y eut absolument plus rien à savoir de l'enquête, elle alla à la cuisine chercher deux autres bières au réfrigérateur.

"Tu veux qu'on bouge ? demanda-t-elle en lui en passant une.

— Comment ça ?

— Je ne sais pas. Un ciné. Aller en ville." Elle se tut, s'assit, but une gorgée en se demandant si l'allusion n'était pas trop appuyée. "Filer au stand de tir, alors, finit-elle par lâcher.

— Non, je…" Billy secoua la tête. S'il avait compris l'allusion à Kiruna, en tout cas il ne le montrait pas. "Non", se contenta-t-il de répéter d'un ton un peu absent tout en décollant d'un ongle l'étiquette de sa bouteille.

Jennifer l'observa. Elle lui avait trouvé un air inhabituel dès son arrivée, mais n'y avait pas fait attention, ça faisait longtemps qu'ils ne s'étaient pas vus. Peut-être était-il stressé au boulot ? Peut-être s'était-il disputé avec My ? Est-ce que ça pouvait être aussi simple ? Mais cette impression réapparut. Cette fois, elle en fut certaine. Il y avait décidément quelque chose qui n'allait pas. Il n'était pas lui-même.

"Il s'est passé quelque chose ?"

Il ne répondit pas tout de suite. La regarda. Pas le regard amical et ouvert qu'elle lui connaissait. Celui-ci était différent. Aux aguets. Comme s'il la toisait. Essayait de décider s'il pouvait ou non lui faire confiance.

"Mais quoi ?" demanda-t-elle. Rendue un brin hésitante et mal à l'aise par le silence. Elle le vit respirer plus lourdement et se mordre les lèvres, tandis qu'il la lâchait des yeux et regardait ses genoux. Il continuait à déchiqueter son étiquette. Il inspira alors à fond et la fixa à nouveau.

"Il faut que je te raconte quelque chose."

Après, elle resta silencieuse.

Elle ne savait pas bien à quoi elle s'attendait quand il lui avait dit qu'il fallait qu'il lui raconte quelque chose, mais pas ça : Hinde et Cerderkvist, la jouissance que ça lui avait procurée, comment tout le reste avait comme pâli, les chats, le mariage.

La pulsion qui grandissait en lui jusqu'à ce qu'il ne puisse plus penser qu'à ça.

Le chaos.

La haine de soi.

Elle vit que c'était à elle de rompre le silence. Elle se racla la gorge.

"Ce ne sont que des chats", lâcha-t-elle, en voyant que ce n'était pas la réaction à laquelle il s'attendait. Que pouvait-elle dire ? C'était à peine si elle parvenait à digérer ce qu'elle venait d'entendre, mais, en même temps assez curieusement elle le comprenait. Pas le fait de tuer, mais la pulsion, la poursuite de la sensation, ça, elle pouvait s'y reconnaître.

Combien de fois n'avait-elle pas piqué des choses, quand elle était ado ? Non par besoin, mais pour l'excitation. Entrée de nuit dans des piscines. Sauté sur la glace. Et tout ça, l'escalade, l'accrobranche, le mountain bike, les fois où elle avait essayé le parapente et la plongée, qu'était-ce, sinon des tentatives de se sentir vivante pendant de brefs instants ? De rendre la réalité un peu plus irréelle ?

Exaltée. Excitante. Intéressante.

Mais pourquoi le lui avait-il raconté ?

Au milieu de cet étonnement et de ce trouble, elle se surprit à se sentir heureuse et fière. C'était quelque chose qu'il n'avait raconté à personne, pas même à My. Mais à elle, oui. Cela voulait dire qu'il s'estimait proche d'elle au point de partager avec elle son secret. Cela voulait-il dire quelque chose ?

"Il ne s'agit pas des chats, soupira-t-il, avec dans la voix ce qu'elle prit pour une pointe de déception. C'est juste que… que je le fais. Que je l'ai fait, se dépêcha-t-il de se corriger.

— Je comprends, mais… Je connais ça. C'est le désir de retrouver l'instant où on se sent vivant.

— Mais ce n'est pas un putain de saut à l'élastique. C'est dingue, merde !

— Oui, mais…"

Elle s'arrêta.

C'était dingue. C'était bizarre d'imaginer Billy en train de faire ce qu'il avait décrit. Mais si on arrivait à faire abstraction de l'acte en lui-même. Comme il le disait lui-même : il ne s'agit pas des chats. Considérer cette pulsion. Ce qu'il voulait atteindre…

"Dis-moi, l'enjoignit Billy dans le silence. Dis-moi ce que tu penses.

— Je ne sais pas…", commença-t-elle avant de développer quand même sa théorie. La soirée pouvait difficilement être beaucoup plus bizarre. "Réaliser son fantasme est peut-être plus important que le résultat en lui-même, pour ainsi dire.

— Qu'est-ce que tu veux dire ?

— Tu as dit que tu étais… excité sur le stand de tir de Kiruna, mais que c'était retombé. Tu t'étais vu en train de tuer des gens. C'était un fantasme. Pour de faux.

— Oui…

— Disons qu'il ne s'agit pas de tuer, mais de pouvoir tuer. Le sentiment d'avoir le contrôle, le dessus, lié à la jouissance physique. Ce n'est pas si tordu que ça, on peut s'arranger.

— Je ne sais pas de quoi tu parles."

Billy avait à présent l'air complètement interloqué. Elle hésita à nouveau. Elle avait certes essayé quelques fois, mais était loin d'être experte en la matière. Elle s'avançait peut-être en eaux un peu troubles, mais maintenant qu'elle avait commencé, il fallait aller jusqu'au bout.

"Le BDSM... Tu sais, la domination... le bondage."

Billy regarda sa bouteille à présent complètement privée d'étiquette, tout à coup très mal à l'aise avec le tour qu'avait pris la conversation.

"Je ne crois pas que ce soit vraiment le truc de My", dit-il tout bas.

Elle hésita à nouveau. Mais quoi, merde. Il s'était confié à elle. Il n'y avait aucune raison de cacher ce qu'elle éprouvait.

Ça passe ou ça casse. Elle posa la main sur sa cuisse.

"Mais ne le fais pas avec My, alors."

C'était l'exemple même du matin raté.

Tout ce qui le pouvait était parti de travers.

Le réveil n'avait pas sonné, il avait passé l'heure et réveillé Ella trop tard. Il avait découvert en ouvrant le réfrigérateur qu'il n'y avait plus de lait : impossible de lui préparer son chocolat O'boy et, après s'être stressé à batailler à la table du petit-déjeuner pour lui proposer une boisson alternative, elle n'avait voulu mettre aucun des vêtements de son placard ni aller à l'école. Quand il avait enfin réussi à la faire partir – accoutrée d'un pantalon de survêtement sous une jupe de tulle rose et d'un t-shirt trop court à l'effigie d'Elsa de la *Reine des Neiges*, le tout agrémenté d'une tiare et de sandales, une création qui ne manquerait pas d'être critiquée et commentée ce soir quand Linda l'aurait récupérée au centre de loisirs – il avait une demi-heure de retard.

Réunion avec le chef à 9 heures. Il serait en retard. De combien, ça dépendait de la circulation, mais au moins un quart d'heure. Pas bon, ça.

Ça avait déjà commencé hier soir. Malgré la saison, une des chaînes concurrentes avait décidé de miser sur une nouvelle émission de téléréalité, *Ultime Tentation.*

Ça avait fait le buzz. Les journaux du soir avaient suivi, créant un intérêt pour les participants avant même le début de la diffusion, ce qui était toujours bien.

Le chef avait appelé juste après 11 heures du soir. Claes buvait un verre de vin avec Linda sur le balcon. Elle avait soupiré quand son téléphone avait sonné, et s'était repliée à l'intérieur quand il avait dit qu'il était obligé de répondre.

"Tu as vu UT hier ? avait demandé son chef sans le saluer ni s'excuser d'appeler tard.

— Non", répondit franchement Claes. Il aurait sans doute dû, certains considéraient sûrement que cela faisait partie de son boulot de directeur des programmes de regarder au moins les premières chez les concurrents, mais il avait eu autre chose à faire. En famille.

"C'était bien ?

— 412 000 téléspectateurs. 18,7 % de parts d'audience chez les quinze-quarante-quatre ans. L'émission la plus regardée dans son groupe cible."

Claes se tut. Que répondre à ça ?

C'était bien. Une fin juin. Vraiment bien.

Le score du programme qu'ils diffusaient à la même tranche horaire se comptait sur les doigts d'une main. Après en avoir amputé deux. Ou trois. C'était vraiment de bons chiffres.

C'était déjà dur que les concurrents gazent en tête, mais il y avait pire.

"Cette émission, on ne nous l'a pas proposée ? avait demandé son chef du ton de celui qui connaissait déjà la réponse.

— Oui, avait confirmé Claes. Et c'est moi qui l'ai refusée."

Silence pour toute réaction. Comme si la question "pourquoi" allait tellement de soi qu'il n'y avait pas besoin de la poser.

"Ce n'est pas exactement l'émission qui est passée hier que j'ai refusée, s'était justifié Claes, d'un ton plus défensif qu'il ne l'aurait voulu. Ils ont fait pas mal de modifications, d'améliorations.

— Qu'est-ce que tu en sais, tu n'as pas regardé ?

— Je l'ai entendu dire par les producteurs. Ce sont les mêmes qui font *Femmes de Manhattan* chez nous.

— Et ces modifications, on n'aurait pas pu les faire chez nous, ou quoi ?"

Une mise en cause directe. Pas la première, sans doute pas la dernière.

La conversation s'était achevée cinq minutes plus tard : ils avaient convenu de se voir ce matin. À 9 heures. Premier rendez-vous de la journée.

Claes venait du monde de la production. Là, pendant des années, il avait constitué des équipes, vendu des idées, mis la bonne personne au bon poste pour résoudre les problèmes. Mais le contenu n'était pas son point fort. Ne l'avait jamais été. Ça allait peut-être finir par éclater au grand jour.

Peut-être aujourd'hui.

Ses deux prédécesseurs au poste de directeur des programmes étaient restés respectivement quatre et neuf mois. À la chaîne, on disait que ce poste était le seul dont le bureau soit équipé d'un siège éjectable. Rien à faire, il était donc un peu nerveux en sortant de son appartement. En même temps, il se répétait qu'il ne s'agissait que d'une téléréalité merdique, ce n'était pas comme s'il avait refusé les Beatles.

Il appela l'ascenseur. Rien. Appuya à nouveau. Silence dans la trémie. Quelqu'un avait dû mal refermer la porte, ou il était en panne. Et merde. Il commença à descendre l'escalier à petites foulées. Stressé pour plusieurs raisons.

Son rendez-vous du matin en était une.

L'autre était ce Tueur de la Téléréalité. Mirre Petrovic et Patricia Andrén étaient tous les deux passés sur leur chaîne. Certes, Andrén avait participé à *Mère célibataire cherche l'amour* avant qu'il ne devienne directeur des programmes, mais quand même. La presse appelait, voulait des détails sur les tournages, des souvenirs personnels. Y avait-il quelque chose qui ne figurait pas dans les dossiers de presse distribués pendant les saisons de diffusion ? Une exclusivité ? Claes les renvoyait à la société de production. Il n'avait rien à dire ni de Mirre, ni de Patricia, ne les avait rencontrés ni l'un, ni l'autre et à vrai dire savait à peine qui c'était. Il ne regardait pas les émissions auxquelles ils avaient participé. Si, il en avait vu un extrait ici ou là parce qu'il y était obligé, mais jamais de sa vie il ne les suivrait. Personne à la chaîne ne le faisait.

On considérait ça comme de la télé pour les idiots.

Pour vendre de la pub.

Des émissions conçues cyniquement, avec un casting très dur, pour attirer le bon public en symbiose avec la presse du soir et occuper le plus large espace médiatique. En parler ainsi n'était même pas polémique. Tout le monde le savait. Tout le monde pensait pareil. Mais là aussi, il sentait que la chaîne attendait de lui qu'il en fasse plus. On avait parlé d'un prime time spécial sur les deux victimes. Entremêler de vieux extraits avec des interviews et des réflexions personnelles d'amis et de membres de leur famille. Une émission commémorative, tout simplement. Comme s'ils avaient été des vedettes du sport ou de la politique. Compté. Bon, ça aussi, c'était cynique. Bien sûr, qu'ils comptaient, que c'était terrible, ces deux jeunes vies arrachées, mais enfin… Une émission commémorative. Sérieux…

Il tira la porte métallique qui conduisait au parking souterrain et tourna à gauche. Sortit les clés de sa poche et allait ouvrir sa Lexus quand il le vit.

Il regarda alentour dans le garage vide, tout en déversant jurons et obscénités. Bordel, il n'en croyait pas ses yeux.

Il était bloqué. Un idiot s'était garé juste derrière lui. Et pas n'importe quelle voiture.

Un putain de gros camping-car.

Il n'était même pas encore neuf heures et demie, mais Torkel commençait à avoir faim. Son réveil avait sonné à cinq heures et quart. Après un petit tour de jogging dans Stockholm pas encore réveillé, une douche et un petit-déjeuner frugal, il s'était rendu à l'hôtel de police à Kungsholmen. Autrefois, il mettait son réfrigérateur vide sur le compte de ses fréquentes absences, mais ce n'était plus vrai. Ils n'étaient restés à Ulricehamn qu'à peine deux jours, pas assez longtemps pour que quoi que ce soit s'avarie. La vérité était qu'il avait de plus en plus de mal à manger seul.

Se réveiller seul, s'endormir seul.

Vivre seul.

Ça s'était accentué après avoir appris qu'Yvonne et Kristoffer s'étaient fiancés. Ils allaient se marier à l'automne. Dans une ferme au fin fond du Bergslagen, où Kristoffer était né. Un petit mariage. Il ne s'attendait pas à y être convié. Il souhaitait tout le bonheur possible à son ex-femme, mais qu'elle franchisse le pas d'une relation amoureuse durable avait crûment mis en lumière combien il en était loin lui-même.

Il lui avait fallu admettre qu'il n'y aurait rien avec Ursula. Au mariage de Billy, ils s'étaient retrouvés ensemble dans sa chambre avec une bouteille. Mais le vin bu, elle lui avait clairement signifié qu'elle voulait qu'il s'en aille. Continuer à désirer et espérer n'avait pas de sens.

Et puis il y avait Lise-Lotte.

Ce baiser avait été formidable, plein de promesses, mais il avait quitté Ulricehamn sans même la prévenir. Promis d'appeler, et n'en avait rien fait. Ce n'était pas comme ça qu'on marquait des points auprès des femmes. Elle ne l'avait pas appelé non plus. Ce baiser n'avait donc été qu'un acte isolé.

Il était arrivé au boulot avant tous les autres. Il avait savouré le silence en se préparant pour le point presse du matin. La police avait des porte-parole, la plupart des services y avaient recours, pas lui.

À 9 heures, il avait rencontré le troisième pouvoir. Comme il s'y attendait, ils étaient plus nombreux qu'à Ulricehamn. Beaucoup plus. Des caméras sur pied. Une forêt de micros parsemaient la table derrière laquelle il s'était installé. Il n'y avait pas grand-chose de nouveau à raconter.

Une troisième victime, une jeune fille gravement blessée, mais en vie. Leurs identités étaient déjà connues. Très probablement, la plupart des personnes présentes dans la salle en savaient autant sur les sœurs Johansson que la police, sinon plus.

Les questions qui avaient suivi son bref exposé n'avaient donc été que des variations sur le même thème.

Où et pourquoi ?

Qu'était-il arrivé à Ebba ?

Quand pourraient-ils l'entendre ?

Pourquoi avait-elle survécu ?

Assez incroyablement, ils avaient réussi jusqu'alors à maintenir la presse dans l'ignorance des tests que les victimes avaient dû subir, et personne ne semblait être allé voir leurs comptes sur les réseaux sociaux, ou en tout cas sans faire le lien entre les meurtres et les brefs résultats qui y avaient été postés.

Ils ne savaient pas qu'Ebba avait été reçue, et Torkel n'avait pas l'intention d'en parler, aussi, après un certain nombre de minutes durant lesquelles les questions semblaient tourner en rond, il avait mis fin au point presse et promis une mise à jour dès qu'il y aurait du nouveau dans l'enquête.

Il avait décidé de prendre l'escalier pour remonter. En route, il sentit qu'il avait faim.

Il trouva Billy dans la kitchenette en train de se servir un café. Il salua Torkel de la tête tout en trempant les lèvres dans le breuvage fumant.

"Salut, tu viens d'arriver ?

— Non, j'étais avec la presse."

Torkel alla ouvrir le réfrigérateur. Jeta un coup d'œil à Billy qui but une autre gorgée de café, étouffa un bâillement et se frotta les yeux.

"Ça va ?" demanda Torkel en sortant beurre et fromage. Billy n'était pas connu pour se laisser perturber par l'enquête dont ils s'occupaient au point d'en perdre le sommeil, mais on ne savait jamais. Parfois, il pouvait y avoir un détail qui déclenchait une réaction personnelle. Autant lui demander.

"Oui, pourquoi ? s'étonna Billy.

— Tu as l'air un peu fatigué.

— Ah, oh non, ça va. Je me suis couché un peu tard hier soir.

— OK."

Torkel ouvrit le grand placard et en sortit un paquet de biscottes Wasa.

"Comment ça se passe ? demanda-t-il.

— Quoi ?

— Tout. Le boulot ?

— Les compagnies téléphoniques ont promis d'envoyer au plus tôt leurs listes d'appels, et dans le meilleur des cas, je vais recevoir ce matin les images des portiques de péage pour pouvoir commencer à chercher des camping-cars.

— Dis si tu as besoin de gens pour t'aider."

Billy hocha la tête. Il allait certainement en avoir besoin. Il y avait beaucoup de portiques aux entrées de Stockholm, et ils n'avaient pas de tranche horaire précise. Même s'ils savaient ce qu'ils cherchaient, il y avait beaucoup de matériel à visionner.

Le téléphone de Torkel sonna. Il planta son couteau à beurre dans la margarine Bregott et répondit tandis que Billy s'en allait avec sa tasse de café. Trente secondes plus tard il raccrocha, composa le numéro de Vanja pour lui demander où elle était.

L'hôpital Karolinska avait appelé.

Ils pouvaient aller parler à Ebba Johansson.

Vanja s'engagea dans l'enceinte de l'hôpital.

Sebastian se taisait sur le siège passager. Elle comprenait que, comme elle, il associait Karolinska à Valdemar. Mais il ne lui avait pas proposé d'en parler, ce qu'elle appréciait. Elle pensait qu'il allait profiter de ce trajet tous les deux seuls en voiture pour lui demander comment elle allait, lui proposer son soutien, tenter de se rapprocher, mais à part demander s'il pouvait couper la radio quand ils avaient joué du reggae suédois, il avait gardé le silence.

Quand Torkel l'avait appelée pour lui demander de passer prendre Sebastian, elle avait d'abord songé à protester, mais avait aussitôt compris que ses compétences pourraient en effet être utiles. Une jeune fille traumatisée. On pouvait dire ce qu'on voulait de la façon dont Sebastian s'était laissé perturber par l'enquête précédente, il avait été bon avec la petite Nicole. Il pourrait l'être à nouveau cette fois aussi.

Elle se gara devant le bâtiment où était hospitalisée Ebba Johansson et ils se dirigèrent ensemble vers l'entrée. Vanja nota qu'il y avait du monde de l'autre côté des portes, la plupart tranquillement calés au fond de leur siège, désœuvrés. Des journalistes, supposa-t-elle, ce qui lui fut confirmé par un jeune homme qui se leva, un peu plus loin.

"Vous êtes bien Sebastian Bergman ?"

Quelques autres se réveillèrent et se dirigèrent avec le jeune homme au-devant de Sebastian qui s'était arrêté.

"Vas-y, toi, dit-il à Vanja qui se dirigeait sans ralentir vers l'accueil. Je vais voir combien je trouve de façons différentes de dire « pas de commentaire », poursuivit-il en se tournant en souriant vers la poignée de personnes qui venait à sa rencontre.

— Nous venons voir Christos Theotokis, dit Vanja à la réceptionniste en lui montrant discrètement sa carte de police.

— Cinquième étage. Les ascenseurs sont là-bas, j'appelle pour prévenir de votre arrivée."

Vanja remercia et fit signe à Sebastian de la rejoindre. Elle n'accorda pas un regard au cortège de journalistes et encore moins de réponses aux questions qu'ils lançaient :

"Allez-vous l'interroger ?

— A-t-elle dit quelque chose ?

— A-t-elle donné un signalement ?

— Pourquoi ne l'a-t-il pas tuée ?"

Les portes de l'ascenseur s'ouvrirent, Sebastian et elle entrèrent. Un regard de Vanja suffit à dissuader quiconque aurait voulu leur tenir compagnie.

Christos Theotokis, un homme brun grand et mince à la barbe impressionnante, les attendait devant l'ascenseur.

“Comment va-t-elle ? demanda Vanja quand ils se furent à nouveau identifiés, tandis qu’ils marchaient dans les couloirs blafards de l’hôpital.

— Sa vie est hors de danger, mais elle ne retrouvera jamais la vue.

— Sait-on comment il s’y est pris ? demanda Sebastian. Avec ses yeux ?”

Christos le regarda avec une certaine lassitude. Sebastian devina que, comme à tous les policiers avec qui il avait travaillé, on lui avait demandé une fois de trop, en société, de raconter des détails croustillants sur son travail, et qu’il n’était donc pas trop chaud pour satisfaire la curiosité morbide de Sebastian.

“Le mode d’action peut en dire beaucoup sur la personne, nous permettre de nous faire une idée d’à qui nous avons affaire, dit Sebastian en réponse à son regard, et Christos hocha la tête, compréhensif.

— Il lui a ouvert les yeux de force et les a brûlés. Les lésions correspondent à l’utilisation d’un puissant laser.

— Était-elle consciente quand il lui a fait ça ? demanda Vanja en frissonnant.

— Non, elle ne se souvient de rien.

— Quelle chance”, fit Vanja, soulagée.

Le médecin s’arrêta devant une des portes closes du couloir et se tourna gravement vers ses hôtes.

“Elle est ici. Vous pouvez lui parler, mais essayez de lui épargner les émotions fortes.

— Et comment faire ? demanda Sebastian. Nous devons lui parler de l’homme qui lui a brûlé les yeux au laser et qui a tué sa sœur. Vous avez des conseils pour le faire sans lui provoquer d’émotions fortes ?”

Le médecin lança à Sebastian un regard qui leur signifiait sans ambiguïté qu'ils étaient mal placés pour remettre en question ce qu'il disait.

"Nous allons prendre toutes les précautions possibles, coupa Vanja. Et dès qu'elle ne voudra plus, nous arrêterons."

Christos regarda Vanja, puis à nouveau Sebastian. Vanja espérait qu'il n'allait pas trouver un autre commentaire idiot et insensible. Christos Theotokis était à deux doigts de leur interdire l'accès.

"C'est elle le chef, je ferai comme elle dit", fit Sebastian en montrant Vanja de la tête. Christos le dévisagea encore quelques secondes pour voir s'il se moquait de lui, puis il ouvrit la porte et sans un mot les fit entrer dans la chambre.

Ebba Johansson faisait 1,68 mètre, mais paraissait plus petite, couchée sur le dos dans le grand lit d'hôpital. La couverture remontée jusqu'aux aisselles, les bras étendus le long du corps. Des compresses blanches collées sur les yeux. Ses parents étaient assis à côté d'elle.

"Vanja Lithner, police criminelle, et voici Sebastian Bergman, c'est un psychologue qui travaille avec nous, dit-elle en s'adressant aux parents qui se contentèrent de hocher la tête, sans faire mine de se lever pour les saluer ou se présenter eux-mêmes. Nous avons besoin de parler un moment avec votre fille, si c'est OK ?

— Est-ce vraiment nécessaire ? demanda la mère, d'une voix lourde de chagrin.

— Oui, désolée.

— Ça va”, entendit-on faiblement monter du lit. Vanja jeta un coup d’œil à Sebastian, qui s’était arrêté à un mètre de la jeune fille, puis avança un siège et s’assit de l’autre côté du lit, en face des parents.

“Bonjour. Je m’appelle Vanja. Il faut qu’on parle de ce qui s’est passé, si tu en as le courage.”

La fille se contenta de faiblement hocher la tête.

Vanja lista rapidement tout ce qu’ils savaient déjà, pour éviter qu’Ebba se fatigue à le leur raconter. Quand elle eut terminé, elle demanda si Ebba voulait ajouter quelque chose, avant qu’elle ne lui pose des questions plus précises.

“Il s’appelait Sören, pas Sven, dit-elle tout bas, forçant Sebastian à approcher d’un pas pour l’entendre.

— Bien, très bien, l’encouragea Vanja. Le restaurant chinois où vous vous êtes retrouvés, tu te souviens de son nom ?

— Beijing Garden, c’est à Sundbyberg.”

Vanja hocha la tête. Ils enverraient du monde interroger le personnel pour voir s’il était possible de préciser le signalement d’un homme d’un certain âge, barbu, avec casquette et lunettes. C’était tout ce qu’Ebba avait pu leur donner elle aussi.

Sebastian comprit tout à coup pourquoi leur meurtrier l’avait ainsi aveuglée. Il se conformait sans doute à une règle. S’ils étaient reçus, on les laissait vivre. Très probablement, il ne s’attendait pas à être confronté à cette situation et aux problèmes qu’elle impliquait.

La solution avait été d’aveugler Ebba.

Il pouvait se permettre de la laisser décrire verbalement leur rencontre, tant qu’elle était incapable de contrôler la façon dont ses dires étaient interprétés. Ils ne pourraient pas lui montrer des photos de suspects. Aucun dessinateur de la police ne pourrait établir de portrait-robot avec elle. Rien. Certes, elle pourrait éventuellement reconnaître la voix s'ils arrêtaient un suspect, mais l'identification vocale par un témoin, à ce qu'en savait Sebastian, n'avait jamais suffi à faire condamner quelqu'un. Pas sans des preuves matérielles, et ils n'en avaient pas encore.

"Combien de bonnes réponses fallait-il pour être reçue ? glissa Sebastian.

— Un tiers. Vingt. Il y avait soixante questions.

— Oui, nous savons, nous les avons vues. Comment s'y prend-il ? Pour ces tests ?"

Pour la première fois de leur conversation, ses parents réagirent. Ou du moins son père, qui se tourna vers Sebastian d'une mine sceptique.

"Il faut vraiment qu'elle raconte ça ?

— Elle n'est forcée à rien, mais plus nous avons de détails, mieux c'est."

Ebba inspira à fond et raconta.

Le camping-car, les chaînes, le chronomètre, le bandeau sur les yeux.

Sebastian s'interrogea au sujet du bandeau sur les yeux. À quoi servait-il ? Les victimes avaient déjà vu leur meurtrier, ils avaient passé plusieurs heures ensemble. Alors pourquoi ne pas les laisser le voir pendant l'épreuve proprement dite ? Ça valait la peine de garder ça dans un coin de sa tête.

"Le camping-car, dit Vanja en reculant un peu. Est-ce que tu peux nous en dire un peu plus ?

— C'était un camping-car. Je ne l'ai vu que de profil. Mais c'était un camping-car ordinaire, avec une bande rouge sur tout le côté."

C'était nouveau. Nouveau et important pour Billy qui allait prochainement devoir analyser plein d'images.

"Nous allons te laisser te reposer, dit Vanja en se levant, après avoir demandé si Ebba se souvenait d'autre chose qui pouvait être important, et qu'elle ait répondu en secouant faiblement la tête. Merci d'avoir eu la force de nous répondre. C'était important pour nous."

Vanja remit la chaise en place et salua les parents de la tête en sortant.

"Il a dit quelque chose à propos d'un étudiant", entendit-on monter du lit.

Vanja et Sebastian s'arrêtèrent net.

"Un étudiant ?

— On parlait de l'intérêt que nous avions suscité après avoir gagné notre prix, et il a dit alors qu'un de ses étudiants avait obtenu une bourse pour aller au MIT l'automne dernier, et que personne n'y avait fait attention.

— Tu es sûre que c'était le MIT ?

— Oui.

— L'automne dernier ?

— Oui."

Vanja ne put retenir un sourire.

Une percée. Une vraie percée.

Combien de personnes pouvaient avoir reçu une bourse du MIT l'automne dernier ? Pas beaucoup. Combien d'enseignants pouvaient-ils avoir eus ? Plus, mais un nombre gérable. Ils étaient passés de milliers de suspects à peut-être une douzaine.

“Merci, ça nous aide vraiment beaucoup.

— Il l’a droguée et l’a emportée dans son camping-car”, lança soudain Ebba dans la chambre. Peut-être pensait-elle qu’ils ignoraient comment les enlèvements s’étaient produits. Par égard pour Ebba et ses parents, Vanja n’avait pas abordé le sujet. Une voix lourde de pleurs. Sebastian ignorait dans quel état se trouvaient ses canaux lacrymaux mais, dans tous les cas, ses éventuelles larmes seraient absorbées par les compresses blanches.

“Je n’ai pas pu la sauver. J’aurai dû la sauver.”

Ses parents se penchèrent. Posèrent leurs mains sur les siennes, la consolèrent à voix basse. Ce n’était pas sa faute. Elle n’aurait rien pu faire. Il ne fallait pas penser comme ça.

Ça ne servait à rien.

Sebastian observa en silence la scène qui se jouait autour de ce lit d’hôpital.

Ses yeux allaient guérir, elle était jeune, elle s’adapterait à une vie d’aveugle.

La culpabilité et la douleur… c’était une tout autre affaire.

Il savait tout sur ce sujet.

Être censé protéger quelqu’un.

Se promettre de ne jamais faiblir, de la sauver à tout prix.

Reprendre connaissance pour constater qu’on y avait échoué.

Qu’on avait rompu sa promesse.

Vivre avec ça le restant de ses jours.

Oui, la culpabilité était quelque chose dont il n’ignorait rien.

Mais il ne savait pas quoi dire pour consoler cette petite fille dans ce grand lit.

Alors il partit.

Essayer de trouver qui avait accordé une bourse à qui au cours de l'année écoulée allait prendre trop de temps, réalisa Billy. Il y avait trop de fondations, de commissions et autres acteurs qui distribuaient de l'argent pour procéder ainsi. Il fallait prendre le problème du côté du bénéficiaire. Il ne pouvait pas y avoir tant de Suédois que ça qui étudiaient au MIT – espérait-il.

Ce qui lui mettait des bâtons dans les roues, c'était le décalage horaire.

Six heures.

Il était midi tout juste passé à Stockholm, donc quelques minutes après 6 heures du matin à Boston. Trop tôt pour trouver à leur poste le personnel administratif qu'il avait besoin de contacter.

Mais Billy prépara de son mieux le ou les appels. Il visita le site de l'université en faisant des va-et-vient entre les rubriques "People" et "Offices", jusqu'à avoir circonscrit un nombre de cinq personnes dont il pensait, d'après leurs titres et leurs postes, qu'elles pourraient l'aider, ou du moins l'aiguiller dans la bonne direction.

Puis il n'y eut plus qu'à attendre.

Il alla chercher sa troisième tasse de café de la journée et réalisa qu'il faudrait qu'il se tienne occupé, pour ne pas repenser à la soirée de la veille. Par chance, en revenant à son bureau, il trouva un mail de l'Administration des Transports. Instructions pour se connecter, nom d'utilisateur et mot de passe pour accéder aux images des portiques de péage. Billy se connecta, entra la date. Réfléchit rapidement s'il pouvait limiter la recherche à une tranche horaire, mais non. Il décida de commencer le vendredi de l'enlèvement de Sara et Ebba, avec les portiques proches de Sundbyberg, là où elles avaient rencontré le meurtrier. Il espérait pouvoir restreindre sa recherche aux immatriculations étrangères, mais les images n'étaient pas classées selon ces critères, cette option n'existait pas. Pas non plus le type de véhicule. Après 2 heures, il avait balayé des centaines d'images. Deux camping-cars étaient passés. Tous deux immatriculés en Suède. Il réalisa qu'il lui était impossible, tout seul, de passer en revue plusieurs jours d'images des dix-huit portiques de péage. Il fallait de l'aide. Surtout qu'il y avait la possibilité que le meurtrier ait fait le tour de Stockholm, évité les portiques, ou les ait passés de nuit, quand c'était gratuit et qu'on n'était donc pas enregistré. Bien organisé et intelligent comme il s'était montré jusqu'ici, le risque existait. Dans ce cas, Billy perdait juste son temps.

Il s'étira et regarda l'heure. Deux heures et quart. Huit heures et quart à Boston. Ça valait la peine d'essayer.

Il sortit la liste de noms et de numéros de téléphone qu'il avait notée précédemment et composa le premier. Plusieurs sonneries. Pas de réponse. Billy raccrocha, essaya le suivant. Carolyn Bernstein répondit aussitôt.

Il expliqua qui il était, et ce qu'il voulait : Avaient-ils eu des boursiers suédois l'automne précédent, et pouvait-il dans ce cas avoir leurs noms ? Carolyn lui expliqua qu'il appelait la mauvaise personne, mais lui donna le bon nom et lui promit de transférer l'appel. Billy remercia, le silence se fit.

Trop de silence, trop longtemps.

L'appel n'avait pas été transféré, mais coupé.

Avec un soupir, il rappela Carolyn et lui dit qu'il devait y avoir eu une erreur. Carolyn s'excusa et réessaya. Cette fois, des sonneries. Beaucoup. Puis un répondeur l'informant que l'utilisateur du poste 3449 était en congé et ne rentrait que jeudi. En cas d'urgence, un autre numéro était indiqué. Billy le nota, ce n'était pas un de ceux qu'il avait sur sa liste. Il raccrocha, rappela. Pas de réponse. Frustré, il jeta le téléphone et se cala au fond de son fauteuil. Putain, que c'était dur de trouver quelqu'un pour les aider ! Il allait reprendre son téléphone et continuer à appeler les noms de sa courte liste quand celui-ci sonna.

My.

Pas possible maintenant. Aucune chance.

Il coupa le son, sans décrocher. Comme s'il avait juste manqué son appel. Il se leva et alla aux toilettes pour ne pas voir l'écran allumé qui aiguisait en silence sa mauvaise conscience.

Quand il revint, My avait laissé un message. Il n'avait pas l'intention de l'écouter. Il appela plutôt le troisième numéro sur sa liste du MIT. Katie Barnett répondit à la deuxième sonnerie et, quand il lui eut expliqué son affaire, elle lui annonça gaiement qu'elle savait qui pourrait l'aider. Avait-il déjà parlé à Kenneth ? Billy demanda si elle voulait parler du Kenneth du poste 3449, car dans ce cas il ne rentrait pas avant jeudi. C'était bien à ce Kenneth que Katie pensait. Billy souligna l'urgence de sa demande. Katie comprenait, et promit d'essayer de l'aider. S'il lui laissait son numéro, elle le rappellerait dès qu'elle aurait fait quelques recherches. Billy le lui donna, sans grand espoir de la réentendre mais, moins de dix minutes plus tard, il eut la surprise de voir s'afficher un numéro en +1. Katie le rappelait et ce qu'elle lui dit sonna comme une douce musique aux oreilles assez lasses de Billy.

"Nous n'avons qu'un seul étudiant suédois boursier."

"Olivia Johnson, dit Billy en punaisant au tableau blanc de la Pièce la photo d'une jeune fille brune aux yeux bruns. A étudié la technique médicale à KTH jusqu'à l'an dernier, où elle a obtenu une bourse de deux ans de la fondation Suède-Amérique pour continuer son cursus au MIT.

— Et nous sommes sûrs que c'est elle ? demanda Torkel.

— Disons qu'elle est actuellement la seule étudiante suédoise boursière, et qu'elle est arrivée cet automne."

Torkel hocha la tête et vit tous les autres se redresser sur leurs chaises. Là, il ne s'agissait plus de résumer ce qu'ils savaient déjà.

Là, ils avaient une piste.

Là, ils étaient en chasse.

Billy se tourna et prit sur la table un dossier avec d'autres photos.

"Voici ses directeurs de recherche de KTH", expliqua Billy en affichant les photos au tableau. Trois hommes dans la force de l'âge. "Åke Skogh, professeur en technique médicale, Christian Saurunas et Muhammed El-Fayed, tous les deux assistants."

Tous se penchèrent pour regarder les trois hommes.

Skogh et Saurunas paraissaient tous deux avoir la cinquantaine. Skogh avait la barbe mais pas les lunettes. Saurunas les lunettes mais pas la barbe.

Le troisième, El-Fayed, ne faisait pas quarante ans et avait certes une barbe, mais aussi un teint de peau nettement plus sombre et des traits qui suggéraient une origine moyen-orientale.

"Skogh et Saurunas correspondent le mieux à notre signalement, fit remarquer Ursula, comme une évidence.

— Je ne veux pas exclure El-Fayed, mais bien sûr, c'est vrai, admit Billy.

— Et il y a seulement cette Olivia qui étudie ou a étudié au MIT ? demanda Vanja, comme pour avoir encore la confirmation qu'ils étaient sur la bonne voie, qu'ils ne perdaient pas leur temps.

— La seule Suédoise ces trois dernières années, opina Billy. C'est en tout cas ce que dit le MIT, et ils avaient l'air au courant."

Torkel intervint, tenant lui aussi à ce que ce soit eux qui soumettent cette nouvelle piste à la critique la plus sévère pour en détecter les éventuelles failles et ainsi éviter des déceptions ultérieures.

"Il est possible que cet étudiant dont parlait notre meurtrier ait été au MIT plus tôt. Il y a plusieurs années.

— D'après Ebba, il a dit « l'automne dernier », objecta aussitôt Vanja. Ça ne peut pas vouloir dire autre chose que l'automne de cette année scolaire, ou de la précédente, non ?

— Si elle se souvient bien, glissa Ursula avec scepticisme.

— Elle avait un très bon sens des détails, qu'est-ce que tu en penses ? dit Vanja en se tournant vers Sebastian qui confirma d'un hochement de tête.

— Il l'a mentionné à propos de l'intérêt suscité récemment par les deux sœurs avec leur blog : il est peu vraisemblable qu'il se réfère alors à un succès universitaire remontant à plusieurs années.

— Peut-être qu'Olivia est la bonne étudiante, mais que celui que nous cherchons a été son prof voilà plusieurs années, lança Billy. Il a gardé contact, a suivi son parcours…

— Il a parlé d'elle comme une de ses étudiantes. Si ça remonte à plusieurs années, on dit une de mes anciennes étudiantes… non ?

— J'envoie quelqu'un vérifier quels enseignants a eus Olivia avant d'intégrer KTH", décida Torkel. Vanja se recala au fond de son siège et regarda les photos des trois hommes au tableau.

"Combien de temps a-t-elle étudié à KTH avant de partir à Boston ? demanda-t-elle.

— Deux ans.

— Et ce sont les trois seuls profs qu'elle ait eus en deux ans ? poursuivit-elle, incrédule.

— Non, elle a suivi plus de quinze modules de cours, avec quinze enseignants différents, confirma Billy. Mais ces trois-là sont les seuls à l'avoir régulièrement suivie depuis le début.

— On commence avec eux, trancha Torkel, mettant un terme à la discussion. Bon boulot, Billy.

— Quelle est l'étape d'après ? Comment on se répartit ça ? demanda Vanja, prête à se mettre en route.

— Billy s'occupe de transmettre ces photos à Helsingborg, Ulricehamn, et à ce restaurant chinois de Sundbyberg. Quelqu'un pourrait en reconnaître une, dit Torkel en montrant les portraits des trois hommes, tourné directement vers Billy qui acquiesça.

— Dans ce cas, on a besoin de gens pour visionner les images des portiques de péage. On vient d'y avoir accès cette après-midi.

— Je vais arranger ça, dit Torkel avant de se tourner vers Vanja. Sebastian et toi, vous pouvez commencer à vous occuper de ces trois-là. Je me joindrai à vous."

La réunion s'acheva sur ces mots.

"Je vais chez le légiste, si vous me cherchez, dit Ursula en quittant la pièce en même temps que Billy.

— Je dois juste passer aux chiottes, après on file, dit Sebastian en souriant à Vanja, qui se contenta d'un hochement de tête renfrogné en guise de réponse.

— Désolé que ce soit encore toi et lui, s'excusa Torkel une fois la porte refermée derrière Sebastian. Mais il est incompétent pour tout le reste de ce qu'il y a à faire.

— Ça ira.

— Sûre ?

— Oui."

Torkel s'arrêta, la dévisagea. Elle n'était plus la même depuis qu'elle avait disparu deux heures durant hier après-midi. Sans dire à son retour où elle était passée. Un air absent le reste de la journée. Autant insister :

“Il y a quelque chose, je le vois bien.”

Vanja détourna le regard vers la fenêtre, comme s’il lui fallait bien réfléchir à comment formuler sa réponse. Torkel attendit patiemment.

“Ça t’arrive d’avoir l’impression de ne pas avoir d’autre vie que ça ?” demanda-t-elle en embrassant d’un geste toute la Pièce.

Torkel tiqua quelque peu. Il s’attendait à ce qu’elle dise quelque chose en lien avec le travail ou la famille, qu’elle se plaigne de Sebastian – puisqu’il appartenait désormais à ces deux catégories. Mais non, ça allait plus loin que ça.

“Je n’ai *rien* d’autre, continua-t-elle sans attendre de réponse. Je viens de le réaliser, et je dois y remédier.”

Torkel hocha la tête. Il comprenait ce qu’elle voulait dire. Peut-être mieux qu’elle ne s’en doutait elle-même. Il pensait parfois dans les mêmes termes. Car lui-même, qu’avait-il hors du travail, à part une ex-femme bientôt remariée et deux filles qui se débrouillaient à peu près toutes seules ? Pas grand-chose.

“Si tu as besoin d’un congé pour trouver quoi faire à côté…” Il s’interrompit et leva un doigt pour souligner ses mots. “À côté. Pas à la place. Si tu as besoin d’un congé pour trouver quoi faire *à côté*, je te le donne. Mais tu es trop bonne pour arrêter.”

Vanja lui adressa un hochement de tête qui signifiait qu’elle entendait ce qu’il disait, mais qu’au fond ça ne changeait rien.

“Et tu nous manquerais vraiment beaucoup.” Torkel fit un dernier pas et se retrouva tout près d’elle. “Tu me manquerais.”

Vanja hocha à nouveau la tête et glissa tout naturellement dans ses bras pour l'embrasser.

"Merci", dit-elle contre son épaule au bout de quelques secondes.

Torkel relâcha son étreinte et crut voir des larmes retenues dans ses yeux. Se douta qu'elle ne voulait pas pleurer devant lui.

"Allez, file", dit-il avec un sourire.

Dernier hochement de tête, puis elle tourna les talons et disparut.

C'était comme un vieux projecteur de diapos.

L'image d'abord floue, on ne devinait que des couleurs et des silhouettes, avant que quelqu'un ne fasse la mise au point et, lentement, tout devenait net.

Le camping-car.

Il était dans le camping-car.

Dans son garage, en jurant, Claes s'était résigné à prendre les transports en commun, et donc à arriver encore plus en retard que prévu à son rendez-vous : il avait donc été franchement surpris de voir le barbu venir vers lui en se confondant en excuses. Claes s'attendait à l'entendre parler allemand, car le camping-car était immatriculé en Allemagne, mais l'homme lui expliqua dans un suédois sans accent qu'il avait dû sortir pour appeler le dépanneur, car son portable ne captait pas dans le garage. Quelle était la voiture de Claes ? Est-ce qu'il la bloquait ? Ensemble, ils pourraient peut-être pousser le camping-car de quelques mètres pour qu'il puisse sortir sa Lexus. Le barbu allait juste mettre au point mort et desserrer le frein à main.

Claes avait attendu à l'arrière, sans remarquer que l'homme avait fait le tour, avant de sentir quelque chose d'humide et froid pressé contre son visage tandis qu'un bras puissant lui entourait la poitrine.

Claes leva doucement la tête de la surface dure de la table. Il sentit qu'il avait bavé, voulut s'essuyer la bouche et découvrit alors qu'il ne pouvait pas bouger les mains. Elles étaient attachées à la table par des chaînettes.

"Je n'ai pas trop l'habitude des narcotiques par inhalation, je ne savais pas combien de temps vous seriez parti."

Claes sursauta et tourna la tête vers la voix. Le barbu se retourna sur le siège du conducteur pour le regarder. Claes jeta quelques coups d'œil rapides autour de lui. Des arbres devant le pare-brise. Des rideaux baissés devant l'autre fenêtre. Il était assis à la table, à l'arrière de l'habitacle. De longs coussins mauves sur les deux banquettes. Plastifiés de son côté. On pouvait probablement, par une manipulation simple, escamoter la table pour transformer l'arrière en lit. En tout cas, c'était comme ça dans la caravane où il avait passé un certain nombre de grandes vacances avec ses parents, quand il était enfant. Ils étaient à l'arrêt.

S'il se souvenait bien, l'isolation phonique n'était pas très performante dans ce genre de véhicules. S'il y avait des gens à proximité, ils l'entendraient peut-être.

"Nous sommes loin en forêt. Tout à fait tranquilles, dit le barbu, comme s'il avait lu dans les pensées de Claes, tout en le rejoignant à l'arrière. Avez-vous compris qui j'étais, ou du moins ce que j'avais fait ?

— Non", répondit sincèrement Claes, surpris d'avoir pourtant les idées aussi claires. Il était terrorisé, il était évident que cet homme avait l'intention de lui faire du mal d'une façon ou d'une autre, mais son cerveau tournait à plein régime. Il remarquait les détails, se concentrait sur ce qui se disait, essayait de comprendre ce qui s'était passé et pourquoi, dans l'espoir de trouver ensuite une façon de se tirer de cette situation.

De rentrer retrouver Linda et Ella.

"C'est ma faute", dit le barbu en s'asseyant sur la banquette de l'autre côté de la table. Claes ne le lâchait pas du regard. "J'ai changé mon *modus operandi*. Vous savez ce que ça veut dire ?

— Oui.

— C'est l'expression latine qui signifie mode opératoire, continua le barbu, comme s'il n'avait pas entendu la réponse affirmative de Claes.

— Pourquoi suis-je ici ?" demanda Claes calmement, à voix basse. Il lui fallait davantage d'informations pour trouver comment agir. Il voulait aussi entamer une conversation. Établir un contact. Claes avait à plusieurs occasions entendu dire qu'il était quelqu'un d'aimable, d'agréable compagnie, qu'on appréciait facilement. On pouvait espérer que le barbu serait moins enclin à lui faire du mal s'ils faisaient un peu connaissance.

"On ne peut pas leur reprocher de tenter leur chance, n'est-ce pas ? répondit le barbu en se penchant sur la table. Après tout, c'est ce que des années durant la société leur a montré comme la clé du succès.

— Je ne sais pas de quoi vous parlez, avoua Claes. Mais si je vous ai en quelque façon blessé ou nui, je vous demande très sincèrement pardon et j'aimerais avoir la possibilité de vous dédommager."

L'homme de l'autre côté fit un grand sourire.

Comme s'il avait entendu quelque chose d'amusant.

Pas bon, ça, sentit instinctivement Claes.

"Il faut tout changer en partant du sommet. Le problème est qu'on leur donne l'occasion. Que *vous* leur donnez l'occasion.

— À qui ? Mais à qui ai-je donné l'occasion, et de quoi ?

— Je les teste", dit le barbu, bien décidé à ne pas répondre aux questions directes. Il sortit quelques feuilles A4 posées sur la table près de la fenêtre.

"Soixante questions de culture générale. Un outil émoussé pour mesurer la connaissance, je le sais, mais cela donne malgré tout une idée des bases sur lesquelles s'appuyer."

Claes se contenta d'opiner du chef en regardant les feuilles sur la table. Des lignes soigneusement écrites à la machine.

Un test.

Culture générale.

"Vingt bonnes réponses ou plus, et ils sont reçus. Alors c'est bon, ils peuvent partir."

Il devrait y arriver. Personne parmi ses connaissances ne se risquait à l'affronter au Trivial Pursuit. Il était un peu un je-sais-tout et un assez mauvais gagnant, il devait l'avouer.

Vingt bonnes réponses, et il pourrait partir.

Soudain, tout s'éclaira.

De qui il parlait. Le lien. À qui il avait donné l'occasion.

Pourquoi n'avait-il pas compris plus tôt ? C'était tellement évident.

"Mon Dieu, c'est vous ? lâcha-t-il. Patricia et Mirre…

— Vous roulez en Lexus, engrangez les succès, gagnez de l'argent sur ce marasme. Est-ce que vous aimez seulement ces programmes dont vous êtes responsable ?

— Non, non, mon Dieu, non."

Le barbu adressa à Claes un regard qui lui donna des frissons le long de la colonne vertébrale. Il sentit instinctivement que ce n'était pas la bonne réponse. Peut-être n'y en avait-il pas de bonne, peut-être aurait-il mieux valu se taire, ou, comme le barbu lui-même, changer de sujet de conversation.

"Comme je l'ai dit, j'ai changé de *modus operandi*. Pour vous, pas besoin de test."

Claes vit le barbu écarter les papiers, prendre quelque chose à côté de lui sur la banquette et le poser devant lui sur la table.

"Savez-vous ce que c'est ?"

Il le savait.

Un pistolet d'abattage.

Axel Weber avait consacré toute sa journée à appeler tous ses contacts dans la police et à l'hôpital Karolinska. Il lui fallait quelque chose à démêler, quelque chose qui puisse faire une manchette, ou du moins lui donner un angle d'attaque unique. Mais Torkel Höglund était doué pour minimiser les fuites. Ebba Johansson restait en permanence sous protection policière et il avait comme d'habitude limité l'accès à l'enquête à ses plus proches collaborateurs au sein de la Criminelle. Même le porte-parole de la police n'en savait pas plus que Weber lui-même. Du pur Torkel Höglund. Weber était impressionné, même si d'un point de vue professionnel il trouvait ça infiniment frustrant. Il lui fallait du neuf, des choses sur quoi écrire et, d'habitude, sa meilleure source était les policiers bavards. Les nouvelles et les scoops créaient le buzz et faisaient vendre, tout le monde savait ça, et si on voulait être en tête des ventes et être le plus en vue, il fallait des révélations ou des histoires que personne d'autre n'avait.

Pour le moment, Weber n'avait rien d'exclusif, il n'en savait pas plus que ses concurrents. Cela voulait dire qu'il ne pouvait lutter avec eux qu'en recyclant et rhabillant les informations auxquelles il avait déjà accès. Dans des affaires de meurtre spectaculaires comme celle-ci, ce modèle fonctionnait assez bien. On pouvait parler avec la famille et les amis, trouver des témoins qui avaient vu des voitures mystérieuses à proximité du lieu du crime, faire le rapprochement avec une tragédie antérieure présentant des similitudes avec les événements présents. Tourner, tordre les faits, spéculer et surtout rendre le tout sentimental et passionnant.

Les lecteurs adoraient les meurtres. Plus c'était brutal, mieux c'était, mais ils voulaient aussi l'histoire personnelle qui leur permettait de s'identifier avec les victimes, de s'y intéresser. Si on arrivait à combiner ça avec un tueur inconnu, un mal sans visage, ils liraient tout ce qu'on écrirait, et ce que les journaux avaient d'un commun accord baptisé "Les meurtres de la téléréalité" remplissait tous ces critères : des célébrités qui, quelque part, étaient aussi malgré tout des personnes ordinaires, un tueur en série actif qui frappait à travers toute la Suède et pouvait très bien se trouver assis à côté du lecteur.

Ils avaient même, à présent, une survivante qui était une personne publique, une femme, jeune et blond platine. On ne pouvait espérer mieux. Il le savait, comme le chef de l'information et le rédacteur en chef, et même toute la rédaction. C'était la raison pour laquelle, en une période de restriction budgétaire, Weber avait bénéficié de ressources supplémentaires. Mais il fallait maintenant qu'il fournisse, qu'il montre qu'il méritait cette confiance. Les temps étaient durs pour les vrais journalistes, ceux qui cherchaient des faits et ne se contentaient pas de recopier ce qui se disait sur les réseaux sociaux ou dans les communiqués de presse avaient de plus en plus de mal à justifier leur existence. Les journaux papier se vendaient de plus en plus mal, les gens s'en détournaient pour la lecture gratuite sur Internet. Le vrai journalisme coûtait cher, et la tendance était que plus personne ne voulait payer pour ça. C'était stressant, et les coupes budgétaires faisaient que personne ne se sentait plus en sécurité. Il fallait vraiment qu'il se débrouille pour obtenir une interview exclusive avec Ebba Johansson. Pour l'heure, son meilleur atout était une copine des jumelles, Johanna Lind, qui aurait dû retrouver Sara et Ebba aujourd'hui pour fêter son anniversaire. C'était un bon angle d'approche, qui devrait susciter quelques citations bien senties sur la perte, l'amitié et les rêves brisés. En plus, Johanna était assez jolie, ce qui ne gâchait rien. Mais décrocher une telle interview, c'était à la portée de n'importe quel journaliste.

L'amie de la victime éplorée, douleur et chagrin.

C'était simple.

Il voulait faire mieux que ça.

Voilà pourquoi il espérait davantage de son rendez-vous avec Johanna.

Il comptait essayer de gagner sa confiance pour qu'elle puisse l'aider à établir un contact direct avec Ebba. *Aftonbladet* avait trouvé un angle original dans son édition de la veille et tiré plusieurs pages d'une rencontre avec l'ex-concubin de Patricia Andrén, dont tous savaient qu'il l'avait menacée et maltraitée, mais qui, une fois reconditionné, devenait l'innocent accusé à tort qui pleurait sa regrettée Patricia, et qui n'obtiendrait peut-être pas la garde de son fils à cause de son interdiction d'approcher.

C'était peut-être cynique, mais ça se vendait mieux que la vérité, Weber le savait. La plupart des gens préféraient entendre parler d'une personne en deuil plutôt que d'un raté qui battait sa femme. Personne ne voulait non plus savoir que l'ex s'était fait bien payer pour cette interview. Mais c'était comme ça, Weber avait lui-même refusé les 20 000 couronnes qu'il exigeait. Non qu'il soit par principe contre la rémunération de ceux qu'il interviewait, tout le monde le faisait, mais personnellement, il trouvait difficile de payer un homme comme Stefan Andersson.

Il n'était pas désespéré à ce point.

En tout cas pas encore.

Il jeta un œil à sa montre. Ils devaient rencontrer Johanna Lind à 5 heures, lui et un photographe, et il avait réussi à la convaincre de ne parler à aucun autre journaliste.

D'ici là, il lui fallait trouver d'autres biais, d'autres titres pour demain. Le bruit avait couru que la police s'était intéressée à un restaurant chinois de Sundbyberg, et une collègue était allée voir s'il y avait là quelque chose à glaner. Il espérait avoir bientôt de ses nouvelles.

Quand on parle du loup, songea-t-il en entendant soudain sonner le poste de son bureau.

C'était Julia, de l'accueil, en bas, derrière la vitre pare-balles qui avait été installée après une attaque néonazie contre le journal l'année précédente.

"Quelqu'un a laissé une enveloppe pour toi, dit-elle avec un certain stress dans la voix.

— D'accord. Je la prendrai plus tard. Ça vient de qui ?

— Il y a écrit que c'est d'un certain Sven Caton. Ce n'est pas lui qui tue des gens ?"

“Je ne supporte plus ça.”

Vanja s’arrêta et se tourna vers Sebastian, qui se trouvait à quelques mètres de la voiture. Ils venaient de se garer au pied du bâtiment de cinq étages du Campus Flemingsberg, qui appartenait à KTH.

“C’est pire que quand tu ne savais rien.

— Qu’est-ce qui est pire ?

— Toi et moi, le silence, la distance…”

La bouche de Vanja prit une expression dure et elle s’approcha de quelques pas.

“Tu as raison, c’est pire, mais tu sais quoi ? Ce n’est pas toi qui es le plus à plaindre.

— Ce n’est pas non plus ça que je voulais dire, se dépêcha-t-il de battre en retraite.

— Qu’est-ce que tu voulais dire, alors ?

— Je me contente d’une relation professionnelle, tu le sais bien, mais enfin, tu ne m’adresses même pas la parole ! tenta Sebastian.

— Il faut t’y faire.

— OK. Pardon d’avoir ouvert la bouche.”

Mais ces excuses semblaient trop tardives. Vanja avait pris une sorte de second souffle, il fallait maintenant que ça sorte.

"Je n'ai plus rien. Il faut que je me construise une vie. Après, quand ce sera fait, je déciderai qui y laisser entrer. Tu comprends ?"

Sebastian se contenta de hocher la tête. Considérait la conversation terminée. Au moins, il avait essayé d'exprimer ce qu'il ressentait. Une erreur qu'il n'avait pas l'intention de commettre à nouveau.

"Mais je t'en prie, fais-moi savoir si je peux t'aider, conclut-il en espérant engranger quelques points, avant d'emboîter le pas à Vanja en direction de l'entrée.

— Tu ne peux rien faire", asséna Vanja.

Son téléphone sonna. Billy. Il avait envoyé les photos au restaurant chinois et parlé avec le personnel, mais ça n'avait pas donné grand-chose. Ils se souvenaient de l'homme. Visiblement, il avait insisté pour porter lui-même jusqu'à sa table les boissons qu'il avait commandées. Billy supposait que c'était là qu'il en avait profité pour les assaisonner au somnifère. Pour le reste, ils hésitaient beaucoup sur l'identification. Seul résultat, une des serveuses était certaine que ce n'était pas Al-Fayed. Teint beaucoup trop sombre. Difficile de se rappeler l'homme qu'elle avait servi, mais en tout cas il avait l'air suédois.

"Nous commençons par Skogh", dit Vanja en poussant la porte de l'accueil. Elle la lâcha derrière elle sans un instant vérifier ne serait-ce que d'un coup d'œil à quelle distance était Sebastian.

"Je rappelle si on a du nouveau côté Malmö ou Ulricehamn", conclut Billy en raccrochant.

Vanja alla se présenter à la réception et expliqua ce qu'elle voulait. Avait-elle pris rendez-vous ? Non, mais il était important qu'ils le voient. Après une brève conversation avec Åke Skogh, qui, en ce qui concernait la réceptionniste, se limita à des *mmh* et un *bien sûr* conclusif, elle leur indiqua l'ascenseur en leur disant de monter au quatrième, où Åke les attendrait.

"C'était qui, au téléphone ? demanda Sebastian quand ils furent tous les deux dans l'ascenseur.

— Billy.

— Quelque chose d'important ?

— Le personnel du restaurant à Sundbyberg a innocenté El-Fayed", dit Vanja, première à sortir quand les portes s'ouvrirent.

Après les avoir salués, l'air sceptique et un peu sur ses gardes, Åke Skogh leur demanda tout de suite de quoi il s'agissait tandis qu'ils se dirigeaient vers son bureau, plus loin dans le couloir.

"Nous voulons parler avec vous d'une de vos anciennes étudiantes", répondit Vanja, bien décidée à éviter le plus longtemps possible de lui révéler de quoi il était vraiment question. Dans des affaires moins médiatisées, la transparence pouvait être une bonne stratégie, mais il y avait ici un trop gros risque de fuites, et elle ne voulait pas qu'Olivia Johnson soit officiellement associée au Tueur de la Téléréalité, pas encore, surtout qu'ils devaient interroger plusieurs personnes sur le même lieu de travail.

"Vous vous déplacez à deux jusqu'à Flemingsberg pour parler d'une ancienne étudiante ? s'étonna Skogh en les faisant entrer dans son bureau. Vous n'avez pas de téléphone ?

— Olivia Johnson. Nous avons compris que vous étiez un de ses directeurs de recherche", dit Vanja en secouant la tête et restant debout quand Åke Skogh leur indiqua de la tête des chaises autour d'une petite table de réunion. Sebastian en tira une et s'assit.

“Il est arrivé quelque chose à Olivia ? s'inquiéta Åke en s'asseyant derrière son bureau.

— Non, elle va bien, autant que nous sachions. Vous avez été son directeur l'année avant son départ pour le MIT ? continua calmement Vanja.

— Je suis toujours son directeur.” Le regard d'Åke alla de Vanja à Sebastian, puis revint à elle. Toujours sceptique et étonné de leur présence. “Vous allez me dire pourquoi vous vous intéressez à Olivia, oui ou non ?

— Non, pas pour le moment, et ça ira plus vite si vous vous contentez de répondre à nos questions sans poser les vôtres, lui expliqua Vanja en sortant son carnet.

— Je suis soupçonné de quelque chose ? demanda pourtant Skogh.

— J'ai quelques dates ici, j'aimerais savoir où vous vous trouviez, continua Vanja sans lui répondre. Les 17 et 23 juin.

— Donc, je suis soupçonné de quelque chose ? insista Skogh.

— Ou alors nous cherchons à vous innocenter.

— Ce n'est pas la même chose, en fait ?”

Il les dévisagea à nouveau, comprit qu'il n'obtiendrait pas de réponse cette fois-là non plus et pêcha son portable dans la veste pendue au dossier de son fauteuil.

“Le 17 juin, j'ai travaillé jusqu'à la mi-journée, puis je suis parti pour le Bohuslän fêter la Saint-Jean. Le 23, j'étais à l'université de Linköping, dit-il après avoir consulté son agenda.

— Et vous avez un moyen de le prouver ?

— Ma famille est venue avec moi dans le Bohuslän et nous étions plusieurs collègues à Linköping. Je peux demander à mon assistant de vous donner leurs noms. Mais pourquoi demandez-vous ça ? tenta-t-il à nouveau, non sans une certaine inquiétude dans la voix, nota Sebastian.

— Quand Olivia a obtenu cette bourse, qu'avez-vous éprouvé ?" demanda-t-il calmement. C'était la première fois qu'il prenait la parole depuis leur arrivée, et Åke réagit à son intervention.

"Ce que j'ai éprouvé ?

— Oui."

Åke haussa un peu les épaules, façon de dire qu'il n'y avait qu'une réponse possible à cette question.

"J'étais fier. Content. Elle le méritait vraiment.

— A-t-elle suscité assez d'intérêt, à votre avis ?

— De notre part, à KTH, vous voulez dire ?

— Non, en général, de la part de la presse, la télévision peut-être ?

— Non, enfin… c'est très important dans notre petit monde, mais ça n'atteint pas le grand public, jamais."

Sebastian hocha tout seul la tête. Le professeur Skogh n'avait pas l'air non plus de trouver que cela méritait de faire les grands titres.

"Que pensez-vous de *Paradise Hotel* ? demanda-t-il en changeant de sujet sur un ton plus léger.

— Qu'est-ce que c'est ?

— Une émission de téléréalité. À la télévision.

— Jamais vu. Je n'ai pas la télé."

Sebastian regarda Vanja et vit qu'elle aussi avait perçu ses réponses comme sincères. D'habitude, elle était douée pour ça. Les nuances du langage. Les petits signes des mensonges et des demi-vérités. Là, elle n'en avait visiblement décelé aucun.

"Christian Saurunas, vous le connaissez bien ? reprit Vanja en changeant à nouveau de direction.

— Oui, bien sûr, il était assistant ici.

— Comment ça ? *Était ?* s'étonna Vanja.

— Il a arrêté.

— Mais pourquoi ?

— Par manque de ressources, il a été obligé de cesser ses recherches chez nous", dit Åke sans beaucoup s'émouvoir. Cette seule phrase donna l'impression à Sebastian qu'ils n'étaient pas des amis proches, qu'ils ne s'étaient pas fréquentés hors du travail. Il se pencha un peu en avant.

"Manque de ressources ? Qu'est-ce que ça veut dire ? demanda-t-il.

— C'est quand on ne trouve pas de financement. Dans notre monde, on doit chercher des subventions pour poursuivre sa recherche, et si on n'a pas de chance, elle n'est pas jugée assez intéressante, actuelle ou nécessaire, et on n'a pas de subvention. Alors, il faut s'en aller. Ce n'est pas comme un emploi normal. Ici, il faut soi-même faire entrer l'argent, expliqua Åke, en prenant pour la première fois le ton du professeur qu'il était.

— Et c'est ce qui est arrivé à Saurunas ?

— Oui, il a eu des problèmes budgétaires pendant plusieurs années. On l'a beaucoup critiqué pour ça", compléta Åke d'un ton suggérant qu'il comprenait la décision des subventionneurs.

Sebastian réagit à ses paroles. Ça pouvait vraiment être important. Il y avait quelque chose dans la colère du meurtrier contre l'époque actuelle qui pouvait tout à fait coller avec quelqu'un qui se serait vu asséner que son travail, ses connaissances n'étaient plus d'actualité.

"Quand est-ce arrivé ? demanda vivement Sebastian.

— En mai dernier. Je crois que son dernier jour ici était..." Skogh sortit à nouveau son portable, fit défiler l'écran. "Le 22 mai."

Environ un mois avant le meurtre de Patricia, pensa Sebastian en sentant une chaleur lui traverser tout le corps. Ça pouvait coller. Un instant où sa vie a basculé a pu transformer en acte ce qui n'était qu'un fantasme. On ne se mettait pas à tuer comme ça. Il fallait une raison.

Le plus souvent, il fallait que quelque chose vous pousse au-delà de vos limites.

Un échec ou une humiliation, comme se faire renvoyer.

Ou un manque de ressources.

Alex Weber regarda l'enveloppe kraft sur sa table. Le nom de l'expéditeur était écrit à la machine sur un petit autocollant blanc.

Sven Caton.

C'était peut-être une mauvaise blague, mais quelque chose lui disait que non. Par précaution, il était allé emprunter une paire de gants en latex à un des hommes de ménage. Si cette lettre venait vraiment du meurtrier qui se faisait appeler Sven Caton, elle finirait bientôt chez la police, et il voulait au moins éviter qu'on lui reproche d'avoir détruit d'éventuelles empreintes digitales.

La forme de l'épaisse enveloppe laissait deviner un objet dur et anguleux à l'intérieur et il se demanda une seconde durant si le contenu pouvait être explosif ou dangereux d'une autre façon. Allait-il appeler la sécurité, ou laisser faire sa curiosité ? La curiosité l'emporta, mais il détourna quand même le visage quand il glissa le coupe-papier dans l'enveloppe et entreprit précautionneusement de la décacheter. La chose faite, il retourna l'ouverture et laissa tomber le contenu sur son bureau.

Un téléphone portable dans son emballage d'origine.

Une carte prépayée Comviq avec la carte SIM encore attachée sur son support plastique de plus grande taille.

Une enveloppe A4.

Weber commença par l'enveloppe, elle n'était pas cachetée, il se contenta de déplier le rabat et d'en extraire délicatement le contenu. Sur le dessus, plusieurs feuilles agrafées qui à première vue étaient couvertes d'une quantité de questions serrées.

“Que signifie l'abréviation Otan ?” était la première question. Sous le formulaire des questions, Weber trouva une lettre écrite à la machine.

Il la déplia et en commença la lecture :

Cher Axel Weber,

J'ai précédemment écrit à votre rédacteur en chef Lennart Källman sur un sujet semblable, mais il a choisi d'ignorer totalement ma missive, aussi fais-je une nouvelle tentative avec vous.

Dans votre journal, comme dans tous les autres, j'apparais fou à lier. Quelqu'un qui choisit au hasard de jeunes pseudo-célébrités et les tue. Rien ne saurait être plus faux, mais ma motivation pour exécuter ces actes n'apparaît nulle part dans vos reportages.

Nous devons cesser d'encenser la bêtise.

Cesser d'alimenter le mépris du savoir et l'anti-intellectualisme.

Cesser d'accorder aux paresseux, aux égoïstes et aux superficiels l'attention que mériteraient plutôt ceux qui sont engagés, appliqués et compétents.

Je considère que deux facteurs ont joué pour empêcher ce message de passer correctement :

Le premier est que la police a caché des informations qui auraient permis de rendre ma motivation plus claire et mes actes plus compréhensibles.

Cette lettre est accompagnée d'un test. Toutes les victimes y ont été soumises et trois sur quatre y ont été sans surprise recalées.

Pour que vous ne pensiez pas qu'il s'agit d'une plaisanterie ou d'une tentative désespérée d'attirer l'attention en se servant des actes d'un autre, je vous renvoie aux sources suivantes :

Le commentaire posté à 3 h 16 sous la dernière publication de la page Facebook de Patricia Andrén.

La dernière image du compte Instagram de Miroslav Petrovic.

Le commentaire posté à 2 h 28 sous la dernière page du blog des sœurs Johansson.

On y trouve leurs résultats au test, postés après leur mort avec le portable de chacune des victimes. Une information que j'espère vos contacts au sein de la police pourront vous confirmer.

L'autre raison pour laquelle mon message n'est pas passé, c'est que j'ai commis une erreur. Je l'avoue. Attaquer le problème croissant de la glorification de la bêtise en éliminant les idiots, c'est comme vouloir tuer les pissenlits en sectionnant leur fleur jaune. Il faut naturellement déterrer les mauvaises herbes avec leurs racines. Aller à la source. Prendre le problème à sa naissance. Avec votre aide, j'espère pouvoir mettre ceci en lumière.

Nous devons nous poser la question si nous voulons vraiment vivre dans une société où des personnes qui n'ont jamais lu un livre, qui sont incapables de résoudre l'équation la plus simple ou même de comprendre un mode d'emploi sont autorisées, soir après soir, semaine après semaine, à s'étaler à la télévision avec, entre autres, votre journal pour les applaudir et leur servir de mégaphone tandis que de jeunes chercheurs capables de changer le monde se voient réduits au silence.

D'après ce que j'ai lu de vous, vous me semblez une des personnes les plus intelligentes là où vous travaillez : je suppose donc que vous devinerez ce que j'attends que vous fassiez avec le contenu de cet envoi.

Cordialement
Caton l'Ancien

Weber relut la lettre. Il y avait tant de choses, c'était tellement dingue. Le tueur en série lui avait écrit. Rien que ça suffisait pour une édition spéciale, mais il y avait aussi autre chose. Plus. Beaucoup plus.

Que la police avait dissimulé l'information au sujet du test.

Que le meurtrier voulait "aller à la source", "prendre le problème à sa naissance". Qu'est-ce que cela signifiait ?

De nouvelles victimes ? D'autres types de victimes ? Et dans ce cas, lesquelles ?

Son instinct lui disait que la lettre était authentique. Que c'était vraiment le meurtrier qui lui avait écrit, mais se fier uniquement à une impression ne suffisait pas. Pas à ce niveau.

Weber ramassa le document. Lut la courte liste dans la lettre et vit qu'il pourrait tout vérifier lui-même, mais que cela serait plus long. Il regarda autour de lui dans la rédaction. Kajsa Kronberg était assise quelques bureaux plus loin. Weber n'en était pas tout à fait sûr, mais elle devait être la plus jeune de l'équipe. Il se leva et alla la voir.

"Tu as Instagram, Facebook et tout ça, hein ? demanda-t-il en s'accroupissant près de son bureau.

— Oui.

— J'ai besoin que tu m'aides pour un truc.

— OK."

Il lui expliqua où il voulait qu'elle cherche, et en moins de deux minutes, tout était confirmé. Tous les résultats étaient publiés sur les comptes personnels des victimes. Si c'était depuis leurs propres téléphones, c'était apparemment impossible de le savoir, d'après Kajsa, mais Weber était convaincu que cette partie de la lettre était elle aussi exacte.

Putain, ça continuait à grandir.

Il remercia Kajsa pour son aide et regagna son bureau.

Il entreprit de lire attentivement toutes les questions. C'était un curieux mélange. Des questions de culture générale, pour ainsi dire. La culture générale à l'ancienne. Fleuves et espèces animales, rois, histoire. Sciences naturelles et géographie. Des connaissances qu'il était peut-être important autrefois de savoir réciter. Il connaissait certaines réponses, d'autres non. Il se demanda où se situait la frontière entre recalé et reçu, entre la vie et la mort, si lui-même serait considéré digne de vivre.

C'était tellement dingue !

Quel potentiel…

Une opportunité formidable, surtout s'il était le seul journaliste à avoir reçu cette lettre.

La question était : Comment gérer ça ? Il ramassa le reste du contenu de l'enveloppe. Il n'y avait qu'une seule raison d'envoyer un portable avec une carte prépayée. Weber ouvrit l'emballage et en sortit le téléphone. C'était un modèle simple, premier prix, qui ne devait pas coûter plus de quelques centaines de couronnes. Il tâtonna pour ôter le capot arrière, trouva le logement de la carte SIM derrière la batterie, détacha le petit bout de plastique de la carte format carte bancaire. L'y glissa, remit la batterie et reclipsa le capot. Alluma le portable. Il démarra. Il sortit le chargeur de la boîte et s'apprêtait à le brancher quand il vit que la batterie était pleine. Il observa un moment le téléphone et allait entreprendre de l'explorer à la recherche de numéros, d'adresses, n'importe quoi, quand celui-ci bipa.

Deux SMS.

Il fit s'afficher le premier. Comviq lui souhaitait la bienvenue comme client.

Il afficha le second.

Il était plus personnel.

Adressé directement à lui :

Si je peux vous faire confiance, vous aurez une interview en exclusivité. Si vous appelez la police, je le saurai.

Weber se leva instinctivement, fit quelques pas derrière son bureau, se passa la main dans les cheveux, sur le menton. Impossible de rester tranquillement assis. Impossible d'avoir l'air imperturbable.

C'était trop énorme.

Plus que tout ce qu'il avait connu de toute sa carrière de reporter spécialisé en affaires criminelles.

Il ne s'était jamais considéré particulièrement avide de reconnaissance sous forme de prix ou autres distinctions, mais là, ça pouvait devenir légendaire.

Il fallait vraiment qu'il parle à son chef, se dit-il, ce n'était pas là une décision qu'il pouvait prendre tout seul, mais la seule idée d'être confronté à un non de Källman le fit hésiter.

Trois personnes assassinées. Une à l'hôpital.

Agir de son propre chef comportait un gros risque, mais il existait d'autres risques qu'il devait prendre en compte.

Qu'ils aillent prévenir la police.

Certes, c'était peu vraisemblable, Weber connaissait bien son chef, il n'avait pas peur des controverses. Il avait par exemple soutenu jusqu'au bout et de tout cœur un collègue qui était allé acheter des armes illégales à Malmö. Et il pouvait s'appuyer sur la protection des sources. Les personnes qui transmettaient des informations pour publication se voyaient garantir l'anonymat. Même si, d'habitude, il ne s'agissait pas de tuyaux de ce niveau, ça devrait tenir la route à l'examen. Que Källman aille tout remettre à la police n'était pas vraisemblable.

Non, le plus gros risque était qu'il soit forcé de partager avec d'autres collègues. Pia Lundin, avec son département de Web-télé, avait la priorité de la direction. Une exclusivité sur Internet, c'était un aimant à clics. Les clics rapportaient des publicités. Le texte devait sinon être remplacé, du moins complété par des images en mouvement.

Il réfléchit brièvement, prit sa décision, se rassit, saisit le portable et répondit au SMS.

C'était lui qui avait reçu la lettre.

C'était son scoop.

Personne ne le lui enlèverait.

Vous pouvez me faire confiance, se dépêcha-t-il d'écrire.

Il suivrait encore un peu cette piste avant d'en parler à qui que ce soit.

Voir où ça le conduisait, puis informer Källman, avant la publication.

Ça se passerait comme ça. Il était journaliste. C'était son travail.

Au bout de trente secondes, une réponse arriva :

Allez à la Bibliothèque Royale.

Ils étaient de retour dans la Pièce. L'ambiance était plus concentrée que jamais. Vanja et Sebastian étaient parvenus à convaincre Torkel que Christian Saurunas était la piste la plus intéressante, ce que confortèrent les nouvelles d'Ulricehamn qu'apporta Billy. Eva Florén avait consulté le personnel de l'Hôtel des Bains, et Saurunas était le seul des trois à ressembler à l'homme vu en compagnie de Mirre. Bien sûr, celui qu'ils avaient vu avait une grande barbe, ils étaient donc loin d'être tout à fait certains, mais ils innocentaient El-Fayed pour la même raison que la serveuse à Sundbyberg, il avait l'air trop peu suédois, et Åke Skogh ne rappelait pas le suspect, ils en étaient certains. Quelque chose dans la forme du visage, le nez. Torkel mit donc en attente la liste des participants au déplacement à Linköping que leur avait fournie l'assistant de Skogh. Elle devrait bien sûr être vérifiée, mais pas maintenant, et pas par eux. Surtout qu'en rentrant de KTH, Vanja avait réussi à joindre la femme d'Åke Skogh, qui avait confirmé que toute la famille était partie le mercredi fêter la Saint-Jean sur les îles d'Åland, où elle était restée jusqu'au dimanche. Un coup d'œil aux photos sur sa page Facebook confirma ses dires. Ils se concentraient donc désormais sur l'assistant mis à la porte.

Billy avait imprimé ce qu'il avait pu trouver dans le peu de temps dont il avait disposé.

Christian Ignas Saurunas était né le 4 février 1962 à Norrköping. Ingénieur civil. Assistant en technique médicale à KTH depuis 1998. Divorcé depuis trois ans, pas d'enfants. Un père décédé en 1999, une mère indiquée comme étant émigrée en Lituanie et une sœur résidant toujours à Norrköping, où ses parents étaient arrivés en 1958 et avaient vécu jusqu'à la mort du père. Titulaire du permis de conduire, il possédait d'après le registre des Transports une Volvo S60 rouge de 2007.

Torkel sursauta en lisant l'information sur la voiture. Ils n'avaient toujours pas retrouvé la Volvo rouge qu'un témoin avait vue devant l'école Hilding d'Ulricehamn.

"Je sais, dit Billy quand Torkel souleva la question. Bien sûr ça peut être ça, mais d'abord, les gens devraient faire la différence entre une S60 et une V70.

— Pas tous, et tu sais comment sont les témoins oculaires, objecta Torkel. Ils se mettent à parler entre eux, comblent les lacunes puis prétendent avoir vu ce qu'ils n'ont pas vu.

— Bien sûr, mais la voiture de Saurunas est immatriculée GVL665, et le témoin d'Ulricehamn a relevé AYR393.

— Mais il s'était trompé, on l'a déjà établi.

— Mais pas trompé à ce point, merde, il n'a pas un seul bon chiffre."

Torkel hocha la tête, Billy n'avait pas tort. Le modèle plus l'immatriculation, ça rendait moins vraisemblable que ce soit cette voiture qui ait été vue à Ulricehamn.

Il continua à prendre connaissance des informations.

Saurunas n'était pas enregistré comme propriétaire d'un camping-car. Dernière adresse connue : Bäckvägen 43 à Aspudden.

Ce n'était pas grand-chose, mais déjà un début.

Les renforts que Vanja avait demandés l'attendaient dans une Saab banalisée quand elle arriva à l'adresse Bäckvägen 43, un immeuble familial jaune fauve de quatre étages.

“Qui cherchons-nous ? demanda la policière, quand elles se furent saluées de la tête.

— Un certain Christian Saurunas, nous voulons lui parler, répondit Vanja.

— C'est ce truc de la téléréalité ?”

Vanja hocha la tête.

“Mais pas un mot à ce sujet, ajouta-t-elle.

— Nous comprenons”, répondit son collègue plus jeune, qui souligna ses propos en prenant un air particulièrement compréhensif.

Ils entrèrent avec le code que Vanja s'était procuré. Venant du grand soleil du dehors, il fallut plusieurs secondes à leurs yeux pour s'habituer à la relative pénombre de la cage d'escalier. Saurunas habitait au troisième étage. Vanja monta en tête. Arrivés en haut, ils cherchèrent l'appartement marqué Saurunas. Vanja sonna. Plusieurs fois. Attendit quelques minutes. Posa l'oreille contre la porte, mais ne décela aucun mouvement à l'intérieur. Elle se tourna vers les autres.

"Il ne répond pas non plus sur son portable, les informa-t-elle à voix basse. On va frapper aux portes pour voir si quelqu'un l'a vu. Mais encore une fois, nous voulons juste lui parler. Ne dites pas en lien avec quoi."

Les collègues en uniforme hochèrent la tête.

"Vous prenez les autres étages, je commence ici", poursuivit Vanja en se tournant vers la porte voisine pour sonner. Une femme d'un certain âge en robe simple et chignon gris lui ouvrit. Des yeux alertes et curieux regardèrent Vanja sortir sa carte de police.

"Bonjour, je m'appelle Vanja Lithner, de la police. J'ai quelques questions à vous poser au sujet de votre voisin. Christian Saurunas", dit-elle aimablement.

La femme réagit comme la plupart dans cette situation, avec curiosité plus qu'autre chose. C'était toujours un peu excitant que la police vienne sonner. Vanja entendit une porte s'ouvrir à l'étage du dessus, et une conversation analogue s'y entamer.

"Qu'est-ce qui s'est passé ? demanda la femme.

— Nous voulons juste lui parler, répondit Vanja, trouvant malgré tout sympathique qu'elle demande ce qui s'était passé et non ce que Saurunas avait fait. Quand l'avez-vous vu pour la dernière fois ?"

La femme réfléchit un moment avant de répondre.

"Ça doit faire plusieurs semaines. Attendez." Elle se tourna vers l'intérieur de l'appartement pour appeler quelqu'un. "Karl, quand as-tu vu le voisin pour la dernière fois ?

— Lequel ?

— Celui d'à côté, avec le nom bizarre."

Vanja conclut qu'ils ne se fréquentaient pas tous les jours, s'ils ne connaissaient pas même son nom. Mais c'était comme ça. On pouvait habiter côte à côte des années durant sans même échanger un mot. Elle ne parlait jamais à ses voisins les plus proches, et ne connaissait pas non plus leurs prénoms, puisqu'ils n'étaient pas indiqués sur la porte.

"Je ne sais pas", fit de l'intérieur de l'appartement une voix d'homme éraillée. Vanja entendit quelqu'un bouger et bientôt apparut un personnage grisonnant en robe de chambre. Il boitait, appuyé sur une béquille, et semblait souffrir en marchant.

"Qui pose la question ? dit-il en apercevant Vanja.

— C'est la police." Vanja vit l'homme s'arrêter, étonné. Il prit aussitôt un air grave. "J'ai dit que c'était il y a quelques semaines", continua la femme.

L'homme secoua la tête.

"Non, non, c'est plus que ça. Il a chargé sa voiture et est parti le 25 ou le 26 mai. Tu te souviens que je t'ai dit que je l'avais croisé à ce moment ? Qu'il était en colère ?

— Ah oui, c'était il y a si longtemps ? opina la femme.

— Oui, en tout cas, je ne l'ai pas revu depuis.

— Alors ça doit être ça, tu t'y retrouves mieux que moi avec ces choses-là", répondit la femme sans la moindre hésitation dans la voix.

L'homme s'était approché de la porte. Il tendit la main à Vanja. Yeux vifs et solide poignée de main. "Bonjour. Karl Johansson. Mon corps est un peu rouillé, mais j'ai encore toute ma tête. Oui, il n'a pas voulu me dire où il allait, mais il avait beaucoup de bagages avec lui."

Vanja hocha la tête. C'était une information intéressante, pas forcément décisive, mais qui le maintenait au moins parmi les suspects. La série des meurtres avait commencé le 17 juin.

"Vous ne l'avez pas vu avec un camping-car ? demanda-t-elle.

— Non, juste avec la Volvo rouge dans laquelle il roule.

— D'accord. Et vous êtes sûr de la date ?"

L'homme hocha résolument la tête.

"Oui, j'ai été opéré le 27." Il leva un peu sa béquille. "C'était juste un ou deux jours avant."

Vanja remercia et descendit l'escalier pour retrouver les autres. Karl semblait digne de foi, mais il était possible que quelqu'un d'autre dans l'immeuble ait vu Saurunas depuis.

Ce n'était pas le cas. Les autres personnes qu'ils avaient pu interroger ne rapportaient avoir vu Saurunas qu'en mai, à part une jeune fille au rez-de-chaussée qui l'avait elle aussi vu charger sa voiture et s'en aller, mais pensait que c'était plus tard, sans en être très sûre. Ça aurait pu être fin mai.

Vanja décida de demander à Torkel de mettre l'immeuble sous surveillance. C'était une mesure coûteuse et peut-être un peu difficile à justifier, étant donné qu'il ne s'était pas montré depuis plusieurs semaines, mais elle était sûre que Torkel allait l'approuver. Il s'agissait quand même d'un tueur en série, et beaucoup de personnes les avaient à l'œil. L'étape suivante était d'essayer de savoir où Saurunas était parti tout juste un mois plus tôt, et où il se trouvait à présent.

Weber avait réquisitionné une voiture et conduit en trombe à travers la circulation chaotique de Stockholm. Ça empirait d'année en année, et ce n'était pas seulement les voitures qui étaient plus nombreuses. Certaines rues étaient piétonnisées, d'autres rétrécies pour élargir les pistes cyclables. C'était une décision politique que Weber approuvait en principe, sauf les rares jours où il avait besoin de prendre sa voiture. Un centre-ville sans voitures, d'accord, sauf quand il devait y rouler, et là il jurait comme et contre les autres automobilistes. Il finit par enfreindre la loi et emprunter la file des bus dans Kungsgatan pour gagner du temps. Le portable bon marché qu'on lui avait envoyé était posé sur le siège passager. Il le regardait de temps en temps en se demandant s'il avait bien fait de partir comme ça, sans prévenir personne à la rédaction. C'était quand même d'un tueur en série qu'il s'agissait.

Un homme capable du pire.

Mais pour faire la course en tête, il fallait prendre des risques. Il s'était pourtant promis d'être prudent, de stopper à la moindre sensation de danger. De garder la tête froide, sans se laisser emporter par l'excitation de l'aventure. L'excès d'adrénaline était souvent la cause de mauvaises décisions.

Il inspira à fond, dépassa Stureplan. Il était à présent tout près : il tourna dans Humlegårdsgatan, en direction de la Bibliothèque Royale. Un peu plus loin, dans le parc, il aperçut l'élégant bâtiment, parmi les feuillages printaniers. Il réalisa qu'il n'y était pas venu depuis longtemps. Sûrement plus de cinq ans. Internet avait rendu le travail de recherche plus simple, mais aussi plus ennuyeux. Mais on avait beau faire, impossible de s'opposer à cette évolution. Certes, il lui arrivait de regretter le temps où le journaliste et le journal étaient tout-puissants, où toutes les nouvelles, toutes les informations passaient entre leurs doigts, leurs voix. Mais il y avait dans ce progrès quelque chose d'extrêmement démocratique que Weber appréciait. Que l'information, la communication et les nouvelles ne soient plus contrôlées que par quelques familles était finalement plus conforme à ses convictions politiques. Certes, il y avait beaucoup de choses mauvaises, mais aussi beaucoup de très bonnes. Il voulait croire que cela donnait une image plus vraie de l'humanité et de la vie humaine. Le problème était que beaucoup ne cherchaient que des informations confirmant ce qu'ils pensaient savoir, et se fichaient du reste. Le Net, comme l'existence, était plus complexe que ce que beaucoup auraient voulu.

Il avait beau chercher, il ne repérait pas de stationnement autorisé. La bande jaune le long du trottoir signifiait zone de livraison, mais il y trouva au moins une place où se glisser. Au pire, il paierait l'amende, décida-t-il. Il descendit de voiture. Deux larges allées de gravier menaient à la bibliothèque. De part et d'autre et derrière lui s'étendait Humlegården. Un grand et beau parc très fréquenté en été, cerné par la ville.

Il se mit à marcher. Le portable bon marché à la main. À tout hasard, il consulta à nouveau le SMS, même s'il l'avait lu sûrement dix fois. Il n'avait pas changé :

Allez à la Bibliothèque Royale.

Quelle était l'étape suivante ? Allait-il prévenir par SMS qu'il était arrivé, ou attendre ? Il décida d'attendre et se dirigea vers le large escalier de pierre où beaucoup de monde était assis pour lire, boire du vin ou simplement profiter de la tiède soirée d'été. Au moment précis où il posait le pied sur la première marche, le portable vibra. Weber s'arrêta au milieu d'un pas. Un SMS, et qu'il arrive maintenant ne pouvait pas être un hasard.

Caton le voyait.

L'observait.

Weber regarda à nouveau autour de lui, impossible de ne pas le faire. L'idée qu'un meurtrier était quelque part en train de l'observer était effrayante mais aussi étrangement exaltante. Il sentit son pouls accélérer, son corps tout entier se tendre tandis qu'il étudiait avec méfiance toutes les personnes qu'il pouvait.

Elles étaient nombreuses.

Trop nombreuses.

Sans parler du nombre de celles qui pouvaient le voir. Dans le parc ou les rues tout autour. Caton avait bien choisi l'endroit.

Il leva le portable et fit s'afficher le nouveau message.

Bien. Vous avez obéi.

C'était tout. D'un pas, Weber redescendit sur l'allée de gravier. Si Caton le voyait, il valait mieux agir calmement.

Autrement il risquait de prendre peur et s'enfuir. Il tenta de tempérer les battements rapides de son cœur par quelques inspirations profondes. Avec un succès mitigé. Devait-il répondre au message ? Cela lui semblait tout à fait inutile, Caton le surveillait et de toute façon c'était lui qui commandait. En outre, il était plus facile d'un point de vue purement moral d'attendre et de suivre les instructions plutôt que d'interagir plus que nécessaire. Mais Caton s'attendait peut-être à un dialogue ? À ce que Weber manifeste activement son intérêt ?

Comme sur commande arriva un autre SMS :

Montez jusqu'aux jeux à l'autre bout du parc. Pas de détours.

Il se retourna, contourna le coin du bâtiment et, bientôt, il eut la grande bibliothèque sur sa gauche et tout le parc qui s'étendait devant lui, avec ses vastes pelouses et ses arbres majestueux. L'allée de gravier remontait vers le nord jusqu'au centre du parc, où plusieurs chemins convergeaient vers une fontaine. Si Caton l'observait, il y avait d'innombrables endroits d'où il pouvait le faire. Il pouvait être n'importe laquelle des personnes qui se déplaçaient autour de lui. Ou alors il marchait sur le trottoir d'une des rues qui longeaient le parc. L'inquiétude qu'il éprouvait s'était transformée en pure curiosité. Il hâta le pas et atteignit bientôt la fontaine. Il croisa un couple d'amoureux serrés l'un contre l'autre et continua dans la direction d'où ils arrivaient. Là-bas, parmi les arbres, on apercevait l'aire de jeux. Quelques baraques en bois, plusieurs bacs à sable, des toboggans et des balançoires. Il s'arrêta à l'entrée. Les enfants y étaient assez nombreux, alors qu'il allait être 7 heures du soir. Les cris joyeux de leurs jeux se mêlaient à quelques pleurs d'épuisement et au bruit des voitures qui passaient sur Karlavägen. Il était venu là quelques années plus tôt, quand il sortait avec une fille qui avait un enfant. Elle l'avait traîné là et il avait poussé les balançoires et joué au papa. Elle avait eu un joli garçon, mais elle voulait d'autres enfants et Weber avait quant à lui tiré un trait là-dessus. Aucun des deux n'avait voulu revoir sa position, et au bout d'un an ils avaient rompu. Un bref instant, Weber se demanda s'il avait bien fait.

Mais pour l'heure, il avait des préoccupations plus importantes.

Le portable vibra à nouveau dans sa main droite. Encore un SMS.

Remontez jusqu'à Karlavägen. Prenez à droite. Marchez jusqu'à ce que je vous le dise.

Il regarda à nouveau tout autour de lui. Des gens partout. Un peu plus loin, il vit un homme sur un banc. L'avait-il déjà vu quelque part ? Il n'était pas sûr. Le portable vibra à nouveau.

Qu'est-ce que vous attendez ?

Oui, qu'est-ce qu'il attendait ? De ne plus se sentir comme une marionnette, peut-être ? Il se remit en marche. Gagna Karlavägen et tourna à gauche sur le trottoir juste après le parc. Continua à marcher. Au loin, il voyait le feu rouge du croisement suivant. Mais il comptait poursuivre tout droit sur Karlavägen jusqu'à recevoir le SMS suivant. Il n'y avait rien d'autre à faire que suivre les instructions d'un tueur en série.

Il fallut quinze minutes avant que Caton se manifeste à nouveau. Un long quart d'heure. Au début, il avait marché vite, arpenté Karlavägen jusqu'au moment où l'avenue convergeait naturellement avec Birger Jarlsgatan. Là, il avait hésité une seconde avant de continuer tout droit. Au niveau d'Odengatan, toujours sans nouvelles de Sven Caton, son hésitation grandit. Combien de temps encore devrait-il marcher ? Il s'arrêta un moment pour regarder alentour. Des voitures et des gens. Mais rien ni personne qui attire l'attention. Il continua. D'un pas plus vif à présent, comme pour arriver plus vite au prochain SMS. Vers Roslagstull. Au niveau de Frejgatan arriva ce qu'il attendait.

La vibration dans sa main.

Une adresse.

Roslagsgatan 29.

Rien d'autre.

Il savait où était Roslagsgatan, mais vérifia par acquit de conscience sur Google Maps. En effet. À gauche dans Frejgatan, la parallèle suivante était Roslagsgatan, à quelques minutes seulement.

Il sentit la tension revenir. L'adresse d'un immeuble. Il n'aimait pas trop ça, se sentait plus rassuré bien en vue au milieu des gens. Il aurait préféré ne pas aller quelque part où personne ne le verrait.

Il arriva dans Roslagsgatan. D'après son smartphone, le 29 devait être situé quelques numéros plus bas sur le côté gauche de la rue. Il y avait un serrurier au coin, avec de grands panneaux bleu et rouge. Il traversa. Au-dessus de la boutique, une plaque sale indiquait Roslagsgatan 27-41. Il était presque arrivé.

Le porche suivant.

L'immeuble était couvert d'échafaudages, sous des bâches. Un chantier de ravalement ou de restructuration. Il avança prudemment. Le seul mouvement provenait des bâches qui ondulaient parfois dans la brise légère. Il parvint à localiser la porte d'entrée sous l'échafaudage, une double porte vitrée aux montants de bois clair. Un globe blanc au-dessus de la porte éclairait le numéro 29. Il tâta la porte. Fermée. Un papier scotché à l'intérieur indiquait en grosses lettres : "Rénovation des canalisations 15 mars-15 août."

Derrière la porte, la cage d'escalier était totalement sombre et déserte, comme sans doute tout l'immeuble. Il ressortit de sous l'échafaudage et leva les yeux vers la façade de l'immeuble vide. Silencieux et calme. Il regarda le portable bon marché. Espérait un SMS qui lui indiquerait quoi faire, mais encore rien. Caton attendait-il quelque chose, ou ne le voyait-il plus ? Weber recula un peu sur la rue déserte pour se rendre un peu plus visible. Rien. Que faire ? Il décida de réessayer la porte d'entrée. Peut-être quelque chose lui avait échappé ? Il n'était plus qu'à quelques pas quand le portable vibra. Il se figea.

Caton était de retour.

Grimpez au quatrième étage, entrez par la fenêtre ouverte, et vous aurez votre interview.

Le sang de Weber se glaça. Il leva les yeux vers l'échafaudage, et comprit que c'était le chemin dont voulait parler Caton. Monter jusqu'à un appartement au quatrième étage. C'était précisément ce qu'il avait promis de ne pas faire. Se laisser attirer dans un lieu sans témoins. Un lieu où le tueur pouvait l'attendre. En même temps, difficile de résister. Si c'était une exclusivité qu'il cherchait, quelque chose qu'aucun concurrent n'avait, c'était bien ça.

La manchette des manchettes.

Le plus grand scoop de sa carrière.

Mais aussi le plus dangereux. Il reprit le portable.

Comment savoir que vous n'avez pas d'autres projets ? saisit-il avant d'envoyer.

La réponse fut rapide :

Vous ne pouvez pas savoir.

Weber fixa son portable. Le ton du message l'inquiétait. Il ne suggérait pas seulement un danger. Mais un danger de mort.

Le portable vibra à nouveau.

Si vous ne voulez pas, je peux contacter un concurrent. Il y en a beaucoup comme vous.

Cela emporta sa décision. Weber fourra le portable dans sa poche et empoigna à deux mains l'échafaudage au-dessus de lui. La barre métallique était épaisse, difficile d'avoir une bonne prise. Il se hissa et parvint à poser les deux pieds sur l'échafaudage. Une seconde, il faillit lâcher prise, mais réussit à la force des jambes à remonter un peu jusqu'à trouver une meilleure prise de la main droite, un peu plus haut. Retrouva l'équilibre et regarda autour de lui. S'il réussissait à monter encore de quarante centimètres, il pourrait prendre pied sur une passerelle métallique. Il déplaça une jambe, poussa, descendit l'autre main et se hissa. Il atterrit à plat ventre sur la passerelle et resta un moment couché là pour reprendre haleine avant de se lever. Il regarda tout autour. Le reste de l'ascension était beaucoup plus simple. Il y avait des échelles métalliques jusqu'au quatrième étage et des plaques de bois en guise de plancher. L'échafaudage branla un peu sous son poids quand il recommença à monter, mais il s'y habitua rapidement.

Il atteignit le deuxième étage, une rangée de fenêtres sombres et fermées à la hauteur de sa ceinture. Il regarda par la plus proche. L'appartement semblait vide. Sur le sol protégé, quelques outils, rien d'autre. Il refoula son malaise et poursuivit l'ascension. Plus il montait, plus il se sentait isolé.

Il parvint au troisième étage. Une rangée de fenêtres closes. Des yeux noirs sur une façade grise.

Aucune vie. Tout était désert.

Il inspira à fond et continua. Plus prudemment à présent. La tête et les yeux au ras du plancher. Il resta là à observer. C'était pareil. La façade, les fenêtres, les bâches qui se bombaient dans le vent. Quelques seaux blanc sale un peu plus loin. Il y avait encore un étage au-dessus, mais il était au quatrième. Il prit pied sur l'étroite passerelle en bois, elle semblait un peu plus branlante et l'échafaudage craqua sous son poids. Il fallait qu'il fasse plus attention encore en se déplaçant. Il ne voyait aucune différence à cet étage par rapport aux autres, mais c'était là que Caton l'avait envoyé. Il s'approcha de la fenêtre la plus proche. Elle était très poussiéreuse, aussi dut-il s'y coller pour voir quelque chose. Là aussi, une protection brunâtre couvrait le sol de ce qui devait être un séjour, quelques cartons d'où dépassaient des tuyaux et une cuvette de WC emballée devant ce qu'il supposa être une salle de bains. Il avança. Regarda dans la cuisine. Quelques gobelets usagés et des barquettes de plats à emporter sur l'évier, mais sinon aussi vide que dans les autres pièces. Weber continua. L'excitation le poussait de l'avant. La fenêtre suivante, l'appartement voisin.

En arrivant, il se figea. La fenêtre était ouverte. Certes calée au moyen d'un papier plié glissé tout en bas, mais impossible de ne pas voir la fente entre la vitre et son cadre. Il ôta le papier et la fenêtre s'ouvrit devant lui. Un appartement sombre et vide l'attendait.

Là, il sentit soudain qu'il passait une frontière.

L'adrénaline et l'excitation pouvaient le pousser encore assez loin, mais là, c'était autre chose. Là-dedans, dans l'ombre, sa vie pouvait s'achever. C'était la vérité.

Mais il ne pouvait pas s'en aller. Pas maintenant, c'était impossible. L'ouverture était à la fois effrayante et attirante. Pas seulement une menace, mais une opportunité. Une opportunité qu'il voulait saisir, qu'il lui fallait. Pour laquelle il s'était battu. Il ne pouvait pas faire demi-tour.

Il hésitait, alors qu'en réalité il avait pris sa décision. Il allait le faire. Mais il lui fallait une ligne de vie. Il sortit son téléphone personnel. Appela la seule personne en qui il ait une totale confiance. Son frère. Rolf répondait toujours tout de suite.

"Salut, Axel, ça gaze ? demanda-t-il.

— J'ai un truc un peu spécial à te demander", dit Weber.

Rolf devait avoir entendu à sa voix que son frère était stressé.

"Qu'est-ce qui se passe ?" s'inquiéta-t-il.

Pendant une seconde, Weber ne sut pas par où commencer.

"Et qu'est-ce qui fait du bruit ?" continua-t-il. Weber réalisa qu'il s'était habitué au bruit de la bâche dans le vent. Weber se pressa contre son portable pour qu'on l'entende mieux.

"Je te raconterai tout plus tard, promis. Mais voilà : j'ai eu un contact avec le Tueur de la Téléréalité, tu sais ?

— Celui sur qui tu écris ?

— C'est ça. Là, je vais entrer dans un appartement, mais je ne sais pas s'il y est ou non."

Weber entendit la panique de son frère.

"Tu es complètement dingue, ou quoi ?

— Il faut que je le fasse. S'il se passe quelque chose, tu appelles la police ! C'est pour ça que je t'appelle !

— Arrête, Axel. Arrête. Va-t'en !

— Je ne peux pas." Axel s'efforça de paraître calme et convaincant. "Si ça marche, c'est bingo. Le coup du siècle.

— Ça ne mérite pas de mourir pour ça", le supplia Rolf.

Weber l'ignora, refusait de se laisser influencer par les réactions de son frère. Sa décision était prise.

"Note cette adresse, dit-il d'un ton résolu. Roslagsgatan 29.

— À Stockholm ?

— Oui. Quatrième étage."

Il entendit Rolf pousser un profond soupir. Mais en tout cas il ne protestait plus. Weber reprit :

"Écoute-moi, maintenant. J'entre dans l'appartement. Tu restes en ligne. S'il m'arrive quelque chose, si la communication est coupée ou quoi que ce soit, tu appelles tout de suite la police et tu les envoies ici.

— OK. Mais sois prudent, lui enjoignit-il.

— Promis", dit Weber. Il eut un petit sourire. Ça faisait une différence d'avoir son frère avec lui, même si ce n'était qu'au téléphone. Il ne se sentait plus aussi seul.

Weber ouvrit la fenêtre en grand, regarda à l'intérieur pour s'assurer que la pièce était vide et entra.

"J'entre…", dit-il et il se retrouva bientôt debout sur le papier brun collé à l'adhésif pour protéger le sol. Il regarda autour de lui. Aucune différence avec les autres pièces qu'il avait vues.

"Qu'est-ce que tu vois ? sortit de son portable toujours collé à son oreille.

— Une pièce vide, sombre. Sans doute un séjour."

Weber avança de quelques pas prudents. La pièce avait deux ouvertures. L'une en face, qui semblait mener à un vestibule et à une autre pièce dont la porte était fermée, l'autre juste sur sa gauche qui conduisait à ce qu'il devinait être une cuisine. Il avança dans cette direction sur la pointe des pieds et glissa un œil. En effet. Une cuisine.

"Allô ? Tu es là ? entendit-il dans le téléphone.

— Oui, répondit-il en continuant d'avancer.

— Tu ne pourrais pas me dire ce que tu vois ? s'inquiéta Rolf.

— Je vais me diriger vers l'entrée", chuchota Weber. Un silence complet régnait dans l'appartement, on n'entendait que le chuintement du portable et sa propre respiration. Plus il avançait, plus ça sentait l'égout. Ça venait sans doute de la salle de bains, dont la porte était ouverte à l'autre bout du vestibule, en face de l'entrée. La pièce était complètement démolie, sans cuvette de WC, lavabo ni cabine de douche. Les sanitaires neufs attendaient dans leurs emballages contre un des murs. L'appartement devait être un deux-pièces, constata-t-il. Il n'en restait qu'une à explorer. Celle dont il avait vu la porte fermée depuis le séjour.

“Plus qu’une pièce”, chuchota-t-il à son frère.

Par précaution, Weber regarda à nouveau autour de lui. Pas de mouvement dans l’ombre. Il s’approcha prudemment de la porte en bois. Tâta délicatement la poignée, la porte n’était pas verrouillée et s’ouvrit avec un clic. Il s’arrêta un instant devant la porte entrebâillée. Il décida de ne pas s’y précipiter tout de suite. Il recula d’un pas.

“J’entre”, chuchota-t-il. Sans attendre la réponse de son frère, il poussa la porte d’un coup de pied. Mais il avait mal évalué sa force et, après avoir rebondi contre le mur, la porte se claqua sous son nez.

“Bordel !”

Il n’avait pas crié à cause de la porte, mais de ce qu’il avait vu de l’autre côté, le bref instant qu’elle était restée ouverte.

Un homme assis sur une chaise.

Absolument immobile.

“Putain, il y a quelqu’un là-dedans, reprit-il à voix haute en s’adressant à son frère.

— Dégage de là, j’appelle la police, répondit Rolf, et Weber sentit que son frère était sur le point de le faire.

— Non, ne fais pas ça, je retourne voir.

— Non, va-t’en. S’il te plaît.”

Weber ignora la voix de son frère. Il y avait quelque chose dans ce qu’il avait entrevu, une personne sur une chaise, immobile, comme si elle l’attendait, qui l’empêchait de partir. Impossible. Il saisit la poignée de la porte et l’ouvrit à nouveau. Prudemment. Alors il le vit.

Car c’était un homme.

Attaché sur une chaise.

La tête rejetée en arrière dans une position étrange.

Le sang de Weber se glaça. Il vit les cheveux collés, le visage gris pâle, avec les filets de sang, les yeux qui fixaient le plafond sans rien voir.

Et il vit alors le message sur l'écriteau en papier pendu au cou de l'homme.

COUPABLE.

Soudain, une sonnerie déchira le silence. Le bruit le fit sursauter. L'autre portable. Numéro inconnu. Mais il savait qui c'était.

"Je te rappelle tout de suite", dit-il à son frère d'une voix neutre. Il n'avait plus vraiment accès à ses propres émotions. Caton l'avait fait entrer dans son monde.

Il porta le portable bon marché à son oreille.

"Maintenant, vous pouvez avoir votre interview", dit l'homme à l'autre bout du fil.

Le tuyau était parvenu d'un téléphone anonyme à carte prépayée. Les indications étaient à la fois détaillées et crédibles, et Torkel avait aussitôt décidé d'une intervention à grande échelle.

Roslagsgatan 29, quatrième étage.

Un homme mort, attaché à une chaise.

La première patrouille arrivée sur place six minutes après avait confirmé qu'il y avait bien un cadavre dans l'immeuble vide. Torkel leur avait demandé de rester dehors et de veiller à ce que personne n'ait accès à l'appartement. Ursula et Billy devaient faire leurs relevés avant que quiconque n'entre. Il leur fallait avant tout établir s'il s'agissait du même meurtrier, ou si c'était quelqu'un d'autre. Ce qui plaidait contre leur meurtrier était le lieu de la découverte du corps. Le milieu scolaire semblait jusqu'alors une constante importante.

Vanja avait demandé au Central des informations sur les avis de disparition dans la région de Stockholm ces dernières quarante-huit heures pour identifier d'éventuelles victimes, mais sans grand résultat. Un garçon avait disparu d'Hagsätra la veille au soir, mais avait été retrouvé chez un camarade le lendemain matin.

En s'engageant dans Frejgatan, ils tombèrent sur trois véhicules de patrouille, gyrophares allumés, qui avaient bouclé la rue. Un attroupement de curieux s'était déjà formé devant les rubalises bleues, et l'équipe dut se frayer un passage. Ils descendirent de voiture. Chacun savait ce qu'il avait à faire. Sauf Sebastian, semblait-il. Il allait et venait devant l'immeuble bâché, un peu désœuvré. Torkel sourit un peu tout seul. Sebastian avait changé de comportement ces derniers temps. Il était presque soumis. Torkel savourait : ça ne durerait pas éternellement.

Vanja alla parler aux policiers qui avaient trouvé le corps, puis disparut sous l'échafaudage. Torkel se tourna vers Billy et Ursula pour savoir s'ils étaient prêts. C'était le cas. Ils avaient enfilé leurs combinaisons complètes et portaient chacun deux mallettes de matériel. Torkel en prit une à Ursula, par vieille habitude. Ils entrèrent en groupe dans l'immeuble. La cage d'escalier était grise et poussiéreuse, et l'échafaudage empêchait efficacement la faible lumière du soir d'entrer mais, au moins, l'éclairage fonctionnait. Ils parvinrent en bas de l'escalier de pierre. Hâtèrent le pas. Tous sauf Billy arrivèrent en haut un peu essoufflés. La porte d'un des appartements était ouverte. Torkel salua de la tête les policiers en uniforme qui parlaient avec Vanja avant de jeter un œil à l'intérieur. Il faisait sombre. Papier de protection par terre. Au bout du vestibule, ce qui avait été et redeviendrait après rénovation une salle de bains. Une odeur d'égout faible mais caractéristique se dégageait de la porte ouverte. Torkel posa la mallette qu'il portait.

“Où est le corps ?” demanda Ursula en passant devant lui en compagnie de Billy.

Un des policiers en uniforme indiqua :

“Là, dans la pièce sur la gauche.

— Sur une chaise. Nous sommes ressortis aussitôt après nous être assurés qu’il était bien mort”, se sentit obligée d’ajouter sa collègue. On entendait presque ses efforts pour être une bonne élève.

“Bon boulot, confirma Torkel avant de se tourner vers Ursula. Dis-nous quand on pourra entrer.”

Ursula hocha la tête. Billy la suivit. Torkel rejoignit les uniformes. Ils étaient jeunes mais pas usés, plutôt enthousiastes et au taquet. Très clairement, ce n’était pas tous les jours qu’ils participaient à une enquête pour meurtre.

“Vous avez contrôlé les autres appartements ? demanda-t-il.

— Juste celui d’à côté. Il était vide, dit la femme.

— Autre chose, intervint Vanja. William, ici présent, dit que la fenêtre du séjour était ouverte quand ils sont arrivés.

— Bon à savoir. Merci.” Torkel adressa un hochement de tête bienveillant à William. Ça valait toujours la peine de complimenter les uniformes. Les bonnes relations facilitaient le travail. Pour Torkel, aucune chaîne n’était plus solide que son maillon le plus faible, et ceux qui arrivaient les premiers sur les lieux étaient plus importants que beaucoup de ses collègues chefs ne l’admettaient.

“Allez aussi vérifier le reste de l’immeuble, dit-il. Si vous trouvez quelque chose, vous savez ce que vous avez à faire.”

Les deux uniformes hochèrent la tête et s’en allèrent.

Torkel regarda dans l’appartement vers la porte où Billy et Ursula avaient disparu. Il les entendait bouger et faire du bruit.

“De quoi ça a l’air ? lança-t-il avec curiosité.

— Difficile à dire, fit la voix d’Ursula au bout d’un moment.

— Le même meurtrier ?” demanda Vanja. C’était frustrant d’être dehors, de ne pas participer, pas même comme spectateur. Ursula répondit aussitôt, elle comprenait leur impatience.

“Mettez des chaussons de protection et venez jusqu’à la porte, de là vous aurez une bonne vue.

— Tu es sûre ? s’enquit Torkel tout en commençant à fouiller dans ses poches.

— Oui, venez donc jusqu’à la porte.”

Ils enfilèrent rapidement leurs protections. Sebastian n’en avait bien sûr pas sur lui, il dut en emprunter une paire à Vanja.

Ils entrèrent à la queue leu leu, Torkel en premier, suivi de Vanja et enfin Sebastian. La pièce était de taille moyenne, probablement une chambre. Au milieu, entouré de Billy et Ursula dans leurs combinaisons, un homme bien habillé était attaché sur une chaise. Sa tête pendait bizarrement en arrière. Un écriteau *COUPABLE* autour du cou. Une scène affreuse dans la pénombre de la pièce, qu’accentua la lampe d’appoint que brancha Billy. La lumière blanche et froide rendait le corps sans vie encore plus blafard et Ursula et Billy encore plus étranges dans leurs combinaisons.

“Est-ce qu’il a un test dans le dos ? demanda Sebastian.

— Non.

— Pas d’école, pas de bonnet d’âne, au milieu de la pièce et pas dans un coin, le haut du corps habillé, énuméra calmement Sebastian. Intéressant.

— Il a conservé le pistolet d'abattage." Ursula redressa doucement la tête de l'homme et leur montra son front défoncé et sanglant. "Mêmes blessures, au même endroit, reprit-elle en désignant les cordes très serrées qui maintenaient l'homme sur la chaise. En outre, les cordes et les nœuds sont identiques.

— Donc c'est lui ?

— On peut sans doute le supposer, répondit Ursula. Je n'en aurai la certitude qu'avec la réponse du labo."

Le silence se fit un instant. Debout dans l'entrée, ils regardèrent Billy et Ursula continuer à travailler. Billy prenait les photos, Ursula lui montrait où.

"S'il a à ce point changé son mode opératoire, je suppose que la victime elle aussi est très différente des autres", constata sèchement Sebastian. Les autres se tournèrent vers lui avec curiosité.

"Qu'est-ce que tu veux dire ?" demanda Vanja.

Sebastian haussa nonchalamment les épaules.

"Je ne pense pas qu'il s'agisse d'une célébrité de troisième catégorie. L'écriteau nous dit autre chose de cet homme.

— Qu'il est coupable de quelque chose ? persifla Billy en levant les yeux des vêtements de l'homme qu'il était en train d'inspecter.

— Il fallait montrer que les autres étaient idiots, dit Sebastian sans relever le commentaire sarcastique. Les connaissances éventuelles de cet homme n'avaient aucune importance. Il était coupable de toute façon. D'autre chose.

— Un tueur en série qui change de mode opératoire, c'est exactement ce dont on ne voulait pas, dit Torkel, la mine fermée. Bon, vous finissez ici, nous, on commence à inspecter les environs, pour voir si on trouve autre chose dans les appartements voisins. Tu as une idée depuis combien de temps il est mort ?

— Six heures maximum, répondit Ursula.

— Bien, comme ça on peut déjà partir de ça", dit Torkel en commençant à s'éloigner. Vanja et Sebastian allaient le suivre quand Billy les arrêta.

"Attendez", dit-il en sortant un portefeuille de la poche intérieure de la veste de la victime. Il l'ouvrit et en tira un permis de conduire. "Claes Wallgren.

— Quelqu'un le connaît ? demanda Torkel, qui n'eut en réponse que des non de la tête.

— Directeur des programmes de TV3, répondit Billy en brandissant une carte de visite dans sa main gantée.

— OK. Appelle si tu trouves autre chose. Je contacte la famille, dit Torkel.

— Maintenant, je crois que je comprends l'écriteau, dit Sebastian. Notre homme estime que s'il y a un endroit où on est coupable de promouvoir la bêtise, c'est à la télévision."

Il se tourna gravement vers Torkel et Vanja.

"Il s'est mis à chasser du plus gros gibier."

Torkel se gara sur la place de parking qu'il louait devant chez lui. Ça coûtait chaque mois presque autant qu'un petit studio, mais il n'avait pas le courage de tourner à la recherche d'une place quand il rentrait à n'importe quelle heure de la journée. Un rapide coup d'œil à l'heure lui apprit qu'il était bientôt minuit. Il coupa le contact, se cala au fond de son siège et resta immobile. Ferma les yeux.

Il adorait son travail, assurément, et c'était une chance, vu le nombre d'heures qu'il y passait, mais une chose lui était toujours aussi pénible.

Prévenir les proches.

Après avoir quitté l'immeuble, il s'était directement rendu chez les Wallgren.

Dalagatan. Quartier de Vasastan.

Torkel avait dû faire plusieurs fois le tour du quartier, sans trouver nulle part où se garer. Il avait fini par opter pour une place en double file le long de Vasaparken. Le porche des Wallgren était entre un dentiste et un restaurant. Torkel sortit le papier où il avait noté le code, le composa et commença à monter l'escalier. Troisième étage. Il inspira à fond et pressa la sonnette. La porte fut ouverte au bout de quelques secondes seulement par une femme dans les trente-cinq ans. Linda Wallgren, supposa Torkel.

Il lui sembla voir aussitôt son espoir se transformer un bref instant en déception, avant de céder à l'inquiétude.

Elle avait espéré voir rentrer son mari.

Qu'il ait oublié ses clés, perdu son téléphone, ait été volé, infidèle, peu importait pourquoi il n'était pas joignable, pourquoi il n'était pas à son travail, pourvu qu'il soit à présent rentré. Au lieu de quoi, un homme mûr à la mine grave brandissait une carte de police en lui demandant si elle était bien Linda Wallgren. Elle avait hoché la tête, et Torkel avait demandé s'il pouvait entrer.

Il rouvrit les yeux, regarda les fenêtres éteintes de son appartement et ôta la clé de contact en soupirant. En sortant de voiture, il s'avisa qu'il n'avait plus rien à manger à la maison. Absolument rien. Même pas de quoi se faire une tasse de thé. Il dirigea ses pas vers le 7-Eleven du coin de la rue.

Il était resté plus d'une heure dans le grand quatre-pièces lumineux et moderne de Dalagatan, sans tirer grand-chose de cette visite.

"Il lui est arrivé quelque chose ? Qu'est-ce qui s'est passé ?" avait demandé Linda en lui indiquant le canapé dans un angle du salon. Il venait de s'asseoir et allait lui annoncer la terrible nouvelle quand une petite fille était entrée dans la pièce.

"Qui c'est ? Où est papa ?"

Linda avait tenté de faire sortir la fillette, de l'envoyer se recoucher, mais elle avait refusé. S'était mise à pleurer. Agrippée. Linda était allée appeler sa mère, qui habitait visiblement dans les environs et était arrivée au bout d'à peine un quart d'heure. La grand-mère avait emmené la fillette, et Torkel avait enfin pu dire pourquoi il était assis si inconfortablement dans ce luxueux canapé. Linda savait évidemment, ou en tout cas s'en doutait depuis qu'elle avait ouvert la porte, et pourtant, une fois le pire confirmé, le choc et les larmes étaient venus. Muettes, retenues. Probablement pour que sa fille ne revienne pas en l'entendant pleurer.

"Comment ? avait-elle demandé entre deux sanglots ravalés. Pourquoi ?"

Torkel lui avait raconté ce qu'il pouvait.

Assassiné.

Vraisemblablement en lien avec d'autres meurtres.

Le mobile étant probablement son travail.

Il savait d'expérience que ce qu'il disait n'avait au fond pas grande importance, elle ne pourrait pas assimiler l'information, tout lui paraîtrait irréel et incompréhensible. Il ne lui restait pas grand-chose d'autre à faire que lui dire combien il était désolé et lui demander si elle avait le courage de répondre à quelques questions. Elle avait hoché la tête, mais ça n'avait pas donné grand-chose.

Son mari ne devait pas rencontrer de journaliste, autant qu'elle le sache. Il avait un rendez-vous avec son chef, mais rien d'autre. Il avait son agenda sur son téléphone. Peut-être y trouverait-on davantage ? Peut-être, avait pensé Torkel, mais ils ne l'avaient pas retrouvé. Elle n'avait pas remarqué de camping-car, pas entendu qu'il se sente menacé en quelque façon que ce soit.

Torkel avait demandé si Claes était actif sur les réseaux sociaux, obtenu ses comptes Twitter et Facebook. C'était tout. Linda était revenue à la charge sur le comment et le pourquoi, et Torkel avait à nouveau répondu de son mieux, puis quitté l'appartement et cette femme dont sa visite avait changé à jamais la vie. Voilà pourquoi il détestait prévenir les proches.

Dans l'escalier, en regagnant sa voiture, il avait appelé Billy qui s'occupait du compte Twitter de Claes Wallgren et avait tout de suite eu une bonne pioche.

Le dernier tweet. À 20 h 35.

Fini de donner aux gens ce que les gens veulent avoir.

Quarante-quatre signes d'un homme déjà mort.

L'escalade avait été rapide, songea Torkel tout en payant à la caisse de la boutique. Il allait devoir faire un nouveau point presse dès le lendemain. Il aurait sûrement aussi un message de Rosmarie. Des questions.

Que faisaient-ils pour retrouver ce meurtrier ?

Allaient-ils devoir assurer une protection rapprochée renforcée à certaines personnalités, et dans ce cas lesquelles ?

Où en était réellement l'enquête ?

En fait, la seule chose que Torkel lui avait donnée, c'était Christian Saurunas. Le nom, pas la personne. Ils n'avaient toujours aucune idée où le trouver. Ils avaient réussi à joindre sa mère à Kaunas. Elle avait confirmé qu'il était passé la voir une petite semaine entre mai et juin. Indigné et triste de ne plus avoir son poste à KTH. Elle ne savait pas où il était passé après l'avoir quittée le 5 juin. Billy avait essayé d'appeler le portable de Saurunas et de le repérer, en vain. Le répondeur, ou rien. Coupé, détruit ou sans couverture réseau, pensait Billy.

En se dirigeant vers sa porte, son sac de courses à bout de bras, Torkel consulta à nouveau sa montre. Allait-il faire signe à Ursula ? Elle devait être toujours debout, sans doute à peine rentrée de l'immeuble. Toute la journée, il avait réfléchi aux mots de Vanja.

Sur le fait de ne rien avoir d'autre que son travail.

Cela le concernait au premier chef. Ursula ne serait jamais sa troisième femme, et ils ne vivraient pas ensemble heureux le restant de leurs jours, mais ils pouvaient se voir, profiter l'un de l'autre. Avoir un peu quelqu'un valait mieux que de n'avoir personne. Au pire, il essuierait un non, se dit-il en poussant la porte de l'immeuble. L'idée d'appeler Ursula lui donna un sursaut d'énergie, et il s'engagea d'un pas rapide dans son escalier. Mais au bout de quelques marches, il s'arrêta.

Il y avait quelqu'un dans l'escalier.

"Tu as de la chance. Je venais de décider de ne plus attendre que dix minutes, dit Lise-Lotte en se levant avec un sourire.

— Qu'est-ce que tu fais là ? demanda Torkel en gravissant les derniers degrés jusqu'à elle sans bien réussir à faire le lien entre ce qu'il voyait et où il le voyait.

— Je te fais une surprise, dit-elle en le serrant dans ses bras. Tu as été surpris ?

— Oui.

— Très bien."

Elle relâcha son étreinte et gagna sa porte en quelques pas. Torkel resta figé.

"Tu as attendu longtemps ?

— Une heure, peut-être. J'avais un livre."

Torkel se contenta de hocher la tête, encore un peu sous le choc.

"Tu veux bien me faire entrer ? J'aurais vraiment besoin d'emprunter tes toilettes", dit Lise-Lotte en montrant la porte de la tête.

Oui, il voulait bien.

Il la regardait.

Il lui semblait qu'il aurait pu faire ça le reste de la journée, le reste de sa vie. La regarder dormir couchée auprès de lui.

La soirée, ou plutôt la nuit jusqu'aux petites heures du matin, avait été parfaite. D'habitude, il n'arrivait pas si facilement à se détacher de l'enquête en cours, mais il s'était surpris à savourer simplement le moment passé avec Lise-Lotte à la table de la cuisine, l'écouter lui raconter comment elle avait atterri chez lui, tandis qu'il accommodait les quelques denrées comestibles qu'il venait d'acheter, avec une bouteille de vin.

Elle n'avait pas vraiment pu oublier leur soirée à Ulricehamn, était rentrée chez elle en y songeant. En voyant qu'il ne la rappelait pas, elle avait voulu l'appeler, mais elle n'avait pas son numéro et il n'était pas facile de joindre le chef de la Criminelle, aussi était-elle allée au commissariat parler avec Eva Florén, qui l'avait informée que l'équipe avait dû rentrer en hâte à Stockholm.

L'enquête l'exigeait.

Elle le comprenait.

Elle était donc rentrée chez elle, mais n'arrivait pas à ne plus penser à lui. En congé pour plusieurs semaines, pas de projets, sa fille partie sillonner l'Europe. Pourquoi rester à Ulricehamn ? Qu'elle raisonne en ces termes devait bien signifier quelque chose ? Elle était de plus en plus convaincue qu'elle aurait regretté de ne pas essayer de voir où ça pouvait la conduire.

Et ça l'avait conduite dans sa chambre à coucher.

Après, tandis qu'elle était couchée sur son bras et qu'il sentait son haleine chaude contre son cou, il avait été si heureux qu'il avait dû retenir ses larmes. Ils ne s'étaient pas endormis avant 2 heures du matin, mais il s'était quand même réveillé juste avant 6 heures.

Il était resté au lit. À la regarder.

Il fut tiré de ses pensées par la sonnette de sa porte. Torkel sursauta. Même pas sept heures et demie, qui cela pouvait-il être ? Il regarda Lise-Lotte, mais elle dormait profondément. Nouvelle sonnerie. Torkel se dépêcha de se lever, enfila sa robe de chambre et alla ouvrir.

"Tu as vu ça ?" demanda Ursula en entrant, un journal à la main. L'*Expressen*. Ouvert pour qu'il puisse lire le titre tonitruant :

Interview exclusive : Voilà pourquoi je les tue.
Le Tueur de la Téléréalité nous dit tout.

Torkel leva des yeux interrogatifs vers Ursula, comme s'il avait besoin d'aide pour comprendre ce qu'il venait de lire.

"Il l'a rencontré. Ton pote Weber a rencontré notre meurtrier.

— Ce n'est pas mon pote", objecta presque par réflexe Torkel avant de revenir à l'article. Il parcourut rapidement l'article.

Il semblait en effet que Weber avait réellement rencontré le meurtrier, ou du moins lui avait parlé. Il y avait tout sur le test, les soixante questions, les résultats postés depuis les téléphones des victimes. D'autres détails que Weber ne pouvait tenir que du meurtrier ou d'une source parfaitement informée sur l'enquête, et il n'y avait que son équipe, ce qui était donc impensable.

"Qu'est-ce qu'on fait ? demanda Ursula.

— On va causer à Weber, répondit Torkel d'un ton qui fit comprendre à Ursula que le journaliste ne serait pas près d'oublier cet échange de vues. Donne-moi cinq minutes."

Torkel disparut dans la salle de bains. Ursula resta dans l'entrée. Elle s'assit sur la petite chaise blanche près de la porte. Là où elle s'était assise la fois où elle avait décidé d'enfreindre pour la première fois une de leurs règles.

Jamais à la maison.

C'était peut-être à ce moment-là qu'était née chez lui cette idée qu'il pourrait y avoir autre chose. Qu'ils pourraient aussi enfreindre la règle suivante.

Pas de projets d'avenir.

Ursula envisagea de lui rappeler cette circonstance, de lui montrer qu'elle s'en souvenait, peut-être lui dire que leur liaison lui manquait, lui faire savoir qu'elle était prête à des changements dans sa vie, après sa blessure par balle. C'était le bon moment : il était trop choqué par l'article pour vouloir qu'ils restent là à en parler ou coucher ensemble, mais comme ça il saurait ce qu'elle éprouvait, de sorte qu'ils pourraient raviver leur je ne sais quoi à la première occasion.

Elle allait se lever et s'approcher de la porte fermée pour ne pas avoir à crier quand elle les aperçut.

Une paire de chaussures de femme. Des talons bleus. De hauteur modérée.

Elle fronça les sourcils et leva les yeux vers le portemanteau.

Une veste de femme. Beige, gros boutons, poches à rabat.

Elle resta assise sur la chaise blanche et se surprit à espérer que ce soit une de ses filles qui ait dormi chez son père, même si elle avait inconsciemment noté que ni les chaussures ni la veste ne pouvaient vraisemblablement appartenir à une ado. Elle fut tirée de ses pensées par l'ouverture de la porte de la chambre, et l'apparition d'une femme drapée dans la couette de Torkel. Pieds nus, ses jambes nues dépassant sous le tissu. De longs cheveux blonds ébouriffés juste ce qu'il fallait au lever du lit, autour d'un visage aux yeux bleus et vifs, une nuque fine descendant vers des clavicules saillantes. Comme tirée d'une comédie romantique des années quatre-vingt. Ursula la reconnut. La femme du bar d'Ulricehamn. La camarade de classe. Même Ursula voyait comme elle était belle.

"Bonjour.

— Bonjour… Ursula, je travaille avec Torkel."

Pas de velléité de se lever. Pas de main tendue.

"Lise-Lotte.

— Ah, euh, bonjour.

— Bonjour."

Un bref silence interrompu quand Torkel sortit de la salle de bains. En apercevant Lise-Lotte, il se fendit d'un grand sourire. Ursula ne se rappelait pas l'avoir jamais vu sourire ainsi. Il lui fallut quelques secondes pour réaliser que, le temps d'un instant, il avait eu l'air heureux.

"On t'a réveillée ? demanda-t-il en allant lui poser un tendre baiser sur la joue. On n'a pas fait exprès.

— Ce n'est pas grave…

— Voici Ursula, nous travaillons ensemble…, dit Torkel avec un geste vers Ursula, qui se leva.

— Oui, elle l'a dit, glissa Lise-Lotte.

— Il faut que j'y aille, il s'est passé un truc, continua Torkel en reconduisant d'une main légère Lise-Lotte vers la chambre. Mais reste ici aussi longtemps que tu voudras, et si tu as des idées, on se voit ce soir de toute façon.

— Je vais me débrouiller, vas-y.

— Deux minutes." Torkel s'était tourné vers Ursula, toujours debout dans l'entrée.

"Je t'attends en bas", dit Ursula avant que la porte ne se referme derrière eux.

Elle n'était pas certaine qu'il ait entendu.

Il ne fallut pas deux, mais sept minutes avant que Torkel ne sorte de son immeuble. Il chercha des yeux Ursula, qu'il trouva garée en double file un peu plus loin dans la rue. Il se dirigea vers elle tout en sortant son téléphone. Dix-sept appels manqués. Il y avait du monde qui avait lu l'*Expressen*. Il réactiva la sonnerie, le glissa dans sa poche et boutonna sa veste. Le soleil n'était pas encore descendu entre les immeubles, et le fond de l'air était frais.

“On peut prendre ta voiture ? Je pensais laisser la mienne, au cas où Lise-Lotte voudrait l’emprunter aujourd’hui, dit Torkel en la rejoignant.

— Bien sûr.”

Ursula prit le volant et Torkel fit le tour devant la voiture pour sauter à bord.

“Elle est là depuis longtemps ? demanda Ursula d’un ton qu’elle espérait être celui du bavardage neutre.

— Elle est arrivée hier soir.

— Ah bon.”

Ursula démarra, jeta un coup d’œil dans le rétroviseur et déboîta sur la rue.

“Comment on y va ?

— Prends à droite là-bas, puis encore à droite pour monter sur le pont.

— Putain, tout est à sens unique, dans ce quartier.

— À droite, puis à droite.”

Ursula mit son clignotant et tourna dans une rue plus petite.

“Et elle va rester longtemps ?

— Lise-Lotte ?

— Oui.

— Je ne sais pas, elle est en vacances, alors… je ne sais pas.”

Torkel la regarda à la dérobée. S’il ne la connaissait pas aussi bien, il aurait pu jurer avoir deviné un brin de jalousie dans sa voix. Parce qu’elle ne pouvait quand même pas… L’idée ne l’avait pas traversé, tout à l’heure, chez lui, mais mieux valait demander, apurer l’atmosphère, pour qu’il ne reste pas entre eux un non-dit qui pourrait croître et nuire.

“Tu as trouvé ça pénible ?

— Quoi, pénible ? demanda Ursula, concentrée sur la route.

— Lise-Lotte. Je veux dire, avec la relation qu’on avait, toi et moi…”

Torkel se tourna vers elle. Elle ne répondit pas, se contenta de tourner à nouveau à droite en accélérant.

“Je pensais que tu avais été claire, que tu ne voulais pas continuer ni aller plus loin, reprit-il.

— Exact.

— Alors on est OK ? On est OK ?

— Oui.”

Réponse directe. Qui ne laissait pas beaucoup de place à l’interprétation. Mais n’était-elle pas un peu renfrognée, plus brève que ne l’exigeait ce mot déjà court ? Peut-être qu’il s’imaginait des choses. D’habitude, Ursula était très carrée dans sa façon de s’exprimer, on n’avait pas besoin d’essayer de deviner ce qu’elle ressentait et pensait.

“Sûre ? demanda-t-il pour vraiment lui donner une chance de dire ce qu’elle éprouvait, pour autant qu’elle éprouve quelque chose au sujet de l’apparition de Lise-Lotte.

— Tout à fait sûre.”

À nouveau, il eut l’impression qu’elle ne voulait pas tout à fait dire ce qu’elle avait dit, mais il ne pouvait pas la presser davantage. Si elle ne voulait rien dire, c’était comme ça.

Ou bien il l’analysait trop.

Surinterprétait.

Peut-être que ça n’avait aucune importance pour elle qu’il ait rencontré quelqu’un ?

La voiture monta sur le pont Västerbron. Le gratte-ciel de *Dagens Nyheter* apparut un peu plus loin sur la gauche. Ils continuèrent à rouler en silence. Torkel rouvrit le journal et lut l'article de Weber plus en détail. Il avait été en contact avec le meurtrier. L'avait peut-être rencontré. Mais ne l'avait pas prévenu. Torkel savait bien comment marchaient les médias, la pression qu'ils avaient pour vendre des numéros et générer des clics, mais il pensait que Weber appartenait malgré tout à la vieille école. Qu'ils avaient une relation qui comptait vraiment, fondée sur le respect mutuel du travail de l'autre. Visiblement, ce n'était pas le cas, et c'était idiot, mais Torkel ne pouvait pas s'en empêcher : il se sentait trahi.

Les murs de l'élégante salle de réunion de l'*Expressen* étaient couverts de manchettes historiques. C'était probablement pensé pour que les faits d'armes et la longue histoire du journal en imposent. Pour l'heure, ça ne prenait pas du tout avec les visiteurs. Torkel et Ursula, assis sur de luxueux fauteuils, regardaient, de l'autre côté d'une table en chêne sombre poli, Lennart Källman et Axel Weber, un peu pâle. Extrêmement irrité, Torkel s'efforçait d'ignorer le corpulent rédacteur en chef. Ses regards et ses paroles étaient entièrement dirigés vers Weber, l'homme à qui il avait eu l'erreur de penser pouvoir faire confiance.

"Tu prétends sérieusement que l'idée de nous prévenir ne t'a même pas effleuré quand tu as reçu cette lettre ? cria-t-il presque.

— Nous avons la protection des sources en Suède, et je n'ai pas le droit de parler des informateurs qui nous contactent, se défendit Weber, qui semblait malgré tout un peu honteux.

— C'est un des piliers de la liberté de la presse, ajouta le rédacteur en chef, avec l'attitude un peu hautaine que Torkel lui connaissait depuis toujours. C'est dans l'ADN d'*Expressen* de s'engager à tout prix pour défendre la liberté de la presse."

Torkel se contenta de secouer la tête. Ursula se joignit à la discussion.

"Nous avons affaire à un tueur en série, un tueur en série à qui vous venez d'offrir six pleines pages pour s'exprimer, s'indigna-t-elle.

— Les voix différentes ont toute leur place dans notre journal, c'est une des facettes de notre politique éditoriale." Weber restait silencieux, semblant espérer que le rédacteur en chef continue de le défendre, ce qu'il fit.

"En outre, nous avons estimé qu'il était dans l'intérêt général de prendre connaissance de son mobile et de sa façon de penser.

— Nous, nous trouvons qu'il serait dans l'intérêt général de l'arrêter, répliqua Ursula.

— Dans ce cas, je propose que vous fassiez votre boulot, et que vous nous laissiez faire le nôtre, lâcha Källman.

— Ça aurait été plus simple de faire preuve de bon sens et de nous prévenir quand on est contacté par un meurtrier, dit Torkel, clouant toujours Weber de son regard noir.

— Je n'ai pas le droit."

Torkel tapa violemment la table du plat de la main.

"Foutaises ! Si tu avais voulu, il y aurait eu moyen. Tu as *choisi* de ne pas le faire.

— Oui, et il a eu raison, intervint Källman. C'est une interview unique qui donne beaucoup d'informations sur la façon de penser du meurtrier. Ce qui le motive.

— Ce n'est pas une interview, c'est un putain de manifeste ! répliqua Torkel, toujours indigné.

— Appelez ça comme vous voudrez, mais nous estimons que c'est d'un grand intérêt pour nos lecteurs", dit à nouveau le rédacteur en chef. Il avait très clairement décidé que ce serait là sa ligne de défense.

Le regard en colère de Torkel quitta un instant Weber.

"Sérieusement, vous voulez me faire gober que vous faites ça pour vos lecteurs ? Vous faites ça pour vendre votre journal. À n'importe quel foutu prix. Reconnaissez-le, au moins, au lieu de débiter toutes ces conneries !"

Le silence se fit dans la pièce. Le rédacteur en chef avait les joues rouges. Une seconde, Torkel pensa que l'homme allait se lever pour le mettre à la porte. Ursula le regardait avec une sorte d'admiration étonnée. Ce n'était pas souvent que Torkel élevait la voix de cette façon. La paume de la main sur la table. Était-ce seulement déjà arrivé ?

Källman finit par se lever et s'approcher d'un élégant buffet étroit, contre le mur, chargé de quelques statues dorées, de coupes et d'un petit carton brun.

"Parfois, nous nous retrouvons dans deux camps opposés. Mais nous sommes disposés à vous aider de notre mieux, dit-il, comme décidé à faire la paix, même s'il luttait visiblement pour garder son calme.

— Et comment comptez-vous nous aider ?" demanda Torkel, lui aussi un peu plus calmement. Continuer dans la confrontation aurait été purement contre-productif.

Sans répondre, le rédacteur en chef saisit le carton sur le buffet et le poussa vers Torkel.

"Voilà", lâcha-t-il.

Le carton n'avait pas de couvercle. Torkel vit qu'il contenait une enveloppe kraft, quelques papiers pliés et un téléphone portable au complet avec son emballage.

“Qu’est-ce que c’est ? demanda-t-il avec curiosité.

— Tout ce que nous avons reçu de Caton, dit Weber.

— Nous pensions que ça vous intéresserait, ajouta le rédacteur en chef en se rasseyant. Nous voulons être utiles.”

Sans répondre, Torkel rapprocha précautionneusement le carton. Ursula se leva pour regarder de plus près.

“C’est avec ce portable qu’a eu lieu l’interview ? demanda-t-elle.

— Exactement, opina Weber. Il m’a envoyé des SMS avant. Tous les messages y sont encore.”

Ursula prit son sac noir, l’ouvrit et en sortit une paire de gants en plastique et une poignée de sachets pour pièces à conviction. Weber continua son récit :

“Tout est arrivé dans cette enveloppe à l’accueil hier après-midi. Comme vous le voyez, ça m’est adressé. Avec Caton comme expéditeur, dit-il l’air sincèrement désireux de les aider.

— C’est arrivé par la poste, ou par coursier ? demanda Torkel.

— Coursier.

— De quelle société ?

— Je ne sais pas.

— Je vais demander à l’accueil s’ils le savent et je vous dirai, proposa Källman.

— Continue, et après ? dit Torkel avec un regard impérieux.

— J’ai lu la lettre, mais j’ai tout le temps gardé des gants : s’il y avait des empreintes, j’espère ne pas les avoir détruites.”

Torkel le regarda sèchement.

"Bravo, c'est bien, ça.

— Bon, ça va, j'ai essayé, au moins, s'énerva Weber. Il m'a contacté par SMS. Il a commencé par m'envoyer à la Bibliothèque Royale, puis il m'a téléguidé par SMS un bon moment. Il voulait vérifier que j'étais seul, je suppose.

— Autre chose ?" reprit Torkel. Un ton neutre, laconique, dur. Il voulait vraiment lui faire sentir que les événements de ces dernières vingt-quatre heures avaient détruit ce qu'ils avaient construit depuis des années. Weber regarda son rédacteur en chef à la dérobée avant de répondre.

"Il m'a montré quelque chose", finit-il par dire.

Torkel réagit au ton de sa voix. Ursula aussi.

"Qu'est-ce qu'il t'a montré ?" demanda-t-elle d'une voix ferme.

Weber hésita un instant. Ils eurent l'impression qu'il y avait quelque chose qu'il voulait et devait dire, mais qu'il lui en coûtait. Un autre regard au rédacteur en chef ne fit que renforcer cette impression. Weber soupira bruyamment.

"Vous le trouverez dans le portable, de toute façon.

— Qu'allons-nous trouver dans le portable ? lâcha Torkel.

— Il m'a guidé jusqu'au corps de Roslagsgatan. C'est moi qui ai appelé pour donner l'alerte."

Torkel pâlit. Ça, il ne s'y attendait pas.

"Comment es-tu entré ?

— Par une fenêtre. Mais il l'avait laissée ouverte. Bloquée avec une petite cale en papier. Elle est aussi dans le carton."

Torkel se pencha, à présent plus las que fâché, remarqua-t-il. Ces conneries n'en finissaient pas.

“Tu vas devoir nous suivre pour faire une déposition complète. Aujourd’hui même. C’est du sérieux, tout ça.

— Je comprends”, opina Weber.

Ursula avait réparti le contenu du carton dans des sachets à pièces à conviction, avant de les y remettre. Elle se tourna alors vers Weber, avec elle aussi une certaine lassitude dans le regard.

“Y a-t-il quelque chose que tu peux dire au sujet du meurtrier ? Quelque chose. N’importe quoi ? demanda-t-elle.

— Tout est dans le journal, intervint le rédacteur en chef. Nous avons très peu coupé.”

Ursula ne se démonta pas.

“Quelque chose qui n’est *pas* dans le journal ?

— L’essentiel y est, mais il y a une chose. Il ne l’a pas dit, mais j’ai eu l’impression…” Weber s’interrompit et regarda gravement Torkel et Ursula, comme pour s’assurer qu’il avait toute leur attention :

“Il est encore loin d’avoir terminé.”

Torkel soupira. Hélas, pour utiliser une expression adaptée au contexte, ça n’était pas un scoop.

Le téléphone n'avait pas donné d'autres empreintes que celles de Weber. La carte SIM et l'emballage non plus, sur lequel il était pourtant le plus vraisemblable de trouver des traces, le meurtrier ne l'ayant probablement pas ouvert. Ursula avait passé la lettre, le tirage du test et l'enveloppe kraft au nouveau scanner digital du deuxième étage, puis avait tout inspecté manuellement au microscope et au pinceau. Rien.

C'était frustrant de constater combien le meurtrier était doué pour éviter de laisser des traces. L'absence de piste concrète et le fait que l'homme semblait grimper vers le haut de la chaîne économique mettaient un début de pression à Ursula, elle qui normalement n'était jamais stressée.

De blogueurs et célébrités de la téléréalité à un directeur des programmes.

Qui serait le suivant ?

Elle n'était pas la seule à se sentir sous pression. Rosmarie était venue plusieurs fois voir Torkel en exigeant des résultats. Elle ne le menaçait pas directement, mais tout le monde dans l'équipe savait que Rosmarie était le genre de cheffe prompte à remplacer les chefs intermédiaires qui ne fournissaient pas de résultats. Mais s'ils n'avaient rien sur quoi travailler, comment fournir des résultats ?

Billy avait nettement plus de matière de son côté. D'une part, grâce aux échanges de SMS, il avait un numéro de téléphone que le meurtrier avait avec certitude utilisé, d'autre part, il avait la carte prépayée du téléphone dont Weber s'était servi, avec son code PUK unique, permettait de localiser la boutique qui l'avait vendue. Il avait déjà envoyé Vanja au kiosque de la gare centrale, à la sortie côté Sergels Torg, même s'il n'avait pas grand espoir que quelqu'un se souvienne de qui avait acheté une simple carte prépayée : c'était une des boutiques les plus fréquentées de Stockholm. Billy supposait que c'était la raison pour laquelle le meurtrier l'avait choisie. Mais c'était une piste qu'ils étaient obligés de suivre.

Pour sa part, il se concentrait sur les échanges entre Weber et leur meurtrier. Ce dernier avait envoyé dix SMS pour finir par un coup de téléphone ayant duré seize minutes et treize secondes. Weber avait répondu à deux SMS, puis passé un bref appel au 112. Puis plus rien.

Le numéro utilisé par le meurtrier appartenait à une carte prépayée non répertoriée, mais cela n'empêcha pas Billy d'identifier presque immédiatement à quel opérateur elle était connectée. Il avait souvent déjà fait ce genre de repérage, et savait exactement à qui s'adresser chez Telia pour avoir les éléments nécessaires.

Billy prit la liste des messages envoyés et reçus par le téléphone de Weber, qu'il s'était fait envoyer par Comviq, et sortit une carte du centre de Stockholm qu'il plaça entre les données des deux opérateurs. Avec un feutre vert et un feutre rouge, il commença à entourer les mâts télécoms auxquels le téléphone de Weber s'était connecté.

Le premier SMS avait été émis par Weber alors qu'il était encore dans les locaux d'*Expressen*. Le téléphone s'était connecté au mât au sommet du gratte-ciel de DN. Billy traça une petite croix rouge sur la carte. Vérifia sur la liste fournie par Telia. Weber leur avait dit qu'il était persuadé que le meurtrier l'avait gardé à l'œil.

L'avait suivi. De près.

Ça semblait exact.

La carte prépayée anonyme qui avait répondu une minute plus tard au SMS de Weber était connectée au même mât. Billy fit une croix verte à côté de la rouge et continua.

La fois suivante où Weber avait utilisé le téléphone pour s'adresser au meurtrier, il se trouvait dans Roslagsgatan. Billy marqua le mât correspondant en rouge. Là encore, la réponse était arrivée dans la minute. Et un autre SMS était encore arrivé une minute plus tard. Billy consulta la liste Telia, même s'il était à peu près sûr de ce qu'il allait y trouver. En effet. Les deux SMS de Weber provenaient du mât marqué de la croix rouge. Puis rien pendant une vingtaine de minutes, jusqu'à l'appel du meurtrier.

Les deux téléphones connectés au même mât pendant toute la communication.

Billy revint au téléphone de Weber. Il entreprit de marquer les mâts utilisés tandis qu'il traversait le parc Humlegården. Même s'il n'était alors pas actif et n'avait fait que recevoir des messages, on pouvait repérer son itinéraire. C'était l'avantage de se trouver au centre de Stockholm :

les mâts y étaient nombreux, si bien que les portables en changeaient très souvent, ce qui rendait la localisation plus précise.

Billy espérait que le meurtrier soit resté tout ce temps-là aussi près.

Ce n'était pas le cas, constata-t-il en commençant à comparer avec la liste Telia. Certes, il était resté dans les parages, mais n'était qu'exceptionnellement connecté au même mât que Weber. Quand il eut fini de placer ses croix vertes, Billy s'étira. Le dos un peu raide d'être resté longtemps penché en avant.

Mais de bonne humeur.

Il avait peut-être trouvé une percée.

Billy était un peu en retard mais ne s'en excusa pas en entrant dans la Pièce où les autres patientaient. Personne ne s'y attendait non plus : ils connaissaient Billy et savaient qu'il ne les aurait pas rassemblés sans une bonne raison. C'est avec un air satisfait qu'il se dirigea vers le tableau. Il tenait à la main quelques papiers et de grandes photos.

"Qu'est-ce que tu as trouvé ? demanda Torkel avec impatience avant que Billy soit arrivé.

— Le camping-car", répondit fièrement Billy en fixant plusieurs grandes photos au tableau. Toutes prises par diverses caméras de surveillance routière ou de sécurité, montrant un camping-car à bande latérale rouge-brun parmi d'autres voitures.

"Les images sont d'hier.

— Comment sais-tu que c'est lui ?" demanda Torkel.

Billy hocha la tête avec satisfaction, comme s'il ne s'attendait pas seulement à cette question, mais qu'il l'avait aussi espérée.

"L'impression d'être observé qu'avait Weber était exacte. Le meurtrier se trouvait dans les parages, dit-il en affichant la carte annotée de croix rouges et vertes. Les rouges sont pour le téléphone de Weber, les vertes pour notre meurtrier."

Tous se penchèrent avec intérêt, même si la carte ne leur disait pas grand-chose au fond, avec ses croix et ses traits placés apparemment au hasard.

“Et en quoi ça nous aide ? demanda Torkel.

— Les croix sont les mâts auxquels se connectent les téléphones. Les traits les itinéraires suivis.

— Je ne comprends toujours pas comment tu en as tiré le camping-car ?” constata Torkel, sincèrement curieux, sans quitter la carte des yeux. Billy lui adressa un sourire qui signifiait : “excellente question, merci de me l’avoir posée”.

“Quand Weber a reçu le premier SMS devant la Bibliothèque Royale, les deux téléphones étaient connectés au mât situé sur le toit de l’hôtel Scandic Anglais.”

Billy indiqua des croix rouges et vertes sur un bâtiment à l’extérieur du parc, mais près de la bibliothèque sur la carte. Si proche que de là quelqu’un aurait très bien pu avoir une vue sur l’entrée du bâtiment.

“Ensuite, quand Weber traverse Humlegården, c’est là que ça devient intéressant, poursuivit Billy en montrant les croix vertes reliées entre elles par un trait formant un carré. Là, le meurtrier commence à se déplacer autour du parc. Il fait plusieurs tours, car le même mât capte plusieurs fois son signal.

— Il était au volant, dit Vanja.

— C’est forcé, opina Billy. Les mâts changent trop souvent pour que ça puisse s’expliquer autrement.”

Ils regardèrent tous la carte. Sturegatan, à gauche sur Karlavägen, puis Birger Jarlsgatan en descendant pour ensuite reprendre Sturegatan.

Ils connaissaient tous bien le secteur : le meurtrier avait pu à plusieurs reprises observer Weber, tout en restant lui-même toujours en mouvement, donc impossible à repérer.

“Je savais où il passait et quand, reprit Billy. Il y a une caméra au niveau de Stureplan et une sur Karlavägen. Sur celle-ci, il passe au bon chrono.”

Billy montra avec satisfaction les photos du camping-car. Torkel se leva d’enthousiasme. Ça n’arrivait pas souvent.

“Bon boulot ! Tu as une photo du chauffeur ?

— Sur la caméra de Karlavägen, tout y est, casquette, lunettes de soleil et barbe, mais elle est trop floue pour permettre l’identification. En revanche, j’ai trouvé ça.”

Billy posa une photo sur la table. L’arrière du camping-car, agrandie et donc très pixelisée, difficile à déchiffrer, mais on parvenait pourtant à lire les chiffres et les lettres de la plaque d’immatriculation. Elle n’était pas suédoise.

“Elle est allemande, non ?” constata Sebastian.

Billy lui adressa un hochement de tête.

“De Hambourg. Le camping-car a été acheté là-bas il y a trois mois chez un concessionnaire.

— Le nom de l’acheteur ? demanda Vanja.

— Devine.

— Sven Caton ?

— Exact. Payé comptant, pas de trace de carte de crédit. Pas d’assurance, ni de certificat d’exportation, ni de contrôle d’origine sollicité auprès de l’Administration des Transports, continua Billy. Le véhicule n’est ni contrôlé ni enregistré en Suède.”

Le silence se fit un moment. Même s’ils n’en savaient pas beaucoup plus que quelques minutes plus tôt, ils se sentaient plus proches de l’homme qu’ils traquaient. C’est Torkel qui rompit le silence.

“Tu as diffusé le numéro d’immatriculation et le signalement du camping-car ?” demanda-t-il à Billy.

Il secoua la tête.

“Pas encore, je voulais d’abord voir ça avec vous. Mais tout est prêt, il n’y a plus qu’à l’envoyer, répondit-il.

— Vas-y, priorité maximale ! Tout doit nous être rapporté directement. Pas d’intermédiaires, dit résolument Torkel.

— D’accord, tout de suite, mais il y a une dernière chose”, reprit Bill avec enthousiasme. Il retourna au tableau et à la carte. “Weber quitte Roslagsgatan après sa conversation avec le tueur, appelle le 112 en s’en allant, mais l’autre portable reste dans les environs jusqu’à notre arrivée.”

Torkel et Vanja réagirent tous les deux.

“Quoi ?” firent-ils presque en chœur. Billy opina du chef.

“J’ai vérifié le rapport de police. La première patrouille est arrivée à 19 h 56. Nous avons débarqué à environ 20 h 10, n’est-ce pas ? À ce moment, il est toujours là, dit-il en les regardant.

— Le meurtrier était là à notre arrivée ? fit Vanja d’une voix tranchante.

— Ouais, à 20 h 25, il coupe son portable et disparaît. Depuis, il n’est plus réapparu, dit Billy en les regardant à nouveau.

— Nous n’avons aucune possibilité de le repérer ? demanda Ursula.

— S’il le réutilise, même avec une autre carte SIM, je peux le retrouver grâce au numéro Imei, dit Billy en haussant les épaules pour signifier qu’il n’y croyait pas trop.

— Qu’est-ce que c’est ? demanda Sebastian.

— C'est une méthode pour repérer le téléphone lui-même, indépendamment du numéro utilisé, mais il faut qu'il soit allumé, et le nôtre est mort pour le moment."

Sebastian se leva avec une expression pensive. Il fit quelques pas vers le tableau et la carte annotée.

"Soit il a l'habitude d'être toujours aussi proche quand la police arrive, soit il a pris de l'assurance et accepte de prendre des risques.

— Il lui est arrivé quelque chose, affirma Vanja. Jamais auparavant il n'a cherché à contacter quelqu'un comme il l'a fait avec Weber."

Sebastian hocha la tête. Content de pouvoir être d'accord avec elle.

"Il veut être compris. Que son travail soit remarqué, affirma Sebastian. La visibilité implique prise de risques, et c'est comme ça qu'on va le prendre.

— Alors allons-y", dit Torkel en se levant. Il était temps de finir la réunion et de se mettre au travail. "Billy tu envoies un avis de recherche du camping-car. Nous autres, on épluche tous les rapports de Roslagsgatan, et on se procure toutes les photos prises sur place. S'il était dans le coin, c'était peut-être vraiment sous notre nez."

Tous hochèrent la tête et se levèrent. Silencieux et concentrés, ils quittèrent la Pièce.

Le meurtrier était toujours inconnu mais, lentement, ils commençaient à découvrir ses façons d'agir, à cerner ses motivations. Il était toujours caché, dissimulé dans l'ombre, mais ils avaient l'impression de deviner au moins ses contours.

Henning Lindh était en retard.

En fait ce n'était pas sa faute, mais ses collègues de Bäckvägen s'en ficheraient pas mal. Il enfonça encore plus l'accélérateur et prit la sortie Hägersten. Combien pouvait-il lui rester ? Cinq minutes ? Dix maximum. Il ralentit et attendit que le flot continu de voitures qui arrivaient en face se tarisse pour pouvoir tourner à gauche dans Kilabergsvägen. Il y avait au croisement une station-service et un 7-Eleven. Une seconde, Henning envisagea d'y faire un saut pour acheter un café et quelque chose à manger, il allait passer de longues heures dans la voiture, mais il finit par décider d'y renoncer, il ne voulait pas être plus en retard qu'il ne l'était déjà.

Enfin, il put tourner et, après une trentaine de mètres seulement, il prit sur sa droite : il était arrivé dans Bäckvägen. Il ne s'agissait plus que de trouver le numéro 43. Il ne pouvait pas y en avoir pour longtemps.

En effet. Deux minutes plus tard, il stoppa devant l'un des immeubles jaune-beige de quatre étages assez quelconques qui s'alignaient sur sa droite et descendit de sa voiture. Il regarda alentour et repéra immédiatement ses collègues postés dans une Passat bleue garée près des haies basses, un peu plus bas dans la rue. Il les salua de la main et dirigea ses pas vers eux. La femme assise au volant, Aya, Aira ou quelque chose comme ça, pensait-il se souvenir, baissa la vitre de la portière à son arrivée.

"Tu es en retard, lâcha-t-elle en guise de salut.

— Je sais, *sorry*, répondit Henning, renonçant à essayer d'expliquer ou de justifier son arrivée un peu tardive. Comment ça va, ici ? continua-t-il plutôt.

— Encore rien. Il a une place de parking dans la cour de l'immeuble, alors il doit forcément passer par là, entre ces haies." Elle lui indiqua un trou dans la végétation, où disparaissait une allée goudronnée. "Son appartement est au troisième étage."

Henning jeta un œil vers le côté de l'immeuble. Deux grandes fenêtres au milieu de la façade et une en coin. Tous rideaux et persiennes baissés.

"Les trois sont à lui ?

— Oui."

Sur quoi elle tourna la clé de contact et s'en alla en remontant sa vitre. Henning regarda sa voiture disparaître puis regagna la sienne. Il décida d'aller faire demi-tour, de manière à avoir une vue directe sur le parking, les fenêtres et l'entrée sans avoir besoin d'utiliser ses rétroviseurs.

La chose faite, il s'assit pour attendre. Au moins, ses collègues étaient deux. Un peu de compagnie, quelqu'un à qui parler. Il soupira en s'affaissant sur son siège. Regrettant de ne pas avoir malgré tout acheté un café. Cinq minutes de plus, qu'est-ce que ça aurait fait ?

Une voiture arriva à sa rencontre.

Une Volvo S60 rouge.

La personne qu'ils surveillaient n'avait-elle pas une Volvo rouge ? Henning sortit le dossier succinct posé sur le siège passager et l'ouvrit. C'était ça, S60 rouge modèle 2007 immatriculée GVL665.

Quand Henning releva les yeux, la voiture rouge avait déjà tourné dans l'allée en face de lui et disparu entre les haies. Il avait raté la plaque.

Henning oublia le café et la planque solitaire. La voiture n'était plus en vue et, un instant, il envisagea de s'en approcher à pied pour une identification plus sûre. Volvo rouge n'était pas tout à fait suffisant.

Mais au pire il risquait d'être démasqué.

Le suspect pourrait éventuellement prendre la fuite.

Il resta là où il était.

Vit un barbu d'environ quarante-cinq ans avec un gros sac à dos et une valise dans chaque main ressortir du parking, gagner l'entrée. Poser une des valises, composer un code et disparaître à l'intérieur de l'immeuble.

Henning se pencha en avant. Le regard fixé sur les fenêtres du troisième étage. Combien de temps pouvait-il lui falloir pour y arriver ? Y avait-il un ascenseur ? L'homme était assez chargé. Il fut tiré de ses pensées quand les persiennes d'une des fenêtres remontèrent.

Le bon appartement.

C'était le moment d'appeler la Criminelle.

Vanja gravit les escaliers et s'approcha de la porte où elle était déjà venue. Elle sonna. Regarda alentour. Les renforts étaient tout proches, mais hors de vue si Saurunas scrutait par le judas. Elle sonna à nouveau. Pas de mouvement à l'intérieur. Le policier de garde s'était-il trompé ? Le peu de temps que Vanja l'avait rencontré, il ne lui avait pas fait l'effet d'une flèche. Ou Saurunas était-il ressorti sans que la surveillance le remarque ?

Elle s'apprêtait à tout annuler quand elle entendit des pas s'approcher et juste après le verrou tourner de l'intérieur.

"Christian Saurunas ? demanda Vanja quand un homme à la longue barbe hirsute apparut dans l'embrasure de la porte.

— Oui, confirma l'homme avec un regard un peu interrogatif.

— Vous êtes seul dans l'appartement ?

— Quoi ?" Encore plus interrogatif. "Oui ?"

Vanja fit en silence un pas de côté et, quelques secondes plus tard, Saurunas était plaqué à terre par trois hommes lourdement armés. Hauts cris de surprise et de douleur quand ses bras furent forcés dans son dos et munis de menottes. Vanja fit quelques pas pour entrer dans l'appartement, tandis que les trois hommes de la brigade remirent Saurunas sur pied.

"Vanja Lithner, police criminelle, dit-elle en brandissant sa carte. Nous souhaitons vous interroger en relation avec les meurtres de Patricia Andrén, Miroslav Petrovic, Sara Johansson et Claes Wallgren.

— Hein ? Qui ?"

Vanja ne répéta pas. Christian Saurunas aurait tout le temps d'entendre encore ces quatre noms.

"Avez-vous un avocat ou un conseil juridique, ou souhaitez-vous que nous vous en procurions un ?

— Je n'ai pas d'avocat…", parvint à lâcher Saurunas,

et on entendait à sa voix qu'il n'avait toujours pas compris ce qui se passait ni pourquoi il lui fallait un défenseur.

Vanja fit signe à la police, qui emmena Saurunas vers la voiture qui attendait pour le conduire à Kungsholmen. Elle fit quelques pas dans l'appartement tout en sortant son téléphone pour composer un numéro raccourci. L'appartement sentait le renfermé et la poussière, même si une des fenêtres sur le balcon était ouverte. Comme si personne n'avait séjourné là depuis longtemps. La porte des toilettes était entrouverte, et l'odeur qui s'en dégageait n'était pas des plus agréables. Peut-être l'explication du temps que Saurunas avait mis à venir ouvrir ?

Vanja obtint une réponse.

“Tu peux venir”, dit-elle, avant de faire demi-tour et de laisser l'appartement à Ursula et aux techniciens de la police scientifique.

“Où vous trouviez-vous et que faisiez-vous à ces dates ?”

Vanja fit glisser vers lui un papier avec quatre dates. La première celle du meurtre de Patricia Andrén à Helsingborg, la dernière celle de la veille. Saurunas jeta un rapide coup d’œil à la courte liste puis leva à nouveau les yeux vers Vanja et Torkel qui était assis à côté d’elle.

“Pourquoi voulez-vous le savoir ?

— Ce sont les dates et les heures où nous savons que les quatre victimes ont rencontré le meurtrier.”

L’homme assis à côté de Saurunas lui prit le papier et y jeta un œil. Henrik Billgren, avocat commis d’office. Torkel et Vanja l’avaient déjà plusieurs fois rencontré. Un homme calme et taciturne qui faisait de son mieux pour ses clients, même s’il ne les avait vus que quelques minutes, mais toujours dans le respect du travail de la police. Quand il remettait en question ou s’opposait à quelque chose, c’était le plus souvent justifié, et non juste pour faire de l’obstruction et leur compliquer la tâche. Vanja l’appréciait, et elle pensait que Torkel aussi.

“Ce sont des horaires très précis, constata-t-il de sa voix calme où on percevait encore des traces de son enfance en Dalécarlie.

— C'est d'autant plus facile pour nous dire où vous étiez", répliqua Vanja.

Henrik encouragea d'un signe de tête Saurunas à répondre, en lui rendant le papier.

"Je ne sais pas de quoi vous parlez, dit Saurunas d'une voix pleine d'inquiétude en adressant un regard suppliant aux deux policiers de l'autre côté de la table. Je n'ai rien fait. Je ne sais même pas qui sont ces personnes qu'elle a énumérées, ajouta-t-il en montrant Vanja de la tête.

— Regardez ces dates, s'il vous plaît", intervint Torkel.

Saurunas obtempéra. Prit connaissance de la courte liste, puis leva à nouveau les yeux vers eux.

"Je suis allé voir ma mère à Kaunas le 26 mai, j'y suis resté jusqu'au 5 juin. Puis je suis rentré, j'ai fait mes bagages et je suis parti le lendemain dans un chalet que j'ai emprunté dans la vallée d'Härjedalen.

— Emprunté à qui ?

— À mon beau-frère. Ou plutôt ex-beau-frère. Ils se sont séparés.

— Pourrions-nous avoir son nom et son contact, s'il vous plaît ?

— Bien entendu, je l'écris là ?" Saurunas approcha son stylo de la liste des dates.

"Non, ici, dit Vanja en lui passant une feuille vierge.

— Et vous êtes rentré d'Härjedalen aujourd'hui ?" demanda Torkel tandis que Saurunas écrivait.

Saurunas hocha la tête et fit glisser les deux papiers vers Vanja. Torkel prit celui avec le contact et après avoir confirmé de la tête à Vanja, il se leva et quitta la pièce.

"Vous avez rencontré quelqu'un, là-bas ? reprit-elle. De la visite ?"

Saurunas secoua la tête.

“C’est très isolé. Pas d’électricité. L’eau au puits. Cuisinière à bois. Pas de couverture réseau. J’y suis allé pour avoir la paix, pêcher et réfléchir.

— À quoi avait-il besoin de réfléchir ?” demanda Sebastian, présent dans la pièce voisine, et qui observait l’interrogatoire à travers un miroir sans tain. Au besoin, il pouvait glisser de brefs commentaires directement dans l’oreille gauche de Vanja *via* une oreillette.

Comme maintenant.

“À quoi avez-vous réfléchi ? demanda Vanja, sans qu’il soit possible de déceler qu’on le lui avait soufflé.

— J’ai dû quitter KTH récemment, vous le savez peut-être ?” Saurunas l’interrogea à nouveau du regard et Vanja hocha la tête. “Que faire maintenant ? Postuler ailleurs, essayer de revenir, faire autre chose ? Ce genre de réflexions.

— Comment vous y êtes-vous rendu ? Avec le camping-car ?

— Quel camping-car ?

— Vous n’avez pas de camping-car ?

— Non, j’ai roulé avec ma voiture. La Volvo.

— Nous avons des informations selon lesquelles vous roulez parfois en camping-car”, mentit sans se gêner Vanja, tout en faisant semblant de chercher justement cette information dans les papiers qu’elle avait devant elle, pour rendre le tout plus crédible.

Si Saurunas disposait d’un camping-car, c’était une parfaite occasion pour lui de le reconnaître maintenant, pour ne pas se retrouver convaincu de mensonge lors d’un entretien ultérieur. Confirmer ce que la police savait déjà, nier tout le reste, c’était la meilleure façon de se tirer d'un interrogatoire. Si Christian Saurunas était Sven Caton, il était sûrement assez malin pour comprendre ça.

Mais une tête secouée avec insistance lui fit comprendre que l'homme de l'autre côté de la pièce n'avait pas l'intention de mordre à son petit mensonge.

"Non.

— Sûr ?

— Je pense que mon client sait s'il conduit de temps à autre un camping-car, intervint presque timidement Billgren. Nous pourrions peut-être laissa ça et avancer."

Vanja hocha la tête. Elle avait tenté, et échoué. Sebastian restait silencieux à son oreille. Elle continua donc selon le plan.

"Est-ce que quelqu'un peut attester que vous étiez vraiment dans l'Härjedalen ?"

Saurunas secoua à nouveau la tête et poussa un grand soupir en réalisant l'effet qu'allait faire sa réponse.

"C'est très isolé. On gare sa voiture, puis on marche presque dix kilomètres en pleine nature."

Vanja se contenta de hocher la tête en notant :

Comme ça tombait bien !

Passer un mois dans l'endroit le plus paumé de la planète, juste au moment où quatre meurtres étaient commis.

"J'avais avec moi tout ce dont j'avais besoin pour ces semaines, reprit Saurunas, comme s'il avait anticipé ce que serait la question suivante de Vanja. Et puis j'espérais aussi prendre du poisson, bien sûr."

Il s'essaya à un petit sourire, auquel Vanja ne répondit pas.

La porte de la pièce au mobilier spartiate s'ouvrit et Torkel glissa la tête. Vanja se retourna et un petit signe de tête vers le couloir lui indiqua qu'il avait besoin de lui parler.

"Nous faisons une petite pause", dit-elle en se penchant pour couper l'enregistreur, avant de se lever en laissant les deux hommes dans la pièce.

Sebastian sortit de sa pièce pour se joindre à Torkel et Vanja dans le couloir.

"Le beau-frère confirme que Saurunas est passé lui emprunter ses clés dans la matinée du 6 juin, avec sa voiture entièrement chargée, les informa Torkel tandis qu'ils se dirigeaient vers leurs bureaux.

— Et que dit-il au sujet du camping-car ?

— À sa connaissance, Saurunas n'en possède pas."

Vanja poussa un profond soupir. Une fatigue se répandit rapidement à travers son corps.

La concentration, l'adrénaline, la chasse.

Ça l'avait poussée à tourner à plein régime, à tout refouler au profit du travail, fatigue physique comme épuisement psychique.

Et voilà qu'ils se rappelaient à son souvenir.

Allaient-ils devoir faire marche arrière, tout recommencer ? Et qu'avaient-ils, dans ce cas ?

En fait, rien. Ils seraient alors obligés d'élargir leur enquête à tous les anciens profs d'Olivia Johnson. Pas seulement ses directeurs de recherche, mais tous ceux qui l'avaient eue dans la moindre matière à KTH. Ou pire, il pouvait s'agir, comme le craignait Billy, de quelqu'un qui l'avait eue comme élève il y avait longtemps, et l'avait suivie d'année en année. Une tâche presque impossible. Pas de preuve scientifique, pas d'ADN ni d'empreintes digitales. Il fallait espérer qu'Ursula et l'équipe aient trouvé quelque chose chez Saurunas, sans quoi…

"J'appelle Ursula", dit-elle en sortant son téléphone. Sebastian et Torkel rejoignirent Billy.

"Tu as trouvé quelque chose ? demanda Torkel.

— J'ai seulement son portable, l'ordinateur arrive de l'appartement.

— Et ça donne quoi ?"

Billy fit s'afficher un document sur son ordinateur et se pencha légèrement vers l'écran.

"Son dernier appel remonte au matin du 6 juin.

— À qui ?

— Un certain… David Lagergren à Solna.

— Son beau-frère. Plus rien après ça ?

— Non.

— Est-ce qu'il aurait pu les effacer ? glissa Sebastian.

— Bien sûr, mais j'ai vérifié ses connexions avec les mâts : il monte vers Härjedalen avant de disparaître.

— Donc ce n'est pas lui qui a appelé Weber depuis le camping-car ?

— Pas avec ce téléphone, en tout cas."

Torkel jura tout bas.

"Et il a des photos prises après le 6. Plusieurs."

Billy saisit la souris et ouvrit un nouveau document. Des photos s'alignèrent à l'écran. Billy le tourna un peu vers Torkel, qui se pencha plus près. Une photo d'un petit chalet isolé, une autre d'un petit-déjeuner sur une table devant une fenêtre donnant sur des pentes tachées de neige. Mais la plupart semblaient prises dans ou sur le bord du cours d'eau, au milieu de vastes tourbières s'étendant jusqu'à des sommets majestueux à l'horizon. Beaucoup de photos de poissons. Sur la rive, ou étalés sur une souche. La plupart assez gros, tachetés, avec un ventre jaune-vert. Torkel supposa que c'était une sorte de truite. L'autre espèce qui revenait souvent sur les photos était un peu plus petite, avec une grosse nageoire dorsale, et Torkel n'avait aucune idée de son nom.

Un feu de bois.

Une tasse de café fumante.

Un poisson tout juste grillé dans une feuille d'aluminium.

Torkel se surprit à éprouver un mélange de nostalgie et d'une pointe de jalousie à l'égard de Saurunas. Il aurait lui aussi voulu être dans l'eau jusqu'aux cuisses et pêcher dans le silence de la nature sauvage. Il n'avait pas pêché une seule fois depuis qu'il était adulte, mais ce n'était pas le plus important. C'était l'impression que donnaient ces images. Le calme. La possibilité de contemplation. Seul dans la nature avec ses pensées.

“Celle-ci…, continua Billy en agrandissant une des images en plein écran, il l'a prise au moment où nous savons que notre meurtrier a déjeuné avec Petrovic à Ulricehamn.”

Il indiqua la date et l'heure, bien visibles dans le coin inférieur droit de la photo. Torkel sentit son moral s'effondrer en la voyant. C'était un des rares “selfies”. Saurunas en coupe-vent, bonnet sur la tête et barbe un peu plus clairsemée, souriait à l'objectif, dos à une rivière et, à quelques centaines de mètres sur l'autre rive, on distinguait deux élans en train de traverser la tourbière.

“Est-ce qu'il aurait pu truquer la date et l'heure ? tenta Torkel, assez persuadé de s'accrocher à un brin d'herbe.

— Pas vraisemblable", fut en effet la réponse de Billy.

Comme si ça ne suffisait pas à leur couler le moral, Vanja vint vers eux et Torkel sut, rien qu'en la voyant, qu'Ursula ne lui avait rien donné qui puisse renforcer les soupçons contre Saurunas.

"Rien dans l'appartement qui ait un rapport avec les victimes ou qui indique qu'il puisse être Sven Caton", confirma Vanja dès qu'elle les eut rejoints.

Un petit silence se fit. Tous pensaient la même chose, mais ce fut Billy qui mit des mots dessus :

"Alors on le relâche ?"

Torkel se contenta de hocher la tête, ils ne pouvaient pas faire grand-chose d'autre. Bien sûr, ils pouvaient le garder soixante-douze heures, mais Billgren demanderait à bon droit pourquoi et aucun procureur n'accepterait de l'écrouer. Les motivations d'une telle décision n'étaient pas seulement floues, elles étaient inexistantes.

"Laissez-moi quelques minutes avec lui, lâcha Sebastian pour briser le silence et, avant que quiconque ne réagisse, il regagna d'un pas décidé la salle d'interrogatoire. Bonjour, Sebastian Bergman", dit-il après avoir refermé la porte derrière lui et gagné en quelques pas la table au milieu de la salle d'interrogatoire. Saurunas et son conseil juridique levèrent les yeux comme s'ils attendaient une main tendue qui ne vint pas.

"Qu'est-ce que ça vous a fait de perdre votre emploi ? demanda Sebastian sans s'asseoir.

— Qui êtes-vous ? demanda Henrik Billgren avec quelque chose de tranchant dans la voix, sans laisser à Saurunas le temps de répondre.

— Je l'ai dit, Sebastian Bergman, je travaille ici.

Psycho-criminologue, si les titres sont importants pour vous. Je peux continuer maintenant ?”

Sebastian adressa à l’avocat un regard las dont il espérait qu’il lui ferait comprendre que moins il l’entendrait par la suite, mieux il se porterait. S’il comprit le sous-texte, en tout cas Billgren n’en montra rien. Il se contenta de répondre d’un hochement de tête.

“Qu’est-ce que ça vous a fait de perdre votre emploi ? répéta Sebastian, toujours debout devant Saurunas.

— Ce que ça m’a fait ?

— Oui.

— Qu’est-ce que vous croyez ? J’ai été… en colère, triste, désespéré. J’y avais travaillé plus de quinze ans.

— Est-ce que vous avez pensé que d’autres auraient plutôt dû perdre le leur ? Des collègues moins doués, idiots.

— Le monde universitaire ne fonctionne pas exactement comme ça, on finance sa propre recherche…

— Ou autrement dit : Trouvez-vous que d’autres méritaient moins leur financement que vous ?”

Saurunas fronça les sourcils d’un air soucieux, baissa la tête, parut réfléchir comme s’il ne s’était pas posé lui-même la question. Il finit par hocher tout seul la tête et releva les yeux vers Sebastian.

“Oui, je suppose, confirma-t-il. Je ne sais pas s’ils sont moins doués, mais j’en connais d’autres dont la recherche pourrait être remise en cause pour être sans doute plus datée que la mienne, mais…” Il haussa les épaules avec découragement. “Qu’est-ce que je pouvais faire ?

— Où voulez-vous en venir, exactement ?” objecta Billgren. Sebastian l’ignora totalement et contourna Saurunas pour se placer derrière lui.

“Qu’avez-vous ressenti quand Olivia Johnson a obtenu sa bourse ?”

Saurunas se tourna sur sa chaise de manière à toujours voir Sebastian qui s’était placé devant la fenêtre en verre dépoli, comme s’il voyait dehors à travers.

“De la fierté. C’était juste. C’était une très bonne étudiante.

— Trouvez-vous que cela ait été suffisamment remarqué ?

— Que voulez-vous dire ?

— Est-ce que les journaux en ont parlé ? A-t-elle été interviewée ? Est-ce que ça a fait la une des journaux ?

— Non, bien sûr que non.” Saurunas semblait sincèrement surpris par cette question. “Le journal interne de KTH en a parlé. La fondation Suède-Amérique l’a mis sur son site. Je crois qu’il y a eu aussi un entrefilet dans *Svenska Dagbladet*, mais c’est tout.

— C’est tout”, répéta Sebastian avant de se taire.

Il resta là, le regard fixé sur le verre opaque. Les secondes s’écoulaient. Saurunas se mit à se tortiller sur place et interrogea Billgren du regard. Sebastian restait là. Le silence commença à durer.

“Je répète : Où voulez-vous en venir ?” demanda Billgren, le silence s’étant installé depuis bientôt trente secondes. Sebastian ne répondit pas, mais quitta la fenêtre, passa devant la table et les deux hommes et tira la chaise où Vanja était précédemment assise. Il s’y laissa glisser et croisa le regard ouvert et interrogatif de Saurunas. Toujours en silence.

“Bon, Caton…”, commença Sebastian avant de se taire à nouveau. Pas de réaction visible de l’homme de l'autre côté de la table, juste l'attente attentive d'une suite. "De quelle couleur est la poitrine d'une mésange ?

— Jaune", répondit aussitôt Saurunas sans réfléchir. Ce n'est qu'après que Sebastian observa sur son visage qu'il ne comprenait pas l'intérêt de cette question.

Sebastian décida de passer à l'offensive, de tout miser sur une carte. Il se mit à applaudir lentement, tandis qu'il se penchait par-dessus la table.

"Bravo. Mais c'est le signe d'une conception datée du savoir." Sebastian haussa la voix, plus insistant, polémique. "Pourquoi les gens devraient-ils avoir ça dans la tête quand ils peuvent le googliser n'importe quand et n'importe où ?"

Saurunas se tourna vers Billgren, sur sa droite. Sebastian tapa du poing sur la table pour retrouver son attention.

"Les jeunes ont compris ça. Ils ont compris ce qu'il fallait pour avoir du succès, être apprécié, gagner de l'argent. C'est aujourd'hui tout autre chose que de bûcher des encyclopédies. Ils sont devenus connus, populaires et riches pendant que tu trimais dans une université poussiéreuse qui ne veut même plus de toi, et tu es aigri de ne pas avoir eu l'attention que tu méritais. Alors, finalement, qui est le plus malin ?

— Je ne comprends vraiment pas ce que…, commença l'avocat.

— Ta gueule, le coupa Sebastian. Je suis en train de faire un petit monologue, là, ton client n'a aucune raison de le prendre mal."

Il fit à nouveau lentement le tour de la table, de façon à s'adresser à Saurunas de derrière.

“Tu sais quoi ? Tu es un dinosaure qui regarde la comète arriver en croyant pouvoir l’arrêter.

— Je ne sais pas ce que vous voulez que je réponde à ça”, fit prudemment Saurunas quand il comprit que Sebastian avait fini.

Sebastian s’étira. Fit à nouveau le tour de la table sans un regard pour les deux hommes qui essayaient sans doute de comprendre à quoi ils avaient assisté. Il était assez certain que l’homme qui se faisait appeler Sven Caton ou Caton l’Ancien aurait réagi à son pseudonyme, aurait demandé pourquoi Sebastian l’appelait comme ça, essayé de prendre ses distances avec ce nom, fait comme s’il ne l’avait encore jamais entendu.

Il était aussi certain que l’homme qui avait en si peu de temps assassiné quatre personnes et voulu diffuser une sorte de manifeste *via* la presse du soir n’aurait pas encaissé sans réagir ces accusations de bêtise, de se voir asséner que ses victimes étaient plus malignes que lui. Le sentiment de supériorité et de légitimité était fort chez leur meurtrier. Si un homme comme Sebastian ne comprenait pas sa grandeur, il n’aurait pas pu s’empêcher de lui faire la leçon. Leur meurtrier était très intelligent, mais il n’aurait pas su contrôler ses émotions comme l’homme assis à cette table.

Sebastian jeta un regard à travers le miroir. Il était assez certain que Vanja était dans la pièce voisine. Torkel aussi peut-être. Il s’en approcha de quelques pas et adressa à ceux qui étaient de l’autre côté un regard qui voulait dire : “je ne crois pas que ce soit lui”.

Il était sûr qu’ils étaient d’accord.

Enfin.

Les premiers signes de réveil.

L'interview qu'il avait donnée à Axel Weber dominait l'Internet, mais comme il n'était pas possible de commenter les articles sur expressen.se, les réactions n'étaient pas visibles. Il dut aller sur le site d'*Aftonbladet* qui à force de couper-coller chez son concurrent avait fini par publier un article à peu près identique. À la différence que là, on pouvait écrire ce qu'on voulait du texte.

D'une main tremblante, l'homme qui se faisait appeler Caton commença à faire défiler les commentaires. 188 quand il entra sur le site. La plupart, au début, étaient des variantes de "il est dingue, ce salaud !" et "pour qui il se prend, ce type ?", mais venait ensuite le premier qui ne le défendait pas, naturellement, mais trouvait pourtant qu'il avait mis le doigt sur un sujet important. Quelques répliques indignées, puis un autre qui condamnait les meurtres et la violence, mais estimait qu'il fallait quand même débattre de la superficialité et de ceux dont on faisait des célébrités aujourd'hui. Quelques voix contre, la plupart d'accord. Après quelques autres condamnations catégoriques, un autre commentaire qui affirmait, avec force et concision :

“Mais putain, il a raison.”

De plus en plus semblaient alors se rallier à cette position et y allaient de leurs réactions et, vers la fin, c’était à peu près 50-50 entre ceux qui le décrétaient débile et le condamnaient et ceux qui trouvaient qu’il avait quand même quelque chose de sensé à dire.

Il ouvrit une nouvelle fenêtre, saisit l’adresse du site Flashback et chercha la rubrique “Ragots célébrités”. Il y avait là un fil de discussion sur Patricia Andrén et Mirre Petrovic, mais pour les deux, on renvoyait au Tueur de la Téléréalité dans la rubrique “Crimes et criminels”.

Ce fil avait déjà reçu 1 400 contributions.

Il entreprit de les survoler. Au début, les questions tournaient autour du mobile de ces meurtres, quel genre de personne pouvait faire une chose pareille. Après quelques centaines de variantes sur ce thème, mêlées de ragots et de spéculations sur son identité, survenait le premier qui, dans un bref commentaire, écrivait :

“C’est moi, ou il ne tue que de vrais débiles ?”

Cette contribution recevait quantité d’approbations et on trouvait assez vite des listes et des conseils de soi-disant célébrités dont le Tueur de la Téléréalité devrait s’occuper, tant qu’il y était.

Puis, après la publication de l’interview dans l’*Expressen*, ça explosait. Mêlée à des diagnostics de psychologie de comptoir et de spéculations sauvages sur qui il pouvait bien être s’invitait une discussion relativement sensée sur ce qu’il avait voulu dénoncer depuis le début.

Le mépris de la connaissance. La glorification de l’idiotie. La bêtise comme facteur de succès.

Bien sûr, il ne s'agissait que de Flashback, on ne pouvait pas prétendre que c'était une tranche centrale de la population qui s'exprimait, loin de là, mais ça faisait des ronds dans l'eau.

La discussion avait démarré. Il s'attendait à la voir abordée dans un éditorial ou une page culture d'ici quelques jours.

Ça prenait de l'ampleur.

Il perçait.

Il ne pouvait pas en rester là.

Il avait commencé à chercher de futures victimes potentielles. Passé en revue des participants à des émissions de téléréalité, des blogueurs et autres célébrités de troisième zone qui, par leurs frasques plus ou moins désespérées, tentaient de rester quelques minutes de plus sous les feux de la rampe.

Il était au-dessus de ça, maintenant.

Plus important.

Le meurtre de Claes Wallgren et l'interview avec Axel Weber étaient des pas dans la bonne direction. Il avait avancé ses positions. Il ne pouvait pas battre en retraite. S'il voulait avoir une chance de réveiller une population somnolente, il devait viser plus haut, trouver les responsables de la corruption intellectuelle qui perdurait et les mettre en accusation. Deux noms sur sa liste assez longue lui semblaient plus intéressants que les autres.

Il fut tiré de ses pensées par la sonnette de sa porte. Un coup d'œil à l'heure. Il n'attendait pas de visite. D'un autre côté, il n'en recevait plus que très rarement désormais. C'était Laura qui veillait à ce qu'ils aient un cercle de fréquentations. Il avait en grande partie disparu avec elle.

Il se leva et gagna la porte, fourbissant quelques phrases bien tranchantes s'il s'agissait d'un vendeur ou d'un prédicateur quelconque.

Mais non.

Il se trouva face à un visage connu.

“Salut, désolé de venir si tard, tu n'imagineras pas ce qui m'est arrivé.

— Entre, viens me raconter”, dit l'homme qui ne s'appelait pas Caton, avant de s'écarter pour laisser passer Christian Saurunas.

Vanja avait fini par trancher.

Appeler Jonathan avait été une grosse erreur.

Compréhensible, mais il y avait quand même des limites au désespoir.

Susanna était revenue.

Comme la dernière fois.

Le temps s'était arrêté.

Au fond, c'était tout à fait logique que Jonathan soit retourné avec elle. Il avait besoin de quelqu'un. Depuis toujours, il était fait comme ça. Ce qui était fou, ce n'était pas le comportement de Jonathan, mais le sien, d'avoir un instant voulu remettre la main dans ce nid de guêpes.

Jonathan n'était peut-être pas assez fort, mais il fallait qu'elle le soit à sa place. Ça avait toujours été son rôle, et elle allait le reprendre. Elle était forte. Elle le savait. Elle était capable de prendre des décisions sages. Comme de ne pas le recontacter.

Mais il avait rappelé.

Comme une épreuve envoyée d'en haut. Il voulait dîner avec elle, et ses bonnes résolutions se révélèrent aussi fragiles qu'une fine couche de glace : une légère pression, et elle passa à travers.

Ils convinrent d'un rendez-vous une heure plus tard.

Vanja raccrocha et resta un moment à regarder fixement devant elle. Autour d'elle, les gens s'activaient, finissaient leur journée. En elle, la confusion était plus grande encore. Elle se força à travailler encore un peu, il y avait de quoi faire. Encore un peu de coordination entre Ulricehamn et Helsingborg, puis Torkel voulait une transcription de l'interrogatoire de Saurunas. Vanja n'avait rien contre s'en charger, au contraire, l'exercice lui permettrait de bien fixer ses idées.

Quinze minutes avant de devoir y aller, elle estima avoir été assez efficace et pouvoir quitter le travail sans avoir mauvaise conscience. Elle fila aux toilettes se faire un maquillage simple mais soigneux. Ça faisait longtemps qu'elle ne s'était pas maquillée pour un rendez-vous. Elle croisa son regard dans le miroir.

À quoi jouait-elle ?

Toute cette idée de se créer une autre vie, une vie à elle, sous-entendait qu'elle soit moins compliquée, plus simple que l'ancienne. Et là, elle se maquillait pour un rendez-vous avec son ex-petit ami qui s'était remis avec son ex-petite amie. Mais elle sentait qu'elle n'avait pas le choix. Elle avait passé toute sa vie à réfléchir, peser, analyser. Il fallait maintenant qu'elle suive ses sentiments. Quand bien même une partie d'elle trouvait que c'était une erreur.

Ils devaient se retrouver devant le cinéma Filmstaden. Jonathan travaillait toujours chez Coldoc, un fournisseur de fibre optique dont le bureau était à Gärdet :

Hötorget était pratique pour eux deux. C'était en outre le lieu de leur premier rendez-vous, il y avait longtemps de cela, et cette symbolique n'échappait pas à Vanja. Elle prit la ligne bleue au métro Rådhuset, une seule station jusqu'à T-Centralen, puis de là une petite marche à pied. Malgré une fine bruine, la soirée était agréable, et cette promenade parvint à chasser presque toute la déception d'avoir dû relâcher Saurunas.

Jonathan était au même endroit que la toute première fois. Elle s'arrêta, le regarda un instant. Il n'avait pas changé. Les cheveux un peu plus courts et quelques kilos en plus, mais il était toujours très attirant. Grand, bien bâti, avec ses épais cheveux bruns où elle avait aimé passer ses mains.

Le sexe n'avait jamais été un problème pour eux, elle l'avait toujours désiré, même quand ils commençaient à s'éloigner l'un de l'autre. À la fin, c'était autre chose qui leur manquait. À l'époque, elle appelait ça de la profondeur. Une intimité qui leur aurait permis d'être sincères pour de bon. Il avait un peu trop tendance à la soumission et n'osait souvent pas faire face aux situations qui, dans l'immédiat, mettaient la relation à rude épreuve mais qui, à long terme, consolidaient le lien.

Il était trop gentil, tout simplement.

Après les montagnes russes de l'année écoulée, cela lui semblait très attirant.

Elle avait besoin de quelqu'un de gentil.

Jonathan s'éclaira en la voyant, et la salua gaiement de la main. Elle hâta le pas et l'entoura de ses bras en arrivant. Son corps était chaud et sentait bon.

“Salut Jonathan, dit-elle sans relâcher son étreinte. Ça me fait plaisir de te voir.

— Je suis content moi aussi, répondit-il.

— Tu as l'air en forme, dit-elle, sincèrement.

— Merci, toi aussi."

Ils se turent un moment en se dévisageant.

"Où comptais-tu manger ? fit Vanja pour briser le silence avant qu'il ne devienne gênant.

— Je ne sais pas.

— Tu n'as pas réservé quelque part ?"

Il secoua la tête, l'air penaud.

"En fait je ne savais pas si tu viendrais. Tu sais. Si tu n'allais pas changer d'avis au dernier moment."

Il la connaissait bien. Aucun doute là-dessus. Mais elle était là et, comme d'habitude, prit les commandes.

"On va à Kol & Kox ? Ou ça te fait drôle ?" proposa-t-elle.

Kol & Kox était le restaurant italien à deux pas de là où ils avaient dîné lors de leur premier rendez-vous. Jonathan secoua la tête en souriant.

"Très bien. Je n'y suis pas retourné depuis longtemps. Un petit pèlerinage, ça ne peut pas faire de mal."

Ils se mirent en route. Le marché battait encore son plein. Ils se frayèrent un passage parmi les étals de fruits et légumes et les surenchères des vendeurs qui baissaient leurs prix pour se débarrasser au mieux de leurs marchandises avant de devoir fermer boutique pour la journée. Vanja marchait déjà tout près de lui, mais décida de lui montrer clairement qu'il était désiré. Elle s'accrocha à son bras et eut la joie de voir un petit sourire se dessiner à ses lèvres.

Ils mangèrent chacun leur *pasta* aux cèpes et leur filet de bœuf. Jonathan proposa qu'ils se partagent une bouteille de rouge, mais Vanja s'abstint. Ils allaient peut-être terminer la soirée ensemble, mais elle pouvait aussi bien devoir retourner travailler, et il ne fallait alors pas qu'elle ait bu.

Assez vite, la conversation versa sur tout ce qui lui était arrivé. Au fond, c'était pour ça qu'ils se revoyaient, et Jonathan semblait sincèrement intéressé. Vanja s'efforça de tout dire. Qu'Anna était allée jusqu'à l'emmener voir une tombe au cimetière, en prétendant que l'homme qui y était enterré était son père. Mais elle avait gardé le meilleur pour la fin, ce que tout ce cirque cherchait à cacher. Que Sebastian Bergman s'avérait être son père biologique. L'intérêt sincère de Jonathan s'était transformé en choc.

"Mon Dieu, ça ne finira donc jamais ?" lâcha-t-il quand elle acheva son récit.

Vanja haussa les épaules, découragée. Elle ne savait pas. Ça n'en prenait pas le chemin.

"Et là-dessus ton père qui… Valdemar qui tente de se suicider ? Et tu arrives à tenir le coup…, continua-t-il en la regardant avec compassion.

— Ça a été dur", dit-elle. C'était une litote, mais il le comprenait. Elle se pencha plus près de lui. "C'est pour ça que je t'ai appelé. J'avais besoin de quelqu'un, dit-elle tout bas.

— Merci, c'est gentil", répondit-il en souriant. Ils se turent un moment. Il la regarda d'une façon qu'elle ne savait pas vraiment interpréter.

"Je suis content que tu aies appelé, mais tout ça, c'est compliqué pour moi", finit-il par lâcher. À la table voisine, deux hommes se levèrent et commencèrent à remettre leurs vestes. Jonathan et elle se trouvèrent tous les deux à les regarder. Peut-être leur mouvement soudain avait-il capturé leur attention. Ou le raclement de leurs chaises sur le sol. Quoi qu'il en soit, Vanja sentit que le charme était rompu.

Au fond, il n'était pas à elle.

Elle n'était absolument pas à lui.

Ils avaient eu un temps ensemble, mais il était passé depuis longtemps. Au fond, ils n'étaient pas amis. Ils avaient été bien plus. Mais plus maintenant. Ce qu'ils étaient désormais l'un pour l'autre, aucun d'eux ne le savait.

"Tu as besoin de quelque chose, Vanja. Mais je ne sais pas si je peux te le donner."

Vanja hocha la tête en silence, blessée qu'il n'essaie même pas de savoir où ça aurait pu les mener.

Elle leva son verre et but une dernière gorgée. Elle fit durer cet instant. Leurs voisins venaient de sortir du restaurant. Bientôt, ils allaient prendre le même chemin. Quel souvenir garderait-elle de tout ça ? Où irait-elle quand elle l'aurait remercié pour cette soirée, et qu'il aurait dit que ça lui avait vraiment fait plaisir de se revoir ? Elle retournerait à la Criminelle, au travail qu'elle adorait autrefois, qui avait été sa seule raison de vivre.

Elle toucha délicatement le dessus de sa main.

"Tu m'as manqué", dit-elle en lui prenant deux doigts. En les serrant. Il la regarda longtemps, puis finit par répondre :

"Ah ? Vraiment ? Ou bien tu as juste besoin de quelqu'un parce que tu traverses une putain de période difficile ? dit-il en ôtant doucement sa main de la table.

— Tu m'as manqué, s'empressa-t-elle de répéter avec une telle conviction qu'elle n'eut pas elle-même le temps de se demander si c'était vrai ou non. J'aurais voulu ça de toute façon, continua-t-elle en espérant être aussi convaincante.

— Je suis à nouveau avec Susanna.

— Mais tu es ici.

— Oui, mais je n'en suis peut-être pas très fier", dit-il en la regardant gravement. Il se pencha vers elle. "Tu sais que je suis intéressé. Sinon je ne serais pas ici, ajouta-t-il sincèrement. Mais je ne suis pas sûr que tu le veuilles vraiment. Je suis peut-être quelqu'un dont tu as juste besoin maintenant, un moment. Je n'y arriverai pas. Pas encore une fois..., lâcha-t-il avant de se taire.

— Je comprends", fit-elle en lui touchant à nouveau la main. Cette fois, il la laissa faire.

"Non, tu ne comprends pas."

Il la regarda, ses yeux bruns pleins d'émotions qu'il ne pouvait plus retenir. Elle baissa le regard. Elle ne s'attendait pas à ça. L'avait-elle blessé à ce point ?

"Ça a été dur pour moi aussi, dit-elle en pressant sa main un peu plus fort.

— Pas autant que pour moi."

Elle savait qu'il avait raison. Elle avait honte. Elle n'avait eu aucune difficulté à tourner la page.

C'était lui qui l'avait rappelée.

Lui qui avait pleuré.

Lui qui avait besoin d'elle.

Elle avait été la forte. Celle qui l'avait repoussé.

"Tu sais que tu peux me ravoir, Vanja, dit-il en sachant que c'était vrai. Mais je ne peux pas être une solution d'urgence. Il faut que ce soit pour de bon. Et je ne crois pas que ce soit le cas."

Elle ne savait pas vraiment quoi lui répondre. Elle avait besoin de lui maintenant. Mais ça pouvait être différent le mois prochain. La semaine prochaine. Elle faisait ça pour elle, pas parce qu'elle l'aimait.

Mais comprendre ça n'était pas le pire. Ce qui l'effrayait, c'était de réaliser qu'elle ressemblait au pire égoïste qu'elle connaisse. Quelqu'un qui faisait toujours passer sa personne et ses besoins en premier. Qui laissait son propre désir gouverner toutes ses interactions et ses rencontres, en particulier avec le sexe opposé.

Sebastian Bergman.

Elle était bien la fille de son père.

Il avait à faire, se répétait-il.

C'était pour ça qu'il était toujours là alors que la plupart étaient rentrés.

Il avait à faire.

Rien à voir avec le fait que My avait appelé dans l'après-midi. Il lui manquait, elle voulait le voir au plus vite. Lui avait donné l'heure de son vol.

Pouvait-il passer la chercher ?

Billy avait tardé à répondre. Ce n'était pas qu'il ne voulait pas, elle aussi elle lui manquait, mais… Leur enquête. Compliquée. L'affaire était publique cette fois, c'était peu de le dire. Les pistes n'étaient pas nombreuses et le peu qu'ils avaient était pour lui.

Caméras de surveillance. Listes d'appels téléphoniques. Ce genre… Son rayon.

"Et tu penses rentrer tard, alors ?"

Impossible de ne pas entendre sa déception.

"Je ne sais pas. Tard.

— On peut au moins dîner ensemble ?" Pas tant une question qu'un ordre indirect. "On ne s'est pas vus depuis presque une semaine."

Billy avait inspiré à fond. Fermé les yeux. Il n'y avait pas de bonne façon de le dire, rien que des plus ou moins mauvaises. Il en avait choisi une :

"Je sais, mais je n'aurai sans doute pas le temps. Je croule sous le boulot…"

Le silence pour toute réponse.

"Ça vaut peut-être aussi bien qu'on décide de se voir demain matin, avait-il terminé. Je te préviens plus tard quand je rentre… on avisera."

Après avoir raccroché, impossible de se défaire de l'impression qu'elle se doutait de quelque chose. Qu'il y avait un non-dit entre eux… Mais cela pouvait aussi bien être l'effet d'un mélange de confusion, de mauvaise conscience et de remords.

Il refoulait ses pensées au moyen du travail.

Il avait à faire. Au moins ce n'était pas un mensonge.

Il disposait des listes d'appels de toutes les victimes, à part celle de Claes Wallgren, commandée, mais pas encore reçue.

Ils savaient assez exactement quand le meurtrier avait pris contact avec deux de ses victimes, aussi commença-t-il par Patricia. La nouvelle de son rendez-vous à déjeuner et de son imminente interview avait été postée le 8 juin à 13 h 24 sur sa page Facebook.

Billy vérifia dans la liste d'appels de son portable.

Treize minutes plus tôt, à 13 h 11, elle avait reçu un appel de ce qui s'avérait être un téléphone à carte prépayée. La conversation avait duré huit minutes. Cinq minutes plus tard, elle l'annonçait sur Facebook.

Il passa à Ebba. Elle avait indiqué avoir reçu l'appel le lundi qui avait suivi leur victoire aux Summer Blog

Awards. Une rapide recherche sur Google lui donna la date de ce gala et, en effet, elle avait reçu un appel d'une autre carte prépayée le lundi matin suivant la remise des prix.

Mirre Petrovic exigea un peu plus d'investigation. Ils ne savaient pas exactement quand il avait reçu l'appel, mais quelqu'un l'avait appelé avec une troisième carte prépayée deux jours avant qu'il soit invité à son dernier déjeuner à l'Hôtel des Bains. Cette conversation elle aussi avait à peine duré cinq minutes. Ils étaient vite tombés d'accord.

Sans doute pas difficile à convaincre pour un peu de visibilité dans la presse.

Hélas, il n'arrivait pas plus loin avec ces téléphones. Le petit espoir qu'il nourrissait que leur meurtrier, un universitaire d'après Sebastian, ne soit pas prudent avec l'électronique et laisse des traces digitales avait fait long feu. C'était un homme qui ne laissait rien au hasard.

Billy espérait avoir plus de chance avec le véhicule identifié.

Il savait exactement ce qu'il cherchait.

Modèle, année et plaque d'immatriculation.

Il avait tout, à part une photo du conducteur.

D'après ce qu'ils savaient, le meurtrier s'était déplacé dans la région de Stockholm après l'enlèvement de Sara et Ebba Johansson. Billy avait à sa disposition les images de tous les portiques de péage. Dans le meilleur des cas, une image frontale permettrait de voir le conducteur mais, pour le moment, il n'avait pas trouvé la voiture.

Une heure plus tard, il raya un nouveau portique de la liste.

Quatre vérifiés. Encore quatorze.

Il se cala au fond de son fauteuil en étirant les bras au-dessus de sa tête. Envisagea d'aller se chercher un autre café, mais se dit qu'il ferait mieux de manger quelque chose, quitte à aller à la kitchenette.

Du coin de l'œil, il perçut un mouvement dans le local par ailleurs désert. Vanja revenait. Elle le vit à son bureau et le rejoignit. Il se pencha en avant et coupa A$AP Rocky qui passait sur Spotify.

"Tu n'avais pas un rendez-vous ? demanda Billy quand elle tira le fauteuil du bureau voisin pour s'asseoir à côté de lui.

— Terminé.

— Rapidement, dit Billy en regardant sa montre d'un air entendu.

— Oui. Et toi, qu'est-ce que tu fais ici ? poursuivit Vanja pour détourner la conversation des détails de son dîner avec Jonathan.

— J'ai à faire."

Billy fit un geste vers son bureau et les écrans devant lui, espérant qu'il résume sa charge de travail.

"Tu as besoin d'aide ?" proposa Vanja en se débarrassant de sa fine veste. La soirée était de toute façon fichue. Elle ne voulait absolument pas retrouver son appartement vide qui ne faisait que lui rappeler Valdemar.

"Je cherche le camping-car à partir des portiques de péage, tu peux en prendre quelques-uns si tu veux."

Vanja hocha la tête. Billy prit quelques minutes pour connecter un autre ordinateur à un des écrans et lui donner accès au serveur, et bientôt ils se retrouvèrent côte à côte à regarder des files infinies de voitures entrer et sortir de Stockholm. Vanja se surprit à aimer ça. C'était comme au bon vieux temps, avant que tout s'effondre, que les ombres prennent le dessus. Quand Billy et elle étaient très proches, travaillaient en équipe et étaient des amis proches. Plus que ça. Presque un frère et une sœur. Avant la faille, la mésentente et My, que Vanja n'avait que rapidement croisée au mariage, mais qu'elle n'arrivait pas à apprécier.

"My est rentrée ce soir, dit soudain Billy, comme s'il lisait dans ses pensées.

— Elle était où ?

— Chez ses parents, en Dalécarlie.

— Mais qu'est-ce que tu fais ici, alors ?" demanda sincèrement Vanja. Les quelques couples qu'elle connaissait, il aurait fallu utiliser un pied-de-biche pour les séparer, les mois suivant leur mariage. L'impression qu'elle avait eue dans la voiture en descendant vers Helsingborg revenait : tout ne tournait pas rond chez les époux Rosén.

Billy se tut. Regardait son écran avec concentration. Réfléchissait.

Pourquoi avait-il dit que My était rentrée ?

C'était lié à cette situation. Vanja et lui. Côte à côte. Autrefois, c'était à elle qu'il pouvait tout dire. Vraiment tout. Vanja en savait plus sur lui que My, que Jennifer – même si cette dernière savait certaines choses –, plus que quiconque. Il le voyait bien, tout ce qui s'était passé était en train de le briser. Quand il ne travaillait pas, les événements de ces dernières semaines repassaient dans sa tête comme un film. Non-stop. Jour et nuit. Se confier à une autre personne pourrait peut-être l'aider à gérer la situation.

“Je la trompe, dit-il tout bas, gardant les yeux fixés sur l’écran devant lui.

— Mais ça ne fait pas un mois que vous êtes mariés, non ?” Sincère étonnement. Elle s’attendait à tout, sauf à ça.

“Je sais.

— Avec qui ?

— C’est important ?

— En fait, non. Pourquoi ?”

Oui, pourquoi ? Parce que ça marchait. L’impression de domination, de pouvoir et de contrôle lié à une intense jouissance sexuelle s’était avérée atténuer le sombre désir lové comme un serpent affamé dans son ventre.

Le rendait gérable.

Plus : sans importance.

La sensation avec Jennifer était une des plus intenses qu’il ait jamais éprouvée. Plus forte et meilleure que ce qu’il avait senti en tuant des animaux, puisqu’elle était immédiatement suivie d’une satisfaction sexuelle. Il n’avait encore jamais rien connu d’approchant. Après, toutes ses idées de tuer quelqu’un avaient disparu. Le serpent était repu. Il était calme, apaisé, avait retrouvé un équilibre intérieur dont il était privé depuis longtemps.

Tout ça, il le savait, mais ne pouvait pas en parler.

“C’est compliqué, préféra-t-il dire – ce qui n’était pas non plus vraiment un mensonge.

— Tu sais que, sur les bords, ça fait de toi un trou du cul, hein ?

— Oui.”

Ça ne faisait rien. Il n’était pas à la recherche de sympathie. Mais ça faisait malgré tout du bien d’en avoir parlé.

L'ordinateur de Billy bipa, et il se pencha en avant avec un intérêt réveillé. Un clic, et une nouvelle fenêtre s'afficha.

“Ça alors !

— C'était quoi ? demanda Vanja, visiblement intriguée par son sursaut d'intérêt.

— Je surveille si Saurunas utilise sa carte de crédit.”

Vanja était sur le point de demander si c'était seulement légal sans l'autorisation d'un procureur, dont elle n'avait pas entendu parler, mais s'abstint. Ça avait visiblement eu un résultat.

“Il vient de l'utiliser, confirma Billy.

— Où ?

— Parking de longue durée, aéroport d'Arlanda.” Il lui jeta un bref regard avant de prendre son téléphone pour appeler Torkel. “Il veut filer.”

L'E4 vers le nord. Billy accéléra jusqu'à près de cent cinquante kilomètres-heure, plaça son gyrophare derrière le pare-brise et alluma les lampes bleues clignotantes camouflées derrière la calandre. Il n'avait pas de sirène puisque c'était une voiture civile, mais écrasait son klaxon dès qu'il s'approchait de quelqu'un qui n'avait pas vu ses lumières bleues dans son rétroviseur.

Assis à l'arrière, Torkel choisit pour la deuxième fois de cette enquête de s'abstenir de commenter la vitesse de leur véhicule. Il préféra passer en revue ce qu'il avait fait et ce qu'il restait à faire avant d'arriver.

Il avait commencé par contacter l'officier de police de garde au commissariat de l'aéroport. Ils avaient reçu les informations sur Saurunas, son signalement et l'ordre d'inspecter tous les départs de tous les terminaux. S'ils n'avaient pas le temps de vérifier avec toutes les compagnies aériennes, ils devaient envoyer un appel commun à toutes les portes. Torkel leur avait clairement indiqué qu'il n'avait que faire des éventuels retards que cela provoquerait. Saurunas ne devait pas quitter Stockholm.

La patrouille envoyée à l'adresse Bäckvägen 43 avait confirmé que Saurunas n'était pas chez lui et que sa Volvo rouge ne se trouvait pas sur la place de parking correspondant à son logement.

Son appel suivant avait été adressé au parking longue durée d'Arlanda. Ils supposaient qu'il n'avait pas réservé, ce qui avait été rapidement confirmé par le service client. Saurunas s'était sans doute garé là où il avait trouvé une place, tout simplement. Torkel avait demandé si la compagnie qui gérait le parking avait la possibilité d'envoyer quelqu'un à la recherche de la voiture. Pour leur faire gagner un peu de temps. À son grand étonnement, la femme avec qui il parlait lui avait promis d'y aller immédiatement avec un collègue. Il leur avait donné le numéro d'immatriculation de la Volvo rouge de Saurunas, mais sans grand espoir. C'était une des voitures les plus banales du pays et la femme avec qui il avait parlé, dont il aurait été maintenant incapable de se rappeler le nom, lui avait indiqué que les deux parkings totalisaient 1 800 places. Torkel leur avait demandé, à tout hasard, de garder l'œil ouvert pour un camping-car immatriculé en Allemagne. Il ne pouvait pas y en avoir tant que ça dans le parking ? Plus facile aussi à repérer, à cause de sa taille. La femme avait promis de faire de son mieux et lui avait donné son numéro de portable privé avant de raccrocher.

Torkel regarda par la portière défiler les voitures qu'ils doublaient en roulant sur la file de droite. Il songea un moment à appeler Lise-Lotte. Mais ça pourrait passer pour un léger manque de professionnalisme, vu la situation, et il n'avait aucune intention de prêter le flanc aux questions de ses deux collègues.

Encore une fois, il l'avait laissée en plan.

Ils étaient dans un restaurant de Djurgårdsbron. Ils venaient de décider quoi manger, mais n'avaient pas encore commandé. Ils avaient pris chacun un verre de rosé en se tenant la main sous la table. La soirée ne pouvait pas mieux commencer. Elle lui avait raconté sa journée. Tourisme dans la capitale. Cela faisait des années qu'elle en avait déménagé et, en y réfléchissant bien, elle n'y avait pas mis les pieds depuis plus de quinze ans. Elle avait donc visité quelques "musts" et avait bien profité de sa journée.

Billy avait alors appelé. Cinq minutes plus tard, Torkel était dans un taxi en route pour Kungsholmen et l'hôtel de police. Il était sérieusement inquiet que Lise-Lotte se lasse de lui. Si on y réfléchissait, il l'avait quand même quittée dans la précipitation trois fois sur trois. Bon, pas le soir où elle l'attendait dans l'escalier. Mais d'un autre côté, elle avait poireauté plusieurs heures qu'il rentre.

C'était donc ça, avoir une relation avec lui ?

La réponse était hélas dans la question.

Ses deux ex-femmes l'avaient découvert et s'en étaient lassées.

Il n'osait pas vraiment espérer qu'il en irait autrement de Lise-Lotte.

Il jura tout bas. N'auraient-ils pas pu se rencontrer un mois plus tôt ? Après la fin de l'enquête à Torsby, il n'avait presque plus rien eu à faire pendant plusieurs semaines.

Rattrapé la paperasse en retard.

Répondu à quelques courriers.

Participé à quelques réunions stratégiques.

Des horaires de bureau normaux. Quelqu'un de normal. Avec qui on pouvait imaginer vivre, bon, c'était aller un peu vite en besogne après trois rendez-vous, mais il l'avouait : il aurait tant voulu qu'il y ait quelque chose d'autre, de durable.

Il poussa un profond soupir. Vanja se retourna sur le siège avant, avec un regard interrogatif. Ils n'étaient que trois dans la voiture. Ursula arrivait par ses propres moyens. Torkel avait aussi appelé Sebastian par pure politesse, mais n'avait pas tardé à souligner qu'il s'agissait d'une pure intervention de police.

Soit ils retrouvaient Saurunas, soit non.

S'ils arrivaient à temps pour l'intercepter, ils le rappelleraient. Sinon, il n'était pas trop partant pour passer sa soirée à courir après lui dans tout l'aéroport. Torkel n'avait pas été vraiment étonné. Il parlait quand même avec Sebastian Bergman.

Billy sortit de l'E4 et descendit la longue ligne droite qui conduisait aux parkings longue durée, baptisés avec beaucoup d'originalité Alpha et Bêta, puis aux cinq terminaux. Quand une zone de pavillons d'exposition apparut sur la droite de la voiture, il tourna sur la route 273 vers Norrtälje en accélérant à nouveau.

Après une minute, ils étaient arrivés devant deux vastes terrains couverts de centaines de voitures alignées.

"Et maintenant, on va où ?" demanda Billy en s'arrêtant entre les accès aux deux parkings.

Torkel prit son téléphone et composa le numéro de la femme qui avait promis de l'aider à retrouver la voiture à son arrivée ou même si possible avant.

"Bonjour, c'est Torkel Höglund, de la police criminelle, dit-il quand elle décrocha. Nous sommes arrivés, vous avez une idée d'où nous devons aller ?

— Je suis devant un camping-car immatriculé en Allemagne, là, répondit-elle.

— Où ?”

Il n’eut pas le temps d’entendre la réponse. Qui n’était pas non plus nécessaire.

Une gigantesque colonne de flammes s’éleva vers le ciel dans un des parkings, sur leur droite. Peu après, l’onde de choc secoua leur voiture et un bruit d’explosion assourdissant leur indiqua avec toute la clarté souhaitable où se trouvait le véhicule qu’ils cherchaient.

C'était une intervention massive.

De puissants projecteurs illuminaient la zone. Partout des lumières bleues et des barrages. Policiers en uniforme, personnel médical, pompiers et techniciens. Attroupement de la presse et des curieux. Un peu plus loin, on entendait les voix indignées de ceux qui avaient eu le temps d'atterrir avant la fermeture de l'aéroport, mais qui à présent ne pouvaient plus récupérer leur voiture.

Torkel faisait le tour de la zone. En périphérie. Il n'avait pas grand-chose à faire au cœur des événements. Au fond, il aurait tout aussi bien pu rentrer chez lui et lire le rapport le lendemain, mais il était responsable de l'enquête et, à ce titre, tenu d'être parmi les derniers à quitter les lieux. En tout cas, il ne pouvait pas partir avant un rapport technique préliminaire sur ce qui s'était effectivement passé.

Même si ce n'était pas bien difficile.

Le camping-car avait explosé.

Il n'en restait pas grand-chose. Des débris tordus et brûlés où, avec un peu d'imagination, on pouvait voir un châssis. Ce qui avait probablement été le lourd moteur projeté quelques mètres en avant. À part la forme déchiquetée et calcinée d'une des parois latérales qui se dressait d'un côté, il ne restait rien. Les pneus avaient été éjectés, ou avaient fondu dans l'incendie qui avait suivi. Partout, des fragments jonchaient le sol. Les voitures de la rangée la plus proche avaient été renversées et quelques-unes avaient pris feu. Vitres et rétroviseurs étaient brisés à plusieurs centaines de mètres à la ronde.

La femme avec qui il parlait au moment de l'explosion avait été emmenée à l'hôpital. On l'avait retrouvée sans connaissance. Elle avait probablement été projetée par le souffle et assommée contre une voiture en stationnement. Elle avait été blessée au visage par des débris de verre et on craignait des hémorragies internes. Torkel nota de prendre de ses nouvelles le lendemain à l'hôpital.

Un des techniciens qui inspectait les voitures renversées ou qui se chevauchaient poussa un cri. Torkel s'arrêta. Vit son supérieur le rejoindre et à son tour se retourner, le regard errant.

C'était lui qu'ils cherchaient, comprit Torkel quand on lui fit signe de venir.

L'avant d'une Golf noire avait grimpé sur le côté d'une Renault bleue. Tous leurs rétroviseurs et vitres brisés. Mais aucune des deux ne semblait avoir pris feu. Torkel arriva et regarda ce que montrait le premier technicien.

Parmi les éclats de verre et les restes de ce qui pouvait avoir été un des sièges du camping-car gisait ce qui ne pouvait être autre chose qu'une jambe. Arrachée au niveau de la cuisse. Les restes d'un pantalon et, sur un pied, une chaussure à peu près intacte qui suggéraient qu'il s'agissait d'un homme.

Torkel poussa un profond soupir.

Encore des victimes.

Il fallait revoir les priorités de l'intervention : il s'agissait désormais de retrouver d'autres fragments de corps.

Torkel quitta les lieux le cœur serré. Il faudrait du temps pour identifier à qui appartenait cette jambe, mais la seule pensée de ce qui s'était passé le saisissait. Quelqu'un qui venait de rentrer de voyage, qui avait hâte de rentrer chez lui, avait pris le bus jusqu'au parking pour bientôt retrouver ses chers et proches quand… fini.

Sans crier gare.

Totalement imprévisible.

Injuste.

Au bout de dix minutes on l'appela à nouveau.

On lui indiqua sous une Volvo 242 qui, bien que garée à deux rangées du camping-car, avait été déplacée latéralement et plaquée contre une Toyota grise. Torkel se pencha, veillant à ne pas poser le genou sur des éclats de verre. Une tête et un morceau d'épaule droite cette fois. Partiellement brûlés et abîmés par la violence de l'explosion, mais étonnamment intacts. Il faudrait bien sûr une autopsie et des tests ADN pour être tout à fait certain de l'identification, mais Torkel reconnut l'homme, en particulier grâce à sa barbe fournie. Il était assez certain qu'il s'agissait de Christian Saurunas.

Mais qu'est-ce que cela signifiait ?

“Il serait venu là pour se suicider ? demanda Billy quand il entendit ce, ou plutôt qui ils avaient trouvé.

— Je ne sais pas. Quand a-t-il utilisé sa carte de crédit ?”

Billy consulta ses notes.

“20 h 24.

— Nous sommes arrivés juste après 9 heures…, dit

Torkel, surtout pour lui-même, mais Billy opina du chef. Pourquoi avoir attendu plus d'une demi-heure, dans ce cas ?

— C'était peut-être un accident, tenta Billy. Ces véhicules contiennent des quantités de gazole.

— Mais s'il comptait filer, pourquoi être resté à bord plus d'une demi-heure ? glissa Vanja.

— Son avion ne partait peut-être que plus tard, il est peut-être sorti chercher de quoi casser la croûte…, tenta Billy, sentant bien combien ça sonnait creux.

— Savons-nous s'il avait réservé sur un vol en partance d'ici ?" demanda Torkel.

Billy secoua la tête.

"Pas encore, mais il n'y avait que six départs après 9 heures, nous devrions donc le savoir assez vite.

— Préviens-moi dès que tu sais. Il y a quelque chose qui ne colle pas", conclut Torkel en quittant Vanja et Billy.

La soirée serait longue.

Il avait appelé Lise-Lotte. Lui avait dit qu'il serait très vraisemblablement bloqué toute la nuit à Arlanda. S'était excusé. Elle avait répondu qu'ils se verraient le lendemain, et qu'il pouvait la réveiller à son retour cette nuit, quelle que soit l'heure.

"Qu'est-ce que tu en penses ? demanda-t-il en arrivant derrière Ursula qui examinait le reste du camping-car.

— Lui, là-bas…" Elle désigna un homme assis à l'arrière d'une ambulance, en train d'être soigné. Ses vêtements indiquaient qu'il appartenait à la société de parking. Probablement le collègue qui avait accompagné la femme avec laquelle Torkel avait parlé. Très clairement, il s'était trouvé plus loin de l'explosion. Tant mieux pour lui.

“Il dit qu’il y a eu trois explosions rapprochées.

— Qu’est-ce que ça signifie ?

— Que trois choses ont explosé.

— Deux bonbonnes de gaz et un réservoir d’essence ?”

Ursula ne répondit pas tout de suite. Elle s’approcha de quelques pas des restes du véhicule. Montra.

“Le gaz devait se trouver à l’arrière ou au milieu de l’habitacle. Du côté de la cuisine, non ?

— Je ne sais pas, je ne suis jamais monté dans un camping-car, répondit Torkel.

— Derrière ou au milieu, affirma Ursula. Le réservoir d’essence derrière, et en dessous. Regarde le moteur.”

Il fit comme elle disait, mais n’aperçut que des bouts tordus un peu devant le véhicule.

“C’est lourd. Ce qu’il y a de plus lourd dans le camping-car. Une explosion de gaz au milieu ou derrière ne l’aurait pas projeté vers l’avant comme ça.”

Torkel se contenta de hocher la tête. Il pensait deviner où elle voulait en venir, mais la laissa continuer son raisonnement.

“Quelque chose a explosé à l’avant, dans l’habitacle du conducteur, et là on n’a pas de gaz.

— Et qu’est-ce que c’était, alors ?

— Je ne sais pas, mais si tu me forces à deviner, je dirai un explosif.” Elle leva la tête et balaya du regard les environs. “Je ne crois pas qu’une bonbonne de gaz et un réservoir d’essence auraient fait autant de dégâts.

— Une bombe, alors ?

— Il faut faire venir des chiens pour s’en assurer.” Elle se tourna vers lui et croisa son regard. “Mais oui. Probablement une bombe.”

Sebastian attendait depuis presque deux heures quand le premier membre de l'équipe arriva dans la Pièce.

Torkel.

Les cheveux encore un peu humides au sortir de la douche. Une chemisette à carreaux, un chino marron clair, rasé de près, une tasse de café dans une main, un dossier débordant de documents dans l'autre. Vêtements et air habituels, mais Sebastian fut frappé par l'impression que quelque chose avait changé.

"Salut, déjà là ? lança-t-il gaiement en apercevant Sebastian.

— Je croyais qu'on commençait à 8 heures.

— Ah merde, pardon, on a décidé de repousser, hier soir. On a fini tard à Arlanda."

Malgré son ton confus, un petit sourire s'était attardé à la commissure de ses lèvres. Sebastian le suivit des yeux quand il gagna sa place en bout de table. D'un pas léger. Un certain éclat dans les yeux. Il lui sembla même entendre son chef chantonner tout bas en tirant sa chaise pour s'asseoir.

Soudain ce fut la révélation.

Torkel venait de tirer son coup.

Il venait de tirer son coup, il était heureux.

Sebastian allait tenter de confirmer sa théorie quand la porte s'ouvrit à nouveau. Au tour d'Ursula d'entrer. Elle aussi une tasse de café et un dossier dans les mains. Mais les ressemblances s'arrêtaient là.

“Bonjour”, lâcha-t-elle juste en allant s'asseoir.

Fatiguée. Pas maquillée. Pas de pas léger, pas de lueur de satisfaction dans le regard, pas de petit air chantonné gaiement. Sebastian supposa que c'était désormais quelqu'un d'autre qui rendait Torkel heureux, ou alors qu'il était aussi ennuyeux et sans imagination au lit que dans la vie. Certes, ce n'était pas impossible, mais Ursula semblait s'être autant amusée que si elle avait passé la nuit devant la machine à laver, et même si Torkel n'avait rien d'un athlète du sexe, il devait quand même valoir un peu mieux que ça.

Sebastian abandonna ses réflexions sur la vie sexuelle de Torkel quand Vanja entra. Elle aussi apparemment assez épuisée, elle lâcha un petit “salut” avant de s'asseoir au plus près de la porte. Sebastian avait envie de lui demander comment elle allait, mais il s'abstint. Même si c'était une question tout à fait légitime de la part d'un collègue, elle le prendrait personnellement comme de la curiosité, il en était certain. Donc il se tut. Vanja attrapa une des bouteilles d'eau minérale au centre de la table. Sebastian lui tendit le décapsuleur.

Torkel jeta un œil à l'horloge murale.

“Et Billy ? demanda-t-il.

— Il arrive un peu plus tard, répondit Vanja. Dès qu'il peut.

— OK, on commence.” Il se tourna vers Sebastian. “Christian Saurunas est mort dans l'explosion du camping-car que nous recherchions, hier soir, sur le parking longue durée d'Arlanda." Il se tourna ensuite vers Ursula.

Elle ouvrit le dossier qu'elle avait devant elle sans le regarder. Le peu qu'elle avait à dire, elle l'avait dans la tête.

"Nous avons trouvé d'autres fragments de corps, qui semblent tous appartenir à la même personne, et nous travaillons donc sur l'hypothèse qu'il s'agit de Saurunas. Le parking est sous vidéosurveillance, les films vont être envoyés à Billy ce matin, et les chiens spécialisés ont marqué la présence d'explosifs.

— Une bombe, constata sèchement Torkel.

— En tout cas une matière explosive.

— Il comptait faire sauter un avion ?" lança Vanja.

Personne n'eut le temps de répondre avant que Billy entre précipitamment.

"Excusez mon retard, dit-il en s'asseyant et ouvrant son ordinateur portable d'un seul et même mouvement. Où en sommes-nous ?

— L'explosif dans la voiture, et on se demandait juste s'il n'avait pas un projet terroriste, dit Torkel.

— Il n'avait de réservation sur aucun des vols qui partaient hier soir, les informa Billy tout en ouvrant les documents et les dossiers dont il avait besoin sur son ordinateur.

— Il est peut-être allé passer la nuit là-bas, pour partir tôt ce matin ?

— Il n'avait pas non plus de billet sur les premiers vols de ce matin, à notre connaissance, mais nous continuons à chercher", dit Billy, toute son attention encore dirigée vers son écran.

Il avait tenu la promesse faite à My. Elle ne savait pas qu'ils avaient décidé de déplacer la réunion à 10 heures, aussi avait-elle cru que c'était pour elle qu'il restait quelques heures supplémentaires à la maison.

Elle l'avait réveillé à 7 heures. Ils avaient fait l'amour. À la vanille. D'un ennui… Il s'était consciencieusement acquitté de son devoir.

Il savait ce qu'elle aimait.

Elle n'avait aucune idée de ce qui lui plaisait désormais.

Ni pourquoi.

Pour un observateur extérieur, cette matinée n'aurait rien eu de bizarre, mais Billy trouvait qu'il y avait entre eux un fossé que les paroles polies et tendres ne parvenaient pas vraiment à cacher. Tout était comme d'habitude, sauf que non. Mais cela pouvait très bien aussi être sa mauvaise conscience. Il avait fini par être forcé d'aller travailler. Elle comprenait. Appréciait qu'il ait pris quelques heures ce matin. Lui dit qu'elle allait faire un saut à son cabinet, regarder ses mails, elle n'avait pas de clients ni aujourd'hui ni demain. Ils pouvaient peut-être sortir quelque part dans l'après-midi ? Profiter d'une de ces soirées claires. Il ne promettait rien, mais allait essayer.

Comme d'habitude, essayait-il de se persuader.

Exactement comme d'habitude.

“Que faisait-il donc là, si ce n'était pas pour prendre l'avion ? demanda justement Ursula.

— Un grand parking, pour se débarrasser du camping-car ? proposa Billy.

— Un camping-car avec lequel aucune des personnes que nous avons interrogées ne l'a jamais vu, et dont personne n'a jamais entendu dire qu'il y avait accès.

— Et ça n'explique pas les explosifs, glissa Vanja.

— Suicide ?" lâcha Torkel.

Ce n'était pas vraisemblable. Rien dans le mode opérationnel ne le suggérait, mais voilà : un des avantages d'un groupe aussi soudé était que chacun se permettait de lever tous les lièvres, aussi idiot ou tiré par les cheveux cela pouvait-il sembler, sans se censurer. Plusieurs fois, une idée lancée en l'air ou un scénario impossible avait mis en route un raisonnement, qui avait fait son chemin et, de proche en proche, leur avait permis d'avancer.

Une grande hauteur sous plafond était une des conditions de la réussite.

"Pourquoi là ? Pourquoi avec une bombe ?" C'était à Ursula de mettre en question sa dernière lubie. "Et en plus il avait un alibi pour les meurtres."

Le silence lui répondit. Difficile de relier ce départ pour Arlanda et la mort subite de Saurunas avec ce qu'ils savaient de lui.

"Ou alors notre meurtrier s'est débarrassé de lui, dit Sebastian, mettant des mots sur ce que plusieurs pensaient. Et du camping-car", ajouta-t-il.

Torkel opina pensivement.

"C'est une théorie que nous devons envisager, en tout cas.

— Dans ce cas, c'est qu'il a dû se sentir menacé, constata Vanja.

— Probablement.

— Mais pourquoi ? reprit-elle. Parce que nous avons parlé avec lui ? Le meurtrier avait-il peur qu'il nous conduise jusqu'à lui ?

— Où est-il allé quand on l'a relâché ? Le savons-nous ?"

Torkel se tourna vers Billy, comme s'il était le plus à même de le savoir. Son rapide haussement d'épaules dit le contraire.

"Non, nous n'en savons rien.

— Il est rentré chez lui, a pris sa Volvo, mais après..." Ursula mima d'un geste la disparition de Saurunas dans la nature.

"Je vais avoir ses listes d'appels aujourd'hui, je verrai bien s'il a téléphoné à quelqu'un en sortant d'ici, dit Billy.

— Si en sortant d'ici il s'est rendu chez le meurtrier, c'est qu'il le connaissait, affirma Torkel. Il faut faire le point sur sa famille, le cercle de ses connaissances, les associations dont il est membre, et tout le toutim.

— Je pense qu'il faudrait commencer par KTH, dit Sebastian. Nous cherchons très probablement un universitaire qui a un lien avec Olivia Johnson.

— À propos, glissa Billy. Nous avons reçu une liste de tous les établissements scolaires qu'elle a fréquentés, mais pas de tous ses professeurs.

— Vérifie voir du côté de Saurunas, s'il n'y a pas le nom de quelqu'un qui aurait travaillé dans une de ces écoles", décida Torkel. Billy hocha la tête. Ça prendrait du temps. Reconstituer tout le puzzle autour de Saurunas. Comparer noms et listes. Beaucoup d'appels. De quoi travailler tard ce soir aussi.

"Entretemps, on en revient aux trois du début.

— Skogh a un alibi et Saurunas est mort, objecta Vanja.

— Et nous avons éliminé El-Fayed, à deux endroits les témoins ont affirmé que ce n'était pas lui.

— Je sais, mais il est universitaire, Olivia Johnson a été son étudiante, et pour le moment nous n'avons que lui."

Vanja hocha la tête et recula sa chaise.

El-Fayed, donc.

Vanja essayait de se défaire de l'impression qu'ils perdaient leur temps en franchissant à nouveau les portes du campus de Flemingsberg. Ils avaient cessé de s'intéresser à El-Fayed parce que des témoins l'avaient innocenté et qu'ils avaient tout le temps eu des pistes plus crédibles et intéressantes à suivre. Maintenant qu'ils étaient revenus à zéro, ils faisaient marche arrière. Reprenaient tout ce qu'ils avaient mis de côté précédemment. Comme Muhammed El-Fayed, assistant en technique médicale. C'était un travail de police qu'il fallait faire.

Cette fois, elle prit l'escalier et entendit Sebastian s'essouffler quelques marches derrière elle. Elle était bien forcée d'admettre qu'il leur avait été utile dans leurs enquêtes de ces dernières années, mais s'il devait un jour s'agir de poursuivre quelqu'un, il ne leur servirait à peu près à rien.

Elle envisagea un commentaire acide sur sa mauvaise condition physique, mais décida de ne pas rompre le silence qui s'était installé entre eux depuis qu'ils avaient quitté l'hôtel de police de Kungsholmen.

Ils tournèrent à gauche, puis encore à gauche et sonnèrent à la porte du département de technique médicale. Une femme sortit du bureau le plus proche pour leur ouvrir. Vanja montra sa carte, expliqua son affaire, et la femme les précéda dans le couloir jusqu'à une porte à laquelle elle frappa. Un homme barbu d'environ quarante-cinq ans aux traits arabes se détourna de son ordinateur quand la femme ouvrit sa porte.

"La police veut te parler, dit-elle en faisant entrer Vanja et Sebastian avant que Muhammed ait eu le temps de dire si cette visite lui convenait ou non.

— Pardon du dérangement, dit Vanja en tendant la main à El-Fayed. Vanja Lithner, police criminelle. Nous aimerions vous poser quelques questions.

— Bien sûr. À quel sujet ?" demanda Muhammed en se tournant vers Sebastian qui tira une chaise de la petite table de réunion et s'assit sans faire mine de saluer ni de se présenter. Vanja sortit de sa poche son petit carnet.

"Que faisiez-vous hier soir entre 8 et 10 heures ?"

Autant clarifier ça tout de suite. Poser les questions, directement, sans fioritures.

"J'étais chez moi.

— Seul ?

— Oui.

— Vous vivez seul ?

— Séparé. J'ai les enfants une semaine sur deux.

— Mais pas celle-ci.

— Non, ils sont chez leur mère pour quelques semaines au début des grandes vacances. Pourquoi ?" Le regard de Muhammed passa de Vanja à Sebastian, qui n'avait toujours pas dit un mot, penché en arrière, les bras croisés sur la poitrine.

"Pouvez-vous nous dire où vous vous trouviez à ces dates et ces heures ?" continua Vanja en sortant de son carnet un papier qu'elle déplia devant Muhammed. Il le prit et le regarda, l'air perplexe.

"Il faut que je vérifie dans mon agenda", dit-il en se tournant vers Vanja comme pour avoir la permission de consulter son ordinateur. Elle fit un petit signe de tête, et Muhammed alla en quelques clics ouvrir son agenda. Son regard alla du papier à l'écran, avant d'y revenir.

"La première date, j'étais simplement ici… l'autre, j'étais à Linköping pour visiter la formation que nous avons là-bas. Åke y était aussi. Il y a un policier qui a téléphoné à ce sujet."

Vanja jura en silence. Ils avaient vérifié l'alibi d'Åke Skogh, et ce voyage à Linköping avait effectivement eu lieu, mais Torkel avait chargé quelqu'un d'extérieur au groupe de contacter toutes les personnes qui y avaient participé. Ils auraient dû savoir que le nom d'El-Fayed figurait sur la liste.

"La troisième date, j'étais à Barcelone. J'y ai fait une communication à l'université. Katja, qui vous a fait entrer, s'est occupée des billets d'avion et de mes réservations d'hôtel.

— OK, merci.

— Je peux le prouver", dit Muhammed en se tournant à nouveau vers son ordinateur.

Le zèle dont il faisait preuve pour se blanchir fit tiquer Sebastian. Mais c'était sans doute très compréhensible. Il avait peut-être eu des expériences moins agréables de la police dans son pays d'origine. Ou il croyait peut-être que ses origines faisaient qu'ils n'allaient *a priori* pas le croire.

"Regardez", dit-il en tournant l'écran pour que Vanja puisse voir. Le site d'une université de Barcelone. Un texte en espagnol autour d'une photo où on voyait Muhammed debout derrière un pupitre, un écran blanc à l'arrière-plan. Un carré blanc au milieu de l'image indiquait que c'était une vidéo. Le film était sous-titré *"Muhammed El-Fayed on transferring data from the inner body"*. La conférence avait été prononcée le jour où les sœurs Johansson avaient rencontré le meurtrier.

Le téléphone de Vanja sonna, elle le sortit, s'excusa et répondit tout en sortant de la pièce. Muhammed resta à son bureau, le regard papillonnant un peu en direction de Sebastian, toujours calme et muet. Muhammed jeta un œil vers le couloir, où Vanja tournait en rond, son téléphone à l'oreille.

"Vous avez eu Olivia Johnson comme étudiante", dit Sebastian. Muhammed sursauta en l'entendant.

"Oui, c'est pour ça que vous êtes là ?" Une pointe d'inquiétude à présent dans sa voix. "Il lui est arrivé quelque chose ?

— Qu'est-ce que vous avez pensé quand elle a obtenu sa bourse ?

— Ce que j'ai pensé ?

— Oui.

— Je ne sais pas..."

Muhammed se pencha en avant, appuya son menton couvert de barbe sur une main et parut vraiment réfléchir à cette question. Toujours soucieux d'être à la hauteur, pensa Sebastian.

"J'étais fier. Elle le méritait vraiment, mais hélas je n'ai jamais eu l'occasion de le lui dire.

— Pourquoi ?

— J'étais en vacances quand elle a su qu'elle avait

obtenu cette bourse, et quand je suis revenu, elle était déjà partie. Ça s'est passé très vite. Il lui est arrivé quelque chose ?

— Non, pas que nous sachions.

— Alòrs que faites-vous là ?"

La porte vitrée se rouvrit et Vanja revint. Sebastian se cala à nouveau en arrière. L'ordre était rétabli. Les questions étaient posées par Vanja, à qui s'adressaient les réponses. Muet à l'arrière-plan, c'était là qu'elle le voulait : il s'y cantonna donc.

Ils étaient à nouveau rassemblés dans la Pièce. Le niveau d'énergie avait nettement baissé. Ils savaient désormais avec certitude ce dont ils se doutaient.

Saurunas avait été assassiné.

Ils avaient reçu les films du parking. On y voyait un homme quitter le camping-car aussitôt après s'être garé, et ne plus revenir. Trente minutes plus tard, il explosait. Billy avait beau mouliner les images, impossible de savoir qui était cet homme. Les caméras étaient trop éloignées et la définition trop faible. Mais ce n'était pas El-Fayed. Non seulement sa visite à Linköping et sa conférence à Barcelone lui donnaient des alibis en béton, mais les réponses qu'il leur avait faites semblaient parfaitement sincères aux oreilles de Vanja, et rien dans son comportement ou son histoire ne rappelait la psychologie de leur meurtrier. Bien sûr, il pouvait s'agir d'un manipulateur incroyablement doué qui les menait en bateau, mais Vanja n'y croyait pas.

Les témoignages, les alibis, leur rencontre avec lui : ce n'était pas El-Fayed.

Ils étaient en train d'explorer l'entourage de Saurunas, en partant des personnes les plus proches, en comparant les noms qu'ils trouvaient avec tous ceux qui avaient eu Olivia Johnson comme étudiante. C'était un travail qui prenait du temps, et n'avait pour le moment rien donné. Torkel envisageait d'avaler son chapeau et de monter voir Rosmarie pour lui demander davantage de personnel. Élargir. Interroger toutes les personnes liées à Saurunas, tous les enseignants qu'avait eus Olivia Johnson. Tenter sa chance. Pour au moins aller quelque part. Car pour le moment, chaque fois qu'ils avaient trouvé quelque chose, c'était comme s'ils avançaient d'un pas pour reculer de deux.

Les pistes ne menaient nulle part.

Se perdaient dans les sables. Dans la frustration.

Sebastian se leva et se mit à faire les cent pas dans la Pièce. Les autres l'observaient en silence.

"L'homme que nous recherchons n'a pas fini de tuer, affirma-t-il quand il eut l'attention de tous. Il devient de plus en plus ambitieux. Tant s'agissant de ses victimes que de son mode opératoire. Il est temps d'agir, plutôt que de réagir.

— On suit toutes les pistes, répondit Torkel. Ce n'est pas comme si on se roulait les pouces.

— Mais justement, nous *suivons*. Lui, il mène la danse. Il faut le rattraper et le doubler. Prendre l'initiative.

— D'accord, mais tu t'y prendrais comment ? demanda Vanja – mais à en juger par son ton, elle aurait aussi bien pu lâcher : « Facile à dire ! »

— Nous devons le comprendre, poursuivit Sebastian sans se laisser démonter. Qui est-il ? Que veut-il ? Qu'est-ce qui le motive ? Qu'est-ce qui l'intéresse le plus ?"

Personne ne répondit. Ils connaissaient ça. Les petits numéros en solo de Sebastian Bergman. Comme toujours, il était clair qu'il prenait son pied.

"Il veut nous apprendre. Nous éduquer. Nous faire

voir le monde comme il le voit, car il a percé à jour les faux-semblants. Il vaut un peu mieux que nous tous."

Il gagna la table d'un pas vif et brandit l'*Expressen* de la veille.

"Regardez son interview avec Weber. Chaque fois que le journaliste se montre un peu critique ou s'interroge, Caton se sent forcé de le contredire. Sérieusement. De le remettre à sa place. Cet homme ne veut pas seulement enseigner et dévoiler, il veut le faire sans qu'on le contredise.

— Et en quoi ça nous aide, tout ça ? fut obligé de glisser Torkel pour interrompre le monologue.

— Imaginez que quelqu'un lui dise qu'il se trompe. Qu'il n'est pas meilleur ni plus intelligent que nous. Même pas plus malin que ses victimes. Il suscite l'attention parce qu'il tue des gens, mais tuer, c'est à la portée de n'importe quel idiot."

Le silence se fit tandis que tous assimilaient ce qu'ils venaient d'entendre et réfléchissaient à ce que cela pouvait signifier.

"Tu comptes l'attaquer, finit par lâcher calmement Ursula.

— Attaquer n'est pas le bon mot, répondit Sebastian, l'air toujours allumé. Le défier. Le déstabiliser. Utiliser l'intérêt médiatique qu'il a suscité et le retourner contre lui." Il se tut et regarda l'équipe en face de lui. "Rattraper et doubler."

Si quelqu'un avait des réserves ou une meilleure proposition, personne ne dit mot. Sebastian se tourna alors vers Torkel.

"Weber ne te devait pas un service ?"

"Vous voulez donner une interview exclusive ?"

Ils étaient de retour dans l'élégante salle à la gloire du journal. Lennart Källman, assis dans le même fauteuil que la fois précédente, regardait Sebastian avec étonnement.

"Oui, répondit ce dernier.

— Dans quel but ? continua le rédacteur en chef, dont l'étonnement initial laissait la place à une pointe de méfiance.

— Votre but est de vendre des journaux, le nôtre est autre, répondit Sebastian, sibyllin.

— Nous avons estimé qu'il était dans l'intérêt général de savoir ce que nous pensons de ce meurtrier", glissa Torkel. Il n'avait pas oublié leur précédente rencontre. "Des voix diverses doivent trouver leur place dans votre journal, n'est-ce pas ? Ou ai-je mal compris votre ligne éditoriale ?"

Le rédacteur en chef le regarda avec irritation. Il était clair qu'il reconnaissait ses arguments, et n'appréciait pas de se les voir retourner.

"Nous trouvons que vous nous devez bien ça, conclut Torkel.

— Ce n'est pas exactement comme ça que ça se passe, ricana Källman. Bien sûr, nous prenons volontiers une interview. Je veux juste en connaître le but. Nous n'avons pas l'intention de nous laisser instrumentaliser", bataillat-il. Sebastian le regarda. Il commençait à trouver énervant l'enflure du mâle alpha qu'il avait devant lui. Torkel se pencha en avant. Il était déjà de mauvaise humeur rien qu'à l'idée d'un nouveau rendez-vous avec Källman.

"C'est à prendre ou à laisser. Nous sommes venus parce que j'estimais correct que vous fassiez cette interview. Mais je me suis peut-être trompé", dit-il sèchement.

Le rédacteur en chef se figea, légèrement, mais assez pour qu'ils perçoivent tous deux son inquiétude instinctive. C'était un des avantages d'une concurrence acharnée. Si l'un refusait, l'autre se jetterait sur l'occasion, pourvu qu'on ait quelque chose à vendre, ce qu'avait Torkel. Il le savait, et Källman le savait. L'équation était donc assez simple. Dans un coin du ring, un grand tirage et de nombreux clics. De l'autre, ce qu'on pouvait appeler l'intégrité, peut-être la dignité. Le choix était déjà fait, même si Källman parut y réfléchir quelques secondes en silence avant de se lever.

"Je vais chercher Weber, comme ça vous pourrez vous mettre d'accord", dit-il calmement, avant de gagner la porte d'un pas lent, le dos droit. Comme si, même dans la défaite, il fallait qu'il montre que c'était lui qui décidait.

"Finalement, je ne suis pas sûr que ce soit une si bonne idée, dit Torkel une fois la porte refermée, quand ils se retrouvèrent seuls.

— Nous devons faire quelque chose. Quelque chose d'inattendu, répondit Sebastian avec certitude. Je crois vraiment que ça va le déranger. Et ça augmente les chances qu'il fasse des erreurs, tu le sais bien."

Sebastian semblait absolument sûr que c'était ce qu'ils avaient de mieux à faire, mais en même temps il s'enthousiasmait toujours pour ses propres idées. Torkel n'était toujours pas convaincu.

"Et si on le mettait vraiment en rage ?" Il regarda Sebastian avec inquiétude. "Que se passera-t-il alors ?

— Je ne sais pas, répliqua sincèrement Sebastian. On peut espérer qu'il fasse alors cette fameuse erreur.

— Et sinon ?"

Sebastian soupira et se tourna vers lui.

"Nous savons toi et moi qu'il va continuer à tuer. Quoi qu'on fasse. Mais il faut faire quelque chose."

Torkel ne répondit pas. Il regarda Sebastian. Il aurait été simple de dire non, il y avait des motifs rationnels et émotionnels de le faire. En même temps l'idée l'attirait malgré tout. Ça avait été trop simple pour le meurtrier, il avait tellement de coups d'avance qu'il n'avait jamais eu à regarder par-dessus son épaule. Jamais rencontré de résistance. Si Sebastian était bon pour quelque chose, c'était bien ça : opposer résistance et déstabiliser les gens.

"OK, on y va. Mais ne fais pas trop long." Au même moment, il réalisa qu'il aurait peut-être fallu informer Rosmarie avant de le faire. Peut-être même attendre son feu vert. Trop tard. La porte s'ouvrit et Weber entra avec le rédacteur en chef et un jeune muni d'une simple caméra sur pied. Weber regarda Torkel en s'excusant un peu du regard.

"Bonjour, on m'a dit que vous vouliez me parler.

— C'est Sebastian qui veut", répondit sèchement

Torkel. Il n'avait pas l'intention de se montrer plus familier que ça. Pour lui, Weber était toujours sur la sellette.

"Je pense qu'on va publier ça en même temps en papier et sur le Web, expliqua le rédacteur en chef en désignant le jeune à la caméra. Ça va être une bombe à clics", continua-t-il sans pouvoir retenir un large sourire. Clairement, le tirage et les clics l'avaient remporté par KO sur l'intégrité et la dignité.

Sebastian était fatigué quand il rentra chez lui. L'interview s'était bien passée, mais la semaine avait été intense, et cet entretien avec Weber avait pompé ce qui lui restait d'énergie.

Il s'était enflammé.

Était monté sur ses grands chevaux.

Avait pris la place avec assurance.

Torkel était resté au début, mais avait dû rentrer à la Criminelle, et Sebastian était peut-être allé un peu trop loin vers la fin, quand il était passé de la rhétorique bien formulée aux insultes pures et simples. Il avait entre autres réutilisé la métaphore du dinosaure qu'il avait sortie à Saurunas, en ajoutant qu'il était injuste pour les dinosaures, avec leurs cerveaux gros comme une noix, de les comparer avec le Tueur de la Téléréalité.

Et voilà, c'était fait. Il n'y avait plus qu'à attendre la publication. L'interview serait mise en ligne d'ici une heure, lui avait dit Källman en venant le remercier, littéralement la bave aux lèvres.

Sebastian alla se servir un verre d'eau à la cuisine, l'emporta au séjour, s'affala dans le grand fauteuil de lecture qu'il utilisait désormais si rarement, ferma les yeux et s'accorda quelques instants de satisfaction. S'il avait bien fait son travail et bien saisi comment fonctionnait leur meurtrier, ce qu'il pensait vraiment avoir réussi, il savait qu'il ne resterait pas sans rien faire face à une telle provocation. Sebastian l'avait forcé à réagir. Avec un peu de chance de manière irréfléchie et affective. Torkel s'était inquiété de ce qui pourrait arriver si leur meurtrier était furieux.

Mais il était déjà dangereux.

Il était déjà en colère.

C'était cette colère qui le rendait méthodique et persévérant. La rage que Sebastian espérait avoir éveillée le rendrait impulsif et imprudent. Il pensait y avoir réussi. Énerver les gens était un peu sa spécialité.

Il avait agi, s'était rendu utile, il en était content.

Il n'avait par ailleurs pas beaucoup d'autres sujets de jouissance ou de joie. Pour le sexe, il n'avait ni le temps ni la force, la dernière fois remontait à ce coup pitoyable à Ulricehamn. Sa relation avec Vanja était ce qu'elle était. Sur ce plan, il ne se passait rien. Ils ne s'étaient pas rapprochés d'un pouce.

Rien ne s'était amélioré.

Au contraire, presque.

Elle l'acceptait près d'elle, mais se montrait plus réservée qu'avant. Autrefois, avant qu'elle sache, elle s'en prenait au moins à lui, s'élevait contre lui, le remettait en question. Aujourd'hui il était juste là, sans qu'elle semble particulièrement s'en soucier.

Billy, il n'avait pas vraiment le courage d'y penser. Sebastian jetait un œil chaque matin dans le journal, à la recherche de mentions d'animaux domestiques tués dans la zone où habitait Billy – d'habitude, la maltraitance animale faisait écrire –, mais rien jusqu'à présent. Peut-être parvenait-il à se contrôler, comme il le lui avait déclaré, ou alors c'était comme pour Sebastian avec les femmes, il manquait tout simplement de temps et d'énergie.

À propos de femmes. Il aurait préféré ne pas songer à Ursula, mais ne pouvait s'en empêcher. Elle avait l'air si fatiguée. Ce n'était pas seulement les suites de sa blessure, elle semblait également malheureuse. Ursula était d'habitude très endurante, la carapace de ses sentiments presque hermétique, mais quelque chose était visiblement parvenu à la traverser. Y avait-il sa responsabilité ? Il espérait que non. Ursula avait toujours eu une place spéciale dans son cœur.

La sonnerie de son téléphone le tira de ses pensées. Il ouvrit les yeux, un peu mal réveillé, et envisagea un moment d'ignorer la sonnerie furieuse qui sortait de sa poche, mais l'article était peut-être déjà en ligne, et il réalisa que c'était peut-être important. Il ne connaissait pas le numéro, constata-t-il en sortant son portable.

“Allô ? Sebastian à l'appareil.

— Sebastian Bergman ?” demanda une voix de femme vive et guillerette. Ce devait être du démarchage téléphonique, eut-il le temps de penser.

“Oui, c'est moi.

— Ah, ça tombe bien. Je m'appelle Annika Blom, je téléphone de la part du Forum des conférenciers. Comme je suis contente d'avoir pu vous joindre. J'espère que je ne vous dérange pas.

— Qu'est-ce que vous voulez ? demanda Sebastian, fatigué d'avance de son ton de vendeuse exagérément positif.

— Nous organisons avec l'université de Lund un séminaire de criminologie sur les techniques d'interrogatoire, et nous avons eu un désistement de dernière minute, je voulais savoir si vous seriez partant pour un remplacement au pied levé… C'est samedi prochain, dit la femme.

— Combien payez-vous ?

— Vous êtes intéressé ?" La femme avait l'air encore plus réjouie, si la chose était possible. "Magnifique. C'est tellement difficile de trouver quelqu'un avec un délai si court.

— Je n'ai pas dit ça. J'ai juste demandé à connaître la rémunération, répondit sèchement Sebastian en essayant de paraître plus fâché qu'il ne l'était vraiment.

— Nous payons 15 000 couronnes sur facture.

— Malheureusement, je ne peux pas samedi.

— Je peux peut-être augmenter un peu le cachet. C'est dans peu de temps et tout le monde est un peu désespéré, le tenta la femme.

— Je n'ai pas demandé combien c'était payé pour négocier. Je voulais juste savoir ce à quoi je renonçais.

— Nous pouvons sans doute monter à 20 000 si ça vous aide, tenta-t-elle, mais Sebastian déclina.

— Rien à faire, je refuserai de toute façon. Merci d'avoir appelé", et il lui raccrocha au nez.

Il posa son portable sur le large accoudoir du fauteuil. En temps ordinaire, il aurait accepté l'invitation. Un voyage tous frais payés avec un hôtel et une intervention publique garantissaient d'habitude une partenaire sexuelle d'un soir. Mais pas maintenant. Il ne voulait pas s'éloigner de la Criminelle avant de connaître les conséquences de l'interview. Pour le sexe, il pourrait toujours s'arranger autrement. Ce n'était pas son problème principal. Il ferma à nouveau les yeux, sans parvenir à se détendre. Il y avait quelque chose dans ce qu'avait dit cette femme au téléphone qui le tarabustait.

Quelqu'un s'était désisté.

Voilà pourquoi le délai était si court.

Il avait déjà entendu ça quelque part.

Vanja sortit de la salle de bains drapée dans une serviette. À sa grande déception il était toujours là, ce sentiment rampant d'insatisfaction.

Elle ne le reconnaissait que trop bien.

Savait d'où il venait.

L'enquête. Le fait de n'être arrivée nulle part. C'était sa mission, son travail. C'était encore tout pour elle, et quand ça ne marchait pas elle ne tenait plus en place. Impatiente.

Elle avait quitté Kungsholmen après un dernier point dans la Pièce, qui n'avait fait que confirmer leur absence de progrès, était rentrée dans son petit appartement, pour très vite réaliser qu'elle n'arriverait pas à passer la soirée toute seule. Que faire, alors ?

Comme si souvent, la solution fut de sortir courir.

Traverser Lindingövägen, descendre vers Storängsbotten et mettre le cap vers les chemins forestiers de Lill-Jansskogen. Elle allait courir longtemps. Laisser le rythme de ses foulées et sa concentration lui laver le cerveau tout en espérant s'épuiser physiquement.

Au bout de quatorze kilomètres elle était revenue chez elle, avait fait un quart d'heure d'étirements sur la pelouse avant de monter à l'appartement. Avait opté pour un bain plutôt qu'une douche. Ce qu'elle ne faisait presque jamais. Quelques années plus tôt, Jonathan lui avait offert un kit spa dont elle ne s'était jamais servie, mais qui traînait toujours dans le placard sous le lavabo. Une petite bouteille d'huile pour le bain censée d'après l'étiquette la faire se détendre de tout le stress de la journée et la préparer au sommeil. Apparemment, le beurre de cacao, l'huile d'amande douce, la camomille et la lavande devaient produire cet effet.

Elle s'y était plongée, avait essayé de se détendre, de se laisser aller au parfum de santal et de jasmin. Elle n'était pas vraiment étonnée de constater que ça ne marchait pas.

C'est donc de mauvaise humeur et ne tenant toujours pas en place qu'elle sortait de la salle de bains quand son téléphone sonna.

Un coup d'œil à l'écran.

Sebastian.

Un bref instant, elle envisagea de ne pas prendre l'appel, mais ils travaillaient quand même ensemble sur une enquête complexe. Ne pas répondre serait un manque de professionnalisme, mais s'il s'agissait d'autre chose que du boulot et qu'il abordait des questions personnelles, elle comptait bien raccrocher.

"Salut, c'est moi, dit-il quand elle décrocha en disant son nom.

— Je sais, qu'est-ce que tu veux ?" Pas d'ouverture pour parler ou bavarder.

"On vient de m'appeler pour me proposer de faire une conférence.

— Ah ? Félicitations.

— Merci, mais le truc, c'est qu'ils m'ont appelé au dernier moment, parce qu'une personne s'est désistée.

— Ah bon ?

— Olivia Johnson a été informée qu'elle avait obtenu sa bourse deux semaines avant de commencer au MIT.

— Comment tu sais ça ? glissa Vanja, plus intéressée à présent qu'il s'agissait au moins de leur enquête.

— El-Fayed l'a dit.

— Quand ça ?

— Quand tu étais sortie parler au téléphone avec Billy.

— D'accord, mais qu'est-ce qu'il a dit exactement ? demanda Vanja en s'efforçant de cacher son mécontentement d'apprendre que Sebastian avait eu cette conversation à son insu.

— Ce que je t'ai dit : qu'Olivia a été informée qu'elle avait obtenu sa bourse deux semaines seulement avant de commencer au MIT.

— Et tu penses que c'est parce que quelqu'un se serait désisté ?

— Possible. En tout cas, l'idée m'est venue. Ça mérite d'être vérifié."

Vanja était d'accord, ça méritait vraiment d'être vérifié. La bourse d'Olivia Johnson était un élément important de leur travail. L'affirmation du meurtrier comme quoi elle avait été son étudiante avait en grande partie orienté l'enquête. Il s'avérait à présent qu'il y avait un risque qu'ils aient enquêté sur la mauvaise personne.

"J'appelle tout de suite Billy, répondit Vanja. C'est lui qui a géré tous les contacts avec le MIT.

— OK. Tu m'appelleras si ça donne quelque chose ?

— Oui. Bien sûr." Un court silence se fit tandis que

Vanja hésitait : Allait-elle lui dire ce qu'elle pensait, lui donner cette satisfaction ? Elle décida que oui.

"Bon boulot."

Et elle raccrocha. Fit s'afficher le numéro de Billy et appuya sur le bouton vert. Elle se mit à faire les cent pas en écoutant son téléphone sonner. Elle ne tenait pas en place, mais c'était différent. Plein d'espoir. Motivant. À sa grande déception, elle ne tomba que sur son répondeur téléphonique. Elle enregistra un message l'invitant à l'appeler dès qu'il le pouvait.

Puis elle raccrocha.

Somnolant à demi, Jennifer entendit un téléphone vibrer dans l'appartement. Ce n'était pas le sien. Elle leva un peu la tête de son épaule et regarda Billy, mais il n'avait pas l'air d'avoir entendu. Jennifer se laissa retomber contre son torse nu. En lui passant doucement la main sur la poitrine, elle vit les légères traces roses des menottes à ses poignets. Elle ne se serait vraiment pas imaginée soumise, mais avec Billy elle aimait ça.

La liberté de mouvement limitée.

Le désir qui montait, mais l'impossibilité de se satisfaire soi-même.

L'excitation de s'abandonner totalement à lui quand il prenait son cou entre ses mains.

Il y avait un sentiment de liberté à laisser un autre avoir le contrôle, et à être celle qui lui permettait d'être tout-puissant. D'un seul mot, elle pouvait le lui reprendre. Non qu'elle l'ait fait jusqu'à présent. Elle avait joui de se donner totalement à lui. Et à son étonnement même les dernières fois où il avait introduit de légers éléments sadomasochistes. Elle n'aurait jamais soupçonné à quel point la douleur pouvait intensifier la jouissance et l'excitation, mais c'était le cas. Après, quand il avait veillé à ce qu'ils aient chacun leur orgasme, elle avait éprouvé un calme, une détente et une harmonie qui s'étaient prolongés longtemps après la fin du sexe.

Elle avait roulé sur elle-même pour se coucher sur Billy, sachant bien qu'ainsi elle le réveillerait. Quand il ouvrit les yeux, elle lui posa les paumes sur les joues et l'embrassa. Elle sentit aussitôt son début d'érection contre son ventre nu. Avec un petit sourire, elle termina son baiser et descendit du lit.

"Où tu vas ?

— Boire un coup. Tu veux quelque chose ?

— Non, merci."

Il la regarda toute nue se diriger vers la cuisine. Puis elle revint et lui jeta son portable.

"Quelqu'un t'a appelé."

Et elle disparut à nouveau. Un appel manqué. De Vanja. Un message, sans doute aussi d'elle. Il l'appela aussitôt, sans écouter ce qu'elle voulait dire.

"Salut, qu'est-ce que tu fais ? entendit-il dans l'écouteur quand elle décrocha dès la première sonnerie.

— Comment ça ?

— Tu ne réponds pas.

— Je ne réponds pas toujours.

— Oh si. Tu es avec elle ?"

Billy jeta un regard à Jennifer qui revenait avec un verre d'eau qu'elle posa sur sa table de chevet pour enfiler sa culotte et un peignoir.

“Qu’est-ce que tu veux ?” demanda Billy, en ignorant la question.

Cinq minutes plus tard, Vanja raccrocha. Regarda l’heure sur son téléphone. 10 h 10.

Elle ne pouvait pas faire grand-chose de plus ce soir. Billy avait promis d’appeler son contact au MIT pour essayer de savoir si Olivia était arrivée là à la faveur d’un désistement. Il n’était que 4 heures de l’après-midi à Boston, il nourrissait de bons espoirs d’obtenir l’information. Vanja avait dit qu’il pouvait la rappeler quelle que soit l’heure.

Que faire, en attendant ?

Se rhabiller – elle n’avait toujours que sa serviette drapée autour du corps – ou aller se coucher, essayer de dormir, même si elle ne pensait pas un seul instant y parvenir avant plusieurs heures. En dépit de l’huile de bain.

La sonnette de sa porte d’entrée décida pour elle.

Nouveau coup d’œil à l’heure, même si elle la connaissait. Qui pouvait-ce être, si tard ? Jonathan, espéra-t-elle, en se dépêchant de filer dans la chambre enfiler une culotte et un pantalon. Un nouveau coup de sonnette. Elle attrapa à la volée un haut noir et le passa tout en gagnant la porte.

Juste avant de la déverrouiller en espérant voir Jonathan, elle réalisa qu’il ne connaissait pas le code de la porte d’entrée. Il n’était pas venu depuis plus d’un an, et le syndic avait changé le code entretemps. Deux fois, même. Qui pouvait bien le connaître ? se demanda-t-elle tout en ouvrant.

“Salut, pardon de venir si tard, j’espère que je ne t’ai pas réveillée.”

Bien sûr.

Lui, il connaissait le code.

Valdemar.

Un KWV Chardonnay 2014.

Ursula dévissa le bouchon et se servit. Le vin blanc prit une vague coloration rose en raison des quelques gouttes de vin rouge restées au fond de son verre. Un sommelier aurait sauté au plafond, mais elle était loin d'être une connaisseuse. En revanche, elle pensait se souvenir d'avoir entendu Bella dire qu'on ne pouvait jamais se tromper avec un chardonnay : c'était sans doute comme ça qu'il était arrivé dans son réfrigérateur. Fallait-il s'abstenir de mélanger blanc et rouge pour éviter le mal de crâne, ou n'était-ce qu'un mythe ? Il ne restait qu'un verre et demi dans la bouteille de rouge laissée sur le plan de travail, mais elle avait envie de plus. C'était un soir comme ça. Une certaine déception que l'enquête n'avance pas. Un rapport des techniciens d'Arlanda arrivé tard et qu'elle était obligée de parcourir. Une soirée parmi tant d'autres dans son appartement, seule. Sans que Torkel soit seulement une alternative. Mais à quoi s'attendait-elle ?

Qu'il se languisse et lui fasse la cour éternellement ? Qu'il se fasse sans arrêt éconduire mais revienne pourtant à la charge ? Elle lui avait clairement fait comprendre qu'ils ne formeraient jamais un couple. Qu'il ne pouvait pas lui donner ce qu'elle voulait. Que personne ne le pouvait. Alors évidemment, il était allé voir ailleurs. Lise-Lotte. Elle n'avait qu'à s'en prendre à elle-même. Objectivement, elle l'avait mis à la porte.

Elle regagna le séjour, où la télévision était allumée sans le son. Un vieil épisode de *How I Met Your Mother*, une série qui semblait diffusée non-stop sur toutes les chaînes, mais dont elle n'avait jamais regardé un épisode en entier. Elle posa son verre de vin sur la table à côté de son iPad. S'assit sur le canapé, zappa la comédie et tomba sur ce qui ressemblait à un documentaire. Elle le laissa, but une gorgée de vin et ramassa sa tablette avec un soupir. Le rapport technique sur le parking longue durée d'Arlanda confirmait ce qu'elle savait déjà. Une charge explosive placée à l'avant du camping-car. La première explosion avait mis le feu au gaz et à l'essence, décuplant sa puissance de destruction. Le rapport fournissait un certain nombre de formules chimiques, et même si elle était capable de les traduire en acide chlorhydrique, peroxyde d'hydrogène et acétone, les autres membres de l'équipe ne seraient pas beaucoup plus avancés.

Elle allait le leur faire simple.

Leur dire ce qu'ils avaient besoin de savoir, pas plus.

Le dispositif était simple : un gros réservoir contenant une substance non explosive. Posé dessus, un autre rempli de liquide et muni d'un “bouchon” qui l'empêchait de couler. Le liquide contenu dans le réservoir du haut attaquait le “bouchon” et le traversait en un temps donné. Alors les deux substances se mélangeaient, une synthèse chimique se produisait, et les liquides inoffensifs devenaient une bombe.

En l'occurrence, les techniciens pensaient que le bouchon était en aluminium, que le liquide du réservoir supérieur avait traversé à une vitesse d'environ quatre centimètres par heure. Il s'était écoulé environ trente minutes entre le moment où l'homme filmé par les caméras de vidéosurveillance quittait le camping-car et celui de l'explosion, ce qui indiquerait un bouchon d'environ deux centimètres d'épaisseur.

Elle leur dirait éventuellement aussi que le mélange avait de grandes similitudes avec le TATP, mais que leur meurtrier avait réussi à le stabiliser et à le rendre nettement moins sensible aux chocs, ce qui suggérait – et ce serait sans doute là le point le plus important de sa contribution à la réunion du lendemain – que l'homme qu'ils recherchaient avait des connaissances en chimie. De bonnes connaissances, même.

Elle posa l'iPad à côté d'elle et but une gorgée de vin. Et maintenant ? Avant même de toucher la télécommande, elle savait déjà qu'elle ne trouverait rien d'intéressant à cette heure-là. Essayer d'appeler Bella ? Ça faisait longtemps qu'elles ne s'étaient pas parlé. Combien exactement, elle ne savait pas, mais bien plusieurs semaines en tout cas, bien avant leur départ pour Ulricehamn : c'était peut-être le moment.

Juste après sa blessure par balle, quand elle avait perdu son œil, Bella était descendue d'Uppsala, elle avait été là, présente, inquiète, attentionnée. Ensuite, quand la vie d'Ursula n'avait plus été en danger immédiat et qu'il avait été assuré qu'elle s'en remettrait, avec un œil artificiel, leur relation était revenue à la normale.

Longs intervalles entre les coups de téléphone.

Toujours à l'initiative d'Ursula.

Comme maintenant.

Bella répondit à la troisième sonnerie. De la musique en bruit de fond, mais pas le brouhaha du dehors. Ursula demanda par acquit de conscience si elle dérangeait, mais reçut un "t'inquiète" en guise de réponse. Puis la conversation se déroula comme d'habitude.

Ursula demanda comment elle allait et Bella répondit.

Ursula voulut savoir comment se passaient ses études de droit, Bella le lui raconta en peu de mots.

Ursula lui rapporta ce qu'elle avait fait ces derniers temps, sans que Bella ne manifeste la moindre curiosité.

Tout comme d'habitude. Dès qu'Ursula se taisait, silence au bout du fil, comme si Bella ne voulait rien savoir ni raconter. Et ce jusqu'à la fin, quand Ursula demanda à Bella si elle comptait rentrer à la maison à un moment cet été.

"J'étais à Stockholm le week-end dernier."

Ursula ne put retenir son étonnement et quand, après brève réflexion, elle réalisa qu'elle-même était chez elle ce week-end-là, une certaine déception.

"Qu'est-ce que tu es venue y faire ?

— Un copain fêtait son anniversaire samedi.

— Pourquoi tu n'as pas fait signe ?" Sa voix était encore teintée d'une pointe de déception qui sembla complètement échapper à Bella.

"J'avais beaucoup à faire.

— Alors tu n'as pas vu papa non plus ?"

Un court silence. Pour Ursula, Bella se demandait si elle allait ou non mentir.

“Juste un tout petit moment…” La vérité. C’était déjà ça.

“Quand ?

— Dimanche. On a cassé la croûte à midi.”

Ursula n’avait pas besoin de demander. Ce “on” voulait dire elle-même, Micke et Amanda, sa nouvelle petite amie. Il n’y avait plus grand-chose à dire, ni sur sa visite à Stockholm, ni sur autre chose. Elles raccrochèrent donc.

Ursula prit son verre de vin et se recala au fond du canapé. Bella était la fille de son père. Depuis toujours. Encore une fois, elle n’avait qu’à s’en prendre à elle-même. Elle avait gardé une certaine distance toute l’enfance de Bella, allant parfois jusqu’à quitter la maison en les laissant seuls ensemble. Oui, elle avait activement monté sa fille contre Mikael : les priorités actuelles de Bella n’avaient rien d’étonnant. Mais elles accentuaient la solitude de Bella. Un soir où elle se sentait déjà bien seule. Ses pensées se reportèrent brièvement sur Torkel et le sosie de Meg Ryan avec qui il couchait. Elle les refoula. Pourquoi se torturer plus que nécessaire ? Elle vida son verre et se leva, d’un pas un peu chancelant, pour aller se resservir.

Torkel appela une heure après la mise en ligne de l'article et de l'interview. Il avait reçu un appel indigné de Rosmarie Fredriksson qui avait visiblement violemment réagi autant au titre : *Le Tueur de la Téléréalité démoli par la police* qu'au sous-titre : *Sebastian Bergman : "Cet homme est un idiot"*.

Sebastian avait tenté de se défendre en arguant que ce n'était pas lui qui avait choisi les titres, mais Torkel avait répondu en lui lisant tout haut des passages choisis parmi les plus agressifs, à la limite de la diffamation. Sebastian avait tenté de balayer ça d'une plaisanterie : si sa cheffe était indignée, ce n'était probablement rien comparé au meurtrier.

Ils voulaient le secouer. Le déstabiliser.

C'était le plan.

Pour ça, il fallait mettre le paquet.

L'argument tomba complètement à plat auprès de Torkel. Ils avaient convenu que Sebastian se retiendrait, serait discipliné pour apparaître comme un adversaire digne, pas qu'il se lâche complètement. Sebastian constata d'une part que Torkel aurait dû finir par bien le connaître et savoir qu'il n'était pas du genre à se retenir, et de l'autre qu'il était trop tard pour y changer quoi que ce soit. Tout était publié, mais il promit d'endosser la pleine responsabilité si ça attirait des problèmes à Torkel.

"Très bien, renchérit Torkel. Parce que Rosmarie veut nous voir demain matin dès son arrivée pour une explication."

Après ce coup de téléphone, Sebastian se rendit dans un des restaurants de Storgatan pour prendre une salade au thon. Il n'avait pas tellement faim, mais il fallait bien manger quelque chose, et il avait besoin de prendre l'air.

À son retour, il trouva quelqu'un qui l'attendait devant sa porte.

Anna Eriksson.

Une seconde, il songea à s'esquiver, mais elle l'avait déjà aperçu au coin de la rue. Il se força à avancer tranquillement vers elle, alors qu'intérieurement, c'était le branle-bas. En s'approchant, il vit qu'elle était dans tous ses états. Il s'était passé quelque chose, forcément.

"Qu'est-ce que tu fais là ? demanda-t-il en s'efforçant d'être aimable.

— Valdemar m'a quittée, répondit-elle avec un regard sombre chargé de culpabilité. C'est ta faute", ajouta-t-elle sans pouvoir retenir un reniflement rageur. Sebastian la regarda avec découragement. C'était toujours la faute de quelqu'un d'autre.

"En quoi est-ce ma faute ? demanda-t-il, se fichant bien de même paraître aimable.

— Si tu ne t'étais pas pointé, rien ne serait jamais arrivé.

— Si tu ne lui avais pas menti toute ta vie, rien ne serait sans doute jamais arrivé non plus, asséna-t-il.

— Je l'ai fait pour son bien. Tu le sais", répondit Anna en le regardant avec lassitude. Elle luttait pour retenir ses larmes. Elle devait être épuisée, songea Sebastian. À force de défendre sans arrêt une position qu'elle aurait dû depuis longtemps admettre intenable. Il y avait là quelque chose qui la rendait humaine et, pour la première fois, Sebastian sentit qu'il pourrait peut-être l'atteindre.

"Je n'ai jamais voulu te la prendre, dit-il précautionneusement. J'ai juste voulu avoir une relation avec ma fille. Rien d'autre."

Elle le regarda en silence, en secouant la tête de découragement.

"Bonne chance. Valdemar pense pouvoir la retrouver en prenant ses distances avec moi. Il va tout faire pour elle."

Sebastian sentit un froid soudain lui remonter du ventre.

"Il a dit ça ? demanda-t-il.

— Il m'a quittée pour la retrouver. Tu comprends ? Elle va t'échapper autant qu'à moi."

Une larme solitaire coula le long de sa joue, qu'elle essuya d'un revers de manche énervé. Sebastian la considérait en silence. La femme qu'il avait en face de lui n'était plus une adversaire. Elle avait déjà tout perdu. Il s'agissait maintenant pour lui de ne pas prendre le même chemin.

Il l'invita à monter chez lui. Ils ne pouvaient pas rester comme ça dehors. Il commençait à faire froid et puis il voulait en savoir plus. Quel était le plan de Valdemar ? Où en étaient-ils, Vanja et lui ?

Ils entrèrent et Anna ôta son blouson tout en regardant autour d'elle.

“Je ne savais pas que tu avais autant de place.

— Non, ce n’est pas parce que nous avons eu une fille ensemble que nous nous connaissons tellement”, répondit-il en s’essayant à sourire. Anna sourit à son tour. Surtout sous l’effet de la fatigue, à vrai dire, mais quand même. Il la conduisit dans la cuisine et lui proposa un thé. Elle accepta et s’assit à la table.

“Valdemar est au courant, pour moi ? demanda-t-il avec curiosité en mettant une casserole sur la plaque.

— Je ne lui ai pas dit. Mais ce n’est qu’une question de temps avant qu’il l’apprenne.”

Elle avait raison. Vanja allait lui dire. Jamais elle ne perpétuerait un mensonge. Elle était fondamentalement honnête. Un trait de caractère qu’elle n’avait hérité d’aucun de ses parents.

“Donc il est chez elle, en ce moment ?” demanda Sebastian, bien décidé à en savoir le plus possible sur la situation nouvelle. S’il voulait battre Valdemar, il fallait qu’il soit bien informé, c’était la clé du succès.

“Je ne sais pas. Il a dit qu’il allait y aller.” Elle baissa les yeux vers la table. “Il est tellement fâché contre moi.”

Elle tendit la main vers le rouleau d’essuie-tout au milieu de la table, en arracha une feuille, s’essuya le visage d’un geste rapide et se moucha. Sebastian eut pitié d’elle.

“Tout le monde a l’air fâché contre nous, dit-il.

— Oui, hein ?

— Mais ils ont peut-être raison. Nous l’avons peut-être mérité”, ajouta-t-il, pensif. Anna secoua la tête.

“Je ne trouve pas que je mérite ça.”

Il laissa passer cette dernière phrase sans commentaire. Elle n’endosserait jamais aucune part de responsabilité dans ce qui s'était passé, il le voyait bien. Elle s'était enfouie si profondément dans les mensonges et les excuses qu'il lui était impossible de s'en extraire. Ça aurait été trop douloureux. Être confrontée à toutes ses erreurs la briserait. Ils se turent donc tous les deux. Sebastian sentait qu'elle ne pourrait pas l'aider davantage au sujet de Valdemar. Elle ne savait plus rien. N'avait rien. C'était pour ça qu'elle avait baissé la garde et se retrouvait dans sa cuisine. Adossé au plan de travail, il la regarda. Frappé de trouver tout naturel de l'avoir là. C'était inhabituel.

"Je n'oublierai jamais quand tu t'es pointé, après toutes ces années", dit-elle soudain tout bas. Sebastian supposa qu'elle était revenue en arrière pour essayer de trouver le moment où tout avait commencé à aller de travers, où elle avait perdu le contrôle. "Comme ça, devant ma porte.

— Je voulais juste savoir si c'était vrai. Si elle était de moi. Ce n'est quand même pas si étrange ?"

Anna leva les yeux vers lui, sans plus se soucier d'essuyer ses larmes.

"J'ai juste essayé de tout faire tenir, dit-elle. Mais ça n'a pas marché."

Sebastian servit une tasse d'eau chaude, y mit un sachet de thé et la lui tendit. Il n'en prit pas lui-même, mais s'assit à côté d'elle.

Ils étaient là.

Dans sa cuisine.

Les deux dont Vanja ne voulait pas.

L'idée surgit de nulle part. Puérile et bête. Idiote. Mais si interdite qu'elle en était attirante.

Coucher avec elle.

Montrer à Valdemar : s'il prenait quelque chose qui était à Sebastian, Sebastian allait lui prendre quelque chose. Quelque chose dont il ne voulait plus, mais c'était mieux que rien. Il se pencha en avant.

"Anna..., commença-t-il, en attendant qu'elle croise son regard. Je sais que c'est pénible pour toi en ce moment, mais je suis content que tu sois là, qu'on ait pu parler un peu."

Anna hocha la tête.

"Moi aussi, répondit-elle.

— Si nous ne nous mettons pas des bâtons dans les roues, je suis sûr que nous trouverons une solution", dit-il tout bas, avec conviction. Un mensonge, évidemment : Vanja ne pardonnerait jamais à sa mère, et il n'avait aucune intention de s'allier à elle, mais Anna se contenta de hocher la tête, elle voulait croire à ce mensonge, qu'il y avait une solution. Sebastian s'étira et prit doucement sa main dans la sienne. Elle la ramena à elle, mais pas pour le repousser, plutôt en attente. Il suivit le mouvement et elle le laissa la toucher. Il chercha plus loin au fond de ses yeux. Les larmes avaient séché, mais le chagrin et le désespoir étaient toujours là.

Il en avait envie. Les femmes comme Anna se donnaient à fond. Avec elles, le sexe, dont la fonction primaire était d'oublier combien on était seul en réalité, était d'habitude très intense.

C'était follement excitant, dans un sens.

Incroyablement tordu si on y réfléchissait une seconde.

Mais impossible d'y renoncer.

Il se pencha plus près. N'allait-il pas trop vite, devait-il dire d'abord quelque chose qu'elle aurait besoin d'entendre ? Mais il lui sembla la voir desserrer imperceptiblement les lèvres, sans doute inconsciemment, tandis qu'elle basculait son poids vers lui sur sa chaise. Il garda le silence, posa la main sur son bras et se pencha en avant. Leurs lèvres se rencontrèrent. Il sentit sa respiration s'alourdir. Elle ouvrit la bouche et lui laissa entrer sa langue. Laissa la sienne la toucher. Il sentait son désir, même si elle tentait de le retenir. Sebastian la releva et la serra contre lui. Elle répondit en lui caressant le dos et en lui mordillant les lèvres tout en poussant un léger gémissement. Il releva son chemisier et glissa les mains dessous. Les laissa caresser son dos nu. L'une d'elles remonta vers le soutien-gorge, l'autre descendit vers le bord du pantalon. Il sentit ses mains à elle quitter son dos et venir entre eux. Elles étaient aussi furtives que les siennes, sinon plus. L'une entreprit de défaire sa ceinture tandis que l'autre lui caressait le sexe à travers le pantalon.

Personne ne le saurait.

Ce fut sa dernière pensée avant qu'ils ne disparaissent sur le sol de la cuisine.

Personne ne le saurait.

Il y avait un mot de My sur la table de la cuisine quand Billy y entra pour avaler un rapide petit-déjeuner. À sa grande satisfaction, elle dormait à son retour cette nuit et s'était levée sans le réveiller ce matin. Il se persuada qu'elle ne l'évitait pas, qu'elle ne savait pas. Qu'elle se serait directement confrontée à lui si elle s'était doutée de quelque chose. Ce n'était pas vraiment son style de cacher les problèmes sous le tapis. Il trouva que son mot confirmait sa théorie. Elle écrivait qu'elle n'avait pas eu le courage de l'attendre, qu'elle espérait que ça se passait bien au boulot et qu'ils auraient le temps de se voir ce soir. Ça finissait par un bisou.

Billy sortit du yaourt et du jus de fruit du réfrigérateur et des céréales dans l'armoire au-dessus. Prit une assiette, un verre, une cuillère et s'assit à la table de la cuisine. Il pêcha son portable pour voir s'il y avait eu du nouveau pendant la nuit, mais s'arrêta en voyant l'heure.

Bientôt sept heures et demie.

Sans doute trop tôt, mais ça valait la peine d'essayer.

Il avait réussi à joindre Katie Barnett depuis chez Jennifer. Lui avait expliqué : ils avaient besoin de savoir si Olivia Johnson était remplaçante de quelqu'un qui pour une raison ou une autre avait renoncé à sa bourse. Katie comprenait exactement ce qu'il voulait dire, mais elle ne pouvait pas l'aider. Les étudiants étaient eux-mêmes responsables du financement de leurs études et de la recherche de bourses. Les seuls à savoir si Olivia Johnson était la première sur liste d'attente appartenaient à l'organisation qui avait décerné cette bourse.

En l'occurrence la fondation Suède-Amérique.

Billy avait remercié et vu qu'il était beaucoup trop tard pour espérer les contacter. Puis Jennifer était revenue se blottir contre lui et ils étaient restés ainsi étroitement enlacés jusqu'à ce qu'il soit l'heure pour lui de rentrer chez lui.

Il composa le numéro de cette fondation et eut la surprise d'entendre quelqu'un répondre à l'autre bout du fil. Il expliqua qui il était, ce qu'il voulait. Une chance presque inconcevable : l'homme avec qui il parlait pouvait l'aider. Pas besoin de transférer l'appel, d'appeler quelqu'un d'autre, de réessayer plus tard ou de faire une demande dans des formes officielles. Il entendit une chaise qu'on reculait et imagina l'homme s'asseyant devant l'ordinateur le plus proche, prêt à l'aider. De quelle date s'agissait-il ? Billy avait-il un nom ou d'autres informations qui pourraient éventuellement l'aider ?

Billy lui donna tout ce qu'il savait et, en quelques minutes, cela porta ses fruits.

On lui communiqua un nom.

"Un certain Robin Hedmark a reçu une bourse complète, mais s'est désisté pour raisons personnelles."

Billy n'avait pas souvent un ton exalté s'agissant du boulot. Il ne s'exaltait pas souvent en général, mais

Vanja entendait à présent l'excitation de sa voix au téléphone.

"Que savons-nous de lui ? demanda-t-elle tout en enfilant son haut noir de la veille.

— Rien encore, mais je suis en route pour le boulot", dit Billy. Vanja entendit le klaxon furieux d'une voiture qui passait. Elle sourit en supposant que Billy ne respectait pas toutes les règles du code de la route sur le chemin de Kungsholmen. "J'en saurai plus d'ici une heure.

— Tu as appelé Torkel ?

— Pas encore, tu passes d'abord, c'est toi qui m'as donné le tuyau."

Vanja arriva dans l'entrée, jeta un coup d'œil dans le miroir et se passa une main dans les cheveux. Vit qu'elle souriait à nouveau. C'était comme ça que ça devait être, entre Billy et elle. Ça lui avait manqué.

"En fait, ça venait de Sebastian, mais merci.

— Bien sûr. À tout à l'heure."

Puis le silence se fit. Vanja se regarda à nouveau dans le miroir. Un peu de noir sous les yeux, peut-être. Elle n'avait pas dormi beaucoup d'heures, mais la nouvelle au sujet de Robin Hedmark l'avait ragaillardie comme sa douche du matin et deux tasses de café serré n'avaient pas su le faire.

Un nouveau nom. De nouvelles possibilités. Une piste.

Elle décrocha son blouson du cintre, enfila ses chaussures, descendit l'escalier, coupa en travers de la pelouse jusqu'à sa voiture, et se glissa au volant. Là, elle resta immobile. Comme si son énergie nouvelle ne la portait pas plus loin que ça.

Valdemar.

Elle n'avait pas pu penser à autre chose que sa visite jusqu'à l'appel de Billy, et voilà que ça revenait en repoussant tout le reste dans l'ombre.

Sa façon de la supplier de le laisser entrer.

Le mal qu'il avait à croiser son regard.

Tellement vulnérable. Si faible. Contrit.

Ils avaient échoué à la cuisine, chacun devant une tasse de thé bientôt refroidie, et il lui avait raconté ce qu'elle savait déjà.

Son lien avec elle était ce qu'il avait de plus précieux.

Il avait demandé pardon pour sa tentative de suicide. Il comprenait que cela ressemblait presque à du chantage. Mais ce n'était pas ce qu'il voulait, ce n'était pas comme ça qu'il voulait la faire revenir. Il voulait mériter sa proximité, sa confiance, son amour.

Il avait promis de faire pour cela tout ce qui était en son pouvoir.

Vanja tourna la clé de contact et regarda par-dessus son épaule avant de s'engager sur Värtavägen. Elle mit la radio, monta le volume, mais ses pensées revenaient à la soirée de la veille.

Valdemar avait compris qu'Anna et lui n'arriveraient pas à faire face ensemble à la situation. Elle était trop profondément enchevêtrée dans ses mensonges et ses excuses qu'elle était incapable de se rapprocher.

Il avait donc rompu avec elle. Tellement Vanja était importante pour lui.

Vanja lui avait demandé s'il savait qui était son vrai père. Il ne le savait pas. Anna ne le lui avait jamais dit, il n'avait jamais demandé. Maintenant non plus. Il n'avait pas besoin de savoir. Ce n'était que de la biologie. Dans son cœur, il était son papa. Une petite analyse sanguine n'y changerait rien.

Vanja tourna à gauche dans Valhallavägen, prit Banérgatan, passa devant Östermalmsskolan. Pas le chemin de l'hôtel de police de Kungsholmen.

Le chemin de chez Sebastian.

L'autre père.

Elle avait décidé de passer le prendre quand Billy avait téléphoné qu'il avait trouvé un nouveau boursier. C'était quand même Sebastian qui les y avait menés, et c'était elle qu'il avait appelée avec son idée. Elle comptait le surprendre, le récompenser d'un trajet en voiture ensemble, et cette fois elle lui parlerait, elle serait obligée de lui parler.

Elle n'avait pas pu garder son armure. Valdemar avait pleuré. Mais ce n'était pas ses larmes qui l'avaient touchée, mais sa totale sincérité. Il voulait demander pardon pour ses erreurs, assumer ce qu'il avait fait, montrer qu'il était prêt à changer. Il comptait collaborer avec le procureur, reconnaître son implication dans des malversations financières, purger sa peine. Et à vrai dire : c'était lui qui avait le moins trahi Vanja. Il avait su qu'elle n'était pas sa fille et n'avait rien dit. Principalement parce qu'Anna le lui avait interdit. Mais aussi parce qu'il n'en voyait pas l'intérêt. À ses yeux, elle était sa fille. Il l'aimait plus que toute chose et pendant de longues années elle l'avait aimé. Pourquoi détruire ça avec une vérité sur un homme inconnu ?

Sauf que désormais ce n'était plus un inconnu.

Il était hautement réel.

Son autre père.

Ce n'était pas qu'elle soit obligée de choisir, si elle le décidait, elle pourrait avoir les deux dans sa nouvelle vie – quand elle en aurait une.

Mais il fallait qu'ils soient sincères.

La journée de la veille lui avait montré à quel point c'était important pour elle. La sincérité. Elle voulait donner à Sebastian une chance, comme à Valdemar, d'être totalement franc avec elle. Il restait des points de friction avec lui.

Des choses qu'elle avait choisi de croire parce que c'était plus simple comme ça.

Cette formation au FBI qu'on lui avait refusée, par exemple. Sebastian y était-il pour quelque chose ? Si elle fouillait tout au fond de son cœur, elle pensait que oui, sans doute. La façon dont les malversations de Valdemar avaient été révélées, c'était autre chose. Tout ce remue-ménage concernait de trop près Sebastian pour qu'elle puisse exclure toute implication de sa part.

Mais elle ne savait pas.

Il aurait une chance.

Le moment était venu de cesser de vouloir croire et de croire pour de bon.

Elle s'engagea dans Styrmansgatan, à deux pas du domicile de Sebastian. Elle ne s'attendait pas à trouver à se garer, et eut la bonne surprise de trouver deux places juste devant. Elle jeta un œil à sa montre. 7 heures tout juste passées. Il était rare qu'il se pointe au boulot avant 8 heures, alors il était sûrement chez lui. Sauf s'il était allé baiser et avait découché, bien sûr.

Elle allait descendre de voiture quand la porte du numéro 18 s'ouvrit. Un bref instant, Vanja crut qu'elle avait de la chance, que le timing était parfait, mais ce n'était pas Sebastian qui sortait.

C'était Anna.

Sa maman.

La femme avec qui il avait promis de ne plus avoir aucun contact.

Torkel était gai en entrant au bureau.

Lise-Lotte et lui étaient sortis dîner hier soir, puis avaient fait une longue promenade romantique pour rentrer. C'était vraiment merveilleux d'être avec elle. Elle était séduisante, féminine, intelligente, avec toujours cette lueur d'humour dans le regard. Il était à la fois sensuel et franc, mais avant tout lui donnait de l'amour. Pas besoin de mots quand elle le regardait. Il se souvenait qu'elle avait déjà ce regard quand ils étaient jeunes. À l'époque, elle était mignonne. Aujourd'hui elle était belle.

Au boulot aussi, les choses bougeaient. Billy avait trouvé un nouveau nom, Robin Hedmark, un doctorant censé aller au MIT, mais qui avait eu un empêchement. L'équipe allait bientôt se retrouver dans la Pièce pour entendre ce que Billy avait découvert. La seule ombre au tableau ce matin était qu'il allait très vraisemblablement être obligé de voir Rosmarie. Il avait réussi à annuler leur rendez-vous en raison de la nouvelle piste Hedmark, mais avait du mal à croire qu'il n'entendrait plus parler d'elle. Même dans la matinale de TV4, on avait parlé du numéro agressif de Sebastian, du manque de professionnalisme d'une police aux abois.

Il entra dans son bureau et posa sa serviette. Il espérait avoir le temps de regarder ses mails avant la réunion et venait d'allumer son ordinateur quand Vanja déboula. Il la regarda avec un sourire joyeux.

“Salut Vanja. Tout va bien ?”

Elle le regarda froidement, puis secoua la tête. Torkel comprit qu'il s'était passé quelque chose et fit quelques pas vers elle.

“Qu'est-ce qu'il y a ? demanda-t-il d'un ton plus grave en s'approchant d'elle.

— Je ne veux plus de Sebastian ici”, dit-elle d'une voix brisée par la colère retenue. Torkel la dévisagea.

“Qu'est-ce qu'il a encore fait ? s'étonna-t-il.

— Peu importe, je ne veux plus qu'il travaille avec nous.”

Les yeux de Vanja lançaient des éclairs. Torkel ne l'avait jamais vue aussi furieuse. La colère qui bouillonnait en elle lui faisait rougir les joues et le cou.

“Tu m'as dit que je n'avais qu'à te le demander, et il disparaîtrait. Maintenant, je le demande”, cracha-t-elle. Elle était sérieuse, cela ne faisait plus aucun doute. Torkel tenta de la calmer.

“OK. Est-ce que je peux savoir pourquoi ? Il a bien dû faire quelque chose ?”

Vanja le regarda d'un air buté. Il était clair qu'elle ne comptait rien dire.

“Tu vas le faire, ou il faut que je te menace de démissionner ? Je peux le faire, si tu veux.”

Torkel décida aussitôt de faire marche arrière.

“OK, OK. Je comprends”, dit-il. De toute façon, il finirait bien tôt ou tard par en apprendre la raison et, à choisir entre les deux, il n'hésitait pas une seconde. Mais le timing était le pire possible. Ils venaient de publier cette interview, et même si Sebastian était allé trop loin, ils pourraient se trouver avoir besoin de lui. En tout cas encore un peu. Torkel la regarda, mais décida bien vite de ne pas discuter. L'expression du visage de Vanja était éloquente. Il leur faudrait se débrouiller sans Sebastian.

"OK, je l'appelle tout de suite, dit-il après un instant.

— Bien", lâcha-t-elle avant de disparaître aussi vite qu'elle était venue.

Torkel la regarda s'éloigner avant d'aller décrocher le téléphone sur son bureau et de composer le numéro de Sebastian. Qu'avait-il donc encore fait ? Sans doute quelque chose de grave.

"Salut Torkel. Rosmarie te fait encore des misères ?" entendit-il répondre Sebastian, taquin et presque un peu gai. Soit c'était un excellent acteur, soit il ne se doutait absolument pas de la raison de l'appel de Torkel.

"Non.

— Ah bon ? Qu'est-ce qu'il y a, alors ?

— Je te libère de tes obligations professionnelles, avec effet immédiat", dit Torkel avec toute l'autorité qu'il put. Il entendit Sebastian haleter à l'autre bout du fil.

"Hein ? Mais pourquoi ? Tu ne peux quand même pas faire ça ?"

Torkel décida de couper court, sans se laisser embarquer dans la moindre discussion.

"Je n'ai pas l'intention de discuter. Ton passe ne fonctionnera plus. Si tu as quelques notes de frais, il faudra les envoyer.

— Mais attends, je ne comprends pas. C'est Rosmarie ?

Je peux aller ramper à ses pieds, je peux régler ça, l'entendit-il supplier.

— Ce n'est pas Rosmarie. C'est ma décision.

— Alors ça doit être Vanja. C'est Vanja ?"

Torkel inspira à fond avant de continuer :

"Tu n'es pas employé. Tu n'as pas de contrat. Je n'ai rien à t'expliquer.

— Mais nous sommes de vieux amis.

— Seulement quand ça t'arrange, malheureusement."

Sebastian se tut. Torkel l'entendait presque essayer fébrilement de comprendre.

"Mais attends, on a quand même travaillé ensemble pour un paquet de…, l'entendit commencer Torkel avant de le couper.

— Merci pour ton aide, Sebastian. Je raccroche." Ce qu'il fit en effet.

Il soupira profondément.

Et dire que la journée avait si bien commencé.

Dans la Pièce, l'impatience était presque tangible quand Torkel entra. Devant le tableau, Billy était prêt, l'air sur le point d'éclater s'il ne racontait pas bientôt ce qu'il savait. Vanja était profondément concentrée sur les documents imprimés qu'elle avait devant elle et y prenait déjà des notes. Il n'y avait qu'Ursula qui paraissait un brin éteinte, calée en arrière au fond de son siège et buvant de longues gorgées d'eau minérale.

"OK, vas-y, dit Torkel en s'asseyant.

— On n'attend pas Sebastian ? demanda Ursula.

— Il ne viendra pas, lâcha Torkel d'un ton qu'il espérait décourager toute autre question.

— Mais pourquoi ? continua Ursula.

— Il ne participe plus à cette enquête" répondit Torkel avec un coup d'œil à Vanja, qui le remercia d'un hochement de tête. Ursula observa cet échange muet entre eux et décida d'en rester là. Il était clair que l'absence de Sebastian relevait de la sphère privée, et elle n'avait aucune envie de s'en mêler.

Torkel fit un nouveau signe de tête à Billy, qui désigna une photo qu'il venait d'afficher au tableau. Un jeune homme, un peu enveloppé, frange sur le côté, des lunettes et une peau couverte des cicatrices d'acné remontant sans doute à l'adolescence.

"Robin Hedmark, vingt-deux ans. A étudié la chimie à KTH. A obtenu une bourse pour deux ans au MIT, mais s'est désisté trois semaines avant de partir. Sa mère est morte et il ne pouvait pas laisser ses petits frères et sœurs."

Billy marqua une petite pause pour laisser la place à des réactions au récit de cet événement tragique. Il n'y en eut aucune.

"Nous supposons donc que c'est de Robin que parlait notre meurtrier, et nous avons donc, comme au département de technique médicale, deux assistants et un professeur, continua-t-il en se penchant vers la table pour pêcher une nouvelle photo. Voici clairement le plus intéressant des deux."

Il fixa la photo au mur. Un homme tout juste la quarantaine. Air passe-partout, calvitie naissante, lunettes à armature métallique et barbe fournie mais bien taillée. Pas de traits marquants. Torkel eut l'impression qu'il pourrait rencontrer cet homme, peut-être même parler avec lui, sans s'en souvenir ensuite, et encore moins être capable de le décrire. Certaines personnes ne marquaient pas, tout simplement, et pourtant, il était physionomiste.

"David Lagergren, un des assistants, le présenta Billy en reculant d'un pas.

— Je reconnais ce nom, dit Torkel.

— Le beau-frère de Christian Saurunas, confirma Billy. Ou plutôt ex-beau-frère. Il était marié avec sa sœur Laura. C'est lui qui possède le chalet dans l'Härjedalen."

Court silence tandis que ces deux informations étaient digérées.

“Donc ça peut très bien être chez lui que Saurunas s’est rendu quand il a été relâché, pensa tout haut Torkel.

— Pour rendre les clés, compléta Vanja.

— Ça pourrait expliquer pourquoi il n’a pas téléphoné avant : il le connaissait bien, peut-être qu’il était attendu.

— Y a-t-il autre chose qui le rend intéressant pour nous ? demanda Ursula en tendant la main vers une deuxième bouteille d’eau minérale.

— Absolument.” Billy se pencha à nouveau pour prendre un document sur la table. “Il a postulé à une chaire de professeur il y a quelque temps, en étant assez sûr de l’obtenir.

— Mais ne l’a pas eue.

— Non, quelqu’un d’autre a été recruté. Lagergren a contesté auprès de toutes les instances possibles, mais a perdu de A à Z.

— Un échec personnel ou une contrariété qui a pu tout déclencher chez lui, opina Ursula. Exactement comme disait Sebastian, ajouta-t-elle.”

Surtout parce qu’elle en avait l’occasion.

Ça agacerait toujours quelqu’un.

Elle était de mauvaise humeur depuis qu’elle s’était réveillée avec une migraine lancinante dès cinq heures et demie ce matin.

“Savons-nous où se trouve Lagergren en ce moment ? demanda Torkel sans faire mine d’avoir entendu la pique d’Ursula.

— Oui, j’ai appelé KTH, opina Billy. Il est en disponibilité depuis trois mois, on n’attend son retour qu’après l’été.

— Avons-nous son adresse ?

— Oui, ainsi que celle du chalet dans l'Härjedalen.

— Que fait-on ?"

C'était Vanja qui posait la question. Torkel réfléchit. Pesa le pour et le contre. Ils n'avaient pas grand-chose contre Lagergren. On pouvait peut-être appeler ça des indices, en étant généreux. S'ils l'arrêtaient sans qu'il avoue quoi que ce soit lors de son interrogatoire ou qu'ils trouvent une preuve technique, il serait difficile de faire accepter son incarcération à un procureur. D'un autre côté, s'ils ne l'arrêtaient pas, ils ne pourraient pas chercher de preuves techniques, et s'il s'agissait bien de la personne qu'ils pensaient, il avait déjà tué cinq personnes et aveuglé une jeune fille. Quelqu'un que Torkel n'avait pas trop envie de savoir en liberté dans les rues. Surtout que dans son interview avec Weber, il avait laissé entendre qu'il n'en avait pas fini. Loin de là.

"On l'arrête."

Sebastian avait appelé Vanja au moins dix fois. Chaque fois, elle rejetait l'appel. Les SMS qu'il envoyait restaient sans réponses.

Il finit par téléphoner à Anna.

C'était la seule explication qu'il trouvait aux événements de la matinée. Un sabotage de sa part. Que ce ne soit pas lui qui l'ait séduite, mais l'inverse.

Pour se débarrasser de lui une fois pour toutes.

Pour enfoncer un coin entre Vanja et lui.

C'était possible, mais pas crédible. Rien dans la soirée de la veille n'avait semblé étudié et joué. Certes il y avait eu un peu de gêne ce matin quand elle s'était rhabillée et avait filé sans prendre de petit-déjeuner, mais ils s'étaient quand même parlé. Décidé qu'il valait mieux que ce qui s'était passé reste leur secret.

"Tu en as parlé à Vanja ? demanda-t-il en colère quand Anna finit par décrocher.

— Quoi ?" Elle avait l'air mal réveillée.

"J'ai été viré, et Vanja refuse de me parler, alors je te pose à nouveau la question : tu lui as parlé de nous ?"

Anna parut se réveiller. Sa voix se raffermit.

"Pourquoi j'aurais fait ça ?

— Je ne sais pas, une sorte de revanche puérile. Hier, tu as dit que tout ce qui s'était passé était de ma faute.

— Mais après, j'ai couché avec toi."

Sebastian se tut. L'Anna dans sa cuisine était une autre femme que celle qu'il avait trouvée devant sa porte : si c'était de la comédie, sa prestation valait un Oscar.

"Qu'est-ce que je gagnerais à lui raconter ça ?

— On ne se venge pas pour gagner quelque chose, on se venge pour se venger."

Un long soupir d'Anna, pas tant la colère d'être accusée que la déception.

"Tu crois vraiment que c'est moi ?

— Je ne sais pas, est-ce que c'est toi ?

— Non, je suis rentrée directement chez moi me coucher. Tu m'as réveillée."

Sebastian était incapable de décider ou non de la croire. S'il savait une chose d'Anna, c'était qu'elle savait mentir de manière crédible.

"Mais il y a bien dû se passer quelque chose ? J'ai parlé avec elle hier. Avant ton arrivée. Tout allait bien.

— Tu sais quoi ? Je ne veux pas être mêlée à ça." Anna semblait soudain lasse. "Tu as l'air d'avoir plus de contact avec Vanja que moi, alors demande-lui directement." Sur quoi elle raccrocha. Sebastian resta là, un portable silencieux à la main. Il le reposa avec irritation et fit un tour du séjour, frustré.

Que diable s'était-il donc passé ?

L'interview avait un peu dérapé, mais si c'était ça, Torkel lui en aurait parlé. Rosmarie n'avait rien non plus à voir avec ça, Torkel le lui avait dit et il le croyait. Il fallait que ce soit autre chose. Valdemar, par exemple. Il avait peut-être réussi à influencer sa fille. La pousser à prendre ses distances avec lui. Sebastian n'en avait aucune idée. Il détestait être mis devant le fait accompli, quand on prenait des décisions à sa place. Surtout quand il ne savait pas pourquoi. Il devrait quand même aller au bureau. Entrer et exiger quelques explications. Ça ferait sûrement du foin, mais rien ne pouvait être pire que cette situation.

On sonna à la porte. Un puissant espoir envahit aussitôt Sebastian. C'était probablement elle. Vanja avait l'habitude de venir lui demander des comptes quand il avait fait une bêtise. Elle n'était pas du genre à faire profil bas et à cacher les problèmes sous le tapis.

Il gagna la porte à petites foulées. Rajusta une dernière fois son pantalon et sa chemise, pour ne pas avoir l'air trop débraillé en ouvrant. Non que cela ait la moindre importance : elle était là pour l'engueuler, rien d'autre.

Il ouvrit la porte. Personne. Il avança d'un demi-pas et aperçut une silhouette vêtue de noir plaquée au mur sur sa gauche. Comme une ombre qui s'étendit rapidement vers lui. Sebastian tenta de reculer d'un pas, mais n'en eut pas le temps. Des mains l'atteignirent, attrapèrent sa nuque et son cou. C'était un homme, il le sentit. Il essaya de se dégager en tournant sur lui-même, mais l'homme était à présent sur lui. Derrière. Rapidement, il posa une de ses mains sur son visage, sa bouche et son nez. Sebastian sentit pendant une seconde une forte odeur lui piquer les narines et, la suivante, ses jambes ne lui obéissaient plus. Tout sombrait dans le brouillard. Il se retourna dans une tentative de voir le visage de l'homme qui l'attaquait. Il ne vit qu'un masque de ski.

Ses yeux débordaient de haine et de fureur.
L'interview a marché, eut-il le temps de penser.
Puis tout fut noir.

La première chose que Sebastian remarqua était qu'il était assis.

La deuxième qu'il ne pouvait pas bouger.

Sa tête reposait sur sa poitrine. Il apercevait la cordelette qui lui entourait le ventre, mais il comprit rapidement que ses pieds étaient attachés à la chaise et ses mains nouées dans le dos. Il resta là, le regard au sol, en se concentrant pour garder une respiration calme et régulière jusqu'à ce que les effets du somnifère qu'on lui avait administré s'estompent davantage. Il entendit des mouvements. Des pas sur un sol de béton, un raclement et quelqu'un qui gémissait, ou du moins essayait de produire un son. Des pigeons qui roucoulaient. Mais pas de voix. Les rares sons se répercutaient et Sebastian eut l'impression qu'il se trouvait dans une pièce assez vaste, mais vide.

Il fit semblant d'être inconscient encore dix minutes, jusqu'à estimer qu'il avait les idées assez claires pour évaluer sérieusement la situation. Il releva la tête, la nuque douloureuse. Il la tourna doucement de droite à gauche pour assouplir les muscles, mais aussi pour se faire une idée la plus complète possible de la scène qu'il avait sous les yeux.

Il se trouvait en effet dans une pièce nue et vide aux murs et au sol en béton. Un local industriel ou un entrepôt abandonné. En hauteur, une rangée de fenêtres, dont plusieurs vitres étaient brisées. Quelques néons qui éclairaient difficilement la pièce.

En face de lui, à peut-être cinq mètres, était assise une autre personne, elle aussi attachée à une chaise. Avec un écriteau autour du cou. Sebastian reconnut l'écriteau et l'homme sur la chaise.

L'écriteau était le même que celui qu'ils avaient trouvé autour du cou de Claes Wallgren : *COUPABLE*, en grosses lettres.

L'homme était Lennart Källman, le rédacteur en chef de l'*Expressen*.

Quand il vit que Sebastian s'était réveillé, il tira sur ses liens si bien que sa chaise se déplaça de quelques centimètres. Sebastian reconnut le raclement et le gémissement étouffé derrière son gros bâillon. Il ne s'était même pas demandé s'il en avait un lui-même, et tâta alors avec ses lèvres et sa bouche. Rien. Ce local était donc suffisamment isolé pour que crier n'ait pas d'importance. Il s'en abstint donc.

À côté de Källman se tenait l'homme au masque de ski qui avait sonné à la porte de Sebastian voilà… ? Il ne savait pas combien de temps il était resté sans connaissance. Des heures, lui semblait-il. Dehors, il faisait jour, mais c'était le cas vingt heures sur vingt-quatre en cette saison, aussi cela ne lui était d'aucune aide.

"Alors comme ça, tu es plus intelligent que moi ?" dit l'homme en s'avançant nonchalamment vers Sebastian. Il contrôlait la situation, détendu, content de son succès.

En temps normal, Sebastian aurait essayé d'entrer en contact avec lui. Parlé beaucoup. Tenté de se transformer de victime anonyme en personne vivante aux yeux de son ravisseur. Mais ça ne marcherait pas avec l'homme qui s'approchait de lui. Il avait déjeuné avec chacune de ses victimes, probablement assez bien fait leur connaissance, mais n'avait eu aucun problème à les tuer.

Il s'estimait supérieur sur tous les plans, et Sebastian l'avait défié.

Il sentit la sueur se mettre à couler sur son front, alors qu'il était loin de faire chaud dans ce local, et sa respiration se faire plus rapide et plus superficielle.

“Mais ça, tu n'as pas su le prévoir, continua l'homme en s'arrêtant devant Sebastian, qui fut forcé de basculer la tête en arrière pour continuer à le regarder dans les yeux.

— Qu'est-ce que vous voulez ?” demanda-t-il en essayant d'évacuer la peur et le stress de sa voix. Il trouva qu'il n'y arrivait pas mal.

“Sais-tu pourquoi il mérite de mourir ?” répondit l'homme en désignant Källman. Sebastian resta silencieux. Quelque chose lui disait qu'il allait de toute façon le savoir.

“Il est responsable du fait que nous en savons plus sur Caitlyn Jenner et la famille Kardashian que sur n'importe lequel de nos ministres.

— Je crois qu'Internet y est aussi un peu pour quelque chose”, glissa Sebastian. L'homme le regarda en hochant gravement la tête.

“Absolument, tu as tout à fait raison, Internet porte une lourde responsabilité, mais cela ne change rien au fait que cet individu se pavane en prétendant éduquer le peuple, alors qu'en fait il diffuse l'idiotie, la bêtise et les simplifications.

— Ils vous ont publié, objecta Sebastian. Ils ont des éditoriaux, des débats…

— La merde reste la merde, même emballée de temps en temps dans un éditorial, le coupa l'homme en plongeant la main dans une de ses poches. Mais tu peux lui sauver la vie. Tu es apparemment tellement plus intelligent que moi."

Sebastian ne répondit pas, ne demanda pas comment.

"Est-ce que tu as déjà joué à un jeu qui s'appelle *bout à bout* ? demanda l'homme en dépliant le papier qu'il avait sorti de sa poche.

— Non.

— C'est un genre de quiz. On a des indices. Difficiles pour cinq points, un peu plus faciles pour quatre, encore plus faciles pour trois, et ainsi de suite jusqu'à très faciles pour un point. Tu comprends ?

— Oui.

— Heureusement, sourit l'homme. Sinon tu n'aurais pas été particulièrement malin. Tu vas avoir cinq questions. Combien de points peux-tu obtenir, au maximum ?

— Vingt-cinq.

— Bravo. J'ai fait le même test. Sans tricher, je le jure. Si ton résultat est supérieur au mien, vous pourrez partir tous les deux. Sinon…"

L'homme se tourna vers Källman, qui tira à nouveau en vain sur ses liens et semblait à présent crier derrière le bouchon de tissu fourré dans sa bouche.

"J'ai inscrit mon résultat au dos de son écriteau, dit l'homme en désignant à nouveau Källman de la main qui tenait le papier, tandis que de l'autre il sortait un chronomètre de sa poche. Prêt ? Tu auras vingt secondes de réflexion après chaque indice."

Un sourire en coin sous le masque avant que l'homme ne baisse les yeux vers le papier qu'il tenait.

"Première question : médecine. Une maladie. Cinq points : maladie infectieuse, appelée aussi maladie de Lyme d'après une épidémie à Old Lyme, aux États-Unis, dans les années quatre-vingt."

L'homme déclencha son chronomètre avec un clic. Sebastian le regarda. Il sentit l'énergie affluer dans son corps. Il savait ça. On l'avait diagnostiquée à Sabine au début d'un automne à Cologne, après un été passé en Suède. Le médecin lui avait parlé en anglais en utilisant cette expression, qui avait fait croire à Sebastian que c'était beaucoup plus grave que ce n'était en réalité.

"Borréliose !" cria-t-il presque. L'homme leva les yeux de son papier avec un air surpris et, trouva Sebastian, contrarié.

"Juste. Cinq points. Question suivante. Botanique. Un arbre. Cinq points : le bouleau et ce *Populus tremula* sont les deux premiers arbres à atteindre la Scandinavie après l'ère glaciaire."

Clic.

Botanique. Sebastian n'y connaissait absolument rien. Il ne savait rien sur les arbres. La nature ne l'avait jamais intéressé. Elle était là, c'était tout, un décor à la vitre des trains et des voitures. Il se tut tandis que s'écoulait le tic-tac des secondes.

"Quatre points : peut avoir jusqu'à vingt-cinq mètres de haut et a un tronc droit et fin à écorce grise. Ne forme pas de forêts."

Sebastian serra les dents. Il lui fallait les points, mais ça… Aucune putain d'idée. Bouleau et chêne étaient les seuls arbres dont il connaissait les noms et tous deux pouvaient former des forêts, autant qu'il sache. Il jeta un coup d'œil à Källman qui le regardait, terrorisé, les yeux écarquillés. Ça ne lui était d'aucune aide. Sebastian reporta son attention vers l'homme au moment où, d'un clic, il stoppait le chronomètre.

"Trois points : les fleurs forment de longues grappes poilues. Le bois blanc et dur est utilisé pour faire de la pâte à papier…

— Mais tout ça n'a rien à voir avec l'intelligence !" Sebastian avait haussé la voix. L'homme le regarda avec calme, l'air pourtant interloqué. "C'est de la culture générale. Des connaissances que n'importe qui peut s'inculquer, ce n'est qu'une question de rabâchage et de mémoire, pas d'intelligence. La personne la plus stupide au monde peut connaître la réponse !

— Mais pas toi, visiblement, dit l'homme en remettant à zéro le chronomètre. Deux points : … et pour fabriquer des allumettes. Ses feuilles sont rondes, avec une longue tige nettement aplatie."

Sebastian soupira. Il savait quel bois on utilisait pour faire des allumettes.

"Tremble, dit-il tout bas.

— Juste. Deux points. Sept au total. Géologie. Une pierre précieuse. Cinq points : est constitué de sphères translucides et très densément serrées de dioxyde de silicium à forte teneur en eau."

Sebastian se tut à nouveau. Il ne savait pas ce qu'était le dioxyde de silicium à forte teneur en eau. Källman réagit à son silence. Il cria derrière son bâillon en fixant Sebastian d'un regard accusateur.

"Ce n'est pas ma faute si tu es là, dit-il, stressé. J'essaie de te sauver, putain."

Clic.

"Quatre points : certaines sont joliment moirées. L'Australie et la Tchéquie en sont les plus gros producteurs."

Sebastian pensait se souvenir que les opales venaient d'Australie. N'avait-il pas vu une émission là-dessus, des hommes qui rampaient dans des trous dans le désert, comme des lapins, justement pour trouver des opales ? Oui. Il était presque sûr.

"Opale", répondit-il. Il remarqua qu'il retenait son souffle en attendant le verdict.

"Quatre points. Question suivante. Philosophie. Un penseur. Cinq points : a caractérisé l'être humain comme être social avec les concepts de « compassion » et de « voie du milieu ».

— Confucius", répondit aussitôt Sebastian. Content. Sans ce foutu arbre, il aurait dominé la partie. Il connaissait ses philosophes. Il en avait lu beaucoup, sans suivre les préceptes d'aucun. Avec un petit raclement de gorge, l'homme arrêta le chronomètre.

"À nouveau cinq points. Seize en tout. Dernière question. Architecture. Une construction. Cinq points : constitué de plusieurs bâtiments, groupés autour, entre autres, du Jardin des Lions et du Jardin des Myrtes."

Clic.

Ça lui disait quelque chose. N'y était-il pas même allé avec Lily ? Peut-être pas. Il n'avait jamais trop aimé faire le touriste, il aurait dû se souvenir du peu de voyages qu'ils avaient faits. Mais le Jardin des Lions… Un éclair dans sa tête, mais trop fugace pour qu'il puisse s'en saisir.

"Quatre points : on l'avait baptisé « Le Rouge » en raison de la couleur de la pierre utilisée pour sa construction."

Sebastian souffla. *Oui*, il y était allé avec Lily. Avant Sabine. Son idée, bien sûr. Lui, il s'en fichait bien, pourvu qu'il soit avec elle. Mais à présent il s'en souvenait.

"L'Alhambra.

— Seize plus quatre, vingt. Sur vingt-cinq. Pas si mal."

Impossible pour Sebastian de deviner si l'homme était déçu ou content. Ni sa voix, ni ses yeux ne révélaient quoi que ce soit. Il aurait été parfait comme présentateur de quiz à la télévision, pensa Sebastian. Ou comme joueur de poker. Un pur visage de marbre.

L'homme se dirigea vers Källman, dont les yeux passaient sans arrêt de lui à Sebastian. Ses yeux disaient qu'il n'y croyait pas : vingt points ne suffiraient pas. L'air complètement terrorisé, il se jeta si fort de côté que sa chaise faillit se renverser quand l'homme s'approcha et tendit la main vers l'écriteau qui lui pendait au cou. En regardant Sebastian, il le retourna alors de manière à ce qu'il puisse lire.

Deux deux noirs.

Vingt-deux.

22.

Sebastian ferma les yeux en baissant la tête. Il se vida complètement de son air. Il n'avait pas mesuré la pression qu'il avait subie. À présent, il était complètement vide. Il entendait sa propre respiration, courte, heurtée, comme s'il allait fondre en larmes.

Qu'aurait-il dû faire ?

Que pouvait-il faire ?

Il avait joué gros. Parié pour pouvoir provoquer une réaction. Mais sous-estimé la résistance de la partie adverse, et c'était à présent un autre qui allait en payer le prix.

"Toi qui es beaucoup plus intelligent que moi…", entendit-il l'homme dire d'un ton satisfait. Sebastian releva lentement la tête et vit l'homme se diriger vers un sac de toile posé à terre le long d'un des murs. Sebastian ne l'avait pas remarqué jusqu'alors.

"Ça n'a rien à voir avec de l'intelligence…, tenta à nouveau Sebastian. Tu es toujours un dinosaure qui ne comprend pas qu'il est sur le point d'être exterminé."

Il sentait qu'il pouvait désormais dire tout ce qu'il voulait. La situation pouvait difficilement être pire.

"J'ai la presse avec moi, maintenant. Je délivre mon message."

Sebastian lâcha un rire sec et sans humour.

"Bravo. Les journaux sont les prochains dinosaures qui vont mourir."

L'homme sortit quelque chose de son sac. Sebastian ne voyait pas exactement ce que c'était, mais ça ne pouvait être rien de bon, puisque, l'objet à la main, il retournait à présent d'un pas décidé vers Källman.

"J'ai raison, et tu le sais", lança Sebastian. L'homme ne paraissait même pas l'entendre. Källman hurlait maintenant à tue-tête derrière son bâillon, en tentant désespérément de lui échapper. "Ces jeunes sont beaucoup plus intelligents que toi. Ils ont compris, se sont adaptés, développés. Toi, tu es resté bloqué au stade de l'école primaire."

L'homme ne se laissait pas provoquer. Källman fit une ultime tentative de fuite, ce qui eut pour résultat que sa chaise se renversa cette fois pour de bon et qu'il tomba durement par terre.

"Ne fais pas ça…", supplia Sebastian, tandis que l'homme approchait de Källman, à présent couché sur le côté. Il regardait Sebastian, les yeux débordant de larmes.

"Ne fais pas ça, je t'en prie. J'avais tort. Je le dirai. Je te soutiendrai. Publiquement. Promis."

L'homme le regarda avec ce sourire en coin qui disait qu'il n'en croyait pas un mot. Puis il s'agenouilla, pressa ce que Sebastian avait à présent compris être un pistolet d'abattage contre la tempe de Källman et tira.

Källman sursauta dans un violent spasme, puis resta complètement immobile. Ses yeux, à l'instant brillants de terreur, s'éteignirent et restèrent un instant fixes avant de couler en eux-mêmes vers le haut, en arrière.

L'homme se releva, se brossa les genoux et retourna vers le sac le long du mur. Sebastian le regardait à peine. Il pouvait difficilement arracher ses yeux du corps mort de Källman. Lequel sembla se dissoudre sous ses yeux, jusqu'à ce qu'il réalise qu'il pleurait. Les larmes coulaient chaudes sur ses joues.

Il clignait des yeux pour s'en débarrasser quand il entendit le bruit d'une porte métallique qu'on ouvrait. L'homme était dans l'embrasure avec son sac à la main. Il observa la pièce, Sebastian, Källman, puis embrassa à nouveau la pièce du regard, comme s'il voulait être certain de ne jamais oublier cette vision. Puis il se contenta de hocher légèrement la tête pour lui-même avant de sortir.

La porte se referma en claquant.

Sebastian resta là. Il fixa Källman. Un petit peu de sang coulait de sa tempe trouée sur son front.

C'était l'homme masqué qui avait tiré.

Mais c'était Sebastian qui l'avait tué.

La Volvo rouge de Christian Saurunas roulait sur Frösundaleden en maintenant ses soixante-dix kilomètres-heure réglementaires. Il ne voulait pas se faire arrêter pour un banal excès de vitesse.

Jusqu'à présent, tout s'était passé comme prévu. Il avait été attaqué, avait réagi et gagné.

Sebastian Bergman avait tort.

Bien sûr qu'il s'agissait d'intelligence. Il s'agissait de la volonté et de la capacité à assimiler informations et connaissances. On le comprenait de plus en plus dans divers forums sur Internet, et même la presse institutionnelle leur emboîtait le pas, lentement mais sûrement.

Après le coup de gueule de Sebastian Bergman, un éditorialiste de *Svenska Dagbladet* avait décidé de consacrer une colonne entière au sujet. On y condamnait naturellement tous les meurtres et toute violence, on compatissait avec les familles des victimes, et bla, bla, bla, mais on voulait pourtant tenter de porter la question sur un autre plan.

Laisser de côté ce qu'il avait fait, et se concentrer sur ce qu'il avait dit.

Ce n'était pas juste parce qu'on utilisait des méthodes terribles et impardonnables pour faire passer son message que ce message était forcément faux. En ces temps où l'école suédoise dévissait, où les entreprises peinaient à recruter les compétences de pointe, où la Suède perdait en compétitivité, quels étaient les exemples mis en avant ?

C'était exactement ce qu'il cherchait à atteindre.

Lancer une discussion, rendre les gens conscients de ce qui se jouait, les réveiller de leur torpeur instillée par les pauses publicitaires et les amener à percer à jour toute cette superficialité.

Merchandiser le savoir, comme auraient dit les jeunes aux dents longues.

Il prit la sortie. Bientôt à la maison. Un peu de repos et de détente. Mais pas longtemps. Il était obligé de continuer. Plus tôt qu'il ne l'aurait voulu au fond, mais pour une fois, il ne pouvait pas décider lui-même de l'heure et du lieu.

Plus loin, il aperçut une voiture de police arrivant en face tourner dans Stråkvägen. Rien d'inhabituel en soi, mais il était de plus en plus attentif aux mouvements de la police dans son quartier. Il avait malgré tout agi au grand jour, et il ne savait pas combien la police en savait réellement. Dans son émission du matin, TV4 avait soulevé l'idée que l'interview de Sebastian Bergman donnait l'impression d'une police aux abois, mais encore une fois, il n'était sûr de rien. D'ailleurs, ce n'était pas le meilleur de l'émission. Le moment le plus intéressant avait été quand une des invités, une femme aux longs cheveux teintés au henné que David n'avait pas reconnue, avait pris la parole juste avant la pause publicitaire pour dire :

“Mais est-ce qu'on ne pourrait pas parler un peu de ce qu'il nous dit, en fait, ce meurtrier ?”

À quoi la présentatrice avait répondu :

"Oui, bien sûr, mais pas maintenant, car nous devons marquer une petite pause. Nous revenons tout de suite."

Puis il y avait eu des publicités et des annonces pour les programmes de la chaîne et, de retour dans le studio matinal douillet, l'invitée aux cheveux rouges avait disparu et on était passé à un autre sujet.

Il vit la voiture de police tourner à nouveau à gauche. Dans Källbacken.

Dans sa rue.

Bien sûr, ça pouvait être un hasard, mais depuis toutes les années qu'il habitait là, il ne se rappelait pas avoir jamais vu de voiture de police dans ce calme quartier résidentiel. Il mit son clignotant et la suivit. La voiture de police une trentaine de mètres devant lui. Elle ne faisait pas mine de vouloir tourner.

Il habitait tout au bout, là où la rue se transformait en voie piétonne et cycliste dans un petit espace vert. Une impasse. La voiture de police dépassa deux rues latérales possibles. Il n'en restait plus qu'une. Il ralentit et se rangea au bord du trottoir. Suivit des yeux la voiture de police. Il roulait quand même dans une voiture qui devait sûrement être recherchée, à l'heure qu'il était. La voiture approchait d'Ekstigen, la dernière possibilité de quitter Källbacken pour aller ailleurs. Mais elle continua tout droit, se gara derrière une autre voiture de police stationnée devant sa maison ainsi que deux voitures civiles dont il avait la certitude qu'elles n'étaient pas aux voisins.

Il recula doucement de quelques mètres et s'engagea dans Björkvägen.

Accéléra un peu.

Ils savaient qui il était.

À terme, c'était sans doute inévitable. Mais s'ils connaissaient son identité, son arrestation n'était qu'une question de temps. "Entrer dans la clandestinité" n'était pas du tout aussi facile que ça en avait l'air à la télévision ou dans les films. C'était presque impossible. Il le savait. Au fond, ça ne changeait pas grand-chose. Il s'agissait juste de tirer le meilleur profit de la situation nouvelle.

Il était intelligent.

Il pouvait s'adapter.

Mais le temps était compté. Autant qu'ils sachent ce qui s'était passé. Que la nouvelle de la mort de Källman leur soit communiquée.

Que ça occupe l'espace, ait son impact, suscite des réactions, avant qu'il soit temps de recommencer.

Il prit son portable dans la boîte à gants entre les deux sièges avant et composa le 112.

Une opératrice prit son appel après une minute d'attente.

"SOS 112 – que se passe-t-il ?

— Bonjour, la presse m'appelle le Tueur de la Téléréalité, et je voudrais signaler un nouveau meurtre."

Quand ils le retrouvèrent, il était mal en point.

Il ne savait pas combien de temps il était resté là, seul avec Lennart Källman mort devant lui, mais ça lui semblait une éternité. Quand ses larmes s'étaient taries, il avait été pris de panique. S'était imaginé que personne ne le trouverait jamais, qu'il allait finir sa vie là, avec cet homme mort dont le sang n'en finissait pas de couler du trou à sa tempe. Avec ses dernières forces, il avait lutté pour se libérer en se débattant sur sa chaise, mais avait fini par perdre l'équilibre et tomber sur le côté. Il était resté étendu là, en sueur, épuisé, jusqu'à ce qu'il entende les portes s'ouvrir.

Des ordres brefs et le piétinement de grosses chaussures sur le béton rompirent le silence.

L'unité d'intervention.

Il n'avait jamais été aussi heureux de les voir.

Après avoir sécurisé la zone, ils le détachèrent et le conduisirent vers l'ambulance qui attendait. Il y avait plusieurs voitures de police dehors, et il aperçut celle d'Ursula un peu plus loin. La Criminelle était sur place, ou en train d'arriver. Il comprenait que, quoi qu'il ait fait pour être mis à la porte, il serait difficile pour lui de revenir après ce qui s'était passé. Certains affirmeraient qu'il avait le sang du rédacteur en chef sur les mains. Il aurait du mal à les contredire. Les policiers le laissèrent près d'une ambulance où quelques infirmiers en vert le prirent en charge. Ils l'examinèrent en pure perte, il savait d'avance être physiquement indemne. C'était intérieurement qu'il en avait pris un coup. Il lui faudrait vivre avec cette souffrance. Longtemps. On lui donna une couverture et une bouteille d'eau et on le conduisit à une voiture de police. C'était étrange de quitter ainsi une scène de crime, mais les policiers responsables de lui avaient des ordres stricts de le mener directement à Kronoberg après cet examen médical.

Il patientait désormais dans la salle d'interrogatoire. Il était souvent venu dans cette pièce impersonnelle, mais n'avait jamais dû y attendre qui que ce soit. À présent, les rôles étaient inversés : il se sentait comme un suspect, avec sa couverture, sa bouteille d'eau presque vide et son angoisse comme seule compagnie.

Après ce qui lui sembla à nouveau une éternité Torkel et Billy entrèrent. Tous deux le saluèrent brièvement. Torkel professionnellement, prenant clairement ses distances. Billy un peu plus aimablement, mais en restant bien sûr dans son coin.

“Et voilà le résultat de cette interview, dit Torkel en le fusillant du regard. Sans ça, Källman serait encore en vie.

— Non, ce n'est pas pour avoir publié l'interview qu'il est mort”, objecta Sebastian. Il était trop fatigué pour ça, mais se sentait malgré tout obligé de se défendre. “C'est pour avoir diffusé l'idiotie, la bêtise et les simplifications.

— Qu'est-ce que tu en sais ?

— Il l'a dit. Le meurtrier.

— Le fait que Källman meure le lendemain de la publication serait donc un pur hasard ?" Le scepticisme de Torkel était tangible.

"Je ne sais pas. Peut-être que ça l'a aidé à se décider, mais ça n'a pas été décisif." Sebastian croisa le regard de Torkel. Espérait que ça l'aiderait à le convaincre.

"Il voulait me battre. *Moi*, j'étais là à cause de l'interview. Il aurait de toute façon pris Källman."

Sebastian se tut. Il n'avait pas l'intention de se défendre davantage. N'en avait pas la force.

D'un point de vue rationnel, il savait qu'il en allait comme il venait de le dire.

D'un point de vue émotionnel, c'était une tout autre affaire.

Il avait piqué au vif le meurtrier. L'avait provoqué et défié mais, au pied du mur, la vie d'une autre personne entre ses mains, il avait échoué, et quelqu'un était mort.

Raison et sentiments.

Les sentiments allaient l'emporter un bon moment.

Torkel s'assit. Il semblait s'être un peu calmé.

"Bon, disons que tu as raison.

— J'ai raison, glissa Sebastian.

— Est-ce que tu as vu quelque chose qui puisse nous aider ?" demanda Torkel en ignorant son incise.

Sebastian secoua la tête.

"Il est resté tout le temps masqué. Un masque de ski. Mais je crois que je reconnaîtrais sa voix si je l'entendais à nouveau.

— Où t'a-t-il kidnappé ? demanda Billy en se penchant en avant.

— Chez moi, avec un produit comme du chloroforme. Il a sonné à ma porte.

— Je veux envoyer un technicien sur place. Il pourra te raccompagner chez toi ?

— Bien sûr. Vous en savez davantage ? Il s'est passé quelque chose depuis hier ?" demanda Sebastian. Aucun des deux ne pipa mot, mais Billy regarda Torkel à la dérobée. Sebastian comprit que cela voulait dire quelque chose.

"Ça a donné quelque chose, cette histoire d'Olivia Johnson partie au dernier moment ?" demanda-t-il prudemment.

Ils ne lui répondirent pas. C'était une impression horrible. Se sentir responsable de la mort de quelqu'un et être en même temps exclu du groupe dont on faisait partie.

"Vous ne pouvez pas juste me dire si ça a donné quelque chose ? Il faut que je sache si vous allez l'arrêter.

— Ça sera dans les journaux", répondit Torkel. Sebastian se sentit plus comme un suspect que comme un ancien collègue.

Il revint à la charge.

"S'il vous plaît, supplia-t-il d'une voix brisée. Vous ne pouvez pas me dire ? J'ai besoin de savoir."

Le regard de Torkel s'adoucit un peu.

"Oui, ça a donné quelque chose. Nous avons un nom, finit-il par dire.

— Le nom du meurtrier ? Celui qui m'a kidnappé ?

— Nous pensons que oui.

— Comment s'appelle-t-il ?

— Je ne peux pas le dire. J'en ai déjà trop dit à une personne étrangère à l'enquête, conclut-il en se levant. Si quelque chose te revient, préviens-nous."

Il se dirigea vers la porte. Sebastian hocha faiblement la tête. Trop sonné pour lutter. Torkel se tourna vers Billy.

“Je vais veiller à te faire escorter dehors”, l’entendit dire Sebastian avant que la porte se referme derrière lui.

Voilà donc comment ça devait finir. Son travail à la Criminelle. Escorté hors des arrêts.

Comme un criminel.

Ou la victime d’un crime.

Il se sentait les deux à la fois.

Torkel revint dans son bureau.

Il avait besoin d'une vue d'ensemble.

Vanja s'était chargée de prévenir les proches de Källman, pour qu'ils n'apprennent pas la nouvelle de sa mort sur Internet. Avec tant de policiers et l'unité d'intervention sur place, ce n'était qu'une question de temps pour que fuite le nom de celui qu'ils avaient retrouvé mort sur le sol d'un local industriel abandonné. Il ne savait pas si elle avait réussi à les joindre, mais supposait qu'elle le préviendrait quand ce serait fait. Billy était retourné à son examen de l'ordinateur de Lagergren. Pour le moment, ça restait leur meilleure chance de le lier aux meurtres : une première perquisition de son logement n'avait rien donné.

Torkel se pencha sur son bureau pour ramasser les post-it laissés par Gunilla à son intention. Elle les avait classés selon leur urgence et leur intérêt pour Torkel. Les plus urgents et intéressants sur le dessus, puis, par ordre décroissant, jusqu'à ceux qu'elle lui communiquait seulement pour la forme, mais au sujet desquels elle savait qu'il ne la rappellerait jamais.

Tout en haut de la pile, un message d'Ursula. "Pour le moment rien à Albano", dans l'écriture facile à lire de

Gunilla. Torkel jeta un œil à sa montre. Ursula avait appelé une demi-heure plus tôt. Sous ce post-it, plusieurs mémos demandant de rappeler divers journalistes. Torkel les feuilleta rapidement, supposant que la plupart de ceux qui avaient cherché à le joindre se pointeraient à la conférence de presse qu'il allait être obligé de convoquer au plus vite. Il voulait d'abord juste être certain que Vanja ait réussi à joindre la famille. Ça ne serait pas une partie de plaisir. Ce serait chaotique. Un rédacteur en chef assassiné mettrait en ébullition la Suède médiatique. Il y aurait sûrement des questions sur le lien entre l'interview publiée par *Expressen* et la mort de Källman. Dans le pire des cas, ils sauraient que Sebastian était présent au moment de la mort de Källman. Ils demanderaient pourquoi. Que Sebastian Bergman ne fasse plus partie de la Criminelle serait interprété comme un signe de sa culpabilité. Même s'il leur disait tout ce qu'il savait, ils penseraient qu'il leur cachait des informations sur leur propre implication.

Bref, ce serait un putain de cirque.

Il continua de passer en revue les post-it et arriva aux trois derniers. Tous de Rosmarie, qui lui ordonnait de l'appeler au plus vite. Torkel les mit en boule et les jeta à la corbeille. Ses pensées revinrent à l'imminente conférence de presse. Il fallait qu'il décide : publier ou non la photo de Lagergren ? Ce serait inhabituel de le faire, surtout n'ayant que des indices le liant aux meurtres. En même temps, il pouvait toujours présenter les choses en disant qu'ils avaient besoin de l'aide de la presse pour le contacter, sans qu'il soit soupçonné de quoi que ce soit. Qu'ils souhaitaient juste lui poser quelques questions en lien avec l'enquête, selon la formule consacrée. Cela pourrirait certainement la vie de Lagergren s'il s'avérait qu'il était innocent, mais cela détournerait l'attention des questions pénibles sur Sebastian et Källman. Et ils avaient vraiment besoin d'aide pour le retrouver, au-delà de ces motivations purement égoïstes.

Avant qu'il ait le temps de se décider, son téléphone sonna.

“Torkel Höglund, fit-il en décrochant.

— Salut, c'est Vanna, de l'accueil, dit une femme à l'autre bout du fil.

— Bonjour, glissa Torkel en essayant de voir par la porte si Gunilla était encore là et pourquoi dans ce cas elle n'avait pas pris cet appel.

— J'ai ici un certain David Lagergren, poursuivit Vanna. Il dit qu'il veut avouer plusieurs meurtres.”

Torkel resta littéralement sans voix. C'était comme si la connexion entre son oreille et son cerveau avait été coupée. Il ne parvenait pas à émettre un seul mot. Dans l'écouteur, il entendit une voix d'homme à l'arrière-plan.

“Il dit que tu le connais mieux sous le nom de Sven Caton”, transmit Vanna. Torkel entendait ses efforts pour rester calme et neutre. Son blocage initial céda.

“Demande-lui d'attendre, j'arrive”, parvint-il à lâcher avant de raccrocher.

Il resta assis une seconde, rassembla ses pensées qui partaient dans tous les sens, puis se leva et sortit appeler Billy.

“Lagergren est à l'accueil, dit-il quand Billy entra dans son bureau.

— Quoi ?!” Apparemment, Billy croyait avoir mal entendu.

“Il veut faire des aveux, opina Torkel.

— Ça doit être une plaisanterie.

— Personne ne sait que nous recherchons Lagergren."

Il fallut quelques secondes à Billy pour réaliser que Torkel avait raison. Le nom de Lagergren était apparu dans leur enquête dans la matinée. Hors de l'équipe, personne n'était au courant.

"Qu'est-ce que tu veux que je fasse ? demanda Billy, survolté.

— Appelle Strandberg, je veux une équipe derrière les portes de sécurité d'ici trois minutes. Et quelques autres devant l'entrée.

— OK.

— Et que ceux devant l'entrée aient une photo", lança-t-il à Billy qui repartait déjà. Ce dernier leva la main pour montrer qu'il avait entendu.

Torkel inspira à fond. Trois minutes. Il avait trois minutes pour décider ce qu'il voulait faire. Il essaya de passer rapidement en revue tout ce qu'il savait de Lagergren. Que voulait-il ? Quel but poursuivait-il en se pointant ici ? Quels scénarios possibles quand il irait à sa rencontre ? Ses pensées se fixèrent sur le camping-car. Saurunas. Lagergren savait fabriquer des bombes. Bordel !

Torkel décrocha et composa rapidement le numéro de l'accueil. Vanna répondit aussitôt.

"Salut, C'est encore Torkel. Dis-moi, l'homme qui veut me voir, est-ce qu'il a une valise ?"

Silence, tandis que Torkel imaginait Vanna en train de se pencher au-dessus de son comptoir pour localiser l'homme dans le vaste hall d'entrée.

"Non, il n'a pas de valise, chuchota-t-elle presque en reprenant le téléphone.

— Où se trouve-t-il maintenant ? demanda Torkel.
— Il est assis sur un des bancs à droite de l'entrée.
— Très bien, merci, j'arrive tout de suite."

Il raccrocha. Pas de valise. Ça ne voulait pas forcément dire pas d'explosifs. Il pouvait très bien en avoir sous ses vêtements, et Torkel pouvait difficilement demander à la réceptionniste d'aller le fouiller. Allait-il évacuer ? Sonner le branle-bas ? Le risque était que Lagergren fasse détoner sa bombe, s'il en avait une. Ou prenne des otages. Ou tout simplement disparaisse dans la cohue.

Billy revint, essoufflé par l'excitation plus que par la course.

"Ils sont en place des deux côtés. On y va ? dit Billy en lançant un talkie-walkie à Torkel. On est sur le canal 4."

Torkel hocha la tête. Il décida de jouer le jeu encore un moment. Il pourrait toujours sonner la retraite et déclencher l'évacuation s'il le jugeait nécessaire. Ils quittèrent ensemble le bureau d'un pas rapide.

"Quelle est la situation ? demanda-t-il tandis que Billy et lui dévalaient l'escalier.

— Nous sommes en place, grésilla la voix de Strandberg dans la radio. Nous avons la cible en visuel.
— Toujours assis ?
— Affirmatif, il ne bouge pas.
— Et tu as une équipe devant l'entrée ? demanda Torkel pour avoir confirmation.
— Correct.
— Je vous rejoins d'ici une minute", dit Torkel en s'efforçant d'accélérer. Il sentait son pouls et sa respiration s'emballer. Ils dévalèrent les derniers degrés quatre

à quatre et arrivèrent au rez-de-chaussée. Torkel s'arrêta. Billy stoppa lui aussi et l'interrogea du regard.

"Qu'est-ce qu'il y a ?

— Une seconde", dit Torkel en tournant à gauche, tournant le dos au court couloir qui devait les conduire aux portes de sécurité et à l'équipe de Strandberg. Billy secoua la tête et lui emboîta le pas. Il comprit bientôt vers où se dirigeait Torkel : le central de sécurité, de l'autre côté du bâtiment.

Torkel s'arrêta devant la porte blanche anonyme, inséra son passe, composa son code et ouvrit. De l'autre côté, trois policiers en uniforme surveillaient un mur de moniteurs noir et blanc : la façade, les rues adjacentes, l'entrée de la maison d'arrêt, le parking du personnel, l'entrée, la descente du parking, des images inhabituellement nettes pour des caméras de surveillance. Le système était neuf, installé l'année dernière. Sur leurs sièges confortables, les policiers se tournèrent tous les trois vers ces visiteurs qui déboulaient dans la pièce.

"Mettez la caméra de l'accueil, dit Torkel à peine entré.

— Laquelle ? Il y en a trois, répondit un des uniformes tout en tendant la main vers le tableau de contrôle qu'il avait devant lui.

— Toutes", lâcha Torkel.

Quelques secondes plus tard, l'homme indiqua un moniteur divisé en trois carrés égaux. Trois d'entre eux montraient des images de l'entrée. Le quatrième demeurait vide.

"Lui, là", dit Torkel en montrant l'image en haut à gauche. Le contrôleur cliqua dessus pour l'agrandir en plein écran. On voyait un homme assis tout seul sur un des bancs, devant les portes vitrées de l'entrée. Penché en avant, appuyé sur ses coudes, le regard à terre.

"C'est lui ? demanda Billy, alors qu'il voyait exactement la même chose que Torkel.

— Difficile à dire, je ne vois pas le visage, répondit Torkel.

— Qu'est-ce que vous cherchez ? demanda le contrôleur.

— S'il a des explosifs sur lui", répondit Torkel. Le silence se fit aussitôt dans la pièce. Soudain, Lagergren bougea. Il redressa le dos et s'étira. Lorsqu'il tendit les bras en arrière vers le mur, son blouson se tendit sur son torse. Toutes les personnes présentes se penchèrent vers l'écran.

"Rien ne dépasse", constata le contrôleur, tandis que Lagergren étouffait un bâillement en regardant sa montre. Il chercha des yeux autour de lui. Torkel eut l'impression qu'il n'avait plus l'intention d'attendre encore longtemps. Il fallait prendre le risque.

"Merci", fit Torkel avant de quitter la pièce avec Billy dans son sillage. Il se précipita vers les portes de sécurité où attendaient Strandberg et son équipe. Il les aperçut. Quatre hommes en uniforme, Strandberg au milieu qui semblait briefer les autres mais s'interrompit en voyant accourir Torkel.

"Prêts ?" parvint-il à lâcher en arrivant hors d'haleine.

Strandberg hocha la tête, s'avança vers lui et lui tendit un gilet pare-balles.

"Mets ça, à tout hasard.

— Merci.

— Je n'en ai pas pris pour toi, dit-il tourné vers Billy.

— Alors tu restes ici, décida Torkel d'un ton qui interdisait toute discussion, tout en enfilant le gilet que lui tendait Strandberg.

— Est-ce que c'est vraiment le Tueur de la Téléréalité ? demanda un policier plus jeune au visage poupin.

— Nous le pensons, alors soyez prudents, répondit Torkel en sortant son arme.

— Alors on y va", dit Strandberg. Il se tourna vers la porte, jeta un dernier regard aux autres policiers pour vérifier que tout était en place avant de leur ouvrir et de partir vers la gauche. Les autres le suivirent et se déployèrent armes au poing. L'accueil était à peu près désert. À part l'homme sur le banc et la réceptionniste, un couple était assis à l'autre bout du hall et une femme d'un certain âge debout devant le présentoir à brochures, à droite de l'accueil. Le jeune couple se blottit dans les bras l'un de l'autre en se faisant les plus petits possibles. La femme devant les brochures poussa un petit cri et recula dos au mur, mains en l'air.

Sur le banc, l'homme ne bougea pas du tout. Il se contenta de les regarder. Comme si ce qui arrivait était la chose la plus naturelle au monde. Tenant son pistolet à deux mains pointé vers le sol, Torkel avança de quelques pas au milieu du demi-cercle formé par ses collègues armés.

"David Lagergren ?" demanda-t-il d'une voix autoritaire.

L'homme le regarda sans répondre.

"Levez les mains, bien en évidence", ordonna Strandberg sur sa droite.

L'homme tourna lentement la tête vers lui puis revint à Torkel en levant lentement les mains sur sa tête.

“Pas besoin de tout ça. Je suis ici pour me livrer”, dit-il avec un sourire.

Il ne souriait sur aucune des photos qu’ils avaient de lui dans la Pièce, et Torkel nota qu’avec ce sourire, il n’était plus ordinaire et passe-partout. Ça le rendait affreux.

Le demi-cercle de policiers se rapprocha de quelques pas.

“Levez-vous. Pas de gestes brusques”, lança Strandberg. L’homme hocha la tête et se leva du banc.

“Couchez-vous par terre”, continua d’ordonner Strandberg, une fois l’homme debout. Les mains toujours sur la tête, il se mit souplement à genoux puis s’étendit précautionneusement. Il finit à plat ventre, les paumes à terre. Deux des policiers se précipitèrent. Les autres braquaient leurs armes sur Lagergren, prêts à réagir au moindre mouvement.

“Vous êtes bien David Lagergren ? demanda à nouveau Torkel, d’une voix plus sèche cette fois.

— Oui, vous me recherchez, si j’ai bien compris”, répondit Lagergren avec un calme irritant pendant qu’un des deux policiers lui posait un genou sur le dos et que l’autre saisissait ses mains étendues, les lui ramenait dans le dos et lui passait des menottes.

Torkel rangea son arme dans son holster. Les policiers entreprirent de fouiller l’homme. La chose faite, ils le relevèrent. Torkel le rejoignit en quelques pas.

“Qu’est-ce que vous voulez ? demanda-t-il.

— Me livrer, dit Lagergren. Vous me cherchez, n’est-ce pas ? Ou bien je me trompe ?” ajouta-t-il.

Il sourit à nouveau.

Cette fois, il n'avait pas l'air affreux.

Il souriait comme quelqu'un qui avait toujours le contrôle de la situation.

David Lagergren attendait dans la salle d'interrogatoire qui était à peu près comme il se l'était imaginée : nue, une simple table en bois, vide, à part une sorte de magnétophone calé à un bout contre un mur gris clair. Quatre chaises, des fenêtres aux vitres dépolies, pas de rideaux, trois néons au plafond. Des murs nus, à part, sur un côté, une grande vitre réfléchissante. David était à peu près certain qu'il s'agissait d'une variante réelle de ce miroir sans tain qu'on voyait dans plein de films policiers américains. L'homme en uniforme qui le regardait fixement, debout devant la porte, complétait le tableau.

Il n'avait encore jamais subi d'interrogatoire.

Il n'avait jamais eu affaire à la police, à part des contrôles de routine, alcoolémie et permis de conduire.

Qu'il ait un casier vierge serait mentionné dans les journaux, il en était certain. Cela conforterait sa position. Plus de gens l'écouteraient.

Il n'était pas un criminel. C'était important. Il savait lui-même comment il réagissait quand on parlait dans les journaux de personnes victimes de choses horribles, qui s'étaient fait tirer dessus, poignarder, maltraiter, ou blesser d'une façon ou d'une autre.

“La victime était connue des services de police.”

Immédiatement, la sympathie et la compassion baissaient. Le sentiment que cette personne avait eu finalement ce qu’elle méritait s’insinuait. Un règlement de comptes, se disait-on. Un comportement criminel qui avait été puni.

Avec lui, ce serait différent.

Bien éduqué, un poste fixe, un casier vierge.

Quelqu’un avec qui on pouvait sympathiser.

Même s’il était soupçonné d’un crime.

La porte s’ouvrit et deux personnes entrèrent dans la pièce.

Le premier, l’homme, il le reconnaissait. C’était celui qui était descendu à la réception. Le chef, tout simplement. La femme qui l’accompagnait, il ne l’avait jamais vue. Plus jeune, trente-cinq ans, peut-être un peu moins, mais elle avait l’air fatiguée et usée, ce qui lui ajoutait peut-être quelques années. Elle avait un épais dossier sous le bras, dont il supposa qu’il lui était consacré. Le policier en uniforme les laissa.

“Bonjour, Torkel Höglund, et voici Vanja Lithner”, dit le chef une fois la porte refermée, en désignant de la tête la jeune femme. Geste tout à fait inutile, personne d’autre dans la pièce ne pouvant être Vanja Lithner.

David leur sourit à tous les deux.

Ils s’installèrent face à lui. Vanja posa le dossier devant elle, tandis que Torkel se pencha pour enclencher le magnétophone au bout de la table. Il annonça la date, indiqua les personnes présentes dans la pièce et demanda s’il était exact que Lagergren renonçait à une assistance juridique pour cet interrogatoire.

David hocha la tête.

“Répondez avec des mots, s’il vous plaît, pour l’enregistrement, dit Torkel. Avez-vous renoncé à une assistance juridique ?”

David se pencha un peu de côté, vers le micro.

“Oui.

— Vous n’avez pas besoin de vous approcher, ça capte tout ce qui se dit dans la pièce, parlez juste normalement.”

David hocha à nouveau la tête et regarda Vanja ouvrir son dossier devant lui. Il entrevit des photos, des cartes, des rapports et des documents tandis qu’elle le feuilletait rapidement, semblant le diviser en tas plus petits qu’elle décalait légèrement, formant ainsi un épais petit éventail. Elle s’arrêta visiblement sur une photo qu’elle posa devant lui sur la table. David la regarda. Patricia Andrén. Cela semblait faire une éternité qu’il l’avait appelée pour une interview.

Elle avait été tellement contente.

Elle avait l’air d’une fille vraiment bien. Pétillante et positive. Rendue forte par ce qu’elle avait traversé. Bien décidée à aider d’autres femmes qui connaissaient la même situation que celle où elle s’était retrouvée avec son fiancé violent, et à assurer un avenir meilleur à son fils.

“On commence par elle ?” proposa Vanja en poussant un peu la photo vers lui.

Il quitta la photo des yeux et croisa son regard.

“Savez-vous qui c’est ?” demanda Vanja en désignant de la tête la photo sur la table.

David ne répondait toujours pas. Vanja frappa plusieurs fois la photo de l’index, comme s’il n’avait pas compris à quoi elle se référait.

“Je ne parle qu’avec Sebastian Bergman, dit-il distinctement.

— Il ne travaille plus ici, fit brièvement Torkel.

— Savez-vous qui c’est ? répéta Vanja en frappant à nouveau la photo du doigt.

— Je ne parle qu’avec Sebastian Bergman.”

Il vit combien sa réponse irritait Vanja. Ses yeux noircirent littéralement. Ça énervait aussi Torkel, supposa-t-il, mais il le cachait mieux.

“Ça n’arrivera pas, cracha presque Vanja. Vous parlez avec nous.

— Non, je ne parle qu’avec Sebastian Bergman.”

Torkel réfléchit un moment et tendit la main pour couper le magnétophone. Il resta un moment le regard au loin avant de se tourner vers sa collègue avec un soupir.

“On peut prendre une minute… ?”

Vanja se leva sans un mot et gagna la porte d’un pas rageur.

“Nous revenons tout de suite”, dit Torkel avant de quitter la pièce. Quelques secondes plus tard, le policier en uniforme revint se planter devant la porte.

David tenta à nouveau de lui sourire.

Sans résultat.

Vanja était adossée au mur dans le couloir, les bras croisés sur la poitrine, quand Torkel sortit de la salle d’interrogatoire. Il attendit que le policier en uniforme y soit entré pour la rejoindre. Il se retint de lui poser la main sur l’épaule, il avait l’impression qu’elle l’aurait repoussé.

“Je sais ce que tu vas dire”, le précéda-t-elle.

Ce qui était probablement vrai.

“Nous devons le faire parler, dit Torkel.

— On a dû essayer pendant genre deux minutes.

— Tu crois qu'il va changer ?”

Vanja ne répondit pas tout de suite. Elle serra les dents en croisant de plus belle les bras sur sa poitrine. Non, David Lagergren ne changerait pas, elle en était assez certaine. Rien dans sa psychologie ne le suggérait. Sebastian Bergman l'avait défié, blessé, rabaissé, tout ce qu'on voulait. Il était tout à fait naturel que Lagergren veuille lui parler.

Se mesurer à nouveau à lui.

Gagner encore une fois.

Si elle répondait oui à Torkel, il saurait qu'elle mentait.

Mais elle ne pouvait pas le dire non plus directement. D'une certaine façon, cela donnerait carte blanche à Torkel pour faire revenir Sebastian. Elle l'accepterait en répondant non.

“Je ne sais pas”, lâcha-t-elle. Elle n'avait pas l'intention de l'aider à prendre une décision qu'elle était intimement convaincue qu'il était forcé de prendre.

“Je dois rappeler Sebastian”, dit-il doucement en posant cette fois sa main sur son épaule. Elle l'y laissa. “Je n'ai pas le choix, Vanja.”

Elle hocha la tête en serrant les mâchoires. C'était vrai. Un tueur en série était assis dans la pièce voisine. Le pire qu'ils aient connu. Qui avait par-dessus le marché réussi l'exploit de se rendre médiatique, et même de susciter quelques soutiens confus. Il fallait que Torkel résolve cette affaire. Jusqu'à une condamnation. Il n'y avait aucune marge d'erreur. Pas de place pour les considérations personnelles.

Elle le comprenait.

Il n'avait vraiment pas le choix.

"Mais moi, si", dit-elle en le regardant gravement dans les yeux, avant de se redresser et de s'éloigner dans le couloir.

"Vanja…", entendit-elle derrière elle. Mais pas de pas : il ne devait pas la suivre. "Vanja, ne pars pas. Reste, qu'on puisse au moins en parler."

Elle secoua la tête. Si elle restait, il parviendrait à la convaincre.

Alors elle continua à marcher.

Les portes s'ouvrirent et elle se retrouva sous la vaste verrière de l'entrée. S'arrêta et inspira plusieurs fois à fond. L'air était si chaud que cela n'eut aucun effet revigorant, mais elle sentit ses épaules s'affaisser de quelques centimètres. Bien. Elle songea à traverser la rue pour aller s'asseoir un moment dans le parc de Kronoberg. Profiter du beau temps. Peut-être prendre un café et une brioche au bar du coin. L'idée la fit rire. Un petit goûter au parc… Elle venait de quitter la Criminelle, pas de changer complètement de personnalité.

Elle se dirigea plutôt vers le métro.

Si elle y avait cru, elle aurait dit que c'était le destin. Sa résolution de couper les ponts pour de bon avec Sebastian avait conduit à ce que la décision la plus difficile, qu'elle avait jusque-là été trop faible pour prendre elle-même, quitter la Criminelle, avait été prise par un autre. Les circonstances avaient assemblé les pièces du puzzle et l'avaient projetée dans une existence nouvelle où toutes les possibilités s'ouvraient à elle. Comme elle était structurée et méthodique, cela l'effrayait un peu. Ne pas savoir ce qu'elle ferait dans l'après-midi et encore moins le lendemain, le jour d'après. Une partie d'elle aurait voulu faire demi-tour, revenir en courant travailler sur l'enquête.

La terminer. Faire ce pour quoi elle était douée.

Être une bonne élève.

Mais une autre partie d'elle jouissait d'un sentiment de liberté qu'elle ne se souvenait pas avoir éprouvé depuis bien, bien des années. Peut-être jamais. Elle avait toujours été la bonne élève. C'était fini. Maintenant, elle allait se concentrer sur elle-même.

Le sentiment que tout était possible était toujours là quand elle descendit du métro à la station Gärdet. Sa sortie était juste en face. Cinq minutes à pied jusque chez elle, une fois en surface.

Elle s'immobilisa.

Qu'y avait-il là, au fond ?

L'appartement n'aurait pas changé, même si c'était le cas de beaucoup d'autres choses. Elle s'y sentirait toujours enfermée, ne tenant pas en place, elle en était sûre. Elle ne voulait pas. Pas aujourd'hui. Pas quand tout était possible. Elle se retourna. La sortie sur le quai d'en face donnait dans Brantingsgatan.

Coldoc se trouvait dans Brantingsgatan.

Jonathan travaillait à Coldoc.

Elle prit l'escalator, passa les tourniquets et, une fois dehors, tourna à cent quatre-vingts degrés, s'engagea à droite de la bouche de métro dans l'escalier qui montait dans Brantingsgatan, où elle gagna le premier immeuble jaune sur la gauche. Numéro 44. Elle sonna Coldoc AB sur l'interphone, et seulement quelques secondes plus tard la porte ronronna.

Trois étages plus haut, elle franchit ce qui ressemblait à une entrée d'appartement normale, et qui l'avait sûrement été jadis, mais où s'étalait une vaste réception à la place de ce qui avait sans doute été un étroit vestibule. Elle se rappelait vaguement des lieux. Deux canapés en cuir noir dans un coin, avec une table basse et un tapis de couleur vive devant. D'épais et coûteux magazines, bien rangés d'un côté de la table. Dans l'autre coin, une grosse chose verte qui grimpait en espalier sur le mur du fond. Sur les autres murs, des photos en noir et blanc qui semblaient toutes prises à New York.

Une jeune fille brune que Vanja ne reconnaissait pas, derrière un comptoir légèrement arrondi, l'accueillit avec un sourire.

"Je viens voir Jonathan Bäck, dit-elle après s'être approchée en quelques pas.

— Est-il au courant ?

— Non. Je m'appelle Vanja. Vanja Lithner."

La fille décrocha son téléphone et composa un numéro de poste. On lui répondit aussitôt.

"C'est l'accueil. Vous avez de la visite." Elle leva les yeux vers Vanja. "Une certaine Vanja Lithner."

La fille se tut, écouta puis raccrocha après un bref "Très bien".

"Il arrive, vous pouvez l'attendre ici." Elle lui indiqua les canapés. Vanja fit comme on lui disait. Forcée de s'immobiliser, ses pensées revinrent. Était-ce une si bonne idée que ça ? Depuis sa descente du métro, tout s'était enchaîné. Pilote automatique. Le jour des décisions importantes. Mais elle n'était plus si sûre. Jonathan avait quand même été clair, lors de leur dîner. Rester ou partir ? Sans qu'elle ait le temps de peser le pour et le contre, trop tard : Jonathan arriva à l'accueil. Grand sourire. En tout cas, il avait l'air content de la voir.

"Salut, tu viens me voir ?"

Il la rejoignit et la serra dans ses bras quand elle se leva.

"Oui, tu es occupé ?

— Pas au point de ne pas pouvoir parler avec toi."

Il tourna les talons et la précéda vers son bureau en lui faisant signe de le suivre.

"Tu veux du café, ou quelque chose ? demanda-t-il en passant devant une kitchenette.

— Non, merci.

— Je croyais que tu bossais à plein régime ?" continua-t-il en tournant à gauche dans le couloir. Il avait visiblement changé de bureau depuis sa dernière visite. "J'ai lu sur Internet que vous l'aviez arrêté, ce Tueur de la Téléréalité.

— Oui, mais… non, là je ne travaille pas.

— D'accord. Voilà, c'est là."

Il s'écarta pour la faire entrer dans son bureau. Plus vaste que le précédent. Ce qui ne signifiait rien, un placard de taille normale aurait été plus grand. Même vue sur l'immeuble d'en face. Désordre sur son bureau et sur l'étagère derrière, où elle eut la joie de voir une madone incroyablement kitch qu'elle lui avait achetée en Italie occuper une place de choix. Jonathan ferma la porte coulissante donnant sur le couloir et lui indiqua le seul siège de la pièce, à part son propre fauteuil. Elle souleva une pile de papiers, la posa sur le rebord de la fenêtre et s'assit.

"Qu'est-ce qui t'amène ? demanda Jonathan quand il se fut assis lui aussi.

— J'ai réfléchi à ce que tu m'as dit, commença-t-elle.

— OK…

— Que tu étais peut-être quelqu'un dont j'avais besoin juste maintenant. Que je n'avais peut-être pas envie d'être à nouveau avec toi, au fond.

— Oui."

Se trompait-elle, ou Jonathan commençait-il à sembler un peu mal à l'aise ? Elle se demanda à nouveau si venir ici avait été si malin, mais c'était trop tard. Autant dire ce qu'elle était venue dire, comme ça, au moins, elle saurait à quoi s'en tenir.

"Tu te souviens que je t'ai dit que Sebastian était mon père et…" Elle s'interrompit. Au diable les détails. Aller à l'essentiel. Simplifier. Elle inspira à fond et le regarda droit dans les yeux.

"Il faut que je quitte tout ça. Eux tous. Et probablement aussi la police. Jusqu'ici, je n'avais que ma famille et mon boulot, et j'ai besoin de quelque chose de nouveau, quelque chose sur quoi bâtir, un socle, une base…"

S'il avait l'air un peu mal à l'aise jusque-là, il penchait maintenant du côté de l'effroi, lui sembla-t-il. Bon, c'étaient de bien grands mots. L'ex-petite amie qui vient le voir au boulot pour lui parler de socle sur quoi bâtir. C'était clair, elle y était allée un peu fort. Mais encore une fois : c'était trop tard pour revenir en arrière.

"Je veux que ce soit toi", conclut-elle en soutenant son regard.

Jonathan se cala au fond de son siège en soufflant longuement.

"Waouh !

— Tu vois ce que je veux dire, dit Vanja en s'efforçant de corriger l'impression bizarre laissée par ses grands mots. Je suis prête à le faire pour de bon. Que nous deux ce soit pour de bon."

Jonathan semblait encore pour le moins hésitant. Vanja sentit son ventre se serrer. Ça n'allait pas marcher. Il allait lui dire non. Encore une fois. L'attaque était la meilleure défense.

"Quoi ? Tu ne veux pas ?

— Si…

— Tu ne me crois pas ?

— Si…

— Qu'est-ce qu'il y a, alors ?"

Il répondit par le silence. Vanja remarqua qu'elle avait glissé jusqu'au bord de sa chaise. Tendue. Prête à s'élancer. Vers lui, ou loin d'ici.

"C'est compliqué, dit-il en se penchant vers elle au-dessus de son bureau. Il faut que je dise ça à Susanna. Pour la deuxième fois. Et je n'en ai pas l'intention. À moins d'être tout à fait sûr.

— Je suis sûre, maintenant, lança-t-elle. Tout à fait sûre. Je ne peux pas te promettre qu'on prendra notre retraite ensemble. Mais maintenant. Pour maintenant, je te promets. Ça ne te suffit pas ?"

Nouveau silence. Elle le comprenait, ce n'était pas une décision simple à prendre en un instant, mais elle espérait pourtant qu'il puisse le faire. Pour elle. Un bref hochement de tête lui donna sa réponse avant les mots :

"Si, ça suffit."

Vanja s'aperçut qu'elle avait retenu sa respiration. Elle souffla en se levant. Resta debout. Et maintenant ? Que faire ? Il décida à sa place en faisant le tour du bureau pour lui donner un baiser. Elle y répondit. Ses lèvres lui avaient manqué. Si douces. Il embrassait bien. Sa langue chercha à pénétrer dans sa bouche tandis qu'il la prenait plus fermement par le dos. Elle glissa une de ses mains dans ses cheveux et remarqua que sa respiration se faisait plus lourde tandis qu'il remontait une main vers ses seins. Elle interrompit le baiser, se serra davantage contre lui et posa sa joue contre la sienne.

"Est-ce que tu dois encore travailler ?" lui chuchota-t-elle à l'oreille. Ces paroles semblèrent rompre le charme. Elle sentit Jonathan reculer d'un pas. Réalisant peut-être qu'il flirtait dans un bureau aux portes vitrées avec une femme qui n'était pas sa petite amie actuelle.

"Pire que ça, dit-il, sa main passant sur sa taille et ses hanches, avant de quitter son corps. La Direction des Postes et des Télécoms a un événement ce soir, que je dois préparer, puis auquel je dois participer.

— Tu préfères la Direction des Postes et des Télécoms à coucher avec moi ? fit-elle, en feignant d'être blessée.

— Je dois y aller, malheureusement, confirma-t-il avec un hochement de tête. Mais viens avec moi. Je dois rester une heure, une heure et demie maximum. Et puis… Tu peux voir ça comme un préliminaire, plaisanta-t-il.

— J'étais tentée, jusqu'à ce que tu dises ça, sourit-elle à son tour.

— Oublie ça, alors, et viens juste avec moi."

Vanja hocha la tête et se retint de passer à nouveau la main dans ses fantastiques cheveux. Il y aurait le temps plus tard.

"Où et quand ?

— Au Waterfront, à 7 heures. Retrouve-moi ici à six heures et quart, on ira ensemble."

Il se pencha et lui donna un léger baiser. “Maintenant, il faut que je travaille.”

Encore un baiser. Un bref salut, puis elle s’en alla.

Avec un sentiment merveilleux. Elle avait réussi. Une autre pièce du puzzle s’était mise en place, et elle la voyait devant elle.

Sa nouvelle vie.

Sebastian n'avait pas haï grand monde dans sa vie.

Il en avait détesté beaucoup, s'était agacé de plus encore, mais ceux qui l'avaient provoqué au point qu'il commence à les haïr, il avait tout simplement cessé de les voir, les avait effacés de sa vie pour ne pas avoir à perdre du temps et de l'énergie à penser activement du mal d'eux.

Mais il haïssait David Lagergren.

Il haïssait ce à quoi il l'avait forcé à participer.

Ne voulait pas le revoir.

Mais il était obligé. Lagergren ne parlait avec personne d'autre, et cet interrogatoire était décisif pour le condamner. Selon Torkel, ils n'avaient encore aucune preuve technique contre lui, bien qu'ils aient saisi son téléphone et ses ordinateurs, chez lui et sur son lieu de travail. Ils auraient peut-être quelque chose de ce côté, quand Billy aurait fini de les examiner, mais pour le moment, ils n'avaient que des indices.

Il était donc forcé de s'asseoir sur ses réticences personnelles et d'agir avec professionnalisme.

“Tu es prêt ?”

Sebastian leva les yeux. Torkel était sur le seuil de la kitchenette. Sebastian regarda la tasse de café qu'il n'avait pas touchée et hocha la tête. Il était aussi prêt qu'il pourrait l'être.

“Vanja n'est pas là ? s'enquit-il sur le ton du bavardage en balayant des yeux les bureaux familiers.

— Non.

— Ou bien elle ne veut juste pas me voir ?

— Elle n'est pas là.

— Parce que je suis là ?”

Sans répondre, Torkel fit un demi-pas devant Sebastian vers le couloir de la salle d'interrogatoire.

“C'est elle qui t'a demandé de me virer, hein ? dit Sebastian quand ils furent presque arrivés, pressé de s'entendre confirmer ce dont il était au fond déjà certain.

— Prends ça, dit Torkel en tendant une oreillette à Sebastian. Je serai dans la pièce d'à côté, et je t'assisterai si tu as besoin de données de l'enquête proprement dite.”

Sebastian s'enfonça le petit appareil dans l'oreille.

“Bonne chance.”

Torkel ouvrit la porte voisine de la salle d'interrogatoire et s'y engouffra. Sebastian gagna la porte gris-bleu voisine.

Derrière, il y avait le Tueur de la Téléréalité.

David Lagergren.

L'homme qui l'avait fait participer à un meurtre.

Sebastian inspira à fond. Souffla. Et encore. Reprit le contrôle de ses émotions et ouvrit la porte avec ce qu'il espérait passer pour une assurance nonchalante. Il fit un bref signe de tête au policier en uniforme, qui quitta aussitôt la pièce. En entrant, Sebastian jeta un coup d'œil à la vitre réfléchissante, comme s'il pouvait trouver un soutien dans le regard de Torkel, se dirigea vers la table, recula une chaise et s'assit. Leva le regard. Réalisa que jusqu'alors il avait évité de regarder l'homme assis en face. C'était probablement une erreur. Il dut lutter pour contrôler sa respiration quand leurs regards se croisèrent.

C'était lui.

Il reconnaissait les yeux. Les lèvres derrière le masque.

Il ne les oublierait jamais.

Il sentit qu'il avait la bouche sèche. Ne voulait pas être le premier à parler, d'une part parce que cela le mettrait dans une position de relative faiblesse, d'autre part parce qu'il n'était pas certain que sa voix porte.

“Je regrette, dit Lagergren après environ une demi-minute de silence.

— Je ne suis pas prêtre catholique, alors je m'en fiche”, répondit Sebastian, heureux de constater que sa voix était exactement aussi dure qu'il l'avait espéré. Il n'avait pas l'intention de faire les frais de la conversation. Pas avant d'avoir l'assurance que son adversaire l'acceptait. Bien décidé à ne rien lui donner gratuitement.

“Je regrette d'être venu ici et d'avoir endossé des crimes que je n'ai pas commis”, dit Lagergren avec ce qui ressemblait à un sincère repentir dans la voix. Sebastian réalisa que son étonnement devait être visible. Tout ça prenait un tour inattendu.

“Vous n'avez pas tué ces personnes ?

— Non.

— Pourquoi alors avoir dit que vous vous appeliez Sven Caton et que vous vouliez avouer ces meurtres ?

— Je ne sais pas, dit Lagergren en haussant les épaules. Qu'en pensez-vous ? Une altération temporaire du jugement ?”

Soudain, Sebastian comprit ce que voulait l'homme qu'il avait en face de lui. Jouer à nouveau. Défier encore Sebastian. Le faire participer activement à un processus qui les conduirait peut-être à être finalement obligés de le relâcher.

Il jouait gros.

Pour y réussir, Lagergren devait être certain qu'ils n'avaient aucune preuve. Qu'il n'avait laissé aucune trace. À contrecœur, Sebastian dut reconnaître que cet homme pouvait très bien y parvenir. Probablement savait-il aussi qu'ils pouvaient le retenir soixante-douze heures sans l'ombre d'une preuve. Peut-être même s'en réjouissait-il ? Quatre jours à jouer au chat et à la souris. Mesurer son intelligence supérieure à celle de Sebastian, pour finir par le vaincre et sortir triomphant d'ici en homme libre.

"Qui essayez-vous de tromper ? cracha Sebastian, bien décidé de ne pas entrer dans son jeu. Je vous reconnais.

— Ah bon ?

— Oui ?

— D'où ? Je n'ai pas souvenir qu'on se soit rencontrés.

— Quand vous avez assassiné Källman.

— Je ne sais pas de quoi vous parlez. Vous devez me confondre avec quelqu'un d'autre. Est-ce que c'était vraiment moi ? M'avez-vous vu ? Avez-vous vu mon visage ?

— Je reconnais votre voix.

— Quand bien même, est-ce que ça suffirait devant un tribunal ?" Lagergren semblait sincèrement curieux. Sebastian comprit soudain pourquoi les victimes avaient les yeux bandés pendant le test proprement dit dans le camping-car. S'ils l'avaient réussi, avaient été reçus et libérés, Lagergren aurait pu affirmer que oui, bien sûr, il avait mangé avec ces jeunes gens, mais que ce qui s'était passé après, ce n'était pas lui. L'avaient-ils vraiment vu dans ce camping-car, en répondant au test ? Ebba n'avait pas eu de chance. Elle était avec sa sœur. Seule, elle aurait peut-être conservé la vue.

"Pourquoi vouliez-vous parler avec moi ?

— Apparemment, je suis malade, de vouloir avouer des crimes que je n'ai pas commis. Non ?"

Lagergren lui sourit. Sebastian en avait assez. Ça ne menait à rien. Il n'y avait rien à gagner à une confrontation directe. Mieux valait jouer le jeu, mais pas avant d'avoir retourné le terrain de jeu.

Transformé l'attaque en défense. La défense en attaque.

Que savait-il de Lagergren ? Un universitaire qui estimait que le savoir n'était pas assez valorisé. Qui mesurait la valeur humaine en termes de culture générale.

Aucun intérêt.

Ça, c'était ce qu'il pensait, pas qui il était. Qu'est-ce qui le motivait ? Qu'avait-il dit avant de tuer Källman ? Qu'il avait la presse avec lui. Qu'il faisait passer son message.

Il en semblait fier.

Qu'on l'écoute. Qu'on lui prête attention.

Son interview avec Weber était plus un manifeste qu'un entretien.

Sebastian pouvait se servir de ça. Lagergren montrait en outre les signes d'un certain hybris. Jusqu'à présent, il avait gardé la main.

Sebastian sentit l'énergie revenir. C'était pour ça qu'il était doué. Le meilleur. Il était presque impatient. Prendre sa revanche. Enfin gagner.

“Dommage, lâcha-t-il d’un air triste juste comme il fallait en secouant un peu la tête de découragement.

— Qu’est-ce qui est dommage ?” demanda Lagergren.

Sebastian le regarda, se demanda quel appât utiliser, se décida et le lança.

“Que ce ne soit pas toi.” Il s’étira sur sa chaise et se pencha en avant, les coudes sur la table, le menton reposant sur ses mains jointes. “Tu connais Edward Hinde ?

— Je sais qui c’est.

— Tu sais pourquoi tu sais qui c’est ?” Il marqua clairement que la question était rhétorique et y répondit aussitôt lui-même : “Parce que j’ai écrit des livres sur lui. Des livres à succès. J’ai fait des conférences sur lui. Donné des cours sur lui. Je l’ai fait vivre dans la conscience des gens.”

Sebastian se tut pour étudier l’homme qu’il avait face à lui. Comprenait-il ce qui était en train de se passer ? Ce que Sebastian faisait ? Difficile à dire : autant continuer.

“Si c’était toi qui avais assassiné ces personnes, poursuivit-il. Écrit ces lettres, donné cette interview…”

Il se tut à nouveau. L’appât était à présent bien en vue. Lagergren le voyait-il ? Était-il intéressé ?

“Ce n’est pas moi”, répondit Lagergren. Sebastian sentit une pointe de déception. Ou bien ? N’y avait-il pas une différence ? La voix plus basse, moins sûre d’elle, plus prudente…

“Dommage, ça t’aurait rendu plus intéressant, continua Sebastian, avant de se lever et de se mettre à tourner en rond dans la pièce. C’est passionnant de voir quelqu’un qui comprend qu’il peut avoir plus d’influence, atteindre une plus vaste audience en ne restant pas anonyme. Qui peut devenir le symbole d’une lutte, même s'il est en prison. Plus qu'un symbole, même : presque un statut de martyr."

Sebastian s'adossa au mur. L'expression du visage de Lagergren demeurait inchangée, mais Sebastian voyait à son langage corporel qu'il avait éveillé chez lui une pensée. Probablement présente depuis le début. Sans doute, comme avait dit Sebastian, elle avait été la raison qui avait poussé Lagergren à se livrer. Mais quand cette pensée était habillée de mots par un autre, confirmée par une personne extérieure, elle en devenait plus réelle.

Réelle et attirante.

"Dommage que ce ne soit pas toi, dit Sebastian d'un ton conclusif en s'écartant du mur. J'aurais écrit sur toi, et ce que j'écris est publié."

Il se tourna et se dirigea vers la porte. Combien pouvait-il y avoir de pas ? Six ? Cinq ? Pas un bruit de Lagergren. Quatre. Trois. Il tendit la main vers la poignée en cherchant un prétexte pour rester sans dévoiler son impatience. Deux. Ça ne marchait pas.

"Attendez."

Sebastian ne put retenir un petit sourire. Lagergren avait vu l'appât et l'avait trouvé intéressant. Il s'agissait maintenant de le déplacer un peu pour qu'il le suive, le faire sortir du bois. Sebastian avait effacé toute trace de son sourire de satisfaction quand il se retourna avec un air qu'il espérait signifier qu'il était blasé et avait mieux à faire.

"Qu'est-ce qu'il y a ?

— J'ai vu une interview de vous où vous dites que le Tueur de la Téléréalité est un idiot.

— Oui.

— Alors pourquoi vouloir écrire un livre sur lui ?

— Je n'ai pas écrit sur Hinde parce que je l'appréciais ou l'approuvais." Sebastian revint de quelques pas. "Il était intéressant pour moi, pour les lecteurs. Aujourd'hui, celui qui a commis ces meurtres est encore plus intéressant. Hinde n'était qu'un psychopathe ordinaire, trouble de l'empathie, agressions sexuelles dans l'enfance, et bla, bla, bla, vous connaissez la chanson. L'homme qui nous intéresse aujourd'hui a quelque chose d'important à dire. Un programme."

Il vit Lagergren opiner du chef. L'hameçon l'intéressait, décidément. Il s'en approchait de plus en plus. Il était temps de le retirer. Plus loin. Hors de vue. Pour qu'il ait à faire un effort pour le retrouver. Un effort sous forme d'aveux.

"Sauf que je ne sais pas… Plus j'y pense, plus…" Sebastian s'arrêta, sans finir sa phrase, comme s'il venait de comprendre quelque chose. Une révélation.

"Plus quoi ? Mais quoi ?"

Sebastian plissa profondément le front, soupira et secoua légèrement la tête, comme déçu par ses propres pensées.

"Ça ne suffit sans doute pas.

— Qu'est-ce qui ne suffit pas ?"

De l'inquiétude dans la voix. Parfait.

"Une sorte de manifeste et une poignée de morts." Sebastian se tourna vers Lagergren, comme s'il participait à parts égales à la discussion, que ses opinions seraient prises en compte. "Le monde a changé, non ? Hinde a tué quatre personnes, c'était il y a plus de vingt ans, mais aujourd'hui…"

Nouveau jeu de tête laissant une marge d'interprétation.

"Et n'importe qui peut ficeler un manifeste, poursuivit Sebastian. Le Net en déborde. Je veux dire, regarde Breivik, est-ce qu'on en entend encore parler ? Est-ce qu'il est encore intéressant, aujourd'hui ? Et notre meurtrier ne lui arrive pas à la cheville.

— Pour le moment."

Trois mots. La première fissure dans la façade. La première vraie morsure à l'hameçon. Comment continuer sans le perdre ? Espérer qu'il morde plus fort, ou l'attaquer d'un autre côté ?

"Tu crois qu'il va tuer à nouveau ?"

Sebastian vit que Lagergren réalisait ce qu'il venait juste d'admettre avec ses trois petits mots.

"Qu'est-ce que j'en sais, moi ?" Agressif. Indigné. Comme pour compenser son erreur par la force et le volume. Sebastian opta pour une attaque d'un autre côté.

"Est-ce que c'était la même chose avec Ebba Johansson et la bourse du MIT ? Ça t'a échappé comme ça ? Pas prévu ? Est-ce que c'est ton talon d'Achille ? Tu laisses parfois tes émotions gouverner ta bouche ?

— Je ne sais pas de quoi vous parlez.

— C'est comme ça qu'on t'a retrouvé."

Sebastian fit le tour de la table, se plaça derrière lui. Il voyait Lagergren lutter contre l'envie de se tourner pour le suivre du regard. Sebastian s'approcha, se pencha, baissa la voix, chuchota à dix centimètres de son oreille.

"Tu as abandonné. Tu t'es livré."

Silence.

"Et te voilà."

Silence.

“Tu dois avoir prévu le risque de ne pas ressortir.”

Silence.

“Mais tu sais que ce n’est pas fini.”

Lagergren n’y tenait plus. Il se retourna violemment.

“Je ne sais pas de quoi vous parlez.

— Ta gueule, tu sais très bien de quoi je parle.” Lagergren soutint son regard. Respiration pesante. Comme prêt à bondir pour frapper Sebastian. Sebastian ne détourna pas un instant le regard. Le fixa à son tour. L’homme sur la chaise respirait lourdement. Puis il se retourna brusquement et regarda droit devant lui. Sebastian continua avec la même voix basse et évidente.

“Donc c’est déjà programmé.”

Silence.

“Est-ce que c’est une bombe ? Tu veux à nouveau faire sauter quelqu’un ?”

Silence. Sebastian se redressa et recommença à marcher en rond dans la pièce. Débita son texte comme s’il se parlait plus ou moins à lui-même.

“Tu ne te vantes pas d’être tellement malin, de nous avoir roulés, que nous n’ayons aucune chance, parce que…” Il s’arrêta, jeta un regard triomphal à Lagergren, sans chercher cette fois à cacher son sourire. “… parce que nous pouvons encore arrêter ça, maintenant que nous savons.

— Non, vous ne pouvez pas.

— Oh si, nous pouvons.”

Toujours en souriant, il fit les quelques pas qui le séparaient de la porte. Il était sûr que Torkel avait quitté la pièce voisine dès qu’il avait établi que ce n’était pas fini.

Où et quand, c'était le boulot des autres de le découvrir. Sebastian avait fait sa part. Ou pas vraiment… Il s'arrêta sur le seuil.

"Reprends tes foutues questions de Trivial Pursuit et fourre-les là où je pense. Ça…" Il se toucha la tempe du bout de l'index. "Ça, c'est de la vraie intelligence."

Puis il claqua la porte derrière lui.

Ils étaient quasiment couchés sur lui.

Sebastian d'un côté. Torkel de l'autre.

"Comment ça va ? Tu trouves quelque chose ? demanda Torkel d'un ton alliant l'autorité et la déception – un exploit.

— Ça n'ira pas plus vite si vous restez là", s'irrita Billy en leur jetant un regard par-dessus l'épaule.

Sebastian et Torkel ne bougèrent pas d'un poil.

"Sérieusement, allez prendre un café, ou quelque chose, je vous appelle quand c'est fini."

Torkel poussa un soupir de découragement, mais recula d'un pas.

"Bon, allez, viens, on laisse Billy travailler tranquille", dit-il à Sebastian en partant. Billy les suivit des yeux. Il les comprenait. Comprenait leur impatience. Lagergren avait cessé de parler, et ils n'avaient rien pour les aider à trouver ce qu'il avait prévu pour la suite.

À part son ordinateur.

Le problème était que Lagergren semblait avoir méthodiquement effacé l'historique de son navigateur, si bien que Billy devait tenter de le reconstituer à partir de la mémoire cache du disque dur.

Ça prenait un peu de temps.

Temps dont Sebastian était convaincu qu'en réalité ils n'avaient pas.

Torkel et Sebastian entrèrent dans la kitchenette. Torkel alla ouvrir le réfrigérateur.

"Tu veux quelque chose ? demanda-t-il à Sebastian.

— Non.

— Moi non plus", se dit Torkel en refermant la porte. Il se mit à faire les cent pas devant l'évier, ne tenant pas assez en place pour s'asseoir. De temps à autre, il jetait un œil à Sebastian, affalé sur une des chaises les plus proches de la porte.

"Qu'est-ce que tu as fait ? finit-il par lui demander.

— Qu'est-ce que j'ai fait quand ?

— Pour que Vanja soit aussi furieuse ?"

Sebastian le regarda, un peu étonné. Ne savait-il pas ? L'avait-il viré sans savoir ce qu'il avait fait ?

"Elle ne te l'a pas dit ?

— Non.

— Alors c'est qu'elle ne veut pas que tu le saches."

Torkel n'avait pas l'intention d'insister. Ce n'était pas si important. Il se remit à aller et venir.

"Qu'est-ce que tu crois qu'il a prévu ? Lagergren ?

— Un grand coup, malheureusement.

— Grand comment ?

— Si grand qu'il veut pouvoir en récolter tous les lauriers. C'est pour ça qu'il est venu ici.

— Il ne pouvait pas rappeler Weber ? Faire comme l'autre fois.

— Non, c'est comme je l'ai dit tout à l'heure, il ne veut plus être anonyme. Il veut devenir un symbole. Un leader. Il considère qu'il a désormais des disciples prêts à prendre le relais. Qu'il pourra inspirer depuis sa prison et qui l'attendront quand il en sortira.

— C'est dingue.

— Je ne devrais pas le dire en tant que psychologue diplômé, mais oui, il est dingue.

— C'est bon, j'ai fini !" Billy avait glissé la tête par la porte. Sebastian se leva aussitôt.

"Juste pour que tu le saches, tu n'es pas réintégré, dit Torkel en sortant. Quoi qu'il arrive, là, tu n'es pas réintégré.

— Je sais."

"Qu'est-ce que tu as trouvé ? demanda Torkel une fois Sebastian et lui revenus de part et d'autre de l'écran de Billy.

— Il a été très prudent, a effacé son historique tous les soirs, dit Billy tout en effectuant les dernières opérations pour afficher les résultats. Il a tout fait pour effacer ses traces, j'ai été obligé de reconstituer.

— Super, bon boulot, mais qu'est-ce que tu as trouvé ?" La déception avait disparu de la voix de Torkel, ne restait que l'autorité.

"Ça", fit Billy en faisant défiler quantité de pages de texte à l'écran. Sebastian se pencha pour tenter d'avoir une vue d'ensemble de cette masse de caractères.

"Son historique de recherche. Il a été très minutieux, dit Billy en indiquant la première ligne de texte. Début juin, Patricia Andrén. Il commence à la googliser. Lit son blog." Billy continua à montrer les adresses. "Ensuite, il cherche des restaurants à Helsingborg, des écoles, des cartes, les caméras de la sécurité routière. Un peu plus tard, il fait la même chose pour Petrovic à Ulricehamn."

Il passa le doigt sur la souris et descendit dans la liste.

"Après ça, il entreprend en parallèle des recherches sur les sœurs Johansson, Weber, quelques directeurs de chaînes de télévision, mais se fixe assez vite sur Wallgren, de TV3."

Billy se tourna vers Sebastian.

"Toi aussi, tu apparais.

— OK, c'est très bien, ça étaie notre enquête, mais on a besoin de savoir ce qu'il a planifié, pas ce qu'il a déjà exécuté.

— Sa dernière recherche concerne la DPT, dit Billy.

— Qu'est-ce que c'est ? demanda Sebastian.

— La Direction des Postes et des Télécommunications." Billy ouvrit une nouvelle page et grossit l'image pour eux. Un grand immeuble jaune emplit l'écran. "C'est une agence qui contrôle toutes les communications électroniques en Suède."

Le silence se fit un moment. Ils fixaient tous les trois l'immeuble jaune, comme s'ils pensaient y trouver des réponses. Sebastian recula d'un pas, réfléchit. Ça lui disait quelque chose. Quelque chose qu'il avait entendu en lien avec ça. Mais quoi ? Et quand ? Dans la bouche de qui ?

"Donc après s'être intéressé à des personnes individuelles, il passe à une administration tout entière ? dit Torkel au bout d'un moment.

— Est-ce que la DPT est responsable d'Internet, d'une façon ou d'une autre ? demanda Sebastian.

— C'est leur travail : l'extension et le développement des réseaux, pour que tout le monde ait la 4G, le téléphone, tout ça.

— Oui, dit Sebastian pour lui-même. Oui." Il semblait avoir compris quelque chose. Il montra l'écran de Billy.

"Vous vous souvenez de cette lettre adressée à l'*Östersunds-Posten*, au sujet de cette fille de Frösön, avec ses vidéos de manucure…

— Frida Wester, glissa Torkel.

— C'est ça. Le phénomène YouTube. Il y en a plein comme elle, et Lagergren doit les haïr en bloc. Il l'a dit. À moi et Källman. Qu'Internet portait une grande part de responsabilité."

Sebastian s'était mis en train et avait à présent du mal à tenir en place. Ses pensées se précipitaient. Il fallait qu'il y mette de l'ordre pour qu'elles le mènent à quelque chose, prennent une direction.

"Théories du complot, vidéos de chats, sites haineux, pompes à clics, pas mal de choses sur Internet sont vraiment tordues. Il a écrit à Weber qu'il avait l'intention de remonter à la source. Ceux qui fournissent la bêtise. Wallgren, Källman…

— Et la Direction des Postes et des Télécommunications, compléta Torkel, soudain très pâle. Putain, j'ordonne leur évacuation." Il s'écarta et sortit son téléphone. Sebastian tira le fauteuil du bureau de derrière et s'assit à côté de Billy.

"Quelle est sa toute dernière recherche ?" demanda-t-il

en montrant l'écran de la tête. Billy rouvrit la fenêtre avec l'historique de Lagergren et le fit défiler jusqu'à la fin.

"C'est un événement..."

Il ouvrit une nouvelle fenêtre, y copia l'adresse de la recherche de Lagergren, cliqua sur le premier des résultats.

"C'est ça, une soirée au Waterfront sur l'extension de la fibre et la vision de la Suède comme pays le plus connecté du monde à l'horizon 2020." Il continua à parcourir le texte de la page et parut soudain inquiet. "Le ministre des Télécoms et le ministre de l'Éducation y seront tous les deux.

— C'est quand ?

— Ce soir, à partir de 7 heures."

Ils regardèrent tous les deux l'horloge à l'écran.

Moins le quart.

Beaucoup d'habitants de Stockholm trouvaient que ce récent ajout à l'image de leur ville était un flop architectural et esthétique, et l'avaient donc élu bâtiment le plus laid de la capitale. Vanja n'était pas d'accord. Elle trouvait le Waterfront assez élégant, avec tout ce verre et cette curieuse excroissance métallique qui s'avançait vers la baie de Riddarfjärden. Pour elle, c'était bien ça qui caractérisait une grande ville : grandir et se transformer avec le temps. Elle n'avait jamais compris la peur de la nouveauté qui se manifestait dans les polémiques enflammées qui ne manquaient pas d'éclater dès que quelqu'un voulait construire quelque chose d'un peu différent. Une ville moderne avait besoin de bâtiments modernes.

L'événement devait avoir lieu dans la partie centre de congrès, adossée à l'hôtel. Vanja n'était jamais entrée dans le bâtiment, juste passée devant. Aussi, bien que persuadée que la soirée serait d'un ennui mortel, elle était contente d'y accompagner Jonathan. Ils étaient venus avec la voiture de ce dernier, qu'ils garèrent dans le parking souterrain. Elle lui prit ses clés et son portefeuille dans son sac à main, pour qu'ils ne déforment pas la veste légère en lin qu'il portait sur une chemise bleu clair. Elle portait quant à elle une robe d'été jaune pâle avec une veste blanche. Ils étaient à présent dans l'ascenseur qui montait vers le hall du centre des congrès, en compagnie d'autres invités sur leur trente-et-un.

"Qu'est-ce qu'on dit, si on rencontre certains de tes collègues ?" demanda-t-elle. Il lui adressa un doux sourire.

"Rien. On leur dit bonjour, on bavarde un peu. Ce sont mes collègues, pas ceux de Susanna", dit-il en lui donnant un baiser. Les portes de l'ascenseur s'ouvrirent et ils se retrouvèrent au milieu du brouhaha. Une partie des invités se dirigeait vers la salle de congrès, mais beaucoup s'attardaient debout autour des hautes tables rondes. Le personnel en blanc circulait efficacement entre les groupes pour offrir du vin blanc et des petits fours. Socialiser avec des politiciens et des célébrités n'avait jamais particulièrement intéressé Vanja, mais là, elle appréciait infiniment cette rupture bienvenue. Cela ferait peut-être partie de sa vie nouvelle. Avec Jonathan.

Elle attrapa au passage un programme sur un présentoir, et l'ouvrit.

"Quand pourra-t-on partir ? demanda-t-elle en le montrant à Jonathan.

— Après ça", lui indiqua-t-il. Elle lut à voix haute sous son index :

"20 h 15. L'avenir est-il déjà là ? Anders Grudell, directeur de Coldoc.

— Une vraie bête de scène", sourit Jonathan.

Vanja prit un verre de vin blanc frais sur un des plateaux argentés qui circulaient.

Quelque part, une petite cloche sonna.

“Mesdames et messieurs, veuillez gagner vos places, fit une voix. Veuillez gagner vos places.” Puis une nouvelle cloche.

Il restait environ dix minutes avant le début de la soirée. D’abord un mot d’accueil d’environ dix minutes par le porte-parole de la DPT, puis le discours d’ouverture proprement dit par le ministre des Télécoms, d’après le programme. Vanja et Jonathan se dirigèrent lentement vers les portes.

Quand ils entrèrent dans la salle de congrès, Vanja fut surprise par le monde. C’était presque complet, et la salle pouvait accueillir au maximum six cents personnes, comme l’indiquait un panneau à l’entrée. Devant, sur une scène surélevée, deux gros bouquets de fleurs encadraient un podium où un ordinateur était ouvert sur une table haute. Sur un écran en fond de scène était projeté le logo de la DPT.

Vanja et Jonathan s’assirent un peu plus bas, au bord de l’allée centrale. Une fois installés, Jonathan lui prit la main.

“Je suis tellement content que tu sois là avec moi.

— Tu aurais été encore plus content avec moi ailleurs”, dit-elle en guidant discrètement sa main vers sa cuisse, où elle la pressa.

Il lui sourit. La joie et le désir se mêlaient dans ses yeux à une certaine mélancolie.

“Ça va être dur pour nous au début, tu le sais, hein ? Avec Susanna, dit-il en se penchant plus près.

— Je sais, dit-elle gravement, mais sans retirer sa main.

— Tu vas supporter ça, à ton avis ? demanda-t-il, presque un peu inquiet.

— Après tout ce qui s'est passé, je résisterai à tout.

— Même à un discours du ministre des Télécoms sur l'extension du réseau de fibre optique ?

— Même à ça", dit Vanja avec un léger rire.

Le hurlement des sirènes retentissait entre les façades en pierre. Billy conduisait vite, mais cette fois Torkel trouvait que ce n'était pas assez. Il espérait arriver à temps. L'activité était intense sur le canal radio de la police. Des voix et des ordres s'y bousculaient. Comme si toute la police de Stockholm était en train de converger vers le Waterfront. La première patrouille allait arriver sur place, mais on n'avait pour le moment pas encore réussi à joindre un responsable de l'événement, et l'évacuation n'avait même pas commencé. Une voix de femme les informa qu'on avait réussi à joindre une réceptionniste de l'hôtel voisin qui avait promis de les aider à trouver un des organisateurs. Torkel avait essayé de parler à un responsable de Säpo, puisque les ministres présents devaient avoir une protection rapprochée, mais, comme toujours avec les services secrets, il était difficile de joindre la bonne personne, surtout le soir. Ils avaient l'air de compter sur des attentats aux heures de bureau, s'irrita Torkel. Les démineurs étaient en route, mais mettraient encore au moins dix minutes, ils arrivaient de Solna, où ils s'étaient déplacés pour une fausse alerte. Torkel était de plus en plus stressé. Les minutes passaient et on n'avait même pas encore commencé l'évacuation de la salle. Si leur hypothèse était la bonne, ils allaient tout droit vers une potentielle catastrophe. Ils savaient que Lagergren maîtrisait les bombes à retardement, et pour une efficacité maximale, il devait avoir prévu de la faire détoner pendant le discours d'ouverture du ministre des Télécoms.

D'après le programme, il devait commencer à 7 h 10.

Il fallait vraiment faire sortir les gens.

Enfin arriva la confirmation que la patrouille 67 venait d'arriver sur place. Torkel prit le micro et donna l'ordre lui-même :

"Faites sortir tout le monde, tout le monde, le plus vite possible. Nous sommes juste une minute derrière."

Billy déboîta sur la voie de gauche et écrasa l'accélérateur. Le hurlement du moteur couvrit presque celui des sirènes. Ils passèrent Bolinders Plan et virent devant eux le viaduc de Klaraberg et le Waterfront, que les gyrophares bleus garés devant faisaient miroiter dans des tons topaze. Mais Torkel ne voyait que des policiers qui entraient, personne dans l'autre sens.

"Merde, on ne va jamais arriver à faire sortir tout le monde", pesta Torkel, frustré, des gouttes de sueur perlant à son front.

Le brouhaha avait cessé dans la salle et le grisonnant directeur de la DPT venait de monter sur scène pour prendre le micro et souhaiter à tous la bienvenue. Avant de commencer, il pressa une touche de l'ordinateur et l'image derrière lui changea. Le logo de la DPT disparut et le slogan VISION 2020 s'afficha en travers d'une carte de Suède. "Le pays le plus connecté au monde", était-il proclamé en dessous en plus petits caractères. À en juger par les applaudissements, l'assistance était très impressionnée.

Le directeur allait prendre la parole quand un vacarme et des éclats de voix autoritaires retentirent à l'entrée de la salle. Vanja ne comprenait pas ce qui se passait, mais vit bientôt des policiers en uniforme faire irruption. Les applaudissements cessèrent.

"Nous devons vous demander d'évacuer la salle", cria l'un d'eux. Interloqués, les gens se regardèrent, cherchèrent autour d'eux et se tournèrent vers les policiers, mais très peu se levèrent.

"Évacuation immédiate ! cria à nouveau le policier. Alerte à la bombe !"

L'inquiétude se répandit alors comme une traînée de poudre dans la salle, tous se levèrent et se dirigèrent aussi vite qu'ils pouvaient vers les issues. Vanja se tourna vers Jonathan.

"Sors, je te rejoins", dit-elle en se frayant un passage à travers la foule désorientée en direction d'un des policiers qui se dirigeait vers le podium où le directeur général était toujours debout, micro à la main. Vanja rattrapa le policier et lui montra sa carte.

"Vanja Lithner, police criminelle. Qu'est-ce qui se passe ?

— Nous avons reçu l'ordre d'évacuer la salle. De vous, d'ailleurs", répondit le policier en continuant à avancer vers l'estrade. Vanja le regarda avec étonnement et le suivit.

"De la Criminelle ?

— Selon vous, il pourrait y avoir une bombe", dit le policier avant de sauter d'un bond sur l'estrade. Il prit le micro des mains du directeur général.

“Je répète : nous vous demandons d’évacuer immédiatement, entendit-on bientôt dans les haut-parleurs. Le plus vite possible, mais sans panique. Dans le calme et l’ordre.”

Le brouhaha augmenta et quelqu’un poussa un cri inquiet. Les portes étaient bouchées par la foule qui tentait de quitter la salle. Il faudrait longtemps pour faire sortir tout le monde, réalisa Vanja, sentant son pouls accélérer. Ça devait être lié à Lagergren. Pourquoi sinon la Criminelle serait-elle impliquée ? Vanja chercha des yeux Jonathan, en vain. Elle regarda autour d’elle et découvrit deux issues de secours inutilisées, derrière la scène.

“Utilisez aussi les issues de secours ! cria-t-elle d’une voix résolue en commençant à orienter les gens vers ces sorties. Dites-leur d’utiliser aussi les issues de secours”, hurla-t-elle au policier muni de micro en lui indiquant la direction.

Soudain, elle aperçut Jonathan, il se frayait un chemin vers elle à travers la foule. Son regard charmant avait disparu, ne restait plus que de l’inquiétude.

“Viens, il faut qu’on sorte”, l’entendit-elle lui crier.

Elle secoua la tête.

“Je reste pour aider. Vas-y, toi. Je t’appelle après.”

Il la rejoignit et lui attrapa la main.

“Tu es sûre ?

— Oui, s’il faut faire sortir tout le monde, ils vont avoir besoin de toute l’aide possible, répondit-elle en embrassant du regard le chaos alentour.

— OK, mais sois prudente”, dit-il en lui posant un bref baiser sur la bouche.

Il hocha la tête, lui lâcha la main et disparut.

Elle le suivit un instant du regard avant de se retourner pour continuer d'essayer d'orienter la foule.

Billy s'était garé au milieu de Klarabergsgatan pour barrer la rue. Il laissa son gyrophare allumé. Torkel était déjà descendu et avait rejoint un des officiers de police. Des gens inquiets et peu vêtus affluaient tout autour d'eux. Beaucoup s'arrêtaient à peine sortis du bâtiment. Torkel faisait des moulinets avec ses bras pour les inciter à continuer tout en parlant avec l'officier.

"Il faut les éloigner le plus loin possible, canalise-les par le viaduc de Klaraberg, vers Kungsholmen", ordonna-t-il. L'officier hocha énergiquement la tête.

"Compris.

— Et coupe toute la circulation. Les trains et le métro aussi.

— On sait que c'est une bombe ? demanda l'officier à voix basse, mais un peu inquiet.

— Nous le supposons", répondit Torkel en s'efforçant de paraître plus calme qu'il ne se sentait. Il se pencha pour que les passants n'entendent pas.

"Dès que les démineurs seront là, tu les envoies à l'intérieur." L'officier hocha à nouveau la tête et Torkel se tourna vers Billy. "J'entre. Tu restes ici à veiller à ce que tout soit bien bouclé ?

— OK."

Torkel s'élança à contre-courant des invités qui s'enfuyaient et disparut dans le bâtiment.

Sebastian était descendu de voiture et regardait autour de lui, hésitant sur ce qu'il devait faire. Une partie de lui avait compris que, si ce qu'il redoutait était avéré, il courait un danger mortel, lui et tous ceux qui se trouvaient aux abords du bâtiment. Il jeta un coup d'œil à sa montre. 7 h 03. Le ministre des Télécoms aurait dû commencer son discours dans sept minutes, d'après le programme. Et à la place de Lagergren, il aurait veillé à faire détoner la bombe pendant son discours.

Portée symbolique maximale.

Il se tourna vers Billy qui s'affairait à diriger les voitures de police qui arrivaient et à faire établir aux autres policiers un périmètre de sécurité plus large autour du bâtiment. Une partie de lui lui disait de s'éloigner au plus vite. Ils ne voulaient plus de lui. Pourquoi se donnerait-il du mal ? S'il y avait une bombe, elle pouvait exploser à tout moment.

Mais il ne pouvait pas s'enfuir comme ça, il le sentait.

Ça suffisait, maintenant.

Il n'avait pas pu sauver Källman. Mais ce serait la dernière victime de Lagergren.

Il ne le laisserait pas gagner une fois de plus.

Sebastian se mit en marche à contre-courant.

La salle de congrès était presque vide, mais la moitié des invités se tassait encore dans le hall, où les queues au niveau des escaliers avançaient lentement. Des verres, des petits fours et quelques plateaux argentés jonchaient le sol. Des membres du personnel refoulaient ceux qui tentaient d'utiliser les ascenseurs. Mais tout se passait dans le calme. L'évacuation semblait fonctionner, même si elle prenait du temps.

Vanja sortit son portable et appela Billy. Il avait l'air pour le moins stressé, et elle entendit plein de sirènes autour de lui.

"Qu'est-ce qui se passe ? Pourquoi évacuez-vous le Waterfront ? demanda-t-elle sans même dire bonjour.

— Ça passe à la télé ?

— Peut-être, mais moi je suis à l'intérieur du bâtiment.

— Hein ? Pourquoi ?" Billy sembla pour le moins étonné.

"On s'en fout, qu'est-ce qui se passe, alors ?

— Nous pensons que Lagergren prévoit de frapper cet événement. Pendant le discours du ministre des Télécoms." Vanja sentit son sang se glacer, surtout en voyant tout le monde qui se pressait encore aux portes pour parvenir à sortir.

"Ça aurait dû commencer dans cinq minutes, dit-elle.

— Nous savons, répondit Billy. Les démineurs sont en route."

Vanja se retourna et regagna la salle en courant.

"Avez-vous la moindre idée d'où il a pu la placer ?" demanda-t-elle tout en inspectant les espaces entre les bancs devant lesquels elle passait pour regagner la scène.

"Nous ne savons même pas s'il y a vraiment une bombe."

Vanja grimpa d'un bond, inspecta sous le podium. Elle allait jeter un œil derrière la scène quand ça la frappa.

"Merde, dit-elle en sautant au pied de la scène pour regagner le hall en courant.

— Qu'est-ce qu'il y a ? Tu l'as trouvée ? s'inquiéta Billy.

— Non, mais j'ai eu une idée. Il y a un garage. Sous le bâtiment."

Elle interpréta le silence de Billy comme le signe qu'il avait compris ce qu'elle venait de dire.

"Une voiture piégée sous l'édifice, finit-il par dire. Dans ce cas, il faut aussi évacuer l'hôtel.

— Je descends, dit Vanja en partant en courant vers la rangée d'ascenseurs.

— Sois prudente", eut-elle le temps d'entendre avant de raccrocher et que la voix de Billy ait disparu.

Elle était aux ascenseurs. Un des serveurs tenta de l'empêcher de passer, aussi sortit-elle sa carte, le poussa de son passage et appuya sur DESCENDRE. Elle n'eut pas à attendre bien longtemps. Les portes tout à droite s'ouvrirent immédiatement, l'ascenseur semblait l'attendre. Elle se précipita dedans et appuya sur PARKING. Son regard atterrit sur le fauteuil.

Elle ne se reconnaissait pas tout à fait.

Elle s'observa dans le miroir. Son regard disait qu'elle était policière.

Ses vêtements qu'elle était encore à un rendez-vous galant.

Sebastian n'en croyait pas ses yeux. Qu'est-ce que Vanja faisait là ?

Un peu plus loin, il guidait les gens vers les sorties quand il leva les yeux et la vit passer comme un trait jaune sur le tapis rouge en direction des ascenseurs. Il quitta à reculons la foule inquiète et en sueur qui se pressait pour sortir. Mit le cap sur les ascenseurs. Vanja était entrée dans celui de droite. Il regarda le tableau au-dessus des portes pour voir où elle allait. Un P s'afficha en blanc. Il se figea. Il ne comprenait toujours pas bien ce qu'elle faisait là, mais cela passait au second plan derrière un sentiment de panique qui se réveillait.

Un parking.

Sous le bâtiment.

Évidemment.

Ils auraient dû le comprendre plus tôt. Ils n'avaient jamais retrouvé la Volvo de Saurunas.

Il pressa le bouton DESCENTE tout en sortant son portable. Appela Billy, qui lui répondit quand les portes s'ouvrirent. Il entra et appuya sur PARKING.

"Vanja est ici, lâcha-t-il.

— Oui, je sais. Elle est descendue au parking, répondit Billy, survolté.

— Je sais, je l'ai vue, s'irrita Sebastian.

— Nous pensons que c'est une voiture piégée !"

Sebastian ne se donna pas la peine de répondre à Billy. Il n'était plus temps d'enfoncer les portes ouvertes.

"La Volvo de Saurunas, c'était quoi sa couleur ? Et son immatriculation ? demanda-t-il alors que les portes se refermaient et que la cabine commençait à descendre.

— Euh…", entendit-il tandis que Billy essayait de se souvenir.

Sebastian regarda sa montre. 7 h 10. En théorie, le discours du ministre des Télécoms devait juste avoir commencé. Il sentit en lui quelque chose vaciller.

"Allez, Billy.

— Volvo S60. Modèle 2007. Passion Red. Rouge, quoi… GV… GVL665, récita Billy, concentré.

— Bien. Les démineurs sont arrivés ?

— Ils sont encore au niveau d'Ulriksdal", répondit Billy.

Trop loin. Merde, trop loin, pensa Sebastian avant de raccrocher. Les portes s'ouvrirent et il sortit dans un parking couleur ciment, plein de voitures stationnées. Il avança de quelques pas et regarda autour de lui.

Aperçut Vanja un peu plus loin. Elle lui tournait le dos et semblait chercher quelque chose.

"Vanja !" appela-t-il.

Elle fit volte-face et le vit.

"Qu'est-ce que tu fais ici ?" demanda-t-elle quand il s'approcha, plus étonnée qu'irritée.

Elle ne voulait rien savoir de lui, pas le voir, il le savait, mais pour le moment il s'en fichait. Il y avait des choses plus importantes.

Lagergren ne devait pas réussir.

Elle ne devait pas être blessée.

"Volvo S60. Rouge. GVL665. La voiture de Saurunas. Tu l'as vue ?"

Elle secoua la tête.

"Tu as vu une Volvo rouge ?

— On sait que c'est elle ?

— C'est le seul indice qu'on ait. Il faut la trouver. Maintenant."

Vanja hocha la tête et commença à s'éloigner.

"Il y a deux étages. Je prends l'autre", dit-elle avant de courir vers la rampe qui descendait un peu plus loin. Après quelques foulées elle s'arrêta, arracha ses souliers à talons et continua pieds nus. Dans sa robe d'été jaune.

Sebastian se surprit à penser que c'était peut-être la dernière fois qu'il la voyait.

Ça ne devait pas arriver.

Il se mit à courir le long des rangées de voitures. C'était un grand parking, plein en raison de l'événement du soir. Il cherchait tout ce qui était rouge. Vit une Toyota rouge, une Mazda rouge et une Volvo rouge, mais c'était une V40 avec la mauvaise plaque.

Il continua à courir.

Soudain, il entendit Vanja crier.

"Elle est ici ! Elle est ici !"

Il se tourna et se dirigea vers sa voix. Ses pieds moins rapides que sa volonté. Il coupa entre les voitures. Suivit la rampe qui descendait plus profond encore sous terre. Sa mauvaise forme physique commençait à se faire sentir. Mais il serra les dents sans même oser regarder sa montre et courut. L'écho de ses pas lourds se répercutait entre les murs de béton.

Il l'aperçut alors un peu plus loin, au moment où elle entourait son sac à main autour de son coude et brisait d'un coup violent la vitre d'une Volvo rouge.

Il arriva enfin.

La plaque était la bonne.

C'était la voiture de Saurunas.

Garée contre un pilier porteur, sûrement pas un hasard.

"Il y a quelque chose à l'arrière, dit Vanja. Quelque chose de gros."

Vanja déverrouilla la portière arrière, l'ouvrit, et ôta la couverture bleu-gris qui cachait le contenu du coffre. Lagergren avait rabattu les sièges pour faire de la place. Sebastian jeta un œil. Le coffre était rempli de gros sacs en papier brun avec le logo de la coopérative agricole Lantmännen. La voiture sentait fort le diesel. Au milieu des sacs, une caisse en bois. Quelques-uns des sacs étaient ouverts et leur contenu, de petites billes de cristaux blancs, s'était répandu au-dehors.

Vanja ramassa quelques-uns de ces granulés semblables à de la litière pour chats et les flaira.

"C'est de l'engrais, constata-t-elle. Mélangé à du diesel pour qu'il ne prenne pas l'humidité."

C'était une des bombes les plus faciles à fabriquer. Nitrate d'ammonium et diesel. Sebastian la regarda avec inquiétude.

"Et ça, qu'est-ce que c'est ?" demanda-t-il en montrant la caisse. Vanja tendit la main et ôta le couvercle. Dedans, deux récipients en verre remplis de liquide, un petit et un grand.

"Les bombes à base d'engrais ont besoin d'une détonation initiale pour déclencher la réaction en chaîne et exploser à leur tour", expliqua Vanja en examinant le contenu de la caisse.

Le récipient du dessous, le plus grand, contenait un liquide clair et transparent et le plus petit, dessus, un liquide légèrement doré. Les deux récipients formaient un tout, hermétiquement reliés. Seule une fine plaque métallique empêchait les liquides de se mélanger. Sebastian la montra.

"Merde, stressa Vanja. Pas plus d'un demi-centimètre d'épaisseur. Qu'est-ce que disait Ursula ? Un centimètre par quart d'heure ?

— Alors on a six, sept minutes. Maximum", dit Sebastian. En regardant de plus près, il leur sembla voir le liquide jaune ronger lentement la plaque métallique. De petits, tout petits copeaux de métal se détachaient et se dissolvaient sous leurs yeux.

Sebastian regarda Vanja. Avec gravité.

"Tu dois partir d'ici." Elle réagit exactement comme il s'y attendait.

"Jamais. Nous devons essayer de sortir ça.

— Je reste, dit-il. J'essaie."

Elle secoua la tête.

"Il faut être deux pour ça", constata-t-elle.

Sebastian la regarda, frustré, et sortit son portable.

"J'appelle Billy pour avoir des nouvelles des démineurs", l'informa-t-il en commençant à composer le numéro. Puis il regarda soudain son téléphone avec découragement.

"Je n'ai pas de réseau."

Vanja jeta un œil dur sur son portable. Même chose.

"J'avais du réseau à l'étage du dessus, j'y cours, dit-il.

— Non, nous n'avons pas le temps. Il faut résoudre ça nous-mêmes."

Il la regarda. Elle avait raison.

Il n'y avait plus qu'eux deux, à présent.

Père et fille.

Billy estimait que plus des deux tiers des invités avaient réussi à sortir, tandis qu'il guettait l'arrivée des démineurs. D'après le dernier rapport qu'il avait reçu, ils étaient coincés sur Sveavägen. Sans doute à cause des barrages qu'il avait lui-même contribué à mettre en place, mais il espérait pourtant les voir bientôt arriver.

Torkel le rejoignit en courant.

"Tu as des nouvelles de Sebastian ou Vanja ?

— Je les ai appelés tous les deux, mais je tombe sur les répondeurs. Ils n'ont probablement pas de réseau là-dessous."

Torkel le regarda. Il paraissait soucieux.

"Et les démineurs ?"

Billy indiqua les énormes embouteillages.

"Ils sont coincés. Est-ce qu'on envoie des gens au parking pour essayer de les trouver ?" proposa Billy.

Torkel ne répondit pas. Il se retourna. Les gens continuaient à sortir du bâtiment et à s'en éloigner en hâte. Ceux qui étaient à l'intérieur pour aider à l'évacuation étaient une chose. Mais envoyer du personnel. Impossible. Les démineurs, oui, mais personne d'autre. Il secoua la tête. C'était une décision qui lui coûtait, ça se voyait.

"On ne peut pas risquer davantage de vies. Mais

continue à essayer de les joindre, dit-il en s'efforçant de cacher son inquiétude.

— Je peux courir au parking, proposa Billy.

— Non. Je comprends ce que tu ressens, mais c'est non."

Il y avait huit sacs contenant, d'après l'étiquette, 50 kg d'engrais chacun. Soit environ 400 kg dans la Volvo. L'effet serait dévastateur. Ils n'avaient aucune idée de comment désarmer le détonateur, aussi avaient-ils décidé que le mieux qu'ils pouvaient faire était de l'éloigner et, ainsi, éviter la catastrophe. Mais le temps commençait à manquer. La plaque métallique s'affinait de seconde en seconde.

Ensemble, aussi précautionneusement qu'ils purent, ils traînèrent la caisse contenant les récipients en verre hors du coffre. Ils ne pouvaient qu'espérer que Lagergren soit un chimiste aussi doué qu'Ursula le disait, et qu'il ait su suffisamment stabiliser les liquides pour qu'on puisse les déplacer. "Et maintenant, qu'est-ce qu'on fait ? demanda Vanja quand ils l'eurent sorti.

— On peut peut-être essayer de l'éloigner ? dit-il en s'efforçant d'avoir la meilleure prise possible. Plus ce sera loin de la voiture, mieux ça vaudra.

— Rien que là-dedans, je crois qu'il y a une sacrée puissance, constata Vanja en désignant la caisse de la tête. Celle d'Arlanda a déplacé des voitures à cinquante mètres de distance. Je ne peux qu'imaginer l'effet que ça aura en milieu confiné.

— Ce sera le problème des sociétés d'assurances, dit Sebastian entre ses dents.

— Ce n'est pas ce que je voulais dire. Dans le pire des cas, ça fera sauter les sacs d'engrais, où que ce soit dans le parking."

Vanja regarda à nouveau la mince plaque métallique. Elle se dissolvait vraiment sous leurs yeux. Elle secoua la tête avec frustration. "On n'aura jamais le temps de la remonter", lâcha-t-elle, au bord de la panique.

Sebastian ne répondit pas. Il respirait lourdement. La caisse pesait quand même son poids.

"Putain ! Mais oui ! Pose-la, pose-la !" cria soudain Vanja. Sebastian faillit la lâcher.

"Qu'est-ce qu'il y a ? demanda-t-il après avoir obtempéré.

— La voiture de Jonathan. Elle est là, et j'ai la clé dans mon sac, dit-elle en partant en courant de toutes ses forces. On va sortir ça en voiture."

Sebastian resta là. Il ne se passa pas trente secondes avant qu'il entende une voiture démarrer, un moteur rugir, et Vanja déboucha au coin de l'allée en faisant crisser les pneus d'une Audi noire. Elle freina devant lui, descendit, fit le tour en courant pour ouvrir la portière passager.

"Doucement", dit-elle quand ils hissèrent la caisse à bord. Une fois en place, elle l'arrima avec la ceinture de sécurité. Puis regagna en courant la portière ouverte côté conducteur. C'était peut-être une question de minutes, voire de secondes, avant que les deux liquides ne se mélangent et que se déclenche l'inévitable réaction chimique.

"Je le fais", dit Sebastian en lui barrant le chemin. Elle le regarda avec étonnement.

"Qu'est-ce que tu fais ? demanda-t-elle.

— Il n'y a besoin que d'un de nous deux pour conduire la voiture, continua-t-il, impressionné par son propre calme.

— Tu crois que ça va changer quelque chose ? Entre nous ? lança Vanja. Que tu essaies de jouer les héros ?"

Il l'avait vraiment profondément blessée, comprit-il alors. Même maintenant, elle n'était pas capable de s'inquiéter pour lui. Cette idée lui donna des forces. Il avait besoin de faire ça. Il se sentit soudain le corps léger.

Comme si cette action le libérait de sa culpabilité.

Le purifiait.

"Il ne s'agit pas de ça, dit-il calmement en montant dans la voiture. J'ai déjà perdu une fille. Je n'en perdrai pas une autre."

Il claqua la portière et lui adressa un dernier regard avant de démarrer.

Elle resta juste là.

Pas de larmes. Pas de reconnaissance. Rien.

Soudain, il ne la vit plus dans le rétroviseur.

Elle avait disparu.

Sans doute pour toujours.

Il roulait vite. La voiture était maniable et bien équilibrée. La radio était allumée. P4. Une chanson populaire se déversait des haut-parleurs. Un moment, il pensa à couper le son. Mais pourquoi ? Pourquoi ne pas écouter de la musique, si c'était le dernier instant de sa vie ? Peut-être parce que c'était une chanson affreuse. Il éteignit la radio. Songea à la bombe qu'il avait à côté de lui.

Au métal qui s'érodait lentement.

Exactement comme la vie.

Tout était périssable.

Une barrière apparut devant lui, où il aurait été censé s'arrêter pour payer. Au lieu de quoi il passa une vitesse et accéléra. La voiture réagit au quart de tour et traversa. Le choc fut plus léger qu'il n'aurait cru. La barrière se brisa en plusieurs morceaux, en ne faisant qu'un petit éclat au pare-brise. Rien d'autre.

Il aperçut la sortie et la lueur de la soirée d'été un peu plus loin. Réalisa qu'il n'avait aucune idée de ce qui l'attendait. Sortir la caisse et les récipients hors du parking, il n'avait pas réfléchi plus loin. Il allait à présent sortir dans Stockholm avec une voiture qui pouvait à tout moment exploser. Il fallait qu'il trouve un endroit le plus loin possible des gens et des bâtiments. Ça ressemblait à une mission impossible.

Il dérapa en sortant du parking et ralentit un peu pour s'orienter. Les gyrophares bleus des voitures de police clignotaient. Ils avaient barré des deux côtés le viaduc de Klaraberg, mais il vit un passage entre un fourgon de police et une voiture de patrouille ordinaire, vers le grand magasin Åhléns et la place Sergels Torg. Ce n'était absolument pas la direction à prendre, c'était droit vers le cœur de la ville, mais il n'y avait pas d'alternative. Il fallait qu'il s'en aille d'ici. N'importe quand, il pourrait être trop tard, et sa tentative d'éviter la catastrophe aurait échoué. Il accéléra en klaxonnant pour que les gens le laissent passer. Une personne au moins comprit ce qu'il fabriquait. Billy. Sebastian le vit se précipiter en agitant les bras pour que les autres policiers n'essaient pas de le stopper. Il lança sa voiture dans le passage, c'était plus étroit que prévu, il racla des deux côtés et arracha un de ses rétroviseurs. Le viaduc de Klaraberg et Klarabergsgatan s'ouvraient soudain devant lui. Il était la seule voiture à rouler dans cette direction. Plus loin, il aperçut des files massives de voitures bloquées sur l'autre voie. Il accéléra.

Où aller ?

La panique commençait à le gagner. Il ne devait plus y en avoir pour très longtemps, mais il ne pouvait pas descendre en laissant la voiture en plan. C'était sa responsabilité. Il était obligé de finir ce qu'il avait commencé. Même s'il devait payer le prix fort. Il aperçut la petite rue traversière devant l'église Klara, qui descendait vers Vasagatan. C'était la meilleure option. Certes, Vasagatan passait devant la gare centrale, mais après ça c'était plus dégagé et, avec un peu de chance, il parviendrait jusqu'au bord de l'eau. Il écrasa le frein en tournant le volant. Les pneus hurlèrent de mécontentement et l'arrière de la voiture dérapa, mais il parvint à garder le contrôle de l'Audi bringuebalante et s'engagea dans la traverse. Pour le virage à droite suivant, il était mieux préparé et ne dérapa pas autant. Devant lui s'ouvrait Vasagatan qui, à sa grande surprise, n'était pas encore bloquée. Il ne ralentit pas pour autant. Il appuya sur le klaxon. Eut le temps de remarquer que la file de droite était encombrée de voitures à l'arrêt, et déboîta alors d'un coup à contresens sur la file de gauche. Faillit tout de suite entrer en collision avec un bus qu'il évita de justesse en se serrant contre un taxi. Il racla à nouveau, cette fois côté passager, mais sans perdre tellement de vitesse. Les voitures qui arrivaient en face s'arrêtaient ou faisaient de brusques embardées pour l'éviter. Il aurait fallu regagner la bonne file, mais le large refuge central faisait obstacle, et la file de droite était embouteillée jusqu'au croisement de Tegelbacken. Il continua donc d'avancer à contresens. Devant lui, il vit un passage protégé où, malgré les violents crissements de frein et les klaxons furieux, des piétons s'apprêtaient à traverser. Sebastian klaxonna comme un fou pour qu'ils se poussent. Ils l'aperçurent et se sauvèrent en courant dans tous les sens.

Il s'en était fallu de peu, mais il distinguait à présent l'eau un peu plus loin, au-delà de Klarastrandsleden. Mais il voyait aussi les voitures de police avec leurs gyrophares bleus garées devant la piste cyclable et qui l'empêchaient de descendre vers le rivage.

Sa meilleure chance. Disparue.

Sebastian traversa le croisement sans ralentir, dérapa sur la droite et accéléra sous le pont central. À tout moment, ça pouvait finir. À tout moment, les produits chimiques pouvaient se mélanger. Au moins, ça irait vite. Il n'aurait pas le temps de remarquer quoi que ce soit. C'était bien le seul avantage, pensa-t-il. Tant qu'à mourir, autant que ce soit instantané.

Il jeta un rapide coup d'œil sur sa gauche. Un mur d'un mètre le séparait de l'eau. Et merde. Pas ça aussi. Il avait déjà l'impression de vivre à crédit.

Combien de temps s'était-il écoulé depuis qu'il avait quitté le parking ?

Une minute ? Deux ?

Il continua de rouler. Ne regardait même plus le compteur de vitesse. Ça allait vite, c'était tout ce qu'il avait besoin de savoir. Le mur s'abaissait et finissait en escalier. Il y avait encore une différence de niveau, mais il n'osait pas continuer. Il approchait de l'hôtel de ville et, un peu plus loin, commençaient les quartiers résidentiels. Il tourna le volant de toutes ses forces sur la gauche. Heurta la roue contre le haut trottoir. Quelque chose avait dû se briser, car le volant devint soudain plus dur à tourner et se mit à dévier vers la droite. Ce n'était plus très loin. Il fallait juste que la voiture tienne encore quelques instants. Il vit alors les bateaux amarrés à quai.

Il n'y avait pas pensé. Mais il était trop tard. Il était obligé de tenter sa chance. Descendit sur le quai. Les gens s'écartaient d'un bond. Brandissant leurs portables pour filmer. Sebastian visa un intervalle entre deux bateaux rouge, blanc et noir qui flottaient paisiblement dans le soleil du soir. Il espérait de tout son cœur n'en heurter aucun, mais il n'avait pas le choix.

Il fallait bien que ce voyage finisse quelque part.

Ce serait là.

Il enfonça à fond l'accélérateur et ouvrit la portière. Ça allait faire mal, mais comment l'éviter ? Il voulait envoyer la voiture le plus loin possible dans la baie scintillante. Il lui fallait donc le plus d'élan possible. Le bord du quai se précipitait à sa rencontre. À quelques mètres seulement, il lâcha le volant et se jeta dehors. Une seconde, il se sentit voler librement, puis vint la douleur. Il roula sur le sol dur. Tout se mit à tourner. Son corps cria. Puis il l'entendit. Une explosion sourde, suivie d'un fracassant geyser qui s'abattit sur lui. Il vit les bateaux un instant soulevés.

Il se redressa sur son séant.

Il ne pouvait plus bouger son bras gauche.

Il avait mal à chaque respiration.

Le quai était trempé et l'air saturé de gouttelettes, comme un brouillard. Les bateaux entrechoquaient leurs coques métalliques. Les rayons du soleil percèrent au milieu de ce chaos et, une seconde, il vit un arc-en-ciel.

C'est beau, pensa-t-il.

Puis il tomba en avant et resta étendu là.

Il avait enfin réussi à tous les rassembler.

C'était ainsi qu'il voyait les choses, malgré l'absence de Sebastian. C'était comme ça que ça devait être, que ça aurait dû être. Au fond, Torkel ne se considérait pas comme un nostalgique, mais dans ce cas, sans aucune hésitation, c'était mieux avant.

C'était ainsi qu'ils fonctionnaient le mieux.

Sans Sebastian Bergman.

Torkel se doutait que cela ne les rendait en rien uniques. Cela valait sûrement pour la plupart des constellations.

Depuis une heure environ, ils étaient officiellement en vacances. Torkel avait transmis son enquête préliminaire complète au procureur, et ils fêtaient ça à la terrasse du Moon Cake, à quelques centaines de mètres seulement de l'hôtel de police. Ils avaient commandé quelques entrées et snacks qu'ils se partageaient. De la bière pour les amateurs. Du vin pour Ursula.

La presse était devenue complètement folle après les événements du Waterfront. Le Tueur de la Téléréalité, des ministres, des huiles du monde des affaires, une voiture piégée plongeant dans la baie de Riddarfjärden au milieu des touristes. C'était une magnifique averse de plusieurs jours en pleine sécheresse estivale.

Il y avait tant d'angles d'attaque possibles que le motif lui-même était vite tombé aux oubliettes. Au cours des deux semaines écoulées depuis les événements, Lagergren avait eu de moins en moins d'espace, et le germe de débat qu'il avait semé avec ses actes précédents ne semblait plus intéresser personne puisque, depuis le Waterfront, il était estampillé terroriste, et même les débatteurs les plus larges d'esprit refusaient de défendre les idées derrière la terreur.

Lagergren avait été écroué immédiatement après la soirée de la DPT au Waterfront. Il avait sans doute compris lui-même que cet attentat raté allait le rendre plus connu mais moins sympathique, car il avait avoué ses crimes les uns après les autres, avec de longues explications sur les raisons qui l'avaient obligé à agir, et combien il était important que quelqu'un résiste à l'abêtissement.

C'était lui qui avait initié une croisade contre l'idiotie.

Rien de ce qu'il disait n'atteignait la presse, il le savait, et c'était surtout comme s'il s'entraînait en vue de son futur procès : à plusieurs reprises, il avait insisté sur le fait que son conseil juridique veillerait à empêcher qu'il se déroule à huis clos. Ils seraient fixés sur ce point en août, à son ouverture. Torkel ne doutait pas une seconde que David Lagergren serait condamné à perpétuité, et que dans son cas la peine serait effective.

C'était toujours une satisfaction quand l'engagement donnait des résultats, mais la plus grande était que Vanja soit revenue. Après le Waterfront, elle s'était absentée deux jours, mais s'était ensuite pointée au bureau en demandant si elle pouvait se rendre utile.

Veiller à ce que tout le dossier parvienne au procureur.

Qu'ils n'oublient rien.

Que Lagergren soit condamné.

Achever le travail, tout simplement.

Torkel la regarda à la dérobée. Déjà un peu bronzée, débardeur jaune, short blanc, lunettes de soleil, sourire à Billy un verre de bière à la main. Il était tellement content qu'elle soit revenue.

Il se pencha, saisit une fourchette et en frappa un des verres vides devant Billy. Il se racla un peu la gorge, mais ne fit pas mine de se lever. Les autres se turent et le regardèrent avec un étonnement amusé. Il les comprenait, il n'avait pas l'habitude de faire des discours.

"Je voudrais juste vous dire combien je suis heureux d'être ici avec vous, commença-t-il. Avec vous tous, continua-t-il en adressant un regard chaleureux à Vanja. Et je veux simplement préciser que nous avons tous fait un bon boulot. Prenez quelques vacances bien méritées, en espérant qu'on n'ait pas à se revoir avant quelques semaines."

Après quelques "santé" et "bon été", Torkel posa son verre et se leva. Billy releva ses lunettes sur son front et l'interrogea du regard.

"Tu t'en vas ?

— Oui, je rentre faire un peu mes bagages, je file demain matin. Je reste joignable sur mon portable, s'il y a quelque chose.

— Tu vas où ? demanda Vanja.

— À Ulricehamn pour commencer, après on verra."

Il ne put retenir un petit sourire de contentement en parlant des prochains jours. Ursula but une gorgée de vin. Reposa son verre vide. Torkel le remarqua.

“Restez aussi longtemps que vous voulez, commandez ce que vous voulez, je leur ai demandé de m’envoyer la facture.”

Il tourna alors les talons et se dirigea vers l’hôtel de police pour reprendre sa voiture. Des pas légers. Il quittait ses collègues pour retrouver Lise-Lotte.

“Torkel.”

Il s’arrêta, se retourna et vit Vanja qui arrivait vers lui à petites foulées.

“Qu’est-ce qu’il y a ?”

Vanja le rejoignit et s’arrêta. Elle baissa les yeux vers ses sandales. Il sembla à Torkel qu’elle se mordait la lèvre. Quoi qu’elle ait à dire, ce n’était pas facile pour elle.

“Je ne savais pas si je…”, commença-t-elle. Elle s’interrompit et leva les yeux vers lui. “Mais autant que tu le saches.

— Que je sache quoi ? demanda-t-il, avec déjà une petite boule au ventre.

— Je n’ai pas l’intention de revenir à la Criminelle après l’été.”

Elle l’avait dit. Ce qu’il ne voulait vraiment pas entendre. Tout ce qu’il aurait voulu lui répondre, protester, la convaincre.

“Non, tu ne peux pas…, parvint-il juste à lâcher.

— Je dois.

— Il ne reviendra pas. Sebastian ne reviendra pas.

— Ce n’est pas ça, et tu sais que j’adore travailler avec toi, mais j’ai besoin de casser le moule. Faire quelque chose de nouveau.

— Tu es mon meilleur élément.

— Je veux continuer dans la police, je vais juste me trouver un autre département."

Torkel se contenta de hocher la tête. Que pouvait-il faire ? Il la connaissait si bien. Il ne pourrait pas la faire changer d'avis si elle avait pris sa décision. C'était Vanja. Et puis il ne voulait pas l'avoir dans l'équipe si elle n'avait pas envie d'y être.

"Mais tu reviendras." Il entendit que dans sa bouche cela sonnait plus comme un ordre que comme une question.

"Oui, je reviendrai, je veux revenir, mais je dois d'abord mettre un peu d'ordre dans ma vie."

Que dire d'autre ? Rien. Elle tomba naturellement dans ses bras et il la serra contre lui. Fort et longtemps. Vanja sentit monter une petite larme.

"Prends soin de toi et appelle-moi si tu as besoin… de quoi que ce soit, l'entendit-elle dire dans ses cheveux.

— Promis."

Il relâcha son étreinte, la regarda comme s'il allait dire quelque chose, mais se contenta d'un bref hochement de tête, tourna les talons et s'en alla.

Vanja rejoignit les autres. Regarda sa montre en traversant la rue. Il fallait qu'elle rentre. Jonathan et elle devaient prendre le train de nuit pour Copenhague.

"C'était quoi, ça ? demanda Ursula quand elle rejoignit la table pour récupérer son sac et dire au revoir.

— J'ai l'intention d'arrêter. La Criminelle", dit-elle du ton le plus léger et dédramatisé qu'elle put. Elle vit à leur expression du visage à tous les deux qu'ils pensaient qu'elle plaisantait. Elle dut alors leur expliquer pourquoi, combien de temps elle allait s'absenter, ce qu'elle allait faire à la place, et ils ne la laissèrent pas repartir avant d'avoir pris au moins une autre bière – deux pour Billy.

"Tu as rencontré Jonathan ? demanda Ursula tandis qu'elle suivait des yeux Vanja se dirigeant vers le métro Rådhuset.

— Oui, une fois, il y a pas mal de temps, dit Billy. Un gars sympa. Et toi, tu as rencontré la nouvelle copine de Torkel ?

— Lise-Lotte. Oui, une fois. Je les ai réveillés le jour où Weber a publié son interview.

— Et ça t'a fait quoi ?"

Ursula se figea. Déjà la question si elle avait rencontré Lise-Lotte était un peu désagréable, mais là, ça empirait.

"Qu'est-ce que tu veux dire ?

— Vous n'étiez pas ensemble avant ? Torkel et toi ?"

Il le disait comme quelque chose de parfaitement naturel et de notoriété publique. Un sujet de conversation comme un autre, comme s'il lui demandait si elle avait vu telle série ou tel film.

"Tout le monde est au courant, hein ? dit Ursula en secouant un peu la tête.

— Tous, je ne sais pas. Mais je savais.

— Ça n'était pas important, affirma Ursula en prenant une gorgée de vin. Et de toute façon, c'était fini. Alors pas de problème. Et toi, qu'est-ce que tu vas faire ? demanda-t-elle pour finir et changer de sujet de conversation.

— Je ne sais pas.

— Tu ne pars pas en vacances avec ta nouvelle femme ?

— Elle en a eu assez de m'attendre pendant que je finissais le travail, alors elle est partie sur la côte ouest avec des copains. J'y descends demain.

— Alors tu ne fais rien de spécial ce soir ?
— Non, toi non plus ?
— Non.
— Bon, très bien.”

Ils firent légèrement tinter leurs verres, les vidèrent, et cherchèrent des yeux un serveur.

Elle n'était pas ivre.

Mais plus qu'éméchée.

Y avait-il un mot pour cet entre-deux ?

Ursula y songea en descendant du taxi et en se dirigeant vers son porche. Pas de problème avec le code. Le bon du premier coup, preuve qu'elle n'était pas ivre. Une fois dans l'entrée, elle alluma la lumière et s'arrêta un moment. Inspira à fond pour se ressaisir. L'effort pour ouvrir la porte faisait tout tourner un peu plus, preuve qu'elle n'était pas sobre non plus. Quelque part entre les deux.

En quelques pas, elle s'approcha des boîtes aux lettres des résidents. Il y avait toujours M. U. ET B. ANDERSSON sur la sienne, même si M et B n'habitaient plus là depuis longtemps. Pendant six mois, elle avait songé à changer la plaque, mais n'avait pas vraiment réussi à se décider. Non qu'elle imagine que M et B allaient revenir. M ne lui manquait même pas, et elle ne manquait pas à B. Avait-elle laissé cette petite plaque parce qu'elle lui rappelait une autre époque ? En rien meilleure, juste autre, différente, peut-être plus simple.

Ursula pêcha ses clés au fond de son sac, trouva la petite argentée de la boîte aux lettres, qu'elle ouvrit.

Vide, à part un journal local, le menu de la semaine du restaurant du coin de la rue et la brochure aux couleurs vives d'une agence immobilière qui lui promettait le meilleur prix pour son appartement si elle la choisissait pour en assurer la vente.

Rien de personnel.

À quand remontait la dernière fois que quelqu'un lui avait donné de ses nouvelles ? À part les factures, quel était le dernier courrier qu'elle ait reçu ? Adressé à elle, et juste elle ? Ce devait être l'invitation au mariage de Billy et My.

Quand était-ce ?

Ça remontait à plusieurs mois.

À vrai dire, il n'y avait plus grand monde aujourd'hui pour écrire des lettres ou envoyer des cartes postales mais, sur son ordinateur, sa boîte mail était tout aussi vide de courriers personnels que sa boîte aux lettres. Elle ne recevait que des mails concernant le boulot, des publicités et des alertes de Facebook, des messages à lire ou des événements qu'elle avait manqués. Elle s'était inscrite sur le réseau social quelques années plus tôt, pensant que ce pourrait être une bonne façon de garder contact avec des camarades de classe et d'anciens collègues. Mais elle s'en était lassée. Elle ne savait pas avec quoi mettre à jour son statut et avait eu assez de la vie apparemment parfaite des autres, avec leur week-end en thalasso, leur vendredi vin blanc-écrevisses, leurs meilleurs temps au jogging, les couchers de soleil et les pâtisseries pour les fêtes d'été.

Il fallait regarder les choses en face. Elle était seule. L'avait toujours été, même quand elle vivait avec Micke et Bella. Au fond, ça ne la dérangeait pas. C'était ce qu'elle était, peut-être même ce qu'elle avait choisi d'être.

Mais la soirée ne faisait que commencer.

C'était l'été. Elle était en vacances.

Pourquoi monter dans un appartement vide ?

Surtout qu'il y avait des alternatives.

Elle laissa tout dans la boîte aux lettres, la referma à clé et regagna la porte. Cette alternative n'était peut-être pas la meilleure pour elle, songea-t-elle en ressortant sur le trottoir, happée par la chaleur du soir.

Mais elle était quelque part entre éméchée et ivre.

Elle avait le droit de prendre de mauvaises décisions.

Après-demain, ça ferait trois semaines.

Trois semaines qu'il avait envoyé la voiture de Jonathan au fond de la baie de Riddarfjärden, s'était cassé trois côtes et fait une double fracture au bras gauche.

Torkel était venu le voir à l'hôpital pendant qu'il attendait qu'on le plâtre. L'avait remercié, mais était en même temps un peu en colère contre lui.

Tout le monde les avait félicités pour leur intervention, mais Sebastian n'avait-il à aucun moment réfléchi aux conséquences ? Oui, bien sûr, il avait évité une catastrophe, mais que serait-il arrivé si la bombe avait explosé dans Vasagatan ? Devant la gare centrale ?

Sebastian ne comprenait pas pourquoi parler de choses qui auraient pu se produire quand il était établi qu'elles n'avaient pas eu lieu. Il était hautement improbable qu'il ne se retrouve jamais dans la même situation, et n'avait donc aucune leçon à tirer de ce qui s'était passé.

Ils n'avaient pas du tout envisagé une suite pour Sebastian au sein de la Criminelle.

Il n'avait pas posé la question.

Torkel n'avait pas abordé le sujet.

Quand l'infirmière était venue le chercher pour son plâtre, Torkel avait dit salut et était parti.

Après cette unique visite, plus rien.

Sebastian avait espéré voir se pointer Vanja. La dernière fois qu'il avait été gravement blessé en service, elle était passée le voir. Et cette fois-là, il n'avait fait que *proposer* de prendre sa place.

Comme otage.

Auprès d'Edward Hinde.

Edward n'avait pas accepté et ils avaient failli mourir tous les deux.

Là, il avait réellement pris sa place, réussi à la mettre totalement hors de danger, mais cette fois elle n'était pas venue.

Ni à l'hôpital, ni chez lui.

N'avait pas donné de nouvelles.

Il éprouvait une curieuse sensation de déjà-vu. Sortir de l'hôpital et réaliser qu'il avait perdu sa fille. Il se forçait à accepter qu'elle ne voulait vraiment pas avoir affaire à lui.

Ça faisait mal.

Plus que ses côtes cassées et son bras.

D'habitude, il savait comment traiter la douleur, le chagrin, l'impatience, la déprime. Le remède était le même pour tous les états d'âme.

Les femmes et la baise.

Pour l'heure, il pouvait à peine inspirer à fond sans gémir de douleur. Le sexe était exclu. Fellation et masturbation restaient bien sûr envisageables, mais il n'avait pas vraiment le courage de draguer avec ce genre d'exigences. La probabilité de se faire rembarrer était trop forte.

Il restait donc chez lui. En train de devenir fou.

Il tournait en rond dans l'appartement, ne tenant plus en place. Supposa qu'il ferait bien de manger quelque chose. Avait-il seulement déjeuné aujourd'hui ? Il pensait que non. Mais en même temps, il n'avait pas faim. La sonnette. Sebastian s'immobilisa. Il s'était mis à éprouver un léger malaise chaque fois qu'elle sonnait. Mais pas au point de ne pas pouvoir ouvrir. Toujours sans utiliser le judas.

Il espérait comme toujours que ce soit Vanja.

C'était Ursula.

"Salut."

Elle réalisa l'exploit de déraper sur un mot aussi bref.

"Tu as bu ?

— On est sortis boire quelques verres.

— Qui ça, on ?

— Les collègues.

— Vanja ?

— Et Torkel et Billy."

Sebastian ne faisait plus partie de l'équipe depuis trois semaines, il ne s'attendait pas à être invité à des pots ou à des virées au pub, mais s'étonna d'éprouver pourtant une pointe d'amertume à en avoir été exclu.

"Entre", dit-il en lui cédant le passage.

Se faisait-il des idées, ou elle avait hésité un instant avant de franchir le seuil ? Peu importait, il n'avait pas l'intention de lui rappeler ce qui s'était passé la dernière fois qu'elle était venue chez lui.

"Tu veux un café, manger quelque chose ?

— Un café, merci."

Elle était assise sur une des chaises de la cuisine. Sebastian s'était occupé du filtre de la cafetière et était en train de le remplir de café, dont il tenait le paquet coincé entre son bras plâtré et son ventre.

"Tu as besoin d'aide ? demanda-t-elle.

— Non, ça va aller, merci."

Elle se cala au dossier de sa chaise. L'alcool lui procurait une agréable sensation de détente. Elle se souvint de la dernière fois qu'elle avait été assise là.

Ils avaient dîné.

C'était agréable.

Torkel l'avait appelée, un peu éméché, pour lui dire qu'il l'aimait. Ça n'arriverait pas ce soir. Plus tard, ils avaient pris le café dans le séjour. Il était plus que sous-entendu entre eux qu'ils finiraient la soirée au lit. Ça n'arriverait pas non plus ce soir.

Puis elle s'était levée pour aller chercher du lait, on avait sonné à la porte…

Elle ne voulait pas y penser.

"Comment tu vas ? lui demanda-t-elle plutôt en le voyant grimacer de douleur quand il rangea le paquet de café dans le placard.

— Mieux.

— Mais tu as mal ?

— Oui.

— C'est pour ça que tu as l'air triste ?"

Elle vit Sebastian se figer un instant. Visiblement surpris du tour personnel que prenait si vite la conversation.

"J'ai l'air triste ?" fit-il, sur ses gardes. Il lui sembla qu'il faisait exprès de lui tourner le dos.

"C'est Vanja ?" continua-t-elle, bien décidée à ne pas le laisser se dérober si facilement. Pas tellement étonnée de ne pas avoir de réponse.

"Qu'est-ce que tu as fait pour qu'elle soit si furieuse ?"

Sebastian se retourna vers elle. Une interrogation sincère dans son regard un peu embrumé. Pas de jubilation à le voir souffrir. Pas de jugement. Peut-être même un peu d'empathie.

Il réfléchit rapidement.

Ursula était là. Elle était la seule à être venue le voir. Certes ivre et esseulée, mais quand même. Il y avait eu quelque chose entre eux. Autrefois, il y avait longtemps, quand il était sûr qu'elle l'aimait, avant qu'il ne couche avec sa sœur, mais aussi plus récemment. Avant qu'Ellinor ne lui tire dessus. Et elle était à nouveau là.

Dans son appartement. Dans sa cuisine. Chez lui.

Elle qui était venue le voir de son propre chef.

Elle qui lui avait pardonné.

Elle méritait la vérité.

"J'ai couché avec sa mère, finit-il par dire.

— Elle hait sa mère.

— Je sais."

Le silence se fit dans la cuisine. On n'entendait que le crachotement insistant de la cafetière, qui indiquait qu'il était grand temps de la passer à l'anticalcaire.

"Tu ne peux vraiment pas t'empêcher de te gâcher la vie, hein ?"

Ce n'était pas une accusation, mais une triste constatation. Empathique. Que dire ? Que pouvait-il dire ? Impossible d'argumenter contre. Elle avait raison. Chaque fois que quelque chose allait bien, il fallait qu'il le sabote.

Avant de rencontrer Lily, c'était la faim qui le poussait.

Le sentiment que l'herbe était toujours plus verte ailleurs.

L'idée immature qu'il ratait peut-être quelque chose de mieux s'il se contentait de ce qu'il avait.

Une incapacité à choisir, le désir d'avoir le plus possible. De tout. Tout le temps.

Après le tsunami de 2004, ça avait changé.

Elle attendait une réponse, une réaction, quelque chose.

Que dire ? Que pouvait-il dire ?

Encore une fois, il lui devait la vérité.

"Je ne trouve pas que je le mérite, dit-il tout bas.

— Mérite quoi ?

— D'être heureux."

Le silence dans la cuisine était presque palpable. Il la regarda. Cela épuisa presque toutes les forces qui lui restaient. Il attendait une réaction. N'importe quoi. Elle se leva et sans rien dire le rejoignit. Plus elle approchait, plus il avait du mal à la regarder. Elle s'arrêta devant lui. Tout près. Il baissa les yeux. Sans un mot, elle écarta doucement son plâtre et se glissa dans ses bras. Elle le serra précautionneusement. Posa sa joue contre sa poitrine. Il sentit la chaleur de son corps, le parfum de son shampoing et de son déodorant et une vague odeur d'alcool. Il passa son bras valide autour de sa taille. Se laissa étreindre. Reçut la consolation tout en se persuadant que c'était parce qu'elle comprimait ses côtes cassées qu'il pleurait.

Le soleil matinal lui piqua les yeux.

Soif et besoin d'uriner. Il tourna la tête pour échapper à la lumière qui lui donnait mal à la tête. Il était ivre hier soir.

Vraiment bourré.

Il ne se rappelait pas la dernière fois qu'il avait autant bu. Il ne se rappelait pas non plus tout de la soirée de la veille. Trous de mémoire. Quand Ursula avait sauté dans son taxi au Moon Cake, il avait appelé quelques vieux potes. Vague souvenir qu'ils s'étaient d'abord retrouvés dans Söder pour quelques bières, avaient continué avec quelques autres au parc Björn et de là pris le bus pour Gärdet pour combiner bière et foot.

Le dernier métro pour rentrer en ville.

Une femme qui crie.

Rouge.

Il ouvrit les yeux. Le piolet et la corde au mur. Ah oui. Il n'était pas rentré chez lui. Il était allé chez Jennifer. L'avait appelée. Réveillée. À presque 2 heures du matin.

Il avait un peu l'impression que c'était la dernière soirée avec toute la bande.

Vanja allait arrêter. Provisoirement, mais quand même. Ils avaient achevé l'enquête. Fini le boulot. Demain, il descendrait à Marstrand loger dans une chambre dotée d'un lit simple avec My dans une maison qu'elle avait louée avec deux copines et leurs petits amis.

Pendant une semaine.

Une semaine sans voir Jennifer.

Il avait compris que l'arrangement qu'ils avaient mis en place ce dernier mois ne marcherait plus très longtemps. Il allait devoir prendre les choses à bras-le-corps. Rompre avec l'une des deux. My ou Jennifer. Mais ce n'était pas non plus quelque chose à quoi il avait voulu penser hier soir. Encore une raison de boire quelques bières.

Jennifer avait ri en entendant à quel point il était ivre. Mais bien sûr, il pouvait passer. Tiens, il s'en souvenait. Il était venu en taxi. S'était endormi dedans. Réveillé par le chauffeur.

Il s'assit.

Avec pour effet d'avoir moins soif et plus envie d'uriner.

Et nettement plus mal à la tête.

Il ne se souvenait pas comment il avait atterri sur le canapé. Probablement qu'il sentait trop mauvais ou ronflait trop fort. Il fit claquer sa langue contre son palais. En tout cas, il n'avait pas l'impression d'avoir vomi. Il n'avait pas l'air non plus d'avoir utilisé de brosse à dents.

Rouge.

Il se leva. Se traîna vers les toilettes. Quelle heure pouvait-il être ? Il avait l'impression d'avoir dormi deux heures, tout au plus. Mais il devait être plus tard que ça.

Le soleil était quand même assez haut. Il était toujours ivre, réalisa-t-il en urinant.

Il fallait partir.

Il n'avait pas fait ses bagages pour la côte ouest. Le train partait à 11 h 22. Il ne pouvait pas être aussi tard. Non, Jennifer l'aurait réveillé.

Il tira la chasse et fit couler l'eau froide. Sa tête protesta contre la différence de hauteur et l'inclinaison quand il se pencha pour boire. Pour finir, il remplit ses mains et s'aspergea plusieurs fois le visage. Puis il se redressa doucement et se regarda pour la première fois dans le miroir. Quelle tronche ! Il cligna plusieurs fois des yeux et essaya de retendre son visage. D'avoir l'air en forme. Alerte. Avec un succès mitigé. Il se pencha et passa un doigt sur sa joue. C'était comme de la pâte à modeler. Sa peau semblait rester en position enfoncée.

Rouge.

Il se figea.

Soudain dégrisé.

L'adrénaline et tout le reste se déversèrent en un instant.

Rouge était leur code de secours.

Il ne se souvenait pas bien s'ils… Mais si, ils l'avaient fait.

Il était bourré et bandait comme un âne !!

Il sortit de la salle de bains et se précipita dans la chambre. S'arrêta sur le seuil. Jennifer était couchée nue sur le lit. Ses mains au-dessus de la tête toujours menottées à la tête du lit. Les jambes écartées attachées avec les fines lanières de cuir qu'ils avaient l'habitude d'utiliser. La tête détournée de lui. Il respirait si fort et tremblait tant qu'il n'arrivait pas à voir si sa cage thoracique bougeait. Mais c'était sûrement le cas ? Elle avait peut-être perdu connaissance. Une histoire de circulation sanguine ? Ses bras devaient lui faire terriblement mal, elle avait peut-être des courbatures, mais…

Il se précipita vers le lit.

"Jenn…"

Sur le point de lui secouer l'épaule, il se retint.

Soudain, tout disparut.

La pièce, le lit, le sol, tout.

Tous les sons. Toutes les couleurs. Tout disparut d'un coup.

Il ne voyait plus. Il ne voyait plus rien.

Sauf une chose.

Les marques mauve sombre qu'elle avait autour du cou.

REMERCIEMENTS

Il existe maintenant plusieurs livres sur Sebastian Bergman et ses collègues de la Criminelle, et le nombre de vous tous qui nous soutenez et nous encouragez ne diminue pas. Mais comme d'habitude merci à chacun de chez Norstedts, et avant tout à Susanna Romanus et Peter Karlsson, sans la bienveillance de qui nous n'arriverions à rien. Merci aussi à tous nos nouveaux amis de Salomonsson Agency : Niclas, Tor, Federico et Marie en premier lieu qui rendent en permanence notre vie d'écrivains plus agréable et légère. Merci aussi à nos éditeurs étrangers qui, à notre grande joie, sont de plus en plus nombreux, et à tous nos traducteurs qui font un boulot génial.

Micke :
En plus des précédents, je pense aussi à mes amis et collègues producteurs chez SF et Tre Vänner, qui m'inspirent et me soutiennent. Mais je tiens à réserver mon plus grand merci à ceux qui ont toujours été là pour moi dans les heures de doute et de joie. Ceux qui ont patiemment supporté de trop peu me voir et ont été forcés d'accepter que des personnages fictifs passent parfois avant eux et m'enlèvent à eux, physiquement et mentalement. Ma merveilleuse famille : Astrid, Caesar, William

et Vanessa, vous qui comptez le plus pour moi. Vous m'avez tant de fois aidé à atteindre mon but. Sans vous je ne serais rien. Je vous aime.

Hans :
Je travaille trop, ce n'est pas un secret. Un grand merci donc à tous ceux qui font de leur mieux pour me permettre d'en avoir la force en m'arrachant à mon bureau avec des voyages, des invitations, des dîners, du vin et de l'amitié. Camilla, Pilla, tout SFS, la famille Krieg, Jessica, les Carlsson, les Wallin, les Begner et sûrement encore quelques autres. Et bien sûr un merci aux plus mignons, plus drôles, plus intelligents et plus merveilleux. Ma famille. Lotta, Sixten, Alice et Ebba. Amour et respect.

OUVRAGE RÉALISÉ
PAR L'ATELIER GRAPHIQUE ACTES SUD
REPRODUIT ET ACHEVÉ D'IMPRIMER
EN NOVEMBRE 2023
PAR NORMANDIE ROTO IMPRESSION S.A.S.
À LONRAI
POUR LE COMPTE DES ÉDITIONS
ACTES SUD
LE MÉJAN
PLACE NINA-BERBEROVA
13200 ARLES

DÉPÔT LÉGAL
1re ÉDITION : OCTOBRE 2022
N° impr. : 2304552
(Imprimé en France)